JOST BONNER
Das Waldhaus

Jost Bonner

Das Waldhaus
Ein Märchen

Erzählung

Titelbild
Bearbeitete Illustration von Erna Hübner
zu *Das Waldhaus*
Volk und Buch Verlag . Leipzig 1947

Buchrücken
Historische Fotografie *Carneal Goldman 1885* (bearbeitet)

Bibliografische Information der Deutschen Bibliothek*:
Die Deutsche Nationalbibliothek verzeichnet diese
Publikation in der Deutschen Nationalbibliografie;
detaillierte bibliografische Daten sind im Internet
über dnb.dnb.de abrufbar.*

© 2021 Jost Bonner

Herstellung und Verlag:
BoD – Books on Demand, Norderstedt

ISBN: 978-3-7543-7303-3

Biber ist fertig, *fix und fertig*, wie man sagt, wenn man nicht weiß, was *fertig* wirklich bedeutet. Biber ist klar, dass er die Strapazen noch einmal bewältigen würde, wenn es denn sein muss, also bis zum Zeitpunkt, an dem er sich dem Tod ergibt. So weit ist er noch nicht. Aber er weiß auch, dass die Chance nur gering ist, selbst nach Wiederholung der Strapazen aus der aktuellen Situation herauszukommen, die ganz und gar unbefriedigend ist. Das Argument, *der Versuch ist vernünftiger, als aufzugeben*, zieht nicht mehr. Es hat an diesem Tag schon zu oft herhalten müssen. In welche Gegend war er hier geraten? Keine Wegzeichen, keine Wege, kein nichts. Biber geht weniger mit den Umständen ins Gericht, als mit sich selbst. Wie dumm muss man sein, in einer vollkommen unbekannten Gegend Ende Oktober nur mit einem dünnen Jackett bekleidet herumzulaufen; ohne Telefon, also auch ohne Navigationshilfe? Dümmer als ein Urmensch. Biber weiß, dass er in eine hinterhältige Falle getappt ist. Die moderne Zivilisation kennt solcherart Gefahren nur in großer Entfernung urbaner Siedlungsräume, das heißt, in Deutschland quasi nirgends. Mit dem Telefon hätte er wahrscheinlich ein Taxi herbeordern können. Aber mit Telefon hätte er sich gar nicht erst verlaufen. Ein Weg hat ihn ins Waldgebiet gelockt, der dann zunehmend mit der Heide verschmolzen ist oder, besser, sich in ihr aufgelöst hat. Am Anfang hatte er noch darüber gelacht. Aber als er dann zum vierten Mal an einem Seeufer stand, hatte ihn ein ungutes Gefühl beschlichen. Biber ist Anfang Sechzig und hält sich für nicht weniger beweglich und ausdauernd als ein Vierzigjähriger.

Vor sechs Stunden hatte er die Herberge verlassen, um sich die Beine zu vertreten. Er hat Durst und Hunger und eine Menge Wut im Bauch, nicht nur über die eigene Blödheit, aber zuletzt vor allem über sie. Am Anfang war es eine kaum spürbare Empörung gewesen. Goldhaus, der junge Bauleiter, hatte ihn hemdsärmlich beim Frühstück gefragt, warum er mit all dem Geld nie selber versucht habe, etwas zu gestalten, also den Bau nicht nur auszuführen, sondern selbst zu bestimmen, was gebaut wird. Die Frage hatte ihn getroffen, weil sie so simpel und naheliegend war. Er war ihr ausgewichen, um Zeit zu gewinnen, die richtigen Worte zu finden. Aber Goldhaus hatte unbarmherzig nachgebohrt und von Königen geschwätzt, die ihre Ideen auf ein Blatt Papier gekritzelt und hernach ein riesiges Untertanenheer in Bewegung gesetzt haben, diese Ideen zu verwirklichen, so dass noch heute Bauwerke Kunde von Fürsten geben, deren staatsmännischen und militärischen Leistungen längst vergessen sind oder nie wert waren, im gesellschaftlichen Gedächtnis bewahrt zu werden. Goldhaus, dieser junge Spund, was weiß der von den Widrigkeiten und Fallstricken, die den Weg erfolgreichen Unternehmertums kreuzen? vom Fluch verlorener Zeit, verlorener Aufträge, verlorener talentierter Kräfte, verlorener Sympathien, Freunde, Frauen? von Neid und Häme der Konkurrenz? der Verachtung der eigenen Kinder, die jede Annehmlichkeit des Wohlstands genießen und abfällig vom Wert des Geldes sprechen. Was weiß Goldhaus, wie grausam bisweilen Entscheidungen, Kompromisse, Niederlagen sein können? mit wie vielen schlaflosen Nächten er seinen Erfolg bezahlt hat und mit wie vielen begrabenen Leidenschaften? Die Wut gegen Goldhaus war der Wut gegen sich selbst gewichen. Dieser Prozess hatte sich nicht nur über sechs Stunden hingezogen, sondern über den ganzen Tag, vom Verlassen des Büros, über die Zugfahrt zu einem willkürlichen Ziel und die Wahl eines beliebigen Gasthofs bis zum Spaziergang in herbstlicher Sonne, der sich dann zu dieser Viecherei entwickelt hat; eine lange Zeit.

Biber steht auf einer lichten Stelle und dreht sich langsam im Kreis, wie so oft schon. Nichts. Kein Hinweis. Kein Weg. Kein Turm in der Ferne. Kein Laut. Kein Laut! Er schaut auf die Uhr, obwohl er sich vorgenommen hatte, es nicht mehr zu tun. Achtzehn Uhr zwanzig. Die Dämmerung lässt sich nicht mehr ignorieren. Biber hat das Gefühl, in einer Richtung mehr Licht auszumachen, einen Hauch nur. Als er darauf zu läuft, gerät er auf einen Pfad. Er bemerkt es erst, als er wieder am Seeufer steht, vor sich eine marode Anlegestelle. Er balanciert auf jener am weitesten in den See ragenden Planke. Wenn er sich vorbeugt, kann er links die ferne, in seinem Zustand *unendlich* ferne, abendliche Silhouette einer Stadt erkennen. Mühlfurt. Er muss die längste Zeit von diesem Ziel weggelaufen sein. Das sind wenigstens zehn Kilometer Luftlinie. Biber hat keine Erfahrung im Schätzen großer Entfernungen. Ihm ist klar, dass es auch viel weiter sein kann. Wenigstens kennt er nun die Richtung. Mit Hilfe des Nordsterns oder anderer auffälliger Sternbilder kann er die Richtung im Auge behalten. Natürlich erst, wenn es richtig dunkel ist und ... Der Himmel ist wolkenbehangen. Wie zum Hohn beginnt es zu nieseln. Biber friert eh schon. Er wendet sich um. Der Pfad. Der Trampelpfad, auf den er geraten war, muss irgendwo hinführen. Er läuft zurück. Der Pfad geht links in den Wald. Biber läuft in gerader Linie vom Steg weiter. Nicht lange, und der Pfad biegt scharf nach rechts.

Nach einigen Schritten, vorbei an Gestrüpp und Unterholz, trifft er auf ein gewaltiges Tor in einer unüberwindlichen Backsteinmauer. Linker Hand steht ein zweistöckiges Haus mit gedecktem Giebel vorn heraus. Die Fenster sind blind, alle Gardinen zugezogen. Immerhin sind die Scheiben heil, jedenfalls, soweit er das erkennen kann. Wie konnte er das Haus übersehen? Das Tor ist groß genug, um einen überladenen Heuwagen ohne Schwierigkeiten passieren zu lassen. Die gewaltigen Flügel sind verschlossen. Die kleine Tür im rechten Torflügel lässt sich bewegen. Dem Trampelpfad nach muss sie gelegentlich benutzt werden.

Er tritt vorsichtig ein. Ihm gegenüber, einen Steinwurf entfernt, Biber schätzt dreißig Meter, befindet sich ein Tor gleicher Bauart. Links erhebt sich der Giebel des Wohnhauses, zwei Geschosse, ein mäßig steiles Dach, rechts der Giebel eines kleinen Nebengebäudes, Garage oder Backhaus. Für eine Garage ist das Tor zu schmal, für ein Backhaus ist der Bau ein bisschen zu komfortabel. Die Tür ist verschlossen. Er geht auf das gegenüberliegende Tor zu, unter seinen schmerzenden Füßen altehrwürdiges Pflaster; gebrochener roter Granit, sorgsam gefügt und von unzähligen Tritten geglättet. Das Gras in den Fugen reicht bisweilen an die Hüfte. Über alles hat sich die Natur hergemacht. Wer sie sucht, kann Pfade auf dem Pflaster erkennen, vom Tor zum Wohnhaus und von da zum Verschlag in der Hofmitte, dessen Zweck Biber nicht gleich durchschaut.

Er dreht sich um und um, während die Füße nach Entlastung schreien. Obwohl er die Augen nur mit Mühe offenhalten kann, nimmt er - nahezu zwanghaft - den Hof in Augenschein. Mit versiertem Blick stellt er fest, dass das alte Gemäuer einmal bessere Tage erlebt haben muss. Was unterm und hinterm dichten Bewuchs erkennbar ist, wurde einst bemerkenswert zweckmäßig und wohl auch solide gebaut. Das quadratische Ensemble ist mit tausend Quadratmetern ungewöhnlich üppig.

Biber wendet sich - im Bogen dem Pfad folgend - nach links und steht nun genau vorm Eingang des Wohnhauses, das - vom Dach abgesehen - in einem wiederherstellbaren Zustand sein mag. Eine Mauer verbindet den äußeren Giebel des Wohnhauses mit einem Trümmerhaufen, ehemals Teil einer großen Scheune, die dem Wohnhaus gegenübersteht. Der Außengiebel und Teile der anschließenden Grundmauern sind eingefallen, die offenen Stellen notdürftig mit verschlissenen Planen gesichert. Dem beinahe heilen Teil der Scheune folgt das gewaltige Hintertor in einer nur schmalen Mauer, die bis zum geduckten Giebel des Stalles läuft, der die dritte Ecke des Hofs markiert, ein niedriger, langgezogener Bau mit drei Türen und schmalen Lüftungsschlitzen und einem genau in der Mitte eingedrückten Dachstuhl. Dem Stall folgt eine Mauer, die mal einen teils offenen, teils geschlossenen Schuppen gehalten hat und sich lang bis zum Außengiebel des schon erwähnten Backhauses erstreckt, das in der vierten Hofecke steht. Die Mauer zwischen Back- und Wohnhaus mit dem Tor, durch das Biber eingetreten ist, schließt das Geviert des Dreiseitenhofs.

Biber schlurft zur Eingangstreppe des Wohnhauses und setzt sich - ungeachtet der Hose - auf eine wenig bemooste Stelle der feuchten Stufen. Der Schmerz in Füßen und Beinen hält an. Biber glaubt, den Zweck des Verschlags in der Mitte zu erraten. Was soll das anderes sein als ein Taubenschlag? Er schließt die Augen und versucht, sich den Grundriss vorzustellen. Ein quadratisches Areal. Links, sich längsseitig gegenüberliegend, Wohnhaus und Scheune, beide nahezu gleichgroß, an den linken Giebeln durch eine Mauer verbunden; an den rechten Giebeln kurze Mauern mit den beiden

Toren. Dem hinteren schließt sich der Stall an, der längs nach vorn läuft, dem Vordertor quer das Backhaus, das so lang ist, wie der Stall breit. Stall und Backhaus verbindet die lange Schuppenmauer.

Biber schaut zum Schuppen oder, besser, dem, was davon übriggeblieben ist. Er sieht einen Haufen maroder Gartenmöbel. Vielleicht wäre ein Stuhl noch zu gebrauchen. Die Entfernung scheint ihm unüberwindbar zu sein. Er legt den Kopf in den Nacken und die Ellbogen - ungeachtet des Jacketts - auf die nächsthöhere Treppenstufe. Obwohl ihm kalt ist, genießt er den feinen Nieselregen im Gesicht. Niesel ist von jeher sein Lieblingswetter, solange es nicht zu kalt ist. Ihm ist erbärmlich kalt. Schlimmer als die Kälte ist der Durst. Zwischen den Lippen klebt zäher, bitterer Speichel.

Bibers Gedanken kehren sich erneut gegen sich selbst. Er hat das Smartphone nicht im Gasthof vergessen, sondern im Büro; und auch nicht *vergessen*, sondern *gelassen*; vorsätzlich, damit sie merken, dass er für sie nicht mehr erreichbar ist. Soll Goldhaus zeigen, was er kann. Biber hat ihn angestellt, um ihn langsam in sein Ressort einzuarbeiten und sich dann ebenso langsam aus dem Geschäft zurückziehen zu können. Muss es jetzt halt ein bisschen schneller gehen. Goldhaus ist gut. Biber steht kurz vor der Rente, drei Jahre, genau gesagt. Seinen Arbeitsanteil an der Unternehmensleitung schätzt er auf mindestens zwei Drittel. Das hat er seinem Compagnon nie vorgerechnet oder gar unter die Nase gerieben. Mag Brandner sehen, wie er damit zurechtkommt. Biber will nicht daran denken. Er muss sich klar darüber werden, inwieweit Goldhaus recht hat.

Biber ist müde. Schon zwei Mal sind ihm die Ellbogen weggeknickt. Er kann unmöglich auf der Treppe schlafen. Die Augen öffnen sich nur widerwillig. Die Dämmerung hat sich verstärkt. Im Schuppen gäbe es vielleicht ein trockenes Plätzchen und ein paar Stühle, die sich zu einem brauchbaren Lager zusammenstellen lassen. Die Lider senken sich ohne Impuls. Biber merkt es erst, als die Ellbogen weich werden.

Goldhaus hat recht. Biber wird auf einmal klar, dass er nicht wirklich eine Antwort sucht, sondern Argumente, die ihm helfen, ihr auszuweichen, also nur Ausflüchte. Oder ist diese Einsicht nur Folge der Müdigkeit ... ?

„Guten Abend. - Kann ich Ihnen helfen?"

Biber taucht panisch aus dem Schlaf. Er spürt das rasende Herz. Vor ihm steht ein Mädchen, besser, eine junge Frau, klein und zierlich, genaugenommen mager und kantig, wenigstens im blassen Gesicht, das ohne diese Makel durchaus schön sein könnte, burschikoses Haar, wache Augen, zierliche Nase, sinnlicher Mund, das Lächeln ein bisschen bemüht, aber nicht weniger reizend in diesem Anflug von Verlegenheit.

„Wo kommen Sie her?", fragt Biber mit schläfriger Stimme.

„Das sollte eigentlich ich fragen. - Ich wohne hier."

Biber dreht sich um, soweit das seinem steifen Rumpf zuzumuten ist. Die Haustür steht offen. „Allein?"

„Mit meiner Mutter."

„Pardon, ich hätte nicht gedacht, dass hier ... Ich will nach - Mühlfurt." Biber ist erleichtert, dass ihn das Gedächtnis nicht im Stich gelassen hat.

„Sind Sie zu Fuß?"

„Ja."

„Da haben Sie noch ein gutes Stück Weg vor sich."

„Hätten Sie vielleicht ein Glas Wasser?"

„Oh, entschuldigen Sie." Das Mädchen läuft zum Verschlag, öffnet ihn beherzt und kehrt mit Krug und Glas zurück. Letzteres reicht sie Biber.

Er trinkt in einem Zug und hält ihr erneut das Glas hin.

Sie schenkt nach. „Sind Sie okay?"

„Wie heißen Sie?"

„Vanessa. Vanessa Schacht."

„Ich heiße Olaf Biber. Kann ich mich ein bisschen bei Ihnen aufwärmen?"

Das Mädchen zögert. „Das ist keine Herberge mehr."

„Das sieht man."

„Ich sage das nur, damit Sie nicht enttäuscht sind."

Biber reicht ihr das Glas und bemüht sich, aufzustehen. Er benötigt einen zweiten und dritten Versuch, um auf die Beine zu kommen. Von den Füßen bis in die Oberschenkel zieht sich ein heftiger Schmerz, der bei der Ersteigung der fünf Treppenstufen gehörig anschwillt.

Er folgt dem Mädchen ins Haus. Vom Flur aus führt eine Treppe ins Obergeschoss. Das Mädchen geht geradeaus, öffnet eine Tür und hält sie auf. Biber betritt einen saalartigen Raum, der anscheinend fast das gesamte Erdgeschoss einnimmt. Es riecht wie in einer Dorfschänke, obwohl der Raum offensichtlich schon eine Ewigkeit keine Gäste mehr beherbergt hat. Biber schaut auf einen beeindruckenden, leider kalten Kamin. Auf der linken, kleineren Saalseite türmen sich Tische und Stühle, Eckbänke und Zeitungsständer und drei leere Blumenbänke. Dazwischen läuft ein schmaler Gang wohl zu den Toiletten. Auf der rechten Saalseite steht der gewaltige, mit kunstvollem Schnitzwerk verzierte Tresen, dahinter ein raumhoher Einbauschrank, davor ein Tisch mit sechs Stühlen, an der gegenüberliegenden Wand zwei fürstliche Anrichten, ein altes weinrotes Sofa, zwei zugehörige Sessel, mehrere Beistelltische mit Kram bedeckt, eine olivgrüne Chaiselongue mit einer Unmenge an Kissen und Decken, zwei Kommoden, ein alter Ohrensessel und ein improvisiertes Himmelbett hinter einer halbgeschlossenen spanischen Wand. Dem Bett zufolge, ist das, was er sieht, wohl die ganze Wohnung.

Da das Mädchen hilflos im Raum stehenbleibt, erwählt sich Biber den Ohrensessel, obwohl ihm die Chaiselongue genehmer gewesen wäre. „Hätten Sie vielleicht auch eine Kleinigkeit zu essen?"

Das Mädchen lächelt nicht mehr. „Aber wirklich nur eine Kleinigkeit." Sie nimmt einen flachen Korb vom Tresen und läuft hinaus.

Biber schaut sich gründlicher um. Wenn man mit dem Rücken zur zugerümpelten Saalseite sitzt, sieht es sogar gemütlich aus. Die Möbel haben ein ehrwürdiges Alter - und Stil. Das meiste wurde wohl in ein und derselben Werkstatt gefertigt. Alles wirkt ein bisschen chaotisch, aber nicht liederlich, bis auf das Bett vielleicht, aber das wollte sich eigentlich den Blicken entziehen. Wahrscheinlich wurde die spanische Wand nur darum so nachlässig vorgeschoben, weil es außer dem Mädchen und der Mutter keinen gibt, der sich am Anblick hätte stoßen können.

Vanessa kehrt mit ein paar Eiern im Korb zurück und verschwindet hinterm Bett, wahrscheinlich in der Tür zu einem Nebenraum.

Biber genießt den Duft und zunehmend auch die Wärme, die seinen maladen Körper durchflutet. Wie kriegt sie den Saal warm ohne den Kamin? In Kürze ist er wieder eingenickt.

Vanessa stellt den Teller mit vier Spiegeleiern und den Korb mit einigen Scheiben Brot auf den Tisch zu Krug und Glas. „Es ist angerichtet."

Biber drückt seinen unendlich schweren Leib aus dem Sessel und wankt zum Tisch. Er hätte vor dem Mädchen gern eine Idee beweglicher gewirkt. Der Schmerz unterdrückt schon den Versuch jeglicher Selbstbeherrschung. „Vielen Dank. Sieht köstlich aus."

Vanessa bleibt unschlüssig stehen. „Mögen Sie ein heißes Fußbad?"

Biber kann sich nicht erinnern, je im Leben ein Fußbad genommen zu haben. Er geniert sich ein bisschen bei der Vorstellung, das Mädchen schon wieder herumzuscheuchen, mag aber auch nicht unhöflich sein. „Das wäre wahrscheinlich ein Labsal."

Vanessa läuft hinaus und kommt wenig später mit einem Eimer Wasser zurück.

Sie ist viel zu mager. Biber schaut ihr nach und folgt all ihren Bewegungen, obwohl er sie kaum sehen kann hinterm Tresen.

Er ist noch über der Mahlzeit, als sie die Schüssel unter den Tisch schiebt, ihm Schuhe und Strümpfe von den Füßen zieht und sie vorsichtig in die Schüssel geleitet. „Die sind ja eiskalt. - Ist das Wasser gut so?"

„Hervorragend. Ähnlich stell ich mir das Paradies vor. - Setzen Sie sich doch." Beim Genuss des Bades muss er an Geschichten denken, die er in Kindertagen von der Kanzel gehört hat. Im arabischen Raum weiß man den Wert eines labenden Fußbades zu schätzen, wenn sie sich da wahrscheinlich auch eher über *kühle* Bäder freuen. Sollte er je im Leben ein Wirtshaus betreiben, dann unbedingt mit diesem Service.

Vanessa setzt sich ihm gegenüber.

Biber genießt die Stille und die Hoffnung, hier übernachten zu können. Letztere will er nicht mit unbeholfenen Fragen gefährden.

Auch Vanessa schweigt.

„Wohnen Sie schon lange hier?", traut er sich dann doch.

„Ja, schon immer."

Biber schaut überrascht auf. „Schon immer?"

„Meine Eltern haben den Hof in den Siebzigern gekauft und versucht, ihn in Schuss zu bringen."

Biber nickt verständnisvoll.

Vanessa sieht, dass er sich verstellt. „Sie hätten es auch geschafft, wäre der Hof nicht in nur zwei Wochen erst von einem Blitz und dann von einem Baum getroffen worden."

„Ach was."

„Mein Vater ging nach Amerika, um bei Verwandten Geld zu leihen. - Das ist wohl schiefgegangen."

„Ist ihm was passiert?"

„Keine Ahnung. Er ist nicht wieder zurückgekommen und hat sich später auch nicht mehr gemeldet."

„Tut mir leid. - Sie sagten vorhin, Ihre Mutter wohnt noch hier."

„Sie ist nicht da."

„Warum ist Ihre Mutter nicht mit Ihnen fortgezogen in eine weniger ..." Biber schaut sich um. „... abgelegene Gegend?"

„Die Gegend ist ganz hübsch. Ich gehe noch ein Jahr in Welkow aufs Gymnasium. Dann bin ich achtzehn und mach mich aus dem Staub."

„Und Ihre Mutter?"

Vanessa mustert Biber. „Sieht so aus, als hätte sie sich schon aus dem Staub gemacht, wenigstens lebt sie jetzt bei ihrem Lover in Mühlfurt."

„Dann sind Sie ... Haben Sie keine Angst hier so mutterseelenallein?"

„Ein bisschen schon, wenn ich ehrlich bin. Sie ist noch nicht lange fort."

Biber hört und sieht den verhaltenen Groll.

„Und Sie? Was treibt Sie hierher?"

„Ich mach hier ein paar Tage frei."

„Nur so?"

„Ja. Ich bin einfach mal losgefahren von Sachsen aus ins Brandenburgische."

„Und warum ausgerechnet in diese gottverlassene Gegend?"

„Zufall. Ich bin nicht nur irgendwo hingefahren, sondern auch irgendwo ausgestiegen."

„Da haben Sie sich ein schönes *Irgendwo* ausgesucht."

„Wieso?"

„Hier gibt es rein gar nichts, das einen verleiten könnte, auch nur den Fuß auf den Bahnsteig zu setzen."

„Immerhin hab ich diesen Hof gefunden."

„Gratulation. - Wenn Sie wollen, schenk ich Ihnen den."

„Gehört er Ihnen?"

„Der Hof, ja. - Wir sind nur Pächter."

„Mit ein bisschen Geld und Elan könnte man was Hübsches daraus machen."

„Ich hab weder das eine noch das andere."

Biber überlegt, ob der Augenblick günstig genug ist, um mit der Frage herauszukommen, die ihm schon die ganze Zeit auf den Lippen liegt. „Ist es möglich ... Ich meine, könnte ich vielleicht eine Nacht hierbleiben?"

Vanessa erschrickt. „Nein! Sie sehen doch, dass hier kein Platz ist. Der Welkower Gasthof ist nur einen Kilometer weg." Erst jetzt bemerkt sie, dass der Alte für einen Irgendwo-Aussteiger und Querfeldein-Wanderer verdammt wenig Gepäck hat.

„Ich bezahl es natürlich."

„Wofür denn? Es gibt hier nicht mal fließendes Wasser. In Welkow kriegen Sie alles, was das Herz begehrt."

„Was wissen Sie denn, was mein Herz begehrt; von den Füßen nicht zu reden."

„Was denn?"

„Von diesem Stuhl direkt ins Bett zu fallen."

„Aber nicht in meins, falls Sie das denken."

Biber hätte diese Vorlage gern für einen Scherz missbraucht, hält es aber für klüger, darüber hinwegzugehen. „Ich nehme auch mit einer Matratze in der Kammer vorlieb. - Haben Sie Erbarmen."

„Wo ist Ihr Gepäck?"

„Ich hab kein Gepäck."

„Herr ..."

„Biber"

„... wollen Sie mir erzählen, dass Sie einfach so losgefahren sind, ohne Mantel und Schal, ganz zu schweigen von irgendwelcher Wechselwäsche, um irgendwo auszusteigen und in der Welt herumzuziehen und in irgendwelchen Absteigen zu übernachten?"

„Das hier ist keine Absteige." 'Es ist das Spannendste, was mir je begegnet ist.' Die zweite Hälfte behält er für sich. „Sie können das *kopflos* nennen", raunt er schüchtern. „Manchmal ist man halt so. Sind Sie noch nie kopflos gewesen?"

Vanessa schaut Biber nachdenklich an. „Duks", sagt sie mit diesem hintergründigen, bezaubernden Lächeln.

Biber glaubt, dieses *Duks* schon mal gehört zu haben, vor Urzeiten, erinnert sich aber nicht, wo und wann. „Was heißt das?"

„Das soll heißen, *wir sind es zufrieden*."

„Wir?"

„Pluralis majestatis. - Ich mach Ihnen das große Bett."

„Nein, nein, um Gottes Willen, machen Sie sich keine Umstände. Ich schlafe auf dem Sofa."

Als Biber am Morgen erwacht, scheint bereits die Sonne durchs Fenster. Er hat so wunderbar geschlafen, wie schon lange nicht mehr. Er dreht sich auf den Rücken, zieht die Beine an und stößt mit Schwung die Decke auf. Er kreist mit den Füßen und wundert sich, dass sie kaum noch schmerzen. Auf dem Tisch findet er einen Zettel mit Anweisungen, wo er was zu essen findet, wie er das Haus verlassen soll und auch noch, wie er ins nahe Welkow gelangt.

Er streckt sich, schält sich aus dem fremden Nachthemd, nimmt das zurechtgelegte Handtuch und marschiert ins Freie. Die Sonne ist noch immer darum bemüht, die Frühnebel zu heben. Biber genießt das Lichtspiel und die Stille und die Luft und die Frische des Morgens. Der Brunnenverschlag ist ein sehr rustikaler Waschraum. Der Brunnen selbst ist abgedeckt. In einer Ecke steht sogar eine Waschmaschine. Der Abflussschlauch liegt auf dem Boden und endet an einem Schleusenrost, über dem sich die Brause befindet. Mehr ist nicht nötig für eine spartanische Erfrischung. Wie auf dem Zettel beschrieben, setzt er die Pumpe in Gang, die das Wasser aus dem Brunnen hebt und in die Brause drückt, ein großes, altehrwürdiges, unerwartet ergiebiges Teil. Ein Kälteschock; ein paar Sekunden Beherrschung; dann kann er das Wasser genießen. Am Abend war er nur noch in das alte Nachthemd geschlüpft, das ihm Vanessa *von oben* geholt hatte.

Seine Sachen, die das Mädchen umsichtig auf die Stühle verteilt hat, sind trocken und zu Bibers Erstaunen weniger in Mittleidenschaft gezogen, als befürchtet.

Das Frühstück ähnelt sehr dem Abendbrot, nur dass die Eier gekocht sind, immerhin weichgekocht, in niedlichen Eierwärmern.

Neugierig steigt Biber im Hof umher. Er begutachtet alle Räume, soweit sie sich begutachten lassen, also nicht mit Kram und Müll, Ramsch und Gerätschaften mannshoch zugerümpelt sind. Nur im zweiräumigen Backhaus gelangt er auf schmalem Pfad zum rostgepeinigten Ofen am gegenüberliegenden Giebel. Immer wieder scheucht er Hühner auf, die laut gackernd an ihm vorbeirennen oder -flattern.

Biber inspiziert den Hof diesmal gegen den Urzeigersinn und macht sich Notizen in einen alten, im Tresen gefundenen Rechnungsblock. Das *Backhaus* misst *sieben mal vier Meter* und ist *auch äußerlich weitgehend intakt*. Der *Schuppen* zwischen Backhaus und Stallgiebel ist *zwölf Meter* lang und war mal an die *zwei Meter fünfzig tief*. *Marode* trägt Biber ein, das heißt *nicht zu retten*. Aber viel gibt es hier nicht abzureißen, nur die wenigen Bretter des Daches, die der Witterung getrotzt haben, und ein paar Segmente der teilweise geschlossenen Vorderfront. Die Hinterwand, also Mauer des Hofes, kann Biber kaum sehen. Ungeachtet des schlechten Zustands hat der Schuppen kaum ein leeres Plätzchen.

Am Stallgiebel rostet ein *Aufzug* vor sich hin, *unbedingt erhaltenswert*. Eine *marode Treppe* geht bis zur Bodentür. Vom *zertrümmerten Dach* abgesehen, ist der *Zustand* des Gebäudes insgesamt gesehen *halb so schlimm*. Es gibt *drei Türen* und nur *schmale* mit staubvollen Spinnweben dicht verhüllte *Fenster. Alle marode.* Biber öffnet die Türen, um sie rasch wieder zu schließen. Wann und wo hat sich nur all der Ramsch angesammelt? Er schreitet die kurze Mauer vom hinteren Giebel des Stalls zur Scheune ab. *Vier Meter.*

Das *gewaltige Tor* ist zwar nicht zu retten, gäbe aber immerhin noch eine *gute Vorlage für eine Rekonstruktion. Drei mal drei Meter* notiert Biber. Er dreht sich um und schaut von Tor zu Tor in eine Gasse, die da, wo er steht, linker Hand von der Seitenwand des Stalls und rechter Hand vom Giebel der Scheune gebildet wird, sich dann zwischen Schuppen und Innenhof erweitert, um am gegenüberliegenden Tor zwischen niedrigem Backhausgiebel und Wohnhausgiebel wieder beengt zu werden, eine *vier Meter breite*, kerzengerade *Durchfahrt*. Biber notiert zudem: *gegenüberliegende Mauer und Tor gleiches Maß*. Das Tor, vor dem er steht, lässt sich auch mit frischen Kräften nicht öffnen.

Biber schaut am rechten Giebel der *Scheune* empor: *zwei Geschosse mit ausbautauglichem Dach*. In der flach zulaufenden Dachspitze entdeckt er einen gewaltigen *Aufzug. Marode, aber unbedingt zu restaurieren*. Den vielen Fenstern zufolge, wurde dieses Gebäude zuletzt nicht mehr als Scheune genutzt. Für ein Altenteil ist es aber viel zu groß. Biber geht weiter. Mit geübten Schritten ermittelt er *elf Meter* für den *Giebel*. Da er die Wohnhausfront schon ganz am Anfang abgeschritten ist, notiert er *achtzehn Meter* für die *Länge. Stattlich*. Vom ziemlich im Zentrum des Hofes stehenden *Brunnenverschlag* aus kann Biber das ganze Gebäude überschauen, oder, besser, das halbe. Die *rechte Haushälfte* ist erstaunlich *gut erhalten, die linke ist Schutt*. Die schwarzen Ränder an der noch stehenden Front sind Spuren eines Brandes. Jemand hatte begonnen, die Trümmersteine vom Schuttberg aus zu einer Mauer aufzuschichten, damit das Areal ringsum wieder geschlossen ist. Die Behelfsmauer geht allmählich in die intakte Mauer über.

Biber drückt mit einiger Kraft gegen das *kleinere Tor* in dieser *Mauer zwischen Scheunenruine und Wohnhaus*. Er schaut in ein *Gewächshaus*, das zu betreten lebensgefährlich ist. *Marode.* Viele Scheiben sind zerborsten. Nicht wenige stehen so auf Kippe, dass ein Luftzug sie zu Fall bringen kann. Biber begutachtet die gusseisernen Säulen, die die Dachkonstruktion halten, wo die Streben noch nicht durchgerostet sind, und schreibt: *Säulen, Gusseisen, vollzählig und weitgehend unversehrt.*

Obwohl seine Beine und Füße noch von der Tortur des Vortages schmerzen, durchquert er schnellen Schrittes das halsbrecherische Gelände. Aus sicherem Abstand betrachtet er nun von außen atemlos die *westlich gelegene Waldseite* des Hofes, wie er sie nennt. Der Giebel des Wohnhauses rechter Hand ist fast makellos, auch der größte Teil der sich anschließenden Mauer mit dem kleinen Tor. Den Trümmerhaufen der Scheune links sieht sich Biber schon zurecht.

Er bricht sich Bahn durch das Dickicht rings um den Hof, den er jetzt im Uhrzeigersinn umkreist. Von der *nördlich gelegenen Bergseite* sieht die Ruine noch ärger aus. Biber konzentriert sich auf das, was da ist, und das scheint eine Menge zu sein: in der Mitte der noch stehende Teil der Scheune; links die Mauer mit der Durchfahrt und der *Stallgiebel* mit einem *kunstvoll gemauerten Taubenschlag* unterm Dach.

Biber kriecht weiter um die Ecke zur *östlich gelegenen Flussseite.* Auch der Stall sieht von außen weit schlimmer aus. Hier ist nicht nur das Dach, sondern auch die *Mauer eingedrückt.* Von außen kann er die *Mauerrückwand des Schuppens* erkennen, die *gut erhalten* ist.

Als er auch noch die letzte Ecke des Hofes, also die des Backhauses, passiert und wieder vor der Front des Wohnhauses auf der *südlich gelegenen Dorfseite* steht, ist unverkennbar, dass die Mauer, die den Hof einfriedet, immer auch noch eine andere Funktion erfüllt, mal Rückwand von Schuppen oder Glashaus, oft Hauswand, mal Halterung der schweren Torflügel. Er notiert weiter: *Erdgeschoss und Mauern aus dunkelroten Klinkern im neuen Reichsformat,* also hartgebrannten Ziegeln, acht Millimeter flacher als die heutigen. *Obergeschoss von Wohnhaus und Scheune und alle Giebel, außer Stall, aus Fachwerk, das, neben vielen Fenstern, auch die Mauerbereiche ziert.*

Biber schüttelt den Kopf. Das ist sinnlos und teuer. Er muss aber gestehen, dass es gut aussieht, weil es der Mauer überall da, wo sie auch Außenwand von Gebäuden ist, den strengen Mauercharakter nimmt. Je länger er sich umschaut, umso klarer wird ihm, dass die noch vorhandene Substanz gewaltig, der *Bau in allem solide* ausgeführt ist.

Wieder im Hof angelangt, begeistert ihn bereits der sorgsam mit Natursteinen gepflasterte Boden, der an nur wenigen Stellen schadhaft ist. Er schaut besorgt nach oben und schreibt dann: *Größter Schwachpunkt sind wohl die Dächer, deren Zustand noch nicht zu ermitteln ist.*

Nachdem er Stift und Rechnungsblock sicher im Jackett verwahrt hat, geht er ins Haus. Hier macht er Ordnung, das heißt, er räumt seine Sachen auf. Das Bettzeug legt er aufs Himmelbett, das er diesmal sehr ordentlich vorfindet.

Seine Gedanken kreisen fortwährend um den Hof und das Mädchen, das in seinen Gedanken schon Vanessa heißt.

Gegen Mittag verlässt Biber den Hof, wie von Vanessa gewünscht. Auf schmalem Pfad zwischen herbstlichen Feldern und Seeufer wandert er nach Welkow, einem - wie es ausschaut - gut betuchten Dorf, vorbei am altehrwürdigen Gymnasium aus der Gründerzeit und dem zugehörigen Internat von nicht ungeschickt angepasster Architektur. Das also war Vanessas täglicher Schulweg. Er schaut nur kurz zur Fensterfront der begehrten Eliteschule, der Welkow einen Gutteil seines Wohlstands verdankt. Der von Kirche und Gasthof dominierte Dorfplatz hat beinahe etwas Kleinstädtisches. Biber schaut sich um und zählt acht Geschäfte: Bäcker, Fleischer, Tante-Emma-Laden, Schul- und Bürobedarf, Kunstschmiede, Dönerbude, Obst & Gemüse, Haushaltswaren & Elektrogeräte. Schwer vorstellbar, dass sich ein Haushaltsladen vor einer Apotheke oder einem Schuhgeschäft halten kann.

Er beschließt, im Welkower Gasthof einzukehren. Die Gaststube ist leer. Biber wählt den Tisch mit der besten Aussicht sowohl nach innen, wie nach außen. Er ertappt sich dabei, den Raum mit den Augen eines Konkurrenten zu betrachten. Die Bedienung ist freundlich, das Bier kühl und süffig, die Spaghetti sind gut, der Preis ist selbstbewusst, aber akzeptabel. Da er das Taxi mit dem Essen bestellt hat, muss er hernach nicht lange warten.

Der Taxifahrer ist redselig. Eigentlich mag Biber keine geschwätzigen Dienstleister, aber in diesem Fall kommt ihm der Redebedarf nicht ungelegen.

„Nach Mühlfurt wolln Se? - Warn Se schon da?"

„Kurz."

„Länger lohnt sich ooch nich. Is 'n verfluchter Ort. Bis off de abjewirtschaftete Ziejelei is nüscht mehr los. Früher jab's noch Arbeet off de Werft, aber die is schon lange tote Hose. Und janz früher hat de Dampfmühle 'n Haufen Leute in 't Jeld jebracht. Mühlfurt is ne Stadt, wo se in alle Zeiten off de falschen Pferde jesetzt ham. - De Spitze vons Janze is der Jeisterhof. Der olle Ackermann, wat der Chef von de Ziejelei war, baut bei de ruinierte Dampfmühle ne Luxusabsteige, jedenfalls für damalige Verhältnisse, und kricht kurz vor de Eröffnung kalte Füße. Lässt allet liejen und haut ab. Det is jetzt hundert Jährchen her. Wat denken Se woll, wat aus 'm Hof jeworden is? - Nüscht. Steht immer noch am Mühlenberg rum, wie ihn der olle Ackermann verlassen hat. Und warum? - Weil hier nüscht los is. Ackermann hat det begriffen, wenn ooch erst kurz vor knapp. - Wat noch einigermaßen lief, wie de Werft, is spätestens seit de Wende 'n Bach runter. - Da fällt mir ne schöne Jeschichte von de Wende in. Wolln Se die hörn? - Müssen Se hörn. Da wollten de Stadtväter 'n Denkmal für de friedliche Revolution und bestellten dafür eigens ne Berühmtheit aus Berlin. Und wat macht er? 'n Esel, aber so, dat er dem Zeitjeist zu ähnlich is. 'n Esel! Det is typisch für Mühlfurt. Die berappen 'n ordentlich et Stück Jeld für ne Sehenswürdigkeit vorm Amtsjebäude. Und wat kriegen se? 'n Esel!" Der Chauffeur schlägt sich lachend auf die Schenkel, erntet aber allein Bibers besorgten Blick aufs Lenkrad. „Na, Sie ham woll jar keen Humor. - Der Esel is nu aber erst recht ne Sehenswürdigkeit und 'n echter Spiegel für de meisten Zeitjenossen. - Wo wolln Se 'n eigentlich jenau hin? So kleen is det Nest nu ooch wieder nich."

„In den Gasthof ... am Wald."

„Hier jibs nur een Jasthof. Und da stehts ooch nich rosig. Sie wolln zu de juute Erika, wat de Frau Weller is. Bei der ham Se's juut jetroffen. Der Kronenkrug liegt gleich am Ortseinjang. - Darf ick fragen, wat Sie hierher verschlagen hat?"

„Ich wollte ein paar Tage ausspannen."

Der Chauffeur lacht ungehalten. „Nüscht für unjuut. Ick frag zuville. Jeht mich ja nüscht an, wat Se hier machen tun. - Grüßen Se mir de süße Erika recht schön, und sagen Se ihr, dat *ick* Sie det Lokal empfohlen hab, da krieg ick bei Jelegenheit 'n Essen gratis für. - Macht zweiundzwanzig siebzig."

Biber gibt ihm dreißig und steigt aus.

„Vielen Dank, Herr Direktor. Hier, nehmen Se de Karte. Ick chauffier Se bei jedet Wetter."

Frau Weller empfängt ihn angesäuert. „Jetzt bin ich sehr gespannt."

„Entschuldigen Sie. - Bitte."

„So nicht. - Vielleicht erzählen Sie mir noch, *was* ich entschuldigen soll."

Biber lacht schon, bevor er die Antwort heraus hat. „Ich hab mich verlaufen."

„Sie, das ist nicht witzig. Ich hab die halbe Nacht auf Sie gewartet und zuletzt erwogen, die Polizei zu rufen. Normalerweise buchen die Leute nicht bei mir und schlafen dann auswärts. Es hätte auch was passiert sein können. Immerhin wollten Sie sich nur mal kurz die Füße vertreten."

Biber ist um Ernsthaftigkeit bemüht. Erstaunt stellt er fest, dass die Leidenschaft die Wirtin um einiges attraktiver macht. „Ich hab gelacht, weil mir klar war, dass Sie mir eh nicht glauben. Es *war* was passiert. Und es wäre nicht schlecht gewesen, Sie hätten die Polizei gerufen. Aber vermutlich hätte auch die mich nicht gefunden."

„Wo waren Sie denn, zum Teufel?"

„Nachdem ich mir über sechs Stunden die Füße vertreten habe in Ihrem Wald ohne Wegzeichen und Wege, war ich froh, auf den Mühlenhof gestoßen zu sein. Andernfalls hätte ich wohl bei Nieselregen unter freiem Himmel übernachtet."

Die Wirtin reagiert befangen. „*Wollten* Sie dahin?"

„Nein. Ich sagte doch, dass ich mich verlaufen hab."

Frau Weller setzt sich. „Das ist schon seltsam."

„Was ist seltsam?", hakt Biber nach, da die Wirtin keine Anstalten macht, weiterzureden.

„Mein Mann, der vor zwei Jahren gestorben ist, hat sich zuletzt beinahe ausschließlich mit dem Gehöft und seiner wechselvollen Geschichte befasst. Er war regelrecht vernarrt in die Ruine. Ich hatte den Eindruck, dass es bei ihm zuletzt eine Art fixe Idee geworden war."

Nun setzt sich auch Biber.

„Was haben Sie?"

„Glauben Sie an sowas wie Vorsehung?"

„Nein, Sie etwa?"

„Dass es mich hierher verschlagen hat, ist absoluter Zufall, erst recht, dass ich mich verlaufen hab. Da rettet mich der Hof. Im Taxi eben, ohne dass ich ihn darauf gebracht hätte, redet der Fahrer über den Hof. Und jetzt erzählen Sie mir, dass Ihr Mann sich leidenschaftlich mit dem Hof beschäftigt hat. Das ist für die kurze Zeit, die ich hier bin, ein bisschen viel Hof, finden Sie nicht?"

„Jetzt hören Sie auf. Es gibt doch noch ganz andere Zufälle."

Biber antwortet nicht, hält es aber doch für einen Wink des Schicksals, an den Hof geraten zu sein, noch dazu in einer Situation, da er versucht, dem alten Leben zu entfliehen.

„Sind Sie den schrulligen Bewohnern des Hofes begegnet?"

Biber hält die Furcht zurück, die Wirtin könne ihm das Mädchen verleiden. „Nein."

„Die lassen alles offenstehen."

„Nicht alles. Zum Glück die Haustür."

Die Wirtin sieht ihn lange nachdenklich an. „Mein Mann hat sich nicht nur *mal so* für den Hof interessiert. Sein Gewissen hat ihn drauf geworfen. - Als wir mit großen Plänen und noch größeren Illusionen den Gasthof vierundneunzig übernommen haben, gab es keine Konkurrenz; hier und da eine Dönerbude oder Pizzeria, aber nichts Richtiges, nichts Dauerhaftes, geschweige denn mit Herberge. Unsere Vorgänger hatten davon gut leben können, warum also nicht auch wir, die wir alles ja noch viel besser machen wollten. Wir hatten vom Elend des Mühlenhofs gehört. Das war aber nicht auf unserem Mist gewachsen. Für jeden, der den Hof sah, stand fest, dass es selbstgewähltes Elend war. 2005 änderte sich alles. August Fiedler machte eine beträchtliche Erbschaft und möbelte den Hof wieder auf. Sie hatten ein mieses Leben gehabt, von vielen verachtet und verspottet. Nun hatten sie die Möglichkeit, alle fühlen zu lassen, wie gut es ihnen geht. Er war nicht fies. Er nahm nur kein Blatt vor den Mund. Und er war hart gegen all die, die sich vor der neuen Konkurrenz ängstigten, die Golls in Welkow und wir. Ein Blitz und ein Baum haben Fiedlers Träume allesamt in Luft aufgelöst. Natürlich wurde viel getratscht, über uns und mehr noch über die Golls, die ja viel Schlimmeres zu befürchten hatten. Ihr Gasthof liegt nur einen Kilometer vom Mühlenhof, unser zehn. Alvin hat Godelinde und Vanessa besucht, als Fiedler schon ein Jahr in Amerika war und alle unkten, dass er nicht wiederkommt. Seitdem hat er gesucht wie ein Besessener. Bis nach Berlin hat er die Archive durchstöbert."

„Godelinde? Die Mutter heißt wirklich Godelinde?"

„Schrulliger Name, nicht?"

Biber baut dem Gedächtnis Brücken, die geeignet sind, den Namen zu behalten. „Und hat er was gefunden?"

„Ich glaube nicht. Irgendwann hab ich ihn gebeten, mich mit all den Mutmaßungen über Unfälle und Verbrechen in Frieden zu lassen. Was sollte all das vergangene Zeug noch helfen? Den beiden im Mühlenhof ging es dadurch nicht besser. Er hat sie zuletzt oft besucht."

„Warum?"

„Er glaubte, dass wir einer der letzten Sargnägel des Mühlenhofs gewesen sind."

„Stimmt das?"

„Möglicherweise. Aber wenn, dann gilt das für unsere Vorgänger. Wir haben dem Mühlenhof ja nie geschadet. Wie auch? Die hatten ja überhaupt erst eine Chance nach der Erbschaft. Und da ging es uns auch schon schlecht genug."

„Den Kronenkrug gibt's heute noch."

„Ja. - Wenn ich die Witwenrente nicht hätte ... Das ist alles mehr Hobby als Broterwerb."

„Aber am Anfang hat es doch noch gereicht."

„Ja, damals, als ich meinem Mann mit großen Träumen in dieses Nest gefolgt bin. Wir hätten alles so lassen sollen, wie es war. Stattdessen haben wir alles Geld in die Sanierung gesteckt und dann natürlich auch die Preise angehoben, um die Kredite bedienen zu können. Es dauerte nicht lange, da ging es nur noch darum, den Kronenkrug ohne Sinn und Verstand am Leben zu erhalten, um der Häme zu entgehen." Die Wirtin erhebt sich.

„Können Sie mir ein Rad leihen?"

„Im Keller steht Alvins Rad. Der Schlüssel hängt vorn am Brett. - Wenn Sie nicht wieder in die Irre gehen wollen, dann folgen Sie dem Weg immer gerade. Erst nach vielleicht vier Kilometern macht er einen leichten Bogen nach links."

„Danke."

„Wollen Sie nicht gleich in den Welkower Gasthof ziehen? Da sind Sie näher dran."

„Nein. Den Mühlenhof hab ich ja nun gesehen. Ich brauche das Rad für die Stadt."

„Aber kommen Sie nicht zu spät zum Essen."

Am frühen Nachmittag begibt sich Biber auf Erkundungsfahrt in den Ort. Es sind kaum Leute unterwegs, und es gibt kaum Gelegenheit für die Augen, mal ein paar Sekunden auf einer überraschenden Entdeckung zu verweilen. Selbst das Stadtzentrum ist wie leergefegt. Was sollen die Leute auch auf der Straße? Gehen ja eh alle ihrer Wege. Der Markt ist sauber. Alle Fassaden sind renoviert. Es sieht aus wie auf einer Ansichtskarte. Nur Menschen fehlen. Schnell hat Biber das Zentrum weit hinter sich gelassen. Die Ziegelei erkennt er schon von weitem, ein imposanter Industriebau, ambitioniert, auch gehobenen architektonischen Ansprüchen zu genügen. Wer genauer hinschaut, sieht, dass es dem Werk nicht besonders gut geht. Biber denkt an den Taxifahrer. Nein, Mühlfurt ist nicht gerade reich an Sehenswertem. Der angrenzende *Klare See*, eine weite Ausbuchtung der Havel, die sich zehn Kilometer bis Welkow zieht, ist noch das Beste. Im See liegt auch die überflutete Furt, die dem Ort ihren Namen gab.

Biber fragt sich zur Werft durch. Sie liegt an einem Seitenarm der Havel, der wahrscheinlich eigens für die Werft gegraben wurde. Auch die Werft macht eher einen deprimierenden Eindruck. Biber schlendert übers verlassene Gelände. Alle Gebäude sind unansehnlich. Im Wasser rostet eine kleine Fähre vor sich hin, wie beinahe alles Metallische weit und breit. Der Werkhof ist leer, Slipanlage und Kräne sehen nicht so aus, als wenn sie in den letzten Jahren benutzt worden wären. In der Halle verlieren sich ein paar kleine Holzboote unterschiedlicher Verfallsgrade. Nach Arbeit sieht das alles nicht aus.

„Hallo! - Das ist hier Betriebsgelände." Ein stämmiger Mittvierziger schlurft - die Hände in den Taschen - auf Biber zu.

Der wartet geduldig, bis der andere nah genug vor ihm steht. „Sagen wir, *Gelände*. Wie *Betrieb* sieht das nicht aus."

„Wollen Sie daran was ändern?"

Das war schlagfertig wie originell und reizt Biber, nicht weniger geistvoll zu antworten. „Möglicherweise" ist das Beste, was ihm auf die Schnelle einfällt.

„Lassen Sie hören."

„Sind Sie der Chef?"

„Sozusagen. Jakobi."

„Haben Sie sonst noch was gelernt?"

Jakobi lachte laut heraus. „Sie sind ein Spaßvogel, Herr ... Sehen Sie, ich hab Ihren Namen schon wieder vergessen."

„Biber."

„Was kann ich für Sie tun, Herr Biber?"

„Meine Frage beantworten."

„Frage? - Ach ja. Haben Sie Zeit?"

Biber nickt.

„Ist es nicht zu kalt nur im Jackett? Wir können auch reingehen."

„Machen Sie sich um mich keine Sorgen."

„Ja also. Gelernt hab ich Zimmermann. Später sind dann fast alle Bauhandwerke dazugekommen, Maurer, Fliesenleger, Klempner, Trockenbauer, Elektriker, Tapezierer und Anstreicher, Dachdecker. Reicht das? Als mit all dem keine Kohle zu verdienen war, hab ich zuletzt auch noch Schiffbau studiert. Aber wie Sie sehen, hat auch das nicht geholfen, auf sichere Füße zu kommen."

„Ist die Fähre in Betrieb?"

„Nee, die haben sie vor drei Jahren stillgelegt. Unrentabel. Hier wurden mal solche Teile gebaut. Die da ist bestimmt nicht mehr fahrtüchtig, könnte aber wieder flottgemacht werden."

„Klingt gut."

„Ja." Jakobi wird verlegen wie jemand, der nur mit einem Ohr zugehört und das Wichtigste verpasst hat.

Biber braucht ein Weilchen, um ganz mit der Sprache herauszurücken. Der Mann, der vor ihm steht, gefällt ihm. Aber gerade das macht ihn unsicher, was vor allem daran liegen mag, dass er diese Art Sympathie auf den ersten Blick noch nicht oft erlebt hat. „Ich hätte da vielleicht eine große Sache, für den Fall, dass Sie an so einer Sache interessiert sind."

„Kommt drauf an."

„Ich beschäftige mich mit dem Gedanken, ein Ufergrundstück zu sanieren, das nur übers Wasser beliefert werden kann."

„Mit *der* Fähre da?" Jakobi verzieht das Gesicht. „Das kann keine so große Sache sein. - Wo gibt's noch Grundstücke ohne Zufahrt? - Oder wollen Sie drüben in Neudorf bauen?"

Biber zögert erneut. „Am Mühlenberg."

Jetzt entgleist Jakobi das Gesicht vollends. „Sie meinen nicht etwa den Mühlenhof?"

„Groß genug?"

„Sie sind verrückt. Was wollen Sie denn damit? Sie sind verrückt. Ich hatte schon geglaubt, dass Sie ein Typ sind, der Nägel mit Köpfen macht. Sie haben ja nicht alle Tassen im Schrank."

„Ich hab Sie nicht gebeten, meinen Geisteszustand zu beurteilen." Die Sympathie für Jakobi verstärkt sich.

Der nickt lange unschlüssig. „Gut. - Drei Fragen: Wann soll es losgehen? Wie lange soll es dauern? Was soll es kosten?"

Das geht nun selbst Biber etwas zu schnell, der von sich denkt, ein Meister schneller Entscheidungen zu sein. Er muss sich entscheiden. Also kommt er mit sich überein, es in der Schwebe zu halten: den Hof vorerst nur in Ordnung zu bringen und erst dann zu renovieren, wenn es wenigstens *einen* vernünftigen Grund gibt, der da*für* spricht, auch *mehr* Geld in die Hand zu nehmen. „Baubeginn schnellstmöglich. - Bauzeit variabel bis zu einem Jahr. - Wenn Sie annehmen, zahle ich einen Vorschuss von Hunderttausend und jede Rechnung prompt." Biber kann regelrecht sehen, wie die Zahl alle Bedenken niederreißt.

„Wie viele Leute stellen Sie sich vor?"

„So viele kompetente Leute, wie Sie auftreiben können. - Wir werden sacht beginnen und vorerst nur das Gelände und die Gebäude in Ordnung bringen, den baulichen Zustand eruieren, vermessen, die Dächer schließen und dicht machen, Schäden an den Grundmauern beheben."

Jakobi nickt wieder lange. „Kriegen wir hin."

„Wir brauchen die Fähre."

„Mach ich zurecht."

„Es gibt da noch eine Bedingung."

Jakobi zieht ein schmerzvolles Gesicht. „Ich höre."

„Absolute Verschwiegenheit was den Ort und das Projekt betrifft. - Bei Verletzung der Bedingung endet die Zusammenarbeit prompt."

Jakobi atmet tief durch. „Bei sowas mach ich nicht mit. Faule Dinger dreh ich nur in kleiner Form."

„Das ist kein faules Ding!"

„Warum dann die Heimlichtuerei?"

„Um Füchse und Geier fernzuhalten."

„Welche Garantie hab ich, dass das ..."

„Mein Wort. Mehr hab ich von Ihnen auch nicht, Herr Jakobi."

„Aber ich kann nur für mich bürgen. Wie soll ich garantieren, dass die Leute ..."

„Stellen Sie Leute an, auf die Sie sich verlassen können. Und nehmen Sie nur solche, die ihr Handwerk verstehen. Ich werde täglich auf der Baustelle sein. Sie kommen nicht vor acht und verschwinden vor zwei."

Jakobi schaut drein wie einer, der die Pointe eines schlechten Witzes nicht finden kann.

„Ich brauche noch Ihren Handschlag und Ihre Bankverbindung."

„Und was, wenn die Sache doch faul ist?"

„Wenn Sie glauben, den kleinsten Beweis dafür zu haben, sprechen Sie mich an. Sollte ich Ihre Bedenken nicht zerstreuen können, sind Sie aller Pflichten ledig. Die Anzahlung gehört in diesem Fall Ihnen."

Jakobi reicht ihm zögerlich die Hand.

„Absolute Verschwiegenheit. Das heißt gegen jeder Mann und Frau. Ist das klar?"

Jakobi nickt.

„Lassen Sie mich wissen, wenn die Fähre startklar ist. Sie erreichen mich im Kronenkrug."

Biber wird von einer Unruhe heimgesucht. Die ist ihm vertraut und wird ihn nun nicht mehr loslassen, bis er alles zusammen hat. Was er so noch nicht kennt, ist das Gefühl, etwas ganz und gar Unsinniges zu tun.

Er fährt zurück ins Stadtzentrum und sucht eine Art Kaufhaus. Man verweist ihn auf die grüne Wiese am Rand der Stadt. Der Neubau liegt nicht weit von der Werft. Biber zieht es in den Beinen, als er vom Rad steigt. Der Warentempel ist menschenleer, also ideal für das, was er vorhat.

„Sind Sie allein?"

Die Frau an der Kasse betrachtet ihn skeptisch mit einem Schuss Ängstlichkeit. „Nein. - Helga! Kommst du mal?!"

„Ich brauche ..."

„Die Kollegin kümmert sich gleich um Sie."

„Wäre gut, wenn Sie ihr dabei helfen."

„Pardon, was kann ich für Sie tun?"

„Ich brauche zwei große, wasserdichte Fahrradtaschen und eine Reisetasche, wenn's geht, Leder."

„Wir führen Bekleidung. Taschen gibt es ..."

„Ich brauche die Taschen für das, was ich bei Ihnen kaufe."

„Ach so." Sie wählt eine Nummer und gibt den Auftrag weiter. „Wenn Sie so freundlich wären, mir zu folgen."

Sie gehen ein paar Läden weiter. Biber wählt unter den bereitgestellten schnell die passenden Taschen aus und bezahlt.

Als sie ins Bekleidungsgeschäft zurückkehren, hat die andere Kollegin die Kasse übernommen. Die beiden Frauen verständigen sich mit Blicken.

Biber sieht im Augenwinkel, dass es vor allem um seinen Geisteszustand geht. „Ich brauche fünf karierte Hemden, drei Hosen, sechs unbedruckte T-Shirts, sechs Unterwäschegarnituren, zehn Paar Socken, zwei ..."

Die Frauen lachen. „Moment. Wollen Sie nicht selber auswählen?"

„Nein. Bringen Sie das, was Sie auch Ihren Männern anziehen würden."

„In welcher Preislage?"

„Egal, solange es was taugt. Wenn's überhaupt nicht geht, sag ich Bescheid."

Sie schwirren ab und kommen schon bald mit vollen Armen wieder.

Biber schiebt die Haufen auf der Ladentafel auseinander und sondert zwei Hemden aus. „Ich kann mir nicht vorstellen, dass Sie Ihre Männer mit solchen Hemden rumlaufen lassen. - Den Rest können Sie in die Kasse geben." Biber beginnt, die gebongten Sachen auszupacken. Er nimmt sogar die Pappen und Klammern aus den Hemden. Es tut nicht not, die Frauen anzusehen, um zu erraten, was sie denken.

„Wollen Sie nicht wenigstens die Hosen anprobieren?"

„Passt schon. - Sie haben die Unterwäschegarnituren vergessen, sechs, dazu noch zwei Nachthemden."

„Ich würde meinem Mann kein Nachthemd anziehen."

„Dann probieren Sie's mal. Er wird's Ihnen danken. Zwei warme Pullover, eine lange, warme Jacke, Hausschuhe in der zweiundvierzig, Wanderschuhe, Arbeitsschuhe, Winterstiefel ..."

„Aber die müssen Sie anprobieren."

„Mach ich. Wenn Sie einen Stuhl für mich hätten."

Sie bringen die Sachen und den Stuhl.

Biber setzt sich nah an die Ladentafel und wechselt die Schuhe in der Reihenfolge, in der sie ihm gereicht werden. Nebenbei begutachtet er die anderen Sachen, die er bis auf ein paar wenige abnickt.

Die Frauen haben jetzt beide Hände voll zu tun, alles aus- und in die Taschen einzupacken. Sie lachen nicht mehr.

„Mütze, Handschuhe, Schal. - Haben Sie auch Arbeitssachen?"

„Ja."

„Strauss?"

„Nein, können Sie nur direkt bestellen. Die Schuhe, die Sie gerade anziehen, sind aber auch nicht übel."

„Stellen Sie noch was zusammen; für die Gartenarbeit", ergänzt Biber, als er die fragenden Gesichter sieht.

„Auch lange Unterwäsche?"

„Ja, sehr aufmerksam. Und vergessen Sie die Handschuhe nicht. Und Atemmasken. Und drei Zollstöcke."

„Die gibt's hier nicht. - Noch was?"

Biber überlegt.

„Wollen Sie 'n Kaffee?"

„Danke, ich hab noch ein bisschen was zu tun. - Fällt *Ihnen* noch was ein?"

„Handtücher?"

„Hab ich. - Taschentücher."

„Trainingsanzug?"

„Seh ich so aus? - Kann nicht schaden."

Die beiden Fachverkäuferinnen haben noch ein Weilchen mit dem Packen zu tun. „Sie sollten aber alles erst noch mal waschen. - War das dann alles?"

Biber nickt.

„Mehr geht auch nicht mehr rein. - Macht tausendachthundert achtzehn, und siebenunddreißig Cent."

Biber zahlt mit Karte. „Guten Tag." Er legt sich den Riemen der Reisetasche über die Schulter und zieht die beiden Fahrradtaschen mit Schwung vom Warentisch.

„Gern wieder."

Biber braucht ein bisschen, bis er raushat, wie sich die beiden Taschen am Gepäckträger anhängen lassen. Die Reisetasche passt wie angegossen obenauf. Er schaut auf die Uhr. Der Einkauf hat kaum länger als eine halbe Stunde gedauert. Der Beinschwung über die Herrenradstange gelingt erst beim zweiten Mal. Da er kein versierter Fahrer ist, hat er anfangs mit der Hecklastigkeit Probleme.

Unterwegs kauft er noch Wasch-, Rasier- und Zahnputzzeug und ein paar Lebensmittel, die er in zwei Beuteln am Lenker verteilt. Er fährt Richtung Kronenkrug, biegt aber davor ab, um ihm in gehörigem Abstand auszuweichen.

Der Waldweg ist vom Rad aus viel besser zu erkennen, erst recht, wenn man weiß, dass es keinen scharfen Abzweig gibt. Der Bewuchs des Weges beansprucht all seine Aufmerksamkeit. Nach einer knappen Stunde ist er am Ziel. Wenn man weiß, dass man keinen Weg, sondern Spuren eines längst untergegangenen Weges suchen muss, ist es leicht, das Haus zu finden, dessen gedeckter Giebel auch am hellen Tag nur schüchtern durchs Herbstlaub lugt. Biber ist froh, es noch vor Vanessa geschafft zu haben.

Er stellt die Taschen im Haus ab, zieht sich um und geht ohne zu zögern daran, das Gewächshaus zu entschärfen. Selbst hier draußen scharren zwei Hühner, leichte Beute für jeden Fuchs. Alle Scheiben, die sich ohne weiteres lösen, zerschlägt Biber in einem verrosteten Fahrradanhänger. Nachher entfernt er mit noch größerer Vorsicht auch die widerspenstigen Scheiben. Sein Ziel ist es, das Backhaus als Nachtlager herzurichten. Also schleppt er alles ins Freie. Er trennt Brennbares von Nichtbrennbarem, schleppt ersteres zum Gewächshaus und entfacht dort ein Feuer, das sich bald auf eine imposante Höhe frisst. Als das Feuer übermannshoch prasselt, wird er immer nachlässiger in der Auswahl von schadlos Brennbarem. Ohne zu fackeln räumt er das Backhaus aus. Was ihm zu schade für den Raub der Flammen dünkt, bringt er im Schuppen unter, den er sich als nächstes vorgenommen hat. Hier entdeckt er ein altes Bett, dessen Teile sich sogar noch zusammenstecken lassen. Der Lattenrost ist nur an wenigen Stellen gebrochen. Biber kehrt das bis auf zwei riesige Wandregale leere Backhaus aus, auch die Spinnweben und Mäusenester und Dinge, die sich - zum Glück - nicht mehr identifizieren lassen. Ohne

Mundschutz wäre er verzweifelt. Er kann sich nicht erinnern, jemals in so staubiger Luft gearbeitet zu haben. Mit Wischeimer und Lappen geht er dem Dreck an den Fenstern zu Leibe, dann wischt er auch noch den Fußboden. Immer wieder schaut er Richtung Tor. Auch das Feuer muss er im Auge behalten. Das Glutbett ist mittlerweile so stark, dass sich darin beinahe alles entzünden lässt. Er füttert es, so gut er kann. Die Gestänge der verrotteten Gartenmöbel glühen rot, auch die Überbleibsel eines Federrostes. Biber scheuert den Backhausboden. Er hat aufgehört, die Eimer zu zählen. Wann immer er eine Ladung ins Feuer wirft, gönnt er sich ein paar Atemzüge Ruhe. Das Bett stellt er im hinteren Raum des Backhauses auf, direkt unterm Ofen. Er holt eine Lampe, einen Tisch und vier Stühle aus dem Schankraum, alles aus der Abstellseite. Im Stall, der unsäglich zugerümpelt ist, findet er sogar Matratzen fürs Bett und eine Truhe mit ausgebrochenen Scharnieren. Biber trägt auch die ins Backhaus und stellt darin die drei Taschen aus der Schankstube ab. Die ausgezogenen Sachen hängt er über einen der Stühle. Die drei Matratzen sehen manierlich aus und fassen sich trocken an. Er wirft sie aufs Rost und holt sein Bettzeug vom Himmelbett. Er ist zufrieden mit seinem neuen Heim, dem freilich Vanessa noch zustimmen muss ...

Biber atmet schwer. Jetzt kann sie kommen. Bisher war er dankbar für jede Minute, die sich Vanessa verspätet, jetzt bangt er dem Augenblick entgegen. Sie wird doch nicht der Mutter in die Stadt gefolgt sein.

Die Dämmerung legt sich über den Hof. Das Feuer brennt nieder, bis nur noch der Glutberg - in unterschiedlichen Farbstimmungen vor sich hin wabernd - vom hitzigen Gefecht kündet. Biber nutzt die ungewisse Zeit, die ihm noch bleibt, um das Hofpflaster frei zu räumen. Die Hühner halten seinen Blutdruck im oberen Bereich.

Um sechs bricht er alle Arbeit ab, um sich zu duschen und umzuziehen. Er ist ganzkörperlich abgekämpft und zerschlagen, wie schon lange nicht mehr. Die Hände haben - trotz der Handschuhe - manche Blessur. Trotzdem ist er angenehm beseligt, als er sich in den alten Ohrensessel fallen lässt. Es braucht nicht lange, bis ihn der Schlaf übermannt.

„Was machen Sie denn noch hier?" Die Worte kommen von ganz weit her.

Biber hat Schwierigkeiten mit der Orientierung. Nur langsam kommt er in der Wirklichkeit an. „Ich warte auf Sie", hört er sich sagen.

Vanessa steht hilflos vor ihm.

„Ich würde gern noch ein paar Tage bleiben. Geht das?"

„Nein. - Ich ... Wir sind auf sowas nicht eingerichtet."

„Ich hab die Nacht so wunderbar geschlafen. - Ich würde die Umstände, die ich mache, mit tätiger Hilfe vergelten."

„Was denn für Hilfe? Hier ist nichts zu helfen."

„Sagen Sie das nicht. Ich hab mich schon ein bisschen nützlich gemacht, im Gewächshaus und im Backhaus und dem Schuppen, auch schon im Stall."

„Das ist doch ganz unsinnig. In einem Jahr hau ich ab. Bis dahin reicht alles hin, wie es ist."

„Aber ist es nicht irgendwie angenehmer, wenn alles ein bisschen harmonischer ist?"

„Mir ist es harmonisch genug. Wenn ich weg bin, wird der Hof eh abgerissen. Wozu wollen Sie sich noch Arbeit machen damit?"

„Weil es gut tut, rumzuwerkeln, erst recht, wenn hernach der Anblick das Herz erfreut."

„Sie sind ja nicht gescheit. Ich geh früh morgens aus dem Haus und komme erst nachmittags wieder. Da hab ich meistens für die Schule zu tun. Und dann geh ich ins Bett. Ich hab gar keine Zeit für - *herzerfreuliche Anblicke.*"

„Ihre Mutter vielleicht?"

„Die ist doch gar nicht da."

„Wenn sie wiederkommt, wird sie sich umso mehr freuen. Und wenn es hier wohnlicher ist, fällt es ihr vieleicht leichter, zu bleiben."

„Nein, nein, nein! Hören Sie auf. Ich will das nicht. Hören Sie? Ich will das nicht!"

Biber ist am Ende mit seinem Latein. Betreten starrt er auf die Tischplatte. „Schade. Ich hab schon das Backhaus ausgeräumt und sauber gemacht und eingerichtet. Sie würden gar nicht merken, dass ich hier bin."

„Wer hat Ihnen nur diese Laune in den Kopf gesetzt?", fragt sie bedrückt. „Wollen Sie alle Tage von Eiern, Brot und Wasser leben?"

„Jetzt sagen Sie bloß nicht, dass das Ihre ganze Nahrung ist."

„Nein, ich hab ja noch das Schulessen."

Biber schöpft Hoffnung. „Ich mach Ihnen einen Vorschlag. Ich bezahle Ihnen die Übernachtungen und das Essen wie in einer richtigen Herberge, sagen wir tausend Euro im Monat? - Im Voraus, versteht sich."

„Sie sind verrückt. Das ist doch viel zu viel."

„Das sind dreißig am Tag. So billig wohnt man nirgends sonst." Er nimmt das Portmonee und zählt das Geld auf den Tisch.

Vanessa wirft sich auf den Stuhl und stützt den Kopf in beide Hände. „Warum machen Sie das?"

„Weil es mir hier gefällt."

„Das glaub ich nicht!" Sie wartet, bis sich der Atem beruhigt. „Sie können bleiben, wenn Sie versprechen, dass Sie sich nicht irgendwelche anderen Hoffnungen machen, und nicht weiter rackern, um den Hof frei zu räumen."

„Das erste kann ich versprechen, das zweite nicht. - Der Aufenthalt wäre ja nicht halb so erholsam ..."

„Gut. - Gut." Sie nimmt die Scheine vom Tisch. „Ich mach Ihnen ein Frühstück und ein warmes Abendessen und das Bett."

„Abendessen und Bett sind nicht nötig. Ich komme zurecht."

„Herr Biber, was für das Geld nötig ist, bestimme ich."

„Ich heiße Olaf. Wollen wir nicht *du* sagen?"

„Es ist besser, wenn es so bleibt, wie es ist."

Biber nickt bedrückt.

„Sie können *Vanessa* sagen und von mir aus auch *du*. - Mit dem Abendbrot kann ich erst morgen beginnen. Die Läden sind längst ..."

„Ich hab eine Kleinigkeit eingekauft. In der Küche."

Vanessa läuft in den Nebenraum.

Als er sie hantieren hört, folgt er ihr. Im Türrahmen bleibt er stehen. Er hat Spaß daran, ihr zuzusehen. Ihre Handgriffe sind energisch und sicher und geübt. Je länger er zuschaut, desto mehr beunruhigt ihn die Größe der zu erwartenden Portion. „Der Einkauf kann auch noch für die nächsten Tage reichen."

„Haben Sie keinen Hunger?"

„Doch, aber ..."

„Ich auch."

„Dann bin ich beruhigt." Was gelogen ist. „Warum sind ... bist du so davon überzeugt, dass der Hof keine Zukunft hat?"

Vanessa schneidet das Brot über der Brust. „Es gibt keine Straße, keine Kanalisation, Wasser nur aus dem Brunnen; es gibt mehr oder weniger gut gehende Herbergen in Welkow und Mühlfurt; der Ruf des Hofes ist miserabel, die Abneigung der Leute gegen das Land, auf dem er steht, geradezu abergläubisch; seine Vorgeschichte ist zwiespältig; seine Vergangenheit mehr als glücklos. Schon Mühlfurt ist langweilig und fad genug. Fragen Sie mal die Wirtin vom Kronenkrug. Die kann Ihnen ein Lied singen über die touristische Anziehungskraft dieser Stadt."

Das war eine Breitseite. Sie weiß Bescheid, und sie macht sich nichts vor. Biber ist zerknirscht. Das waren gleich verdammt viele Gründe, die dagegen sprechen, gewichtige Gründe zumal. Und alle klingen vernünftig. Ohne Zweifel sind die Umstände in allem so ungünstig wie nur denkbar. Bibers Widerspruchsgeist wird aufmüpfig und zu seinem Leidwesen auch noch unvernünftig. Er hat das Gefühl, dass die vertraute Stimme in ihm ins Hintertreffen gerät gegen eine Stimme, die ihm wenigstens bisher unvertraut, ja fremd gewesen ist.

Das Abendbrot ist fürstlich im Vergleich zum vortägigen. Vanessa isst mit gesundem Appetit. Biber hält sich zurück. Die Wirtin wartet mit dem Essen. Er schaut auf die Uhr. „Wo willst du hin, wenn du mit der Schule fertig bist?"

„Nach Berlin, Gastronomie studieren."

Bibers Laune bessert sich. „Und dann?"

„Eine kleine Wirtschaft aufmachen, irgendwas Besonderes."

„Was wäre zum Beispiel was Besonderes?"

„Mal sehen. Was Originelles, was es noch nicht so oft gibt."

„Ah ja."

Vanessa zögert ein Weilchen, ehe sie sich traut, dem Fremden das Geheimnis anzuvertrauen. „Ein - natürlich unerfüllbarer - Traum wäre, einen alten Mississippidampfer wieder flott zu machen."

„Das wäre was Besonderes?"

„Etwa nicht?"

„Keine Ahnung."

„Wissen Sie, wovon ich rede?"

„Wahrscheinlich nicht."

„Warten Sie."

Biber schaut ihr nach.

Sie geht zum Tresen und kommt rasch zurück. „Hier, so ein Ding."

Biber betrachtet die alte Postkarte mit dem Foto eines anlegenden Bootes. Auf dem Maschinenraum steht in großen Lettern *Carneal Goldman*. Ihm wird heiß. Er denkt an die Anlegestelle und die Werft. „Das wäre schon was Besonderes."

„Sehn Sie? - Hier unten auf dem Lagerdeck würde ich einen Ballsaal einrichten, rundum zu mit hohen Fenstern. Auf dem zweiten Deck ein paar Hotelzimmer, nicht viele, nur ein paar, die nicht zu viel Mühe machen, und darüber meine Wohnung. Und hier oben im Steuerraum steht der Kapitän."

„Der hat aber eine verdammt kleine Wohnung."

„Der müsste natürlich mit mir verheiratet sein. Er fährt, und ich schmeiße die Wirtschaft. Wir schippern flussauf, flussab, und im Ballsaal spielt eine Bluesband, alle schwarz und schon alt, aber richtig gute Mugge. Und alle Leute reißen sich darum, mal ein Stück mitgenommen zu werden."

„Du bist viel hübscher, wenn du *für* eine Sache bist. - Woher hast du die Karte?"

Vanessas Begeisterung verfliegt. „Von meinem Vater aus Amerika. Die einzige, die er geschickt hat. Nachher haben wir nichts mehr von ihm gehört."

Biber dreht die Karte um. „Darf ich?"

„Nein. Es ist nichts Interessantes."

Biber überschaut den Tisch. Das Mädchen hat es tatsächlich fertiggebracht, das Abendbrot ohne seine erwähnenswerte Beteiligung zu vertilgen.

Vanessa steht auf, um den Tisch abzuräumen. Als sie in der Küche ist, nimmt Biber die Karte. Mit einem halben Auge zur Küchentür überfliegt er den Text. Es ist so, wie Vanessa gesagt hat. Er dreht die Karte um und vertieft sich in die Abbildung.

Vanessa kommt, um den Tisch abzuwischen, und nimmt ihm die Karte aus der Hand. „Wollen Sie wirklich im Backhaus schlafen?"

„Unbedingt. Hab ja genug dafür geschuftet. Bist du böse, wenn ich mich zurückziehe?"

„Nein. - Haben Sie Licht?"

„Ja, alles, was ich brauche. Das heißt, der Schlüssel ..."

„Haben Sie Angst vor mir?"

„Nein, eher vor mir. Du solltest das Haus abschließen"

„In der Dachrinne rechts. Wenn Sie noch einen Platz für mein Rad haben ..."

„Hab ich. Brauchst du das nicht morgen früh?"

„Nein."

„Dann schlaf gut."

„Soll ich Sie zum Frühstück wecken?"

„Nein, nein. Kümmere dich nur um dich. Ich schlaf aus."

„Gute Nacht."

Biber nimmt ihr Lächeln mit in die Nacht. Er zieht sich um, schiebt Vanessas Rad ins Backhaus, schließt ab und macht sich auf den Weg nach Mühlfurt. Das erste Stück schleicht er sich vorsichtig am Haus vorbei. Er ist müde. Die neue Jacke ist warm und luftig. Das Licht an Alvins Rad scheint hell und brennt sogar im Stand. Biber hat die Unbill einer Nachtfahrt unterschätzt. Fehlte nur, dass er sich jetzt verfährt. Die Spur, die er bei der Hinfahrt mit den Rädern geprägt hat, ist im Lichtkegel immer noch gut zu erkennen. Ohne Taschen ist die Tour ein Spaß, abgesehen von den Hieben übersehener Zweige.

Die Wirtin erwartet ihn kopfschüttelnd. „Wissen Sie, wie spät es ist?"

„Wissen Sie, was Sie von meiner verstorbenen Frau unterscheidet?" Ihre Verdutztheit ausnutzend, fügt er hinzu: „Meine Frau hat mich geduzt."

Die Wirtin hat sich schnell wieder gefasst. „Was wollen Sie damit sagen? Dass ich Sie duzen soll? - Wenn Sie wollen, dass ich mich nicht weiter um Sie kümmere, lass ich Sie in Ruhe, und Sie können kommen und gehen, wann's Ihnen beliebt. Dann müssen Sie aber mit einem kalten Abendbrot vorlieb nehmen, oder Sie machen es am besten gleich selbst."

„Ich verspreche, mich zu bessern."

„Was ist mit dem Abendbrot?"

„Ich hab schon gegessen."

„Sie wollten sich bessern."

Biber fühlt sich rechtschaffen müde. „Gut. Überredet. Ich werde noch etwas essen, wenn Sie mir Gesellschaft leisten."

Die Wirtin verschwindet, um nach kurzer Zeit - wenigstens erscheint es Biber so - mit einem Tablett zurückzukehren. Sie sieht anders aus. Biber bemerkt erst nach einem Weilchen, dass sie sich umgezogen hat. Für ihn? „Sie sehen …“ Biber fehlen die Worte. Der Taxifahrer hat recht.

„Danke. - Lassen Sie es sich schmecken.“

„Und Sie?“

„Ich hab schon.“

Sauerbraten, Rotkohl und Klöße. Biber langt zu.

„Woran ist Ihre Frau gestorben?“

„Krebs.“

„Das tut mir leid.“

Biber nickt. „Haben Sie Kinder?“

„Nein. - Erst hat es sich nicht ergeben, später hat es nicht mehr geklappt. Vielleicht hat es Alvin auch darum so oft zum Mühlenhof gezogen.“

„Jetzt haben *Sie* aber damit angefangen.“

Die Wirtin lacht. „Wenn man jung ist, glaubt man, für alles noch ewig Zeit zu haben. Je älter man dann wird, desto kleiner scheint einem die Zeitspanne gewesen zu sein, in der man hätte etwas bewegen können. - Geht es Ihnen auch so?“

Biber denkt nach. „Was das Gefühl der Zeitverkürzung angeht, stimme ich Ihnen zu. Aber ich glaube, dass ich die entscheidende Zeitspanne nach meinen Möglichkeiten genutzt habe.“

„Haben *Sie* Kinder?“

„Drei.“

„Schön.“

Biber sieht die Trauer in ihrem Gesicht. „Mein Sohn lebt in Namibia, meine beiden Töchter in Kanada und Australien. Das sind achttausend, sechseinhalbtausend und sechzehntausend Kilometer von hier. Untereinander ist es noch weiter. Wenn sie irgendwo im Universum zu Hause wären, würde ich den Unterschied nicht merken.“

„Was machen Sie eigentlich beruflich?", versucht sie abzulenken.

„Ich hab Maurer gelernt und mich mein Leben auf Baustellen rumgetrieben."

„Sie sehen nicht gerade so aus, wie man sich einen Maurer vorstellt."

„Sondern?"

„Ich weiß nicht. - Ist das auf Dauer befriedigend?"

„Bauen ist meistens aufregend."

„Aber wird es nicht langweilig, immer nur nach Plänen zu arbeiten, die sich andere ausgedacht haben?"

Biber lacht bitter auf. „Es bleiben noch genügend Unwägbarkeiten übrig, die bewältigt werden müssen. Das kann auch sehr spannend sein."

„Weil Sie gerade *spannend* sagen. Ich hab Ihnen den Ordner mit Alvins Ausgrabungen hingelegt, vielleicht können Sie ja was damit anfangen." Sie stellt das Geschirr aufs Tablett zurück und geht in die Küche.

Biber schaut ihr nach. Ist er wirklich erst einen Tag hier? Was mögen sie in der Firma ohne ihn anstellen? Er wünscht sich, dass sie ohne ihn zurechtkommen, und wünscht sich auch, dass es drunter und drüber geht. Das kühle Bier hat ihn wieder munter gemacht.

Er fühlt sich wie in einer energiegefüllten Blase im Zentrum eines Universums, aus der heraus alles möglich ist, aber er muss bestimmen, was. Was will er eigentlich? Ihm wird klar, dass er bisher immer das Naheliegende in Angriff genommen und bewältigt hat, von einer Stufe auf die nächste, und dass er dieses folgerichtige, zweckmäßige Steigen für einen Aufstieg gehalten hat. Aber war das Naheliegende, Folgerichtige, Zweckmäßige das, was er wollte? Na klar, sonst hätte er es ja nicht gemacht. Aber stand er hinter diesem Willen? oder folgte er nicht viel eher den Erwartungen anderer? erst denen der Eltern, später denen der Erzieher und Lehrer im Internat, dann denen der Frau, die er erwählt hatte, noch ehe er ein Mann geworden war? Was hätte er gewollt, wenn er bei anderen Eltern und Lehrern aufgewachsen, von einer anderen Frau heimgeführt worden wäre? Biber fällt es schwer, den eigenen Kern zu bestimmen. Gibt es den überhaupt? Ist dieser von fremden Erwartungen bestimmte Wille nicht das, was wir soziale Prägung nennen? Prägung der Persönlichkeit? Biber muss an die Prägung von Münzen denken, die geschlagen oder auch umgeschlagen werden mit kräftigem Hieb. In den Rohling lässt sich jedes Wappen schlagen, und dieses wiederum ließe sich in jedes beliebige andere Wappen umschlagen, wenn der Hieb nur kräftig genug ist. Nein, so einfach ist das nicht. Im Internat hat Biber oft erlebt, wie unterschiedlich die Rohlinge auf die gleichen Schläge reagieren. Die einen zerbrechen, die anderen werden hart. Es gibt nichts dazwischen. Oder doch? Passen sich die meisten nicht einfach jeder beliebigen Prägung an?

„Herr Biber, wollen Sie nicht ins Bett?"

Er schaut zur Tür. „Nur, wenn Sie mir Gesellschaft leisten."

Biber erwacht mit einem wunderbaren Wohlbefinden. Er glaubt, Klaviertöne zu hören, von ganz fern. Es gelingt ihm nicht einmal, die Klänge zu einer vertrauten Musik zu fügen. Die Nacht war in einem Wort *beglückend*. Erika war ihm tatsächlich ins Bett gefolgt und hat sich daselbst als ein den sinnlichen Genüssen in besonderer Leidenschaft und Zärtlichkeit ergebenes wie verbundenes Weib gezeigt.

Das Nachbarbett ist leer. Biber ist sich nicht sicher, wie verbindlich die Nacht gewesen ist. Er hat Bedenken, dass die Frau, die ihn vor wenigen Stunden in allem hat gewähren und nicht weniger hat genießen lassen, vielleicht das Bett ebenso prompt verlassen hat, wie sie seiner Bitte gefolgt ist, die eigentlich nur als Scherz gedacht war. Ging es ihr nur darum, den Augenblick zu genießen?

„Das Frühstück ist fertig", hört er durch die geschlossene Tür. Ist das ein gutes oder schlechtes Zeichen?

Biber springt aus dem Bett in die Dusche, zieht die Sachen vom Vortag an und läuft hastig in den Frühstücksraum. Die Stimmung des Morgens ist unentschieden.

Erika sitzt am Tisch, die Ellbogen aufgestützt, den Kaffepott mit beiden Händen an die Lippen drückend. „Guten Morgen", spricht sie leise in den Pott.

„Guten Morgen." Er setzt sich zu ihr. „Du siehst bezaubernd aus."

„Danke."

„Fühlst du dich gut?"

„Ja, und du?"

„Sehr gut." Er fühlt, dass es nicht ganz das ist, was sie hören will. Aber sie hat auch nichts gesagt, was ihn ermutigt hätte, das zu sagen, von dem er hofft, dass sie es hören will. „Ist es möglich, zwei Wochen länger zu bleiben?"

„Du kannst bleiben, solange es dir gefällt."

Meint sie jetzt im *Kronenkrug* oder bei ihr? Biber hat das Gefühl, dass die Worte von bleiernem Gewicht sind. Warum gibt sie ihm nicht ein kleines Zeichen?

Beide frühstücken stumm. Beide warten auf ein verbindliches, wenigstens ehrliches Wort.

Biber hält es nicht länger aus. Er steht auf und geht zur nächsten Wand, die vielen gerahmten Fotos betrachtend, altehrwürdige Fotos aus Mühlfurt und Umgebung. Eigentlich hatte er nur der beklemmenden Situation ausweichen wollen, jetzt weckt ein Foto tatsächlich sein besonderes Interesse: *Der Mühlenkomplex am Mühlenberg*, ein verwinkelter Ziegelbau wie aus dem Bilderbuch.

„Das Foto ist 1905 gemacht worden, kurz vor der Wiedereröffnung der Mühle nach dem verheerenden Brand", erklärt Erika ruhig. „Heute gibt es nur noch die Anlegestelle. Schon in der Kaiserzeit hat die Wassermühle ein Mahl- und ein Sägewerk und zudem eine Ölpresse angetrieben. Nach dem Ersten Weltkrieg ist es dann schnell abwärts gegangen. Die Inflation hat sie nicht überstanden. Ein wohlhabender Ziegeleibesitzer hat sie zusammen mit dem Mühlenhof gekauft. - Wenn du willst, kannst du in Alvins Arbeitszimmer an seinem Rechner arbeiten. - Das Passwort ist *Wirsingkohl*."

„Das ist lieb. Danke."

„Nimmst du bitte den Ordner mit."

Biber geht mit dem schweren Ordner in das von ihr gewiesene Zimmer. Er überlegt, ob er nicht noch einmal zu ihr gehen, sie in den Arm nehmen und ... Er startet den Rechner. Es fühlt sich komisch an, die Datensammlung eines Verstorbenen zu öffnen. Er liest nur die Namen der Ordner und Dateien.

Ohne auch nur eine zu öffnen, geht er ins Internet, um Bilder über Mississippidampfer zu suchen. Er liest alles Auffindbare über heckradgetriebene Dampfschiffe dieser Zeit. Am schwersten fällt es ihm, die richtigen Proportionen zu erfassen. Es geht ja nicht darum, das modernste Boot dieses Typs nachzubauen, wie sie es in Hamburg und andernorts gemacht haben, sondern das Typische, Reiz- und Stimmungsvolle, kurz, das Authentische dieses Schiffstyps zu erfassen. Auch diese Schiffe waren ja nicht vor manieristischen oder gigantomanischen Auswüchsen gefeit. Biber schaut sich alle Bilder an, derer er habhaft werden kann, alte Fotografien zumeist aus der Zeit vor und nach dem amerikanischen Bürgerkrieg. Je länger er sucht, desto mehr gefällt ihm der Dampfer auf Vanessas Karte. Es findet sich nichts Vergleichbares. Er hat nur einen Teil des Namens behalten. *Goldman.* Als er ihn eingibt, öffnet sich das Foto von Vanessas Karte. *Carneal Goldman 1885.* Biber starrt lange auf das Bild. Wichtig für eine stimmungsvolle Form sind wohl drei Dinge: Der Rumpf muss ausladend breit sein, darf nur wenig aus dem Wasser ragen und seitlich nicht ganz von den Aufbauten beansprucht werden. Er probiert unterschiedliche Varianten und kommt doch immer wieder bei der *Carneal Goldmann* an. Nachdem er die Maße aufs Papier übertragen hat, schaut er auf einen Entwurf, der seinen Vorstellungen entspricht. Er recherchiert gültige und praktikable Schiffsmaße und Tonnagen, skizziert die Versorgungs- und Entsorgungssysteme und nimmt dann die Aufbauten der vier Decks in Angriff. Er zeichnet, konstruiert, berechnet, entwirft das Ambiente des Ballsaals, ordnet der Küche und dem Maschinenraum den nötigen Platz zu, misst zehn Kabinen auf dem zweiten Deck ein, bestimmt die Maße für die Kapitänswohnung auf dem dritten und das Ruderhaus auf dem vierten Deck; sucht Antriebsmotoren, geläufige Materialien im Schiffbau, misst und errechnet die Wasserverdrängung und die sich daraus ergebende höchste Traglast des Schiffes, den Dieselverbrauch, die höchste Besucherzahl im Ballsaal, die maximale Kabinenbelegung, den täglichen Wasserbedarf und das nötige Fassungsvermögen der Fäkalientanks.

Er arbeitet ohne Unterbrechung bis zum späten Mittag und macht sich dann eilig auf den Weg zum Mühlenhof.

Hier macht er weiter, wo er am Vortag aufgehört hat, schafft aber nicht einmal die Hälfte des Stalls, an dessen Rückseite sich große Haufen Schrott und anderer nichtbrennbarer Rückstände bilden. Im Stall laufen ihm die ersten lebenden Mäuse über den Weg. Er denkt daran, Fallen aufzustellen. Mäuse sind niedlich, aber im Haus nicht lustig.

Mit den Gedanken ist er beim Dampfer. Alles muss gediegen sein, behaftet mit viel Patina, also Altersspuren. Und wie soll er heißen? Ohne danach gesucht zu haben, bietet sich *Godelinde* an. Wie kann man ein Mädchen Godelinde nennen? Für einen Dampfer ist der Name wie gemacht. Bibers Gedanken treiben in eine merkwürdige Richtung. Er geht ins Haus und geradewegs zum Tresen. Aufgeregt hält er die Karte in der Hand. *Carneal Goldman* zu *Godelinde*, das sollte funktionieren. Er steckt die Karte ein und geht in den Stall zurück.

Wieder und wieder trägt er Gerümpel ins Freie, das meiste gleich weiter zum Feuer. Nur bei wenigem ist er unschlüssig. Selten zieht er eine Kostbarkeit aus dem Plunder: Öllampen, einen alten, tadellos erhaltenen Pflug, eine hölzerne Heugabel mit allen Zinken, drei gewaltige Einlegetöpfe mit passendem Deckel, ein halbes Dutzend Weinballons, ein kohlebeheiztes Bügeleisen, ein Paar uralte Schlittschuhe, einen weißen Nachttopf aus Porzellan mit Goldrand und Röschen und den bedeutsamen Worten: *Dien ich auch nicht grad zur Zier, unentbehrlich bin ich dir.* Er wäscht ihn am Brunnen und trägt ihn ins Backhaus, um ihn da unters bisher unbenutzte Bett zu schieben. Als er sich das

zweite Mal den Kopf am niedrigen Rahmen der Stall-
tür stößt, fällt ihm ein, dass er unbedingt recherchieren
muss, ob sich die Höhe der Schiffsaufbauten mit der
Durchlässigkeit gebräuchlicher Brücken verträgt. Wieder ist er mit schalkhaften Gedanken bei der Karte.

Wann immer der geschundene Körper nach Ruhe
schreit, setzt sich Biber mit Zeichenblock und Stift auf
den selbstgefertigten Stuhl aus einem ausgeglühten
Gestell und dem Polster eines der vielen unbrauchba-
ren Stühle aus dem bis zur Decke gestapelten Gerümpel. Er zeichnet den Hof aus den unterschiedlichsten
Blickwinkeln. Biber weiß, dass er talentiert ist. In jungen Jahren hat er mit den Skizzen aus lockerer Hand
viel Eindruck gemacht, vor allem bei den Mädchen.
Später war dafür weder Zeit noch Gelegenheit. Er
könnte den Hof auch fotografieren, wie er das bei all
seinen Projekten zu tun pflegt, aber das hätte ihn zu
sehr an das alte Leben erinnert. Zudem liegt sein
Smartphone in einem fernen Büro. Manchmal vertieft
er sich solchermaßen in die Zeichnung, dass er das
Feuer vergisst. Zuletzt stellt er sich der Herausforderung, auch Hühner ins Bild zu setzen.

Vanessa kommt heut früher als am Vortag.

Biber bemerkt sie erst, als sie hinter ihm steht.

„Sind Sie Künstler?"

„Lebenskünstler."

„Damit könnten Sie Geld verdienen."

„Seit wann verdienen Künstler Geld?"

„Na, vielleicht nicht alle. - Ich hab was zum Kaffetrinken mitgebracht. Wollen Sie?"

„Gern."

„Seit Sie hier sind, hat sich die Luft merklich ver-
schlechtert. Wollten Sie nicht Holz hacken oder Wiese
mähen?"

„Dafür haben sich die räumlichen Verhältnisse entspannt."

„Davon profitiert nur die Abrissfirma."

Nach dem Kaffetrinken arbeitet und zeichnet Biber noch bis zum Dunkelwerden. Wenn er nicht an das Dampfboot denkt, dann grübelt er über die letzte Nacht, ohne freilich zu einem Resultat zu gelangen, das frei ist von Wünschbarkeit und Spekulation.

„Wie lange haben Männer eigentlich Lust?", fragt Vanessa beim Abendbrot. Es gibt Cordon Bleu mit Bratkartoffeln und Karotten.

„Warum fragst du?"

„Nur so." Vanessa isst, wie schon am Vortag, hemmungslos.

„Mein Urgroßvater soll noch mit über siebzig regelmäßig Sex gehabt haben."

„Und Sie?", nuschelt sie mit vollem Mund.

„Ich wäre nicht böse, wenn die Lust ein wenig nachließe."

„Ist das dann nicht öde für Sie, hier so allein?"

„Fragst du, weil du mir aus der Ödnis helfen willst, oder weil du willst, dass ich mich an einen weniger öden Ort verpisse?"

Vanessa schluckt, bis der Mund frei ist. „Weder noch."

„Dann deshalb, weil dich meine Impotenz oder Lustlosigkeit beruhigen würde."

„Vielleicht."

„Auch wenn es für Entwarnung bei mir zu früh ist, Sorgen musst du dir keine machen. Meine beiden Töchter sind doppelt so alt wie du."

„Das viele Geld und der Einkauf. Ich habe - offen gestanden - ein bisschen Angst, dass Sie bei all dem einen Lohn im Auge haben, den ich nicht bezahlen kann - oder will."

Biber spürt, wie das unvertraute Ich das Zepter übernimmt gegen das bisher vertraute, zutiefst gekränkte, das am liebsten türschlagend aus dem Leben des Mädchens gegangen wäre. „Ich habe keinen Lohn im Auge. Das Vergnügen, dir beim Essen zuzusehen, genügt mir."

Als Biber am späten Abend im Kronenkrug ankommt, schläft die Wirtin bereits.

Auch beim Frühstück kriegt Biber Erika nicht zu Gesicht.

Er arbeitet wie besessen weiter an der Dampfschiffkonstruktion. Mit dem ihm vertrauten Zeichenprogramm fügt er die Ideen im Computer zusammen, verwirft noch einmal die Proportionen, richtet Küche, Ballsaal, Kabinen und die Kapitänswohnung ein. Der Dampfer auf dem achten farbigen Ausdruck ist vierzig Meter lang, zehn Meter breit und ohne Schornsteine zwölf Meter hoch. Die riesigen Schornsteine überragen das Ruderhaus um drei Meter. Der Tiefgang sollte unter einem Meter bleiben. Auf dem ersten Deck befindet sich im Heck der Motorenraum mit den beiden Stromaggregaten und den beiden Dreihundertfünfzig-PS-Dieselmotoren von Volvo für die beiden Schaufelräder von vier Metern Durchmesser. Dem schließt sich die Küche an. Dann folgen die Unterkünfte für die Jazzband und die Toiletten, zuletzt der prächtige Ballsaal mit den mannshohen Bogenfenstern. Das zweite Deck - über Treppen auf dem Vordeck erreichbar - trägt zehn Doppelkabinen, das dritte die Kapitänswohnung, das vierte Deck endlich das Ruderhaus zwischen den großen Schornsteinen. Hinterm Ruderhaus thront der Edelstahltank für das Trinkwasser. Im nur flachen Unterdeck liegen Diesel- und Fäkalientanks, die Tanks für die Ballastwasserregulierung und Lager für die Küche.

Mit dem letzten Ausdruck macht er sich auf den Weg zu Jakobi. Der stutzt, als er einen Blick auf die Zeichnungen wirft. Dann setzt er sich hin, um sich in die Skizzen und Beschreibungen zu vertiefen. Biber lässt ihm Zeit. Er ist auf das Urteil ähnlich gespannt wie ein Schuljunge.

Jakobi schüttelt den Kopf. „Das kann ich nicht bauen.“

„Warum nicht?“

„Haben Sie eine Vorstellung, was das kostet? - Und wo soll es fahren? - Und haben Sie schon jemanden, der es fährt?“

Biber nimmt es für das größte Kompliment, dass Jakobi nicht am Entwurf selber mäkelt. „Ihre Fragen erklären nicht, warum Sie es nicht bauen können.“

„Zu groß. Es ist zu groß. Mehr als fünfundzwanzig Meter kann ich in der Halle nicht bauen, und auch draußen nicht mehr als dreißig.“

„Dann bauen wir an.“

Jakobi winkt ab. „Das ist nicht nur eine Sache des Platzes, sondern auch der Technik, der Hebetechnik vor allem. Ich bräuchte für dieses Schiff einen Haufen Leute, die ich nicht beschaffen kann. Mit denen, die ich habe, würde sich der Bau über Jahre hinziehen eingedenk der Tatsache, dass ich mich beinahe in allem erst in die Problematik reindenken muss.“

„Wieso?“

„Weil ich so ein Schiff noch nie gebaut habe. Zudem wäre es Wahnsinn, in die Werft Unsummen zu investieren, um das vermutlich letzte Schiff zu bauen.“

Biber ist wie vor den Kopf geschlagen.

Jakobi bemerkt die grenzenlose Enttäuschung. „Wäre schon ganz reizvoll gewesen, das Ding zu bauen. Aber es ist in allem eine Nummer zu groß. Vielleicht geht es kleiner."

„Nein. Das ist schon die kleinste Variante."

„Seh ich auch so. - Für jemanden, der noch nie mit Schiffbau zu tun hatte, ein respektabler Entwurf."

„Danke. Hat mich zwei Tage gekostet."

„Tut mir leid. - Ist damit auch der Mühlenhof gestorben?"

„Nein, das hat doch nichts damit zu tun."

„Für mich ist es wahrscheinlich noch ärgerlicher als für Sie. - Wäre nochmal so ein Aufbäumen gewesen. Ich hab schon eine Weile nicht wenig Lust, das alles hinzuschmeißen und mit einer anderen Sache noch mal ganz von vorn zu beginnen."

„Was hält Sie ab?"

„Ideen kosten Geld, im Schiffbau sogar eine Menge Geld. Und Sie brauchen dann, wenn Ihre Ideen endlich gebaut werden, zahlungskräftige Kundschaft. In der Branche gibt es Werften für jede Art Bedürfnis. Es findet sich nicht die kleinste Lücke."

„Sie sprachen aber gerade von *einer anderen Sache.*"

„Erstmal müsste ich mit dem hier zu Ende kommen. - Aber so leicht krieg ich den Dreck nicht weg. Schon die Kosten für den Abriss wären utopisch."

„Nicht, wenn Sie den Schrottpreis gegenrechnen."

„Und wovon soll ich die Brötchen bezahlen? Dann sind da auch noch eine Frau, die allen Grund hat, rumzunörgeln, und ein Herr Sohn, der seine Freizeit mit Firlefanz verbringt."

„Es wird besser. Das Geld ist auf dem Weg."

Biber ist frustriert. Erst Erika, dann der Dampfer. Letzteres war eh eine kindische Idee, aber Erika ... Er kauft ein paar Sachen, überweist Jakobi den Vorschuss und fährt zum Mühlenhof, um noch rechtzeitig vor dem Mädchen da zu sein. Angekommen läuft er zum Bootssteg. Er findet ihn in schlechterem Zustand, als er ihn in Erinnerung hat. Trotzdem bleibt er ein Weilchen stehen, um von einer Illusion Abschied zu nehmen.

Der Schlüssel zum Haus findet sich schnell. Unschlüssig tigert er im Gastraum der einstigen Wirtschaft zwischen Küchen- und Toilettentür auf und ab. Er hat keine Lust, schon wieder im Müll eines Jahrhunderts zu graben. Es gelingt ihm nur schlecht, die Enttäuschung loszuwerden.

Ein abgegriffenes, dünnes Büchlein auf einem der zugeramschten Beistelltische weckt seine Neugier. Biber nimmt es zur Hand und betrachtet es näher. Es enthält ein einziges Märchen der Brüder Grimm. *Das Waldhaus*. Der A4-große, harte Umschlag birgt nur zwölf Seiten; sechs farbige Illustrationen, zwei erst nach dem Druck eingeklebt. Der im Taschenbuchformat braungedruckte Text in handschriftlicher Antiqua verliert sich beinahe auf den großen Seiten. Biber sucht das Erscheinungsjahr. Das Büchlein ist kurz nach dem letzten großen Krieg erschienen und noch von der sowjetischen Militäradministration genehmigt. Das Bild auf dem Einband war Biber ins Auge gefallen: Eine junge Frau, barfuß mit einem Korb in der Hand, sieht in der Ferne ein kleines Haus mit erleuchtetem Fenster. Es muss bereits Abend sein. Das Mädchen läuft auf keinem Weg, scheint erleichtert zu sein beim Anblick des Hauses. Biber kann nachfühlen, wie es dem Mädchen geht. Die Szene ist gut getroffen.

Er hat seit Kindertagen kein Märchen mehr gelesen. Der Titel kommt ihm bekannt vor. Er setzt sich in den schon vertrauten Ohrensessel und liest.

Ein armer Holzhauer lebte mit seiner Frau und drei Töchtern in einer kleinen Hütte am Rande eines einsamen Waldes. Eines Morgens, als er wieder an seine Arbeit wollte, sagte er zu seiner Frau: „Lass mir ein Mittagsbrot vom ältesten Mädchen hinaus in den Wald bringen, ich werde sonst nicht fertig. Und damit es sich nicht verirrt“, setzte er hinzu, „so will ich einen Beutel mit Hirse mitnehmen und die Körner auf den Weg streuen.“

Als nun die Sonne mitten überm Walde stand, machte sich das Mädchen mit einem Topf voll Suppe auf den Weg. Aber die Feld- und Waldsperlinge, die Lerchen und Finken, Amseln und Zeisige hatten die Hirse schon längst aufgepickt, und das Mädchen konnte die Spur nicht finden. So ging es auf gut Glück immer fort, bis die Sonne sank und die Nacht einbrach. Die Bäume rauschten in der Dunkelheit, die Eulen schnarrten, und es fing an, ihm angst zu werden. Da erblickte es in der Ferne ein Licht, das zwischen den Bäumen blinkte. Dort sollten wohl Leute wohnen, dachte es, die mich über Nacht behalten, und ging auf das Licht zu. Nicht lange, so kam es an ein Haus, dessen Fenster erleuchtet waren.

Es klopfte an, und eine raue Stimme rief von innen: „Herein!“ Das Mädchen trat auf die dunkle Diele und pochte an die Stubentür. „Nur herein“, rief die Stimme. Als es öffnete, saß da ein alter, eisgrauer Mann am Tisch, hatte das Gesicht auf die beiden Hände gestützt, und sein weißer Bart floss über den Tisch herab fast bis auf die Erde. Am Ofen aber lagen drei Tiere, ein Hühnchen, ein Hähnchen und eine buntgescheckte Kuh.

Das Mädchen erzählte dem Alten sein Schicksal und bat um ein Nachtlager.

Der Mann sprach: „Schön Hühnchen, schön Hähnchen und du, schöne bunte Kuh, was sagst du dazu?“

„Duks", antworteten die Tiere, und das musste wohl heißen 'wir sind es zufrieden', denn der Alte sprach weiter: „Hier ist Hülle und Fülle. Geh hinaus an den Herd und koch uns ein Abendessen."

Das Mädchen fand in der Küche Überfluss an allem und kochte eine gute Speise. Aber an die Tiere dachte es nicht. Es trug die volle Schüssel auf den Tisch, setzte sich zu dem grauen Mann, aß und stillte seinen Hunger. Als es satt war, sprach es: „Aber jetzt bin ich müde. Wo ist ein Bett, in das ich mich legen und schlafen kann?"

Die Tiere antworteten: „Du hast mit ihm gegessen. Du hast mit ihm getrunken. Du hast an uns gar nicht gedacht. Nun sieh auch, wo du bleibst die Nacht."

Da sprach der Alte: „Steig nur die Treppe hinauf, so wirst du eine Kammer mit zwei Betten finden. Schüttle sie auf und decke sie mit weißem Linnen, so will ich auch kommen und mich schlafen legen."

Das Mädchen stieg hinauf, und als es die Betten geschüttelt und frisch gedeckt hatte, legte es sich in das eine, ohne weiter auf den Alten zu warten.

Nach einiger Zeit aber kam der graue Mann, beleuchtete das Mädchen mit dem Licht und schüttelte den Kopf. Und als er sah, dass es fest eingeschlafen war, öffnete er eine Falltür und ließ es in den Keller sinken.

Der Holzhauer kam am späten Abend nach Hause und machte seiner Frau Vorwürfe, dass sie ihn den ganzen Tag habe hungern lassen. „Ich habe keine Schuld", antwortete sie. „Das Mädchen ist mit dem Mittagessen hinausgegangen. Es muss sich verirrt haben. Morgen wird es schon wiederkommen."

Vor Tag aber stand der Holzhauer auf, wollte in den Wald, verlangte, die zweite Tochter solle ihm diesmal das Essen bringen. „Ich will einen Beutel mit Linsen mitnehmen", sagte er. „Die Körner sind größer als Hirse. Das Mädchen wird sie besser sehen und kann den Weg nicht verfehlen."

Zur Mittagszeit trug das Mädchen die Speise hinaus. Aber die Linsen waren verschwunden. Die Waldvögel hatten sie, wie am vorigen Tag, aufgepickt und keine übriggelassen. Das Mädchen irrte im Walde umher, bis es Nacht ward. Da kam es ebenfalls zum Haus des Alten, ward hereingerufen und bat um Speise und Nachtlager.

Der Mann mit dem weißen Bart fragte wieder die Tiere: „Schön Hühnchen, schön Hähnchen und du, schöne bunte Kuh, was sagst du dazu?" Die Tiere antworteten abermals: „Duks." Und es geschah alles wie am vorigen Tag. Das Mädchen kochte eine gute Speise, aß und trank mit dem Alten und kümmerte sich nicht um die Tiere. Und als es sich nach seinem Nachtlager erkundigte, antworteten sie: „Du hast mit ihm gegessen. Du hast mit ihm getrunken. Du hast an uns gar nicht gedacht. Nun sieh auch, wo du bleibst die Nacht."

Als es eingeschlafen war, kam der Alte, betrachtete es mit Kopfschütteln und ließ es in den Keller hinab.

Am dritten Morgen sprach der Holzhacker zu seiner Frau: „Schick unser jüngstes Kind mit dem Essen hinaus, das ist immer gut und gehorsam gewesen, das wird auf dem rechten Weg bleiben und nicht wie seine Schwestern, die wilden Hummeln, herumschwärmen." Die Mutter wollte nicht und sprach: „Soll ich mein liebstes Kind auch noch verlieren?" „Sei ohne Sorge", antwortete er. „Das Mädchen verirrt sich nicht, es ist zu klug und verständig. Zum Überfluss will ich Erbsen mitnehmen und ausstreuen, die sind noch größer als Linsen und werden ihm den Weg zeigen."

Aber als das Mädchen mit dem Korb am Arm hinauskam, so hatten die Waldtauben die Erbsen schon im Kropf, und es wusste nicht, wohin es sich wenden soll. Es war voll Sorgen und dachte beständig daran, wie der arme Vater hungern und die gute Mutter jammern wird, wenn es ausbleibt. Endlich, als es finster ward, erblickte es das Licht und kam an das Waldhaus. Es bat ganz freundlich, sie möchten es über Nacht beherbergen, und der Mann mit dem weißen Bart fragte wieder seine Tiere:

„Schön Hühnchen, schön Hähnchen und du, schöne bunte Kuh, was sagst du dazu?" „Duks", sagten sie.

Da trat das Mädchen an den Ofen, wo die Tiere lagen, und liebkoste Hühnchen und Hähnchen, indem es mit der Hand über die glatten Federn hinstrich. Die bunte Kuh kraulte es zwischen den Hörnern. Und als es auf Geheiß des Alten eine gute Suppe bereitet hatte und die Schüssel auf dem Tisch stand, so sprach es: „Soll ich mich sättigen, und die guten Tiere sollen nichts haben? Draußen ist die Hülle und Fülle. Erst will ich für sie sorgen." Da ging es, holte Gerste und streute sie dem Hühnchen und Hähnchen vor und brachte der Kuh wohlriechendes Heu, einen ganzen Arm voll. „Lasst es euch schmecken, ihr lieben Tiere", sagte es. „Und wenn ihr durstig seid, sollt ihr auch einen frischen Trunk haben." Sie trug einen Eimer voll Wasser herein. Hühnchen und Hähnchen sprangen auf den Rand, steckten den Schnabel hinein und hielten den Kopf in die Höhe, wie die Vögel trinken. Auch die bunte Kuh tat einen herzhaften Zug. Als die Tiere gefüttert waren, setzte sich das Mädchen zum Alten an den Tisch und aß, was er ihm übriggelassen hatte.

Nicht lange, so fingen Hühnchen und Hähnchen an, ihre Köpfchen zwischen die Flügel zu stecken. Die bunte Kuh blinzelte mit den Augen. Da sprach das Mädchen: „Sollten wir uns nicht zur Ruhe begeben?"

„Schön Hühnchen, schön Hähnchen und du, schöne bunte Kuh, was sagst du dazu?"

„Duks", antworteten die Tiere. „Du hast mit uns gegessen. Du hast mit uns getrunken. Du hast uns alle wohlbedacht. Wir wünschen eine gute Nacht."

Da ging das Mädchen die Treppe hinauf, schüttelte die Federkissen und deckte frisches Linnen auf. Als es fertig war, kam der Alte und legte sich in das eine Bett. Sein weißer Bart reichte ihm bis an die Füße. Das Mädchen legte sich in das andere Bett, tat sein Gebet und schlief ein.

Es schlief ruhig bis Mitternacht. Da ward es so unruhig im Haus, dass das Mädchen erwachte. Es knitterte und knatterte in den Ecken. Die Tür sprang auf und schlug an die Wand. Die Balken dröhnten, als wenn sie aus ihren Fugen gerissen würden. Es war, als wenn die Treppe herabstürzte. Endlich krachte es, als wenn das ganze Dach zusammenfiele. Da es aber wieder still ward und dem Mädchen nichts zuleid geschah, so blieb es ruhig liegen und schlief wieder ein.

Als es am Morgen bei hellem Sonnenschein aufwachte, was erblickten seine Augen? Es lag in einem großen Saal, und ringsumher glänzte alles in königlicher Pracht. An den Wänden wuchsen auf grünseidenem Grund goldene Blumen in die Höhe. Das Bett war von Elfenbein und die Decke darauf von rotem Samt. Auf einem Stuhl daneben stand ein Paar mit Perlen gestickte Pantoffeln.

Das Mädchen glaubte, es wäre ein Traum, aber es traten drei reichgekleidete Diener herein und fragten, was es zu befehlen hätte. „Geht nur“, antwortete das Mädchen. „Ich will gleich aufstehen und dem Alten eine Suppe kochen und dann auch schön Hühnchen, schön Hähnchen und die schöne bunte Kuh füttern.“ Es dachte, der Alte wäre schon aufgestanden, und sah sich nach seinem Bett um. Aber er lag nicht darin, sondern ein fremder Mann.

Als es ihn betrachtete und sah, dass er jung und schön war, erwachte er, richtete sich auf und sprach: „Ich bin ein Königssohn und war von einer bösen Hexe verwünscht worden, als ein alter, eisgrauer Mann im Wald zu leben. Niemand durfte um mich sein als meine drei Diener in Gestalt eines Hühnchens, eines Hähnchens und einer bunten Kuh. Und nicht eher sollte die Verwünschung aufhören, als bis ein Mädchen zu uns käme, so gut von Herzen, dass es nicht nur gegen die Menschen allein, sondern auch gegen die Tiere sich liebreich bezeigte. Das bist du gewesen. Und heute um Mitternacht sind wir durch dich erlöst und das alte Waldhaus ist wieder in meinen königlichen Palast verwandelt worden.“

Als sie aufgestanden waren, sagte der Königssohn den drei Dienern, sie sollen hinausfahren und Vater und Mutter des Mädchens zur Hochzeit herbeiholen.

„Aber wo sind meine zwei Schwestern?", fragte das Mädchen.

„Die habe ich in den Keller gesperrt. Morgen sollen sie in den Wald geführt werden und sollen beim Köhler so lange als Mägde dienen, bis sie sich gebessert haben und auch die armen Tiere nicht hungern lassen."

Biber erinnert sich. Dieses Märchen gehörte zu den Lieblingsmärchen seiner Mutter. Jetzt weiß er, woher er das „Duks" kennt. Mit fortschreitender Lektüre regt sich in ihm erst Irritation, später Widerspruch, dann Empörung. Als er zu Ende gelesen und die Geschichte wieder und wieder in seinen Gedanken gewälzt, einige Stellen nachgelesen und erneut durchgrübelt hat, überrascht ihn Vanessa.

„Gefällt es Ihnen?"

Biber hat schon die Antwort auf den Lippen, als sie noch hinzufügt: „Ich finde es ganz toll. Bei den Grimms gibt es sonst kaum ein Märchen, in dem das Wohl der Tiere im Vordergrund steht, geschweige denn der Gedanke der Partnerschaft von Tier und Mensch."

Das klingt Biber zu glatt. „Die Bremer Stadtmusikanten?"

„Die sind doch prasslig. Gut, sie werden geringgeschätzt, fliehen vor ihren Peinigern, überwinden die Räuber - und dann? Dann setzen sie sich ins gemachte Nest und lassen alle guten Vorsätze sausen. Und wenn sie alles aufgefressen haben, was dann?"

Biber ist beeindruckt von der raschen, geschliffenen Antwort. „Der gestiefelte Kater?"

„... ist ein Halunke, der alle Welt betrügt und glaubt, dass es Recht ist, nur weil er damit die Armut seines Herrn überwindet."

Biber kennt nicht so viele Märchen. „Der Wolf und die sieben ...“

Vanessa stöhnt abfällig. „Klar, da wird ein Wolf massakriert und ersäuft, nur weil er ein paar Lämmer frisst. Was soll er denn sonst fressen?“

Biber schmunzelt. „Ich dachte mehr an die Ziegen.“

„Ach was. In der Fabel geht's doch allein darum, zu zeigen, wie wichtig es ist, dass die Kinderlein immer hübsch machen, was die Alten sagen.“

„Ist das nicht manchmal auch ganz sinnvoll?“

Vanessa schaut ihn herausfordernd an. „Manchmal, ja.“

„Froschkönig“, stellt Biber provozierend aus, allein um Vanessa noch mehr in Fahrt zu bringen.

„Meinen Sie das erst? - Erst einmal geht es hier nicht um ein Tier, sondern einen verzauberten Prinzen, und dann wird der Frosch dafür, dass er der Prinzessin hilft, zum Lohn an die Wand geklatscht.“

Biber steht energisch auf. „Darf ich dich darauf aufmerksam machen, dass die Tiere in diesem Märchen auch verzauberte Menschen sind? wenn auch nicht Prinzen, sondern nur niederes Personal.“ Zur Bekräftigung schwenkt er das Buch.

Vanessa stutzt. Sie legt die Hände in den Schoß und schaut ihnen beschämt nach. „Die Moral ist doch, dass die egoistischen Schwestern am Ende lernen sollen, auch ans Wohl der Tiere zu denken.“

Biber verliert die Ruhe. „*Wohl der Tiere?* - Was, bitte, haben die beiden Mädchen falsch gemacht? Sie haben Essen gekocht und die Betten bezogen. Was gehen sie die Viecher des Alten an? Bestraft der Prinz die mangelnde Fürsorge, die in drei Handgriffen besteht, oder ihre Untauglichkeit für die Entzauberung?“

Vanessa schaut ihn besorgt an, ohne zu antworten.

„Woher sollen die Mädchen wissen, dass Tiere, die nicht etwa im Stall, sondern müßig am Ofen herumliegen, mitten in der Nacht gefüttert werden müssen? Warum bittet sie der Alte nicht darum? - Wie sollen die Mädchen ausgerechnet bei einem Köhler lernen, arme Tiere nicht hungern zu lassen? An welcher Stelle wird deutlich, dass die Tiere gehungert haben? in einem Haus in dem Hülle und Fülle herrschen. - Und wieso wundert sich keins der Mädchen darüber, dass die Tiere sprechen können?"

Vanessa scheint wie gelähmt.

„Wieso kann der törichte Holzhacker den Weg nicht mit Axtkerben markieren? Wie weit ist er vom Haus entfernt, dass man ihn bei der Arbeit nicht mehr hören kann? Und wieso arbeitet er so tief im Wald, um den Preis, dass er das Holz umso weiter schleppen muss? Tut er Unrechtes? Ist er ein Waldfrevler? - Wieso können sich erwachsene Mädchen, die ihre Kindheit am Rand eines einsamen Waldes zugebracht haben, nicht hinreichend orientieren? - Warum sind die Eltern so wenig besorgt über das Ausbleiben der Töchter?"

Vanessas Mund formt sich zu einem zaghaften Lächeln.

„Wieso sind alle drei Mädchen sofort bereit, sich zu einem Alten mit einem Bart bis zu den Füßen ins Bett zu legen? - Warum spricht die Jüngste von *schönen* Tieren? Wenn es nicht ironisch ist, dann klingt es ziemlich anbiedernd. - Wieso wartet der Alte nicht, bis sich das Mädchen an den Tisch setzt? Warum muss sie essen, was er ihr übriglässt?"

Vanessa presst gespannt die Lippen zusammen.

„Wieso lässt der Prinz die Eltern des Mädchens zur Hochzeit herbeiholen, noch ehe er das Mädchen auch nur gefragt hat? Warum wehrt sie sich nicht gegen die

Vereinnahmung, wenigstens gegen die Unhöflichkeit? - Warum fragt sie stattdessen nach ihren Schwestern? Hat sie geahnt, dass der Alte etwas mit ihrem Verschwinden zu tun hat? Hat sie sich nur darum so übertrieben höflich verhalten? War sie gar nicht *so gut von Herzen*, sondern nur allzu ängstlich und daher übertrieben angepasst? War es am Ende Heuchelei? Heiratet sie den Prinzen aus Scham? Oder weil sie nicht genügend Mut hat, ihm die Wahrheit zu sagen?"

Vanessa schaut Biber fasziniert an.

„Kann es sein, dass die Hexe den Prinzen verzaubert hat, um ihn von seiner Eitelkeit und Arroganz zu heilen? Warum hat sie ihn verzaubert? Und warum wählt sie einen so - mehr noch für damalige Zeiten - krassen moralischen Schlüssel für die Entzauberung? Will uns das Märchen weismachen, dass selbst so ein bisschen Mitgefühl Tieren gegenüber unter Menschen ganz und gar ungewöhnlich ist, noch ungewöhnlicher, als in der Rage einen Frosch an die Wand zu schmeißen?" Wieder wartet Biber vergebens auf eine Erwiderung. „Ist es nicht denkbar, dass sich der Prinz die ganze alberne Geschichte mit der Verzauberung nur ausgedacht hat? Könnte es nicht viel eher so gewesen sein, dass der Alte das Mädchen mit Drogen vollgestopft hat, um es dann bei Nacht und Nebel aufs Schloss seines gut zahlenden Auftraggebers zu verschleppen, wie zuvor schon die Schwestern? Die Variante mag abwegig sein, aber sie ist bei weitem realistischer als die Behauptung, eine Bruchbude könne über Nacht, aus allen Fugen brechend, zu einem Schloss mutieren."

Vanessa zieht die Stirn in Falten.

„Wieso hat der Alte einen Bart, der fast bis zum Boden reicht? Hat er die ganze Zeit, *das Gesicht in beide Hände gestützt*, nur dagesessen und gewartet, bis da mal ein Mädchen vorbeikommt, um ihn zu retten? - Am Ende geht es gar nicht um die Länge des *Bartes* ...“

Vanessa lacht verhalten.

„Man kann die Geschichte lesen, wie man mag, der Prinz kommt in beiden Daseinsformen nicht besonders gut weg. Wieso hat der Alte im verwunschenen Haus eine Vorrichtung, um unbrauchbare Mädchen von der über der Stube befindlichen Kammer bis in den Keller *sinken* zu lassen?“ Biber begleitet den Satz mit einer weitausladenden Geste. „Das Ritual der Kellerlegung wird so routiniert vollzogen, dass man das Gefühl hat, da liegt noch ein ganzer Haufen von Leichen im Keller. Der Spruch der Tiere, die bisher nur ein *Duks* von sich gegeben haben, spricht Bände. Offensichtlich haben sie die Sätze so oft ans Mädchen bringen müssen, dass sie sich zu einem gereimten Vers abgeschliffen haben.“

Vanessas Augen glänzen, aber sie fällt Biber noch immer nicht ins Wort.

„Überhaupt, wieso kann nur ein gutherziges *Mädchen* den Bann lösen? Warum nicht genauso gut eine alte Vettel oder ein alter Mann? Weil Frauen, erst recht Mädchen, besonders hartherzig sind?“ Das schelmische Lächeln Vanessas heizt ihn an. „Wenn all diese Bedenken nicht verfangen, dann vielleicht die Frage nach der Glaubwürdigkeit des Schlusses.“ Biber hat das dünne Büchlein mit beiden Händen an der Schmalseite gefasst, um sich mit der anderen Schmalseite auf den Tisch zu stützen. „Ein junges Mädchen, das zu nächtlicher Stunde neben einem alten Greis eingeschlafen ist, erwacht des Morgens und schaut zu allererst - wohin? Nicht etwas ins Nachbarbett? Nein, es schaut in alle Ecken und Winkel und unterhält sich gar mit drei reichgekleideten Dienern. Und dann guckt es noch immer nicht ins Bett nebenan, sondern spricht den herzallergütigsten Satz:" Biber blättert im Buch. *„Ich will gleich aufstehen und dem Alten eine Suppe kochen und dann auch schön Hühnchen, schön Hähnchen und die schöne bunte Kuh füttern.* Wenn das nicht wie die auswendiggelernte Antwort für die mündliche Ethikprüfung klingt. Aber dann endlich schaut sie auf das andere Lager, in dem der Verwandelte *was* tut?" Biber macht eine Pause, ohne die leiseste Hoffnung auf eine Erwiderung. „Er schläft! Nachdem sich das Waldhaus zu mitternächtlicher Stunde geräuschvoll zum Schloss gewandelt hat und der langbärtige Alte zu einem hoffentlich gut rasierten Mann, jung und schön, verschläft *der* sogar das Kommen der Dienerschaft, anstatt voller Erregung und Verlangen auf das Mädchen zu starren, heißblütig ihrem Erwachen entgegenfiebernd? Er schläft! Wie dämlich ist das denn?! Oder, besser, für wie dämlich werden hier Leser oder Zuhörer gehalten?" In der Manier großer Anwälte haut Biber krachend das Buch auf den Tisch.

Vanessa schaut wieder besorgt in ihren Schoß. Dann hält sie triumphierend mit beiden Händen das Handy gen Himmel, bevor sie es küsst. Sie springt auf und stürzt sich auf den arglosen Biber, sein errötendes Gesicht wieder und wieder mit Küssen bedeckend. „Es ist alles drauf! Das ist phantastisch! Großartig! Ich darf es doch verwenden, oder? Ich schmeiß den ganzen Scheiß, den ich geschrieben hab, weg, oder das meiste davon. Ich brauch bloß noch eine passende Überschrift, und fertig!"

„Wofür denn, zum Teufel?", fragt Biber ernüchtert.

„Na, für den Deutschaufsatz. Wenn Sie wüssten, wie Sie mir geholfen haben. Besser geht's nicht. Ich nenn es *Irritationen.* Das Kapitel! *Widersprüche und Irritationen aus heutiger Sicht.*"

Biber geht zu seinem Ohrensessel und setzt sich. Er kann sich nicht erinnern, je so leidenschaftlich und doch ohne jedes körperliche Begehren geküsst worden zu sein. Aber irgendwie war es trotzdem - belebend.

Vanessa hat indessen Kopfhörer ans Telefon gesteckt, um - tonlos - noch einmal Bibers Plädoyer zu hören und jede Passage zu beklatschen. „Das ist wirklich richtig gut!", schreit sie, bevor sie die Stöpseln aus den Ohren nimmt.

„Glaubst du, dass die beiden glücklich werden?", fragt Biber, nachdem wieder Ruhe eingekehrt ist.

Vanessa denkt nach. „Ich glaube, man kann mit jedem Mann glücklich werden, wenn er sauber und nicht zu hässlich ist und Manieren hat, also weder säuft noch schlägt."

Biber lacht. „Hast du das von deiner Großmutter?"

„Nein", sagt sie gekränkt. „Wenn ich bedenke, wer so alles zusammenkommt. Da sehe ich vielleicht Gier und Bequemlichkeit und im besten Fall Kameradschaft. Aber Liebe, also Seelenverwandtschaft und bedingungslose Zuneigung? - Kaum."

„Wie steht es bei dir mit der Liebe?"

Sie wird rot. „Dafür hab ich weder Lust noch Zeit."

Biber sieht, dass sie lügt und dass sie viel zu mager für die Liebe ist. Diese Einsicht entlockt dem Gedächtnis einen längst vergessenen Satz: *Die köstlichsten Frauen finden keine Schmecker. Ein wenig fetter, ein wenig magerer - wie viel Schicksal liegt darin!* *

Bei der Rückfahrt zum Kronenkrug spürt Biber ein Ziehen in den Beinen und ein Stechen in der Brust. Das Ziehen hat etwas mit der erhöhten Beanspruchung in den letzten Tagen zu tun, das Ziehen in der Brust mit seiner Sorge um Erika.

* ungenau erinnertes NIETZSCHE-Zitat

Als er eintrifft, hat sie sich schon zurückgezogen. In seinem Zimmer findet er nur das Abendbrot. Er überlegt, ob er sie einfach im Bett überraschen soll. Nein. Wenn da noch was unentschieden wäre, hätte sie auf ihn gewartet.

Er schleicht in Alvins Arbeitszimmer und startet den Rechner. Mehr um sich abzulenken, geht er daran, Vanessas Karte zu bearbeiten. Den Text auf der Rückseite übernimmt er unverändert. Am Dampfer selbst ändert er außer dem Namen nur die beiden Flaggen und die Aufbauten auf dem dritten Deck. Aus amerikanischen macht er deutsche Fahnen; aus einem fensterlosen, kleinen Aufbau wird ein fensterreicher, komfortabler Wohntrakt. Lange sucht er nach einem geeigneten Karton, der dem der Karte ähnlich ist. Der synchrone Druck beider Seiten gelingt erst beim dritten Anlauf. Zuletzt überträgt er alle Schrammen, Risse, Knicke und Abstumpfungen auf das Duplikat. Die Fälschung ist nahezu perfekt. Biber hält beide Karten zufrieden aneinander. Die Nachbildung mit den kaum ins Auge fallenden Änderungen verwahrt er im Schreibtisch, das Original steckt er ins Jackett, um es so schnell wie möglich wieder an seinen alten Platz zu legen. Dann sinnt er - zurückgelehnt - noch ein Weilchen darüber, ob die Idee wirklich so gut ist, und was sie im besten Fall bringen kann.

Auch in den nächsten Tagen arbeitet Biber unentwegt an den handgefertigten Plänen zur Rekonstruktion der Anlage. Backhaus, Schuppen und Stall sind vermessen, auch das Wohnhaus, das einzige unterkellerte Gebäude. Zu Bibers großer Überraschung ist der Keller trocken und fast leer. Dafür bekommt seine Zuversicht im Obergeschoss und erst recht im Dach einen gehörigen Dämpfer. Hier scheint die Nässe zu Hause zu sein. Schon in der einstigen Wirtswohnung und den vier Gästezimmern stehen Behältnisse, mehr oder minder mit Wasser gefüllt; auf dem Dachboden sind die Gefäße noch größer. Hat er gedacht, Vanessa wohnt in der Gaststube, weil sie zu faul ist, Treppen zu steigen? Er hätte gern erst alle Gebäude ausgeräumt und dann vermessen. Das hätte aber zu lange gedauert. Bei der Scheune gerät er an Grenzen dieser Hast. Nachdem er sich einen Weg durch Plunder und Sperrmüll, abgelagerte Baustoffe und Säcke voller Verpackungsmüll gewühlt und dabei ein halbes Dutzend Eier zerschlagen hat, kann er sich ein Bild sowohl vom Zustand als auch vom einstigen Zweck des Gebäudes machen. Im Erdgeschoss sind noch sechs Gästezimmer leidlich erhalten, im Obergeschoss vier, in allem waren es wohl jeweils acht, also sechzehn im Ganzen. Mit den Zimmern im Haus macht das zwanzig. Biber sieht sofort, dass die Zimmer viel zu klein sind. An der eingestürzten Seite macht er die Entdeckung, dass auch das Obergeschoss mit Klinkern gebaut, das Fachwerk also nur von außen flach aufgesetzt ist. Das hat richtig Geld gekostet, sieht aber gut aus und lässt sich vor allem viel leichter wieder herstellen.

Neben all der Wühlerei in Dreck und Nässe sucht er verzweifelt nach einem vernünftigen Grund, den Hof zu retten. Alle Argumente, die er sich tagsüber zurechtlegt, werden von Vanessa allabendlich erbarmungslos zerschlagen. Der Hof ist in ihren Augen nicht zu retten. Je eher es gelingt, sie und die Mutter von diesem Fluch zu befreien, umso vernünftiger ist das Vorhaben. Biber gerät nun zunehmend in eine Aufregung und Unruhe, die er so noch nicht erlebt hat.

Mit Alvins Rad pendelt er zwischen Hof und Kronenkrug. Hier entrümpelt, misst und zeichnet er. Dort fügt er die Daten zu Plänen zusammen. Hier springt er ums Feuer, seinen Körper bis zur Erschöpfung schindend. Dort träumt und gestaltet er das aus der vorgegebenen Substanz Machbare. Hier genießt er die Abende mit Vanessa. Dort plagt ihn das Begehren und die Nähe einer Frau, deren Leidenschaft und Zärtlichkeit er eine Nacht lang hatte kosten dürfen. Und auch wenn er im Bett liegt, ist er mit all seinen Gedanken hier und noch phantasiereicher dort, nein hier. Egal.

Am Montagmorgen, also genau eine Woche seit Beginn seiner Flucht, erwacht Biber mit dem Entschluss, die glanzvolle Auferstehung des Mühlenhofes zu vergessen und allein die Anzahlung zu investieren, um Jakobi nicht zu enttäuschen und Vanessa mit einer erträglichen Wohnung zu überraschen.

Schon geraume Zeit dringen Klänge einer unbestimmbaren Klaviermusik an sein Ohr. Sind das Phantomgeräusche? Heute könnte er noch nicht einmal mit Gewissheit sagen, dass es Klänge eines Klavieres sind.

Er hat die Augen noch immer geschlossen, um sich besser konzentrieren zu können. Diese Gewohnheit begleitet ihn seit Kindertagen. Wenn im Internat um ihn herum bereits Begängnis und Gewusel herrschten, hing er im Bett mit geschlossenen Augen immer noch seinen Träumen und Strategien für den angebrochenen Tag nach. Biber fühlt sich besser. Er wird noch ein, zwei Monate hier bleiben, und sich dann langsam wieder in sein altes Leben schleichen.

Er zieht die Beine an und stößt die Decke zum Fußende. Aber es gelingt ihm nicht, sich aufzusetzen. Ein warmer, nackter Körper ist über ihm. Erika. „Erika. - Wie lange bist du schon hier?"

„In meinen erotischen Gedanken schon eine Woche."

Biber ist sprachlos. Er braucht all seine Selbstbeherrschung, um sich keine Blöße zu geben. Aber warum eigentlich soll er vor dieser Frau Theater spielen? Er gibt sich seiner Schwäche hin und lässt sich überwältigen. Das Liebesspiel ist erregend, belebend, befreiend. Nachher gestehen sie sich auf allerlei neckische Art ihre Zuneigung. Es wird sogar von Liebe gesprochen. Biber versichert Erika seines Gefühls von Seelenverwandtschaft und bedingungsloser Zuneigung ...

Dann klingelt von fern ein Telefon. Erika geht ran. „Kommst du mal?"

„Wer ist denn dran?"

„Das will er mir nicht sagen."

Biber erscheint nackt am Telefon. „Ja?"

„Herr Biber?"

„Ja?"

„Jakobi. - Kann ich reden?"

Biber macht Erika große Augen.

Sie verlässt irritiert den Flur.

„Was ist?"

„Kommen Sie in die Werft. Ich habe Neuigkeiten."

Biber braucht keine zehn Minuten bis aufs Rad.

Erika schaut ihn fragend an.

„Es dauert nicht lange, mein Schatz. Wenn du schon mal das Frühstück ... Ich bin gleich zurück."

Biber findet Jakobi aufgeregt, ja beinahe verstört im Büro der Werft. „Was ist denn so wichtig, dass Sie mich aus allen Träumen reißen?"

„Ich beneide Sie um Ihren Schlaf. - Es gibt wohl doch eine Möglichkeit."

„Eine Möglichkeit?"

„Den Dampfer zu bauen. Wenn das noch aktuell ist."

Biber ist ganz munter. „Klar ist das aktuell."

„Die *Herrmann-Werft* in Spandau steckt wegen eines stornierten Auftrags in Schwierigkeiten. Sie könnten das Boot dort bauen lassen. Weil es sich im Endzustand wegen der ungewöhnlichen Höhe nicht bis hierher transportieren lässt, kann dort aber nur der Rumpf und das erste Deck vollständig gebaut werden. Die anderen Decks samt Aufbauten würden dann im Schiff und per Straße hierher überführt und im hiesigen Werftbecken montiert. Zehn Leute kämen zur Unterstützung her. Bauzeit zehn Monate. Kosten utopisch." Jakobi wirft Biber das Angebot auf den Tisch, überzeugt, mit dem letzten Satz das Projekt begraben zu haben.

„Was halten die von meinem Entwurf?"

„In fast allem exzellent, aber auch teuer, bisweilen sinnlos teuer."

„Ich fürchte, wir kommen an die fünf Millionen?"

Jakobi ist beeindruckt. „Nicht ganz."

„Wird man das Schiff auf dem Klaren See und der angrenzenden Havel zulassen?"

„Warum nicht? Der Dampfer wird alle umwelt- und sicherheitstechnischen Anforderungen erfüllen. Auch der Tiefgang stimmt. Man wird den Eigner für verrückt halten, aber das ist kein Grund, den Dampfer nicht fahren zu lassen. Ein Hindernis könnte sein, dass es keinen ordentlichen Liegeplatz gibt."

„Warum sind Sie so unwillig und niedergeschlagen?"

„Zum Teufel, ich bin nicht ..."

„Ich seh es doch. - Sie erzählen mir eine außerordentlich erfreuliche Sache und sind innerlich zerknirscht."

Jakobi setzt sich. „Ich hatte gerade wieder Zoff - mit meinem Sohn. Wir reden irgendwie immer aneinander vorbei. Ich begreife nicht, was in ihm vorgeht. Ich war auch mal jung, aber so? Ein bisschen Realitätssinn und Orientierung muss doch mal dazukommen."

„Ich nehme an, er versteht Sie ebenso wenig."

„Ich will nicht, dass er wird wie ich, wenn Sie darauf anspielen. Von mir aus kann er träumen so viel und so lange er will. Aber er muss doch irgendwann auch mal die Brötchen selber verdienen. Und dazu braucht er einen einigermaßen verträglichen und einträglichen Job. Ist das zu viel verlangt?"

„Sie wollen, dass er ein Handwerk lernt?"

„Ich wäre schon froh, wenn er etwas anderes im Kopf hätte als Flausen."

„Ist er schon überfällig?"

„Nein. Nächstes Jahr muss er sich fürs Studium bewerben."

„Da hat er doch noch ein wenig Zeit."

„Ein Jahr, das geht rum wie nix."

„Nehmen Sie ihn doch in Ihre Truppe."

„Sie sind ein Spaßvogel. Über solche Arbeiten ist er erhaben. Den müsste ich herprügeln."

„Wie steht es mit der Fähre?"

„Ist so gut wie startklar."

Biber schaut Jakobi lange an. „Für wie verrückt halten Sie mich?"

Jakobi druckst. „Naja, so ungefähr ... etwa halb."

„Können Sie die Werft noch auf eine Woche Bedenkzeit vertrösten?"

Jakobi starrt Biber befremdet an. „Sie wollen ... trotz der Summe? - Sollte möglich sein. Ich will es versuchen."

„Bevor die einen andern Auftrag annehmen, sollen sie sich melden."

„Mach ich klar so."

„Woher haben Sie eigentlich erfahren, dass die Werft in Schwierigkeiten steckt?"

„Ach, ich hab so rumgefragt."

„Ich danke Ihnen. Sie haben mir sehr geholfen. Ich hoffe, nicht nur, um mir zu beweisen, wie verrückt ich bin."

Den restlichen Tag und auch noch einen gehörigen Teil der Nacht feierten Biber und Erika ihre Wiederbegegnung und die Wiedergeburt der Leidenschaft ...

Nach einem kräftigen Frühstück und dem wohligen Gefühl einer geradezu jugendfrischen Selbstwahrnehmung stattet Biber dem Amt Mühlfurt einen Besuch ab. Die Garderobe hat er vorm Spiegel sehr bedacht auf diesen Gang abgestimmt: derber Rollkragenpullover unter der neuen Jacke, Jeans, Wanderschuhe.

Vorm alten Amtsgebäude aus der Gründerzeit begrüßt ihn die Eselplastik, von der der Taxifahrer gesprochen hat. Biber ist sofort vom charaktervollen Kopf des Esels eingenommen. Am leicht eingeschnürten Hals hängt ein Seil, das offensichtlich gerade zerrissen wurde. Beide Vorderhufe stehen auf einem der drei abgeworfenen Säcke. Der Gesichtsausdruck ist nicht glücklich, eher verzweifelt wie bei jemandem, der seine Freiheit gegen den Herrn durchgesetzt hat, ohne zu bedenken, dass es auch der Brotherr war. Es ist eine ungewöhnlich witzige wie spannungsvolle Allegorie über die Ambivalenz der Freiheit.

Das Amt ist wenig besucht an diesem Dienstag. Biber zieht eine Nummer für das Sachgebiet Bau und Liegenschaften, dem laut Organigramm Jens Brettschneider vorsteht.

Der empfängt ihn reserviert. „Was kann ich für Sie tun?"

„Mein Name ist Biber. Ich bin kürzlich auf den Mühlenhof gestoßen. Fällt der in Ihr Ressort?"

Brettschneider atmet tief. „Leider."

„Leider?"

„Der Hof ist - gewissermaßen - ein Sorgenkind der Stadt."

„Ich hörte von seiner wechselvollen Geschichte."

„Es ist weniger die Geschichte, als die aktuelle Situation, die uns Kopfzerbrechen bereitet."

„Darf ich fragen, wie es aktuell um den Hof bestellt ist?"

„Obwohl er viel näher bei Welkow liegt, gehört er aus historischen Gründen zu Mühlfurt. Die Dampfmühle war einst neben der Ziegelei der größte Betrieb und Arbeitgeber. Zu DDR-Zeiten wurde das Gelände an ein junges Paar verpachtet, das den verfallenen Hof wieder aufbauen und betreiben wollte. Wie Sie sicher gesehen haben, ist es leider bei den guten Vorsätzen geblieben. - Darf ich fragen, wohin Ihr Interesse geht?"

„Mich interessieren vorerst nur die Potenzen und Hypotheken der Anlage."

„Ah ja." Brettschneider lacht bitter auf, als das Wort *Potenzen* fällt. „Derzeitige Pächterin ist Frau Schacht. Es gibt - Reibungsflächen. Der Hof hat noch immer keinen Wasser- und Abwasseranschluss. Die Sondergenehmigung für den Betrieb der Hauskläranlage ist schon vor Jahren abgelaufen. Das Amt hat Frau Schacht bereits mehrfach aufgefordert, beziehungsweise gemahnt, den Hof in Ordnung zu bringen und an die Medien anzuschließen oder aber ihn sachgemäß abzureißen. Es wurde Frau Schacht zudem anheimgestellt, das Land unter den genannten Bedingungen zu erwerben. Der Pachtvertrag endet in drei Jahren. Dann geht die Ruine an die Stadt. Wie man es auch dreht, die Geschichte wird für die Stadt kaum gut ausgehen."

Biber weiß, wovon Brettschneider spricht. In den neuen Bundesländern gehen laut Schuldrechtanpassungsgesetz alle Gebäude, die auf fremdem Boden stehen, am dritten Oktober 2022 endgültig an den Grundstückseigentümer, der bis dahin dem Pächter das Land verkaufen oder eine Entschädigung für die Bauten zahlen kann, wenn das Land durch die Bebauung an Wert gewonnen hat. „Sind Sie befugt, über die Zahlen im Kaufangebot zu sprechen?"

Brettschneider schaut unwillig auf seinen Schreibtisch. „Die Offerte beläuft sich auf fünfzig Euro pro Quadratmeter, also hundertfünfundzwanzigtausend für einen Viertelhektar."

Biber nickt. „Ist möglicherweise das angrenzende Gelände bis über den Berg zu haben?"

Brettschneider horcht auf und holt Pläne. „Darf ich Sie darauf hinweisen, dass hier nicht von Bauland die Rede ist. Der Hof kann wiederhergestellt oder abgerissen werden. Alles andere ist nicht möglich."

Biber schaut auf die Karte und umreißt mit sicherem Finger einen Abschnitt.

Brettschneider misst und rechnet. „Das wären ziemlich genau anderthalb Hektar."

„Ich stelle für die zusätzliche Fläche eine Viertelmillion in Aussicht, wenn mir gestattet wird, auf dem Berg einen Aussichtsturm zu bauen."

Brettschneider schluckt. „Einen Aussichtsturm?"

Biber sieht dem Beamten an, dass er gerade die alles andere als rosigen Aussichten einer solchen Investition bedenkt.

„So ein Turm wäre nicht schlecht, aber das kann ich nicht allein entscheiden."

„Ich denke an einen sehr attraktiven Turm, eine romantische Ruine vielleicht."

Wieder lacht Brettschneider bitter auf. „Meinen Sie nicht, dass es am Ort genügend Ruinen gibt?"

„Mir wäre das Ruinenfeld mit dieser Erweiterung eine Verdopplung des Kaufpreises wert, in allem eine reichliche halbe Million."

Brettschneider schluckt.

Biber schiebt nach: „Eine halbe Million sind für manch einen viel Geld, zumal für eine Ruine, die allen gerade noch schwer im Magen gelegen hat."

„Ich werde mich der Sache annehmen, muss aber nochmal darauf verweisen, dass der Hof aktuell an Frau Schacht verpachtet ist, die Vorkaufsrecht genießt. Es ist nicht ganz einfach, mit Frau Schacht ins Benehmen zu kommen."

„Das können wir notfalls im Kaufvertrag festhalten, also die Gültigkeit des Kaufs von der Zustimmung der Pächter abhängig machen."

„Ich bin überrascht über die Stringenz der Entscheidung und Ihre Kompromissfähigkeit."

„Herr Brettschneider, ich habe beinahe täglich mit solchen Ideen zu tun, von denen sich am Ende nur ein Bruchteil realisiert. Ich bin daher gelassen, was den Ausgang der Sache betrifft."

„Ich werde mein Mögliches tun", erwidert er beflissen. „Die Dinge stehen nicht schlecht."

„Darf ich Sie vielleicht noch darum bitten, den Anlegeplatz ins käufliche Areal einzubinden? Ich gestatte mir, die Abmarkung allein zu finanzieren."

Brettschneider stutzt. „Wollen Sie sich an der geplanten Wiederbelebung des Fährbetriebs beteiligen?"

„Unbedingt. - Sie haben mir sehr geholfen."

„Herr Biber, es war mir eine Freude."

Beide trennen sich zufrieden.

An der Tür dreht sich Biber noch einmal um. „Ich wäre Ihnen dankbar, wenn die Bearbeitung nicht zu viel Zeit in Anspruch nehmen würde, immerhin hängt eine nicht unbeträchtliche Investition davon ab."

„Keine Frage. Wir tun unser Bestes."

Biber wird klar, dass er eine Entscheidung treffen muss. Der Dampfer könnte gebaut werden, wenn er sich schnell entscheidet. Wenn der Stadtrat zustimmt, muss der Kauf finanziert werden. Die fälligen Summen übersteigen bei weitem seine Barschaft. Er kennt nur einen kompetenten wie zuverlässigen Menschen. Also ruft er im Kronenkrug seine Sekretärin an. „Frau Petersen? Hier ist Biber. Sind Sie allein im Büro?"

Sie fällt aus allen Wolken. „Herr Biber, mein Gott, wo sind Sie denn?"

„Hören Sie, das ist nicht wichtig."

„Wie bitte? Sie gehen hier einfach weg, ohne jemandem Bescheid zu sagen. Das ist jetzt acht Tage her." Sie überschüttet ihn mit Fragen und Vorwürfen und wohltuenden Einlassungen über seine Unabkömmlichkeit.

„Frau Petersen, ich bin in einer nicht so leicht erklärbaren Situation."

„Mein Gott, Herr Biber. Was ... Ich meine, wie ... Kann ich irgendetwas für Sie tun?"

„Ja. Ich möchte Sie bitten, all meinen Besitz zu veräußern, wenn möglich, schnell, also ohne allzu sehr auf maximale Erträge zu zielen."

„Herr Biber, ich bin nicht befugt ..."

„Selbstverständlich schicke ich Ihnen eine Vollmacht."

Ihre Stimme zittert. „Nein, das kann ich nicht."

„Frau Petersen, ich bitte Sie inständig. Sie sind die einzige, die mir in dieser Situation helfen kann."

Ein leises Flüstern kommt als Antwort. „Kann es sein, dass Sie sich in den Händen Krimineller befinden? Werden Sie erpresst? - Soll ich die Polizei ..."

„Frau Petersen, bitte!"

„Nein, natürlich nicht die Polizei."

„Sie sollen mir den Gefallen auch nicht ohne Honorar tun. Sie erhalten zwei Prozent des Gesamtertrages."

„Herr Biber, Sie kennen mich lange genug. Halten Sie mich für so verkommen, dass ich Ihre Situation ausnutze, um ...?"

„Was denn für eine Situation? Ich werde nicht erpresst. - Frau Petersen? - Frau Petersen, sind Sie noch dran?"

„Ja. Ich überlege, ob die Sache vielleicht mit mir zu tun hat."

„Mit Ihnen? - Wie meinen Sie das?"

„Zwei Prozent sind viel Geld, wenn man Ihr ..."

„Heißt das, Sie werden mir helfen?"

„Warum wollen Sie, dass ausgerechnet ich Ihnen helfe?"

„Weil Sie der zuverlässigste Mensch sind, den ich kenne, und zudem am besten mit meiner Vermögenssituation vertraut."

„Ich tu Ihnen den Gefallen, wenn Sie damit keine anderweitigen Hoffnungen verknüpfen."

„Welche Hoffnungen?"

„Meine Person betreffend."

Biber stutzt. Er hätte nicht im Traum daran gedacht. Frau Petersen ist Mitte fünfzig und durchaus attraktiv.

„Wäre das schlimm?"

Sie lacht. „Sagen wir, wenig erfolgversprechend. In der anderen Angelegenheit will ich tun, was ich kann."

„Sie sind ein Schatz."

„Wie schnell brauchen Sie das Geld?"

„Möglicherweise schon bald."

„Mir fällt da spontan nur ein Käufer ein, der bereit und in der Lage ist, so schnell zu reagieren."

Biber weiß, wen sie meint. Harald Brandner, Mitbegründer und Teilhaber der Firma. Er kennt nicht nur den materiellen Wert der Immobilien, sondern auch Marktwert und Rentabilität. „Dann nehmen Sie den. Sie haben in allem freie Hand."

„Darf ich fragen, wo Sie sich aufhalten?"

„Lieber nicht."

„Dann werden Sie vermutlich auch nicht sagen können, wann wir wieder mit Ihnen rechnen können."

„Ich denke, die Firma ist gut beraten, davon auszugehen, wenigstens erst einmal eine ganze Weile ohne mich auskommen zu müssen."

„Sagen Sie das nicht, Herr Biber. Ich wünsche Ihnen, dass Sie heil aus der Sache herauszukommen. - Vergessen Sie die Vollmacht nicht."

Biber verfasst am Rechner die Vollmacht, bekommt am Telefon einen zeitnahen Termin und begibt sich geradewegs zum einzigen Notar des Ortes.

Dr. Viktor Hasselmann ist ein sehr schlanker, etwas knochig wirkender Herr Anfang fünfzig, dem die Zeit den Schalk ins spitze, fast fuchsähnliche Gesicht gezeichnet hat. Die Stimme ist scharf und eindringlich.

„Ich nehme an, ich muss Sie nicht auf die Risiken einer so weitgehenden Vollmacht hinweisen. Ich hoffe, Sie kennen Frau Petersen gut genug."

„Soweit es uns möglich ist, eine Frau *gut genug* zu kennen", erwidert Biber lax.

„Das war es dann schon. Die Rechnung geht Ihnen per Post zu."

„Können wir das nicht *gleich* erledigen?"

„Auch möglich. Besprechen Sie das mit meiner Sekretärin. - Guten Tag."

Biber besorgt den Brief per Einschreiben. Nachdem er die Post verlassen hat, atmet er freier, gerade so, als hätte sich ein schwergewichtiger Alp von seiner Brust gelöst. Ihm ist durchaus klar, dass es zumindest ungewöhnlich ist, sich in einem Moment besser zu fühlen, in dem man sich möglicherweise von seinem gesamten Hab und Gut verabschiedet hat.

Wieder am Mühlenhof, geht er daran, das Gebiet des in Aussicht stehenden Kaufes zu durchstreifen. Er kämpft sich durch junge Heide, Goldruten, und brusthohen Gänsefuß, vorbei an Brombeergestrüpp und Klettgesträuch immer hügelan. Als er oben anlangt, kann er durch die nur noch mäßig belaubte Vegetation wenigstens einen verschleierten Blick auf das fernere Umland genießen. Der Hof ist nicht zu sehen. Aber weiter hinten ragt der Kirchturm von Welkow aus dem Wald, nebenan gepflügte Felder, dann kommt auch hier zunehmend Wald. Biber dreht sich über Norden nach Osten. In der Ferne kann er Mühlfurt erkennen, weiter südlich endlich - in der Mittagssonne glänzend - den See. Biber ist zufrieden. Er hätte die Aussicht gern von einer zehn Meter höheren Position aus genossen, aber da ist nicht einmal ein geeigneter Baum, auf den er hätte klettern können. Von einem

Turm aus wäre die Aussicht nicht schlecht, nur auf den Hof bliebe sie vermutlich verstellt. Das ließe sich nur auf radikale Weise ändern.

Biber steigt vom Hügel Richtung Hof. Da er den alten Pfad verfehlt, zwingt ihn dichtes Strauchwerk, zum See hin auszuweichen. Hier stehen alte, in Wäldern eher selten anzutreffende Gehölze: eine kapitale Pyramideneiche, zwei weitausladende Trauerweiden, eine Blutbuche, zwei mächtige Tannen, eine schlank aufragende Zypresse, eine Kastanie von edlem Wuchs, Ulmen und Erlen und ein paar Rotbuchen, dazwischen - schwer gegen die Konkurrenz kämpfend - immergrüne Rhododendren und verschiedene Azaleen im orangeroten Herbstkleid. Biber begreift, dass das mal ein parkähnliches Areal gewesen ist oder zumindest werden sollte. Inmitten der prächtigen Bäume steht ein übermannshoher Obelisk, verwahrt in einer dichten Rosenhecke. Sich die zerkratzten Hände reibend, liest Biber die bemooste Innschrift im kostbaren Sandstein.

Den Opfern
des Mühlenbrandes am
11. November 1903

*Johann Müller * 1855*
*Ottilie Müller * 1865*
*Pauline Müller * 1886*
*Gesine Müller * 1888*

Wir gedenken
in Scham
ohne Schuld

Biber errechnet das Alter der Opfer. Achtundvierzig. Achtunddreißig. Siebzehn. Fünfzehn. Eine ganze Familie. Die Worte unter den Namen beeindrucken ihn tief. Wer schreibt so etwas auf einen Gedenkstein?

Wer muss sich schämen, weil ein Unglück Opfer fordert? Wer muss auf einem Gedenkstein versichern, schuldlos zu sein? Ist die aufwendig gefügte Anlage vor allem der letzten drei Zeilen wegen entstanden? Biber nimmt sich vor, die Chronik zu lesen. Nur wenige Schritte vom Gedenkstein findet sich ein namenloses, wildes Grab, mehr einem Steingarten ähnlich, vor noch nicht langer Zeit sporadisch mit Astern bepflanzt. Biber hält Ausschau nach weiteren Gräbern, befürchtend, dass der vermeintliche Park am Ende ein Friedhof gewesen ist. Auch die gründlichere Suche bleibt zum Glück erfolglos.

Als er auf den Pfad trifft, der vom Hof nach Welkow führt, sinnt er über die Möglichkeit eines Vorwarnsystems, das ein überraschendes Eintreffen Vanessas im Hof verhindern kann. Auch die Sache mit dem Fährbetrieb geht ihm im Kopf um.

Vanessa kommt früh aus der Schule. Sie ist heiter, sogar aufgekratzt.

„Was hat dich heute, holde Meid, so schön gemacht? Wer ist der Schuft, wenn ich's nicht bin?", begrüßt sie Biber unernst.

„Sie können sich beruhigen. Mein Aufsatz hat schon der Länge wegen viel Neid erregt. Ich muss immer lachen, wenn ich mir vorstelle, wie die Thalbach guckt, wenn sie ihn liest. - Wie ich sehe, war Ihr Tag auch ganz lustig. Ist der Hof fertig?"

„Fast."

„Was haben Sie denn mit Ihren Händen gemacht?"

„Ich hab mich heute ein bisschen weiter umgeschaut und Richtung See eine Art Park entdeckt."

Vanessas Lächeln löst sich auf.

„Weißt du, was es mit dem wilden Grab auf sich hat? Wenigstens nehme ich an, dass es ein Grab ist."

„Da liegt mein Hund, der im Sommer gestorben ist."

„Oh, tut mir leid."

„Er war schon alt."

„Hast du deshalb in deinem Aufsatz ..."

„Nein. Ich mag eigentlich keine Haustiere. Es ist irgendwie krank. Malte ist uns zugelaufen. Da konnten wir ihn schlecht fortjagen."

„Verstehe." Er merkt, dass Vanessa Mühe hat, über den Hund zu sprechen. „Was hältst du davon, die Gegend durch einen Aussichtsturm auf dem Berg attraktiver zu machen?"

„Sind Sie bei Trost? Wie oft muss ich Ihnen noch sagen, dass es niemanden gibt, der Lust hat, einen Fuß in die Gegend zu setzen, auch nicht, um sie von oben zu betrachten."

„Weil sie so öde ist. Aber eine hübsche Burgruine ..."

„Ich hoffe, das ist witzig gemeint."

„Nein. Ich habe vorhin überlegt, wie es wäre, das Land zu kaufen. Natürlich nur, wenn du und deine Mutter nichts dagegen haben."

„Herr Biber, hören Sie auf! Sie machen mir Angst! An dem Hof haben sich schon einige die Zähne ausgebissen. Warum wollen Sie in Ihrem Alter so ein Wagnis eingehen?"

„Für ein betörend Weib verlor schon mancher Mann viel mehr als den Verstand." Biber ist begeisterter Bewunderer seiner selbst. Er hat keine Ahnung, woher ihm die Worte kommen.

„Das ist nicht witzig! Ich hoffe sehr, dass *ich* bei all dem Wahnsinn keine Rolle spiele. Und wenn, dann können Sie nicht behaupten, ich hätte Sie nicht gewarnt. Der Hof hat allen nur Leid und Elend gebracht.

Ich weiß nicht, was eine Sanierung kostet, aber Sie haben offensichtlich überhaupt keinen Plan."

„Kannst du deine Mutter nicht bitten, mal hier vorbeizukommen? Sie muss doch zustimmen."

Vanessa stellt sich dumm. „Wo denn zustimmen? Wollen Sie mich heiraten?"

„Wenn du zehn Kilo zugenommen hast, gern."

Vanessa schaut an sich herab. „Zehn Kilo? Sind Sie verrückt?"

„Fragst du deine Mutter?"

„Ja. Aber große Hoffnungen mach ich Ihnen nicht. Die lebt gerade im siebenten Himmel." Vanessa lacht.

Noch ehe Biber begreift, was geschehen ist, läuft sie hinaus.

„Versuch es. Bitte."

Biber ist unentschieden. Auch wenn die liebeshungrige Wirtin seinen Vorsatz den Hof betreffend wieder gekippt, aus einem vernünftigen *Nein* erneut ein leidenschaftliches *Ja* gemacht hat, so pendeln seine Gedanken noch immer hin und her; wechseln die Argumente für und wider; mal gewinnt die eine Seite an Gewicht, mal die andere. Ist er dabei, übereilt eine ruinöse Dummheit zu begehen? All seine Pläne können sich als vollkommen unsinnig herausstellen, wenn sie es nicht schon getan haben. Er kennt weder das Land, noch die Leute, noch die Stimmung in Bezug auf den Hof und die verrufene Gegend. Er erinnert sich einiger gigantischer Flops, von denen er gehört oder gelesen hat: an Brücken, die nie benutzt wurden, Einkaufszentren, die mehrmals den Eigentümer gewechselt haben und nun ein Geisterdasein führen und nur noch auf ihren Abriss warten. Er erinnert sich auch eines Restaurants, das am Seiteneingang eines vielbesuchten Parks, einem vielversprechenden Standort also, eröffnet und gleich wieder geschlossen wurde, weil die Parkleitung beschlossen hatte, alle Eingänge des nachts, also nach einundzwanzig Uhr, zu schließen. Das war vorhersehbare Unbill gewesen, im letzten Fall - zugegeben - schwer voraussehbar. Bisher ist er von allen gewarnt worden, selbst von dem Mädchen, das weiß, dass die Kaufofferte der Stadt ein absolutes Schnäppchen ist. Mit dem Dampfer kann man auch von weither anreisende Gäste in den Hof locken. Aber warum sollten sie kommen? Er hat noch nicht mal eine exzellente Küche zu bieten. Ein hübsches Anwesen, ein wildbewachsener Hügel, ein überwuchertes Waldstück ohne erkennbare Wege, einen Park, der eher etwas von einem Friedhof hat, eine marode Anlegestelle. Alles ließe sich mit Geld beheben, nicht aber die fehlende Anziehungskraft. Daran kann auch der nur nebulos im Kopf geisternde Aussichtsturm nichts ändern. Und hier geht es nicht um fehlende Anziehung, sondern einen geradezu verheerenden Ruf.

„Woran denkst du?", fragt Erika nach beglückendem Liebesspiel.

„Dass es ein unbegreifliches Glück ist, dir begegnet zu sein."

Sie küsst ihn lange. „Und jetzt?"

„Dass es noch schöner mit dir ist, als bei meinen ersten Flitterwochen."

„Oh, danke. - Du willst jetzt sicher das gleiche hören. Und weil du weißt, dass ich es nur sage, um dich nicht zu enttäuschen, hab ich keine Chance, dir das Kompliment zurückzugeben."

„Das musst du nicht."

„Es wäre auch gelogen. Ich war damals viel zu aufgeregt, um beide Situationen unbefangen aus heutiger

Sicht vergleichen zu können. Um die Leichtigkeit zu gewinnen, mit der ich heute genieße, hab ich Jahre gebraucht. Ich hatte schon die Hoffnung begraben, dass ich das noch einmal erlebe."

Biber küsst sie, mit den Lippen auf ihrem Gesicht spazierengehend. „Ist es in etwa so schön, wie in den begrabenen Hoffnungen?"

„Wenn ich ehrlich sein soll, - viel schöner. Sowas passiert bestimmt in unserem Alter nicht oft."

„Vielleicht öfter, als wir denken. Die Wirtin vom Mühlenhof ist gerade mit einem Geliebten durchge-brannt."

„Warst du dort?"

„Nein."

„Woher weißt du es dann?"

„Die Leute erzählen davon."

Erika betrachtet ihn skeptisch. „Die Leute reden viel, in Mühlfurt vor allem viel Unsinn. - Godelinde war mal ganz hübsch. Mittlerweile ist sie Rentnerin."

„Ach was", erwidert Biber erstaunt. „Ich bin auch nicht mehr weit davon entfernt."

„Wenn du sie mal gesehen hättest, wüsstest du, dass es da einen kleinen Unterschied gibt."

Biber unterlässt es, tiefer nachzuhaken.

Nach dem Frühstück fährt Biber zur Werft, um mit Jakobi über die Absicht der Gemeinden zu sprechen, den Fährbetrieb wieder aufzunehmen. „Was halten Sie davon?"

Jakobi ist in Rage. „Mal hü, mal hott. Was soll ich dazu sagen? Die wollen drüben Gärten verkaufen, aber möglichst, ohne unnötigen Verkehr nachzuzie-hen."

„Klingt doch vernünftig?"

„Ich glaube nicht, dass das jemand durchgerechnet hat. Die stecken viel Geld in die Wiederbelebung der Fähre, um den Betrieb in einem Jahr wieder einzustellen. Bis dahin haben sie die Parzellen teuer verkauft, und die Leute, die ein bisschen Ruhe haben wollen, haben dann doch bald wieder eine Straße vor der Nase."

„Ich dachte, die Fähre ist vielleicht eine Chance für Sie."

„Denken Sie, da springt für mich ein Gehalt raus, von dem sich leben lässt? Das Angebot hab ich schon."

„Und? Nehmen Sie an?"

„Wahrscheinlich", knurrt er kleinlaut.

„Sie haben die Fähre, da sollten Sie doch auch beim Preis ein Wörtchen mitzureden haben."

„Bei einem eh schon überspannten Bogen ist nicht mehr viel Spiel. Die denken an eine Tour morgens und eine am späten Nachmittag. Mühlfurt - Welkow, dann ein paar Wechsel zwischen Welkow und Neuhaus, wie die Taubenpiepersiedlung heißen soll, und das gleiche nachmittags noch mal. Das wird ein verdammt langes Lied für verdammt wenig Gage."

„Die wollen vielleicht auch den Mühlenhof in die Tour einbinden."

„Der läge eh auf dem Weg. Haben Sie noch was Erfreuliches?"

„Kann es sein, dass ich schon wieder ungelegen komme, weil Sie gerade eine Auseinandersetzung mit diesem Kerl hatten, der nichts als Flausen im Kopf hat?"

„Sie sagen es", schnauft Jakobi. „Der schafft es immer wieder, meinen Kopf mit seinem Kram zu besetzen, und zwar so, dass ich an nichts anderes mehr denken kann. Dabei hab ich ihn nur gebeten, sein

Zeug aus der Halle zu räumen, für den Fall, dass der Platz gebraucht werden sollte. Wissen Sie, was er da gesagt hat?"

„Was denn?"

„Dass es besser wäre, die Bude abzureißen."

Biber lacht verhalten. „Naja, hatten Sie nicht auch sowas ..."

Jakobis Ton verschärft sich. „Es macht einen Unterschied, ob *ich* mich mit dem Gedanken trage, oder ob mir das ein Grünschnabel empfiehlt, der ... Kommen Sie, ich will Ihnen zeigen, was er so den lieben, langen Tag anstellt. Kommen Sie mit!" Jakobi führt Biber in einen abgetrennten Winkel der Werfthalle. So wie er den Verschlag öffnet, erstarrt Biber. Vor ihm steht das sorgsam gefügte, mannshohe Modell einer Windmühle. Biber hat keine Ahnung von Mühlen und weiß also nicht, dass ein achteckiger, selbstrichtender Galerieholländer mit Jalousieflügeln und Durchfahrt, also eine Windmühle modernster Bauart vor ihm steht.

„Angeblich soll so ein Ding mal auf dem Mühlenberg gestanden haben. Weiß der Teufel, woher er das wissen will. Ich kann es auch gleich zerhacken, hat er gesagt."

„Ich dachte, es war eine Wassermühle."

„Lange hat es zwei Mühlen gegeben, in beinharter Konkurrenz. Erst ist die Windmühle abgebrannt, nicht viel später die mittlerweile von Dampfmaschinen getriebene Mehrzweckmühle." Jakobi steckt einen Stecker in die Steckdose und schaltet das Modell ein.

Biber sieht fasziniert zu, wie sie klappernd Schrot zu Mehl mahlt. „Das ist ja sagenhaft."

Jakobi grinst. „Eine hübsche Spielerei, nicht?"

Biber kann seinen Blick nicht von den fehlerlos ineinandergreifenden Holzrädern nehmen, eine mechanische Meisterleistung.

Jakobi schaltet ab. „Er merkt sonst, dass ich daran rumgespielt hab."

„Das nennen Sie Flausen? - Sind Sie noch zu retten? Das, was Sie da Flausen nennen, ist ein handwerkliches Kunstwerk. Sie sollten am besten wissen, dass er allein dafür den Gesellenbrief verdient hätte."

„Ich sag ja nicht, dass es nicht beeindruckend ist."

„Beeindruckend? Das ist genial! Sie sollten stolz auf Ihren Jungen sein."

„Nun übertreiben Sie nicht. Daran hat er vier Jahre gearbeitet und dabei all seine Ersparnisse verbraucht. Davon kann man doch nicht leben."

„Wollen Sie das einschätzen? Sie, der Sie ein Meisterwerk nicht von Flausen unterscheiden können? - Sollten Sie sich mit Ihrem Sohn nicht einigen können, wo die Mühle bleibt, ich zahle ihm jeden Preis dafür. Hören Sie? Jeden!"

„Sie sollten noch etwas für den Hof übriglassen. Nie im Leben verkauft er sein Lieblingsspielzeug."

„Falls doch, dann mag ich keine Zahl unter fünfzigtausend hören. Sagen Sie ihm das."

Jakobi schaut Biber entgeistert an. „He, Sie sind ja vollkommen von der Rolle. Ich hoffe, Sie denken jetzt nicht, was ich fürchte." Er verzieht das Gesicht. „Nein!"

Biber tippt ihm mit dem Finger gegen die Brust. „Ich sehe, Sie sind ein Fuchs. - Genau das machen wir."

„Sie sind nicht bei Trost. Das können Sie nicht alles gleichzeitig finanzieren. - Es sei denn ...."

„Denken Sie, was Sie wollen. Die Mühle wird der Aussichtsturm."

„Was denn für ein Aussichtsturm, verdammt?"

„Ohne ihn hätte ich das Gelände mit dem Mühlenberg nicht gekriegt."

„Dem Mühlenberg?" Jakobi versucht, die Gedanken zu ordnen. „Sie bauen den Hof, einen Dampfer und die Mühle?" Er schüttelt den Kopf, dann nickt er lange. „Sieht aus wie eine ganz große Sache."

„Das hatte ich bei unserem ersten Gespräch wohl genauso gesagt. - Vergessen Sie unsere Abmachung nicht. - Und bewerben Sie sich unbedingt für die Fähre."

„Warum?"

„Damit Sie weniger Gelegenheit haben, Ihrem Sohn zu begegnen. Ich fürchte, Sie sind kein guter Umgang für ihn."

Bibers Zuversicht katapultiert in die Höhe. In nur einer Stunde hat er gleich zwei Gründe gefunden, den Mühlenhof zu rekonstruieren. Jakobi ist ein Volltreffer! Wir werden die Mühle auf dem Berg bauen und mit dem Dampfer den Fährbetrieb aufnehmen. Hof - Dampfer im Fährbetrieb - Mühle. Das reicht!

Als er sein Vermögen einschließlich der Firmenanteile überschlägt, kommt er auf ein nicht ganz so sicheres Resultat.

Am Nachmittag empfängt Biber Vanessa in Hochstimmung. Er muss an sich halten, ihr nicht den ganzen Plan zu enthüllen. „Wir sanieren in kleinen Schritten und tasten uns ans große Ziel heran."

Vanessa lacht. „Diese Methode kenn ich aus den Erzählungen meiner frustrierten Mutter."

Biber ist nicht zu bremsen. „Erst einmal werden wir das Grundstück weiter beräumen, dann das Backhaus herrichten, dann den Stall, dann ..."

Vanessa wird klar, dass sie diesen Verrückten weder so bald wieder loswerden wird noch aufhalten kann. „Nicht *wir*, Herr Biber, *Sie*. Warum muss ich Ihnen immer wieder erklären, dass es keinen gibt, der den Hof betreten wird, auch wenn er ganz und gar wieder hergestellt ist, falls dieser Zustand je eintreten sollte? Was ist daran so schwer zu verstehen? Ich werde jedenfalls unter keinen Umständen hier wohnen bleiben."

Biber winkt ab. „Kommt Zeit, kommt Rat. Schlimmstenfalls werde *ich* hier einziehen. Ich kann mir keinen besseren Alterssitz vorstellen. Erinnerst du dich daran, was du in der Märchendiskussion gesagt hast? - Märchen sind Geschichten, die uns lehren, fest an etwas zu glauben, auch wenn es noch so unwahrscheinlich ist, dass es eintritt."

„Ich kann mich nicht erinnern, sowas ..."

„Dann halt so ähnlich."

„Seit Sie hier sind ...

„Ja?"

„Ach nichts." '... komme ich nicht mehr zur Ruhe', hatte sie sagen wollen. Abgebrochen hat sie den Satz, weil ihr im Augenblick klar geworden ist, dass sie seit dem Einzug des Alten leichter atmen kann und beinahe gern nach Hause kommt. Sie isst nun in Bibers Gegenwart nicht mehr gar zu gierig.

„Isst du so maßvoll, um ja nicht meine Bedingung für die Heirat zu erfüllen?"

Vanessa lächelt.

„Hast du mit deiner Mutter gesprochen?"

„Sie ist gegen die Ehe."

„Vanessa, bitte, ich brauche für den Kauf ihre Einwilligung."

„Meine Mutter wäre über nichts glücklicher, als über die Befreiung von dieser Ruine."

„Dann soll sie sich hier sehen lassen. Ich brauche sie beim Vertragsabschluss im Notariat."

„Ich rede mit ihr."

„Versprochen?"

„Ja."

Anderntags trifft Jakobi mit der Fähre ein. „Ahoi!"

„Ahoi!"

„Den Steg sollten wir uns als erstes vornehmen."

„Nicht bevor der Kaufvertrag in trockenen Tüchern ist."

„Sie haben den Hof noch gar nicht gekauft?"

„Nein. Das geht nicht so schnell."

„Sie investieren einen Haufen Geld ohne jede Sicherheit?"

„So groß ist der Haufen nun auch wieder nicht. Und die Unsicherheit hält sich in Grenzen."

„Das ist doch faul."

„Was?"

„Das weiß ich nicht. Aber es ist faul."

„Na, hören Sie mal. Sie müssen schon einen Verdacht äußern."

„Ich erinnere Sie daran. - Was steht an?"

„Wie ich schon sagte, Entrümpeln, Entkernen, Untersuchung des Zustands aller Dächer, vor allem der Dachstühle."

Jakobi stapft im Hof herum. „Wenn ich offen sein soll, verstehe ich auch nicht, was Sie mit der Ruine wollen."

„Offenheit gehört nicht zu Ihren Aufgaben. Denken Sie an die Diskretion. Das schließt auch die Bewohner des Hofes ein."

„Wie? - Wissen die nicht, dass Sie hier bauen?"

„Doch. Aber sie sollen nicht merken, dass *Sie* hier bauen."

Jakobi denkt nach. „Wenn das nicht oberfaul ist."

„Schon mal was von Überraschung gehört?"

„Sie wollen die beiden Frauen mal so mit Umbauten für lumpige hunderttausend Euro überraschen?"

„Schreien Sie nicht so, verdammt."

„Das heißt, wir müssen unser Zeug jeden Tag wieder mitnehmen?", flüstert Jakobi.

„Nein, aber aufräumen." Biber öffnet die Mitteltür zum Stall. „Zum Beispiel hier. Wie Sie sehen, hab ich mir erlaubt, ihn schon mal etwas frei zu räumen."

„Wie ich sehe, sind gerademal die beiden Giebelseiten einigermaßen trocken."

„Dann machen Sie hin, dass Sie die Scheune leer kriegen. Größeres Gerät können Sie auch hinter der Scheune abstellen. Die Frauen sind nicht sehr unternehmungslustig."

„Und wenn sie hier reingucken?"

„Sehen Sie zu, dass der Stall morgen zuzuschließen geht. Zur Not kann ich auch ein bisschen zaubern."

Jakobi versteht ihn offensichtlich nicht.

„*Ich* habe das alles gemacht und mache auch alles, was noch kommt. Die Werkzeuge kann ich also notfalls auch mit dem Fahrrad rangeschafft haben."

„Drei Schubkarren." Jakobi tippt sich an die Stirn.

„Wenn man sich Mühe gibt."

„Und was kriegen Sie dafür?", fragt Jakobi angesäuert.

„Nichts, was Ihre sittlichen Gefühle verletzen könnte. - Ist das überzeugend?"

Jakobi puhlt sich an der Nase.

„Das bleibt natürlich nicht immer so. Wenn es so weit ist, bauen wir im großen Stil."

„Wenn ich das hier sehe, hätten Sie besser einen Müllentsorger anheuern sollen."

„Sie bringen nur weg, was nach der Verbrennung übrig bleibt. Konzentrieren Sie sich vor allem auf die Dachstühle. - Wo haben Sie eigentlich Ihre Leute?"

„Ich wollte mir die Sache erst mal selber zu Gemüte führen. - Ist Ihnen klar, dass wir mit der Anfahrt per Fähre eine Menge Zeit verlieren? Wir sind am Tag zwei Stunden unterwegs. In Wahrheit geht die Arbeitszeit von sieben bis um drei."

„Ist das Ihren Leuten zu viel?"

„Nein, aber es geht Ihnen verloren."

„Zieh ich Ihnen alles ab!", zischt Biber.

Jakobi starrt ihn beinahe feindselig an.

„War ein Scherz."

Jakobi bringt endlich Werkzeug aller Art, nicht nur Schubkarren, sondern auch Maschinen, sogar eine Motorsäge. „Wir brauchen so schnell wie möglich ein kleines Fahrzeug, mit dem wir zwischen Fähre und Hof pendeln können, sonst latschen wir uns tot. Einmal hin und her sind fast hundert Meter."

„Kriegen Sie einen Multicar mit der Fähre weg?"

„Schon, aber den kriegen wir niemals über den maroden Steg."

Vanessa ist erstaunt, wie schnell Biber vorankommt. Er geht wie immer zeitig zu Bett, um schnell nach Mühlfurt zu kommen.

„Was machst du eigentlich den ganzen Tag?" Erika dreht ihren erhitzten Körper auf den Rücken.

„Ich träum von dir."

„Und sonst?"

„Ich tobe mich aus."

„Olaf. - Du gehst oft früh um neun und kommst selten abends vor neun zurück."

„Ich hab eine Geliebte in jeder Herberge."

„Bitte, sei ernst."

Biber schweigt lange in sich hinein. „Wärst du bereit, ich meine, könntest du dir vorstellen, den Kronenkrug aufzugeben und mir ...“

Erika starrt ihn erwartungsvoll an.

„... auf den Mühlenhof zu folgen?“

Sie hat Probleme mit der Atmung „Meinst du das im Ernst?“

Biber sieht, dass er einen Fehler gemacht hat.

„Das ist vollkommen absurd!“

„Hör auf. Ein *Nein* hätte genügt.“

„Der Hof ist eine Ruine ohne Wasser und Strom.“

„Strom ist da.“

„Das kannst du nicht wirklich ernst meinen.“

„Vergiss es. Ich hab dich verstanden.“

„Man kann da überhaupt nicht wohnen.“

„Natürlich erst, wenn er fertig ist.“

„Wann soll das sein?“

„In einem Jahr.“

„In einem Jahr? Dass ich nicht lache! Und wer bezahlt das?“

„Wir mussen nicht weiter darüber reden.“

„Wer bezahlt das?“

„Ich.“

„Wovon? Wenn man fragen darf?“

Biber muss das Tempo rausnehmen. So schnell kann er nicht - die richtigen Antworten finden oder, besser, diplomatisch sein. „Ich habe ein bisschen was gespart. Meine Rente ist gut. Und dann werde ich das Haus verkaufen.“

„Du willst dein Haus verkaufen?“

„Eigentlich ist es schon so gut wie verkauft.“

Erika schnellt nach vorn. „Bist du von allen guten Geistern verlassen? Sag mir, wo die Kamera steht.“ Sie greift sich in die Haare. „Du musst eine Prachtvilla haben, wenn das Geld reichen soll!“

„Ich dachte, wenn du den Kronenkrug verkaufst ...“

„Der Kronenkrug bringt nicht genug ein, dass man davon leben kann.“

„Drum sollt du ihn ja auch verkaufen.“

„Den kauft keiner, weil keiner davon leben kann. - Wie willst du ... sollen *wir* im Mühlenhof leben und vor allem, wovon? Wir müssten uns mit den Golls vom Welkower Gasthof anlegen.“

„Wir werden ihnen nicht ins Zeug pfuschen.“

„Ach nein? Willst du von der Landwirtschaft leben? oder von der Fischzucht?“ Sie hebt beide Hände und wedelt sie verzweifelt. „Du lieber Gott! Erst ein Mann, der jede freie Minute in die vermaledeite Ruine steckt, dann ein Mann, der nicht nur seine Zeit, sondern auch noch all sein Geld in den Wind schießt.“

Biber nimmt sich etwas Zeit, um wieder Ruhe einkehren zu lassen. „Ich hatte den Mühlenhof schon begraben, als ich glaubte, dass unsere erste Nacht für dich nur eine kurze Romanze war. Dann war die Leidenschaft für den Hof auf einmal wieder da. Erst viel später hab ich begriffen, dass du es warst, die sie wieder geweckt hat.“

„Ich verstehe nicht, was du damit sagen willst.“

„Dass du mir viel wichtiger bist als der Hof.“ Er dreht sich zu ihr. „Lass mich machen und erzähl es nicht weiter.“

„Wem denn?“

„Dem Gewerbeamt, zum Beispiel.“

„Was hab ich denn mit denen zu tun? Ich bin froh, wenn ich von denen nichts höre und sehe.“

Biber ist dabei, Erikas wohlgeformte Brüste zu liebkosen. „Ich dachte, du meldest den Mühlenhof an.“

Biber startet den Rechner und überfliegt die Chronik, die Alvin über die Vorgänge am Mühlenberg geschrieben hat. Er liest vom Zwist der beiden Müller-Familien *Müller* und *Goll* Anfang des zwanzigsten Jahrhunderts, der zuletzt regelmäßig vor Gericht ausgetragen wurde; vom Dampfmaschinenbetrieb in der einstigen Wassermühle und der Modernisierung der Windmühle; dem Brand; der Bestattung der Windmüllerfamilie; der Feuersbrunst nur ein Jahr später in Sägewerk und Dampfmühle, in der neben Mehl, Gries und Schrot auch Leinöl gewonnen wurde; vom Wiederaufbau der Dampfmühle, vom Erwerb der ruinierten Dampfmühle und des Mühlenhofes durch den Ziegeleibesitzer Ackermann, der kurz vor Eröffnung des Ausflugslokals mit Herberge spurlos verschwand, wohl, um sich der Gerichtsbarkeit zu entziehen. Außer Spekulationen und zuweilen bösartigen Gerüchten hat der Chronist nichts finden können. Dann kommen die spärlichen Funde aus der Neuzeit. Alvin beschreibt den halben Dornröschenschlaf des Hofes vom Verschwinden Ackermanns 1926 bis zum Einzug der Familie Schacht 1975. Es folgen dreißig öde Jahre aussichtsloser Kämpfe um eine Verbesserung der Lebenssituation; die Erbschaft; die fast vollendete Erneuerung; Brand und Windwurf und endlich Fiedlers Fahrt oder Flucht nach Amerika.

Biber zieht seinen Hut vor dem Fleiß und der leidenschaftlichen Recherche des Verstorbenen. Allein die Fülle an Material ist beeindruckend; alles eingescannt und alle Dateien übersichtlich geordnet; und parallel dazu alles ausgedruckt und in einen dicken Ordner gepresst. Biber nimmt den Ordner zur Hand. Viele Originale sind in Sütterlin verfasst. Hier hat Alvin Übertragungen in die Normalschrift beigefügt. Biber liest noch einmal quer. Langsam dämmert ihm, warum die Leute um den Mühlenhof lieber einen Bogen machen, es sei denn, sie sind an Makabrem, Heiklem, Horriblem interessiert. Zugegeben, die Geschichte ist bedrückend. Aber sie könnte auch eine Bereicherung sein, wenn sie ein erfolgreiches Schlusskapitel hätte. Biber behält sich vor, aus dem Material ein kleines Büchlein zu machen, halb Aufklärung, halb Werbung für den Hof.

Am Morgen des ersten November erhält Biber Nachricht vom Amt. Der Kaufvertrag kann nach seinen Wünschen abgeschlossen werden. Er fährt hin, um den Vertrag einzusehen. Die schnelle Bearbeitung macht ihn stutzig. Er nimmt sich viel Zeit, die Details zu prüfen. Wesentliche verbindliche Forderung ist der Abriss oder Aufbau des Hofes bei Anbindung ans örtliche Wasser- und Abwassernetz.

Biber schaut immer mal wieder vom Vertragsentwurf auf, um sich zu vergewissern, dass Brettschneider noch anwesend ist. „Hat sich schon was mit der Fähre ergeben?"

„Ja. Herr Jakobi hat den Zuschlag für den Betrieb der Fähre bekommen, die auch den Haltepunkt am Mühlenhof anfahren könnte, sobald er die vorgeschriebenen Anforderungen erfüllt."

Biber hat das Gefühl, dass man im Amt davon ausgeht, dass er sich mit den Bau- beziehungsweise Nutzungsplänen überhebt und am Ende den Abriss finanzieren wird. „Wann kann er abgeschlossen werden?"

„Sofort. Also sobald das Geld überwiesen ist."

Biber reitet der Schalk. Im Bestreben, das Amt in der Hast noch zu übertreffen, stellt er die Zahlung bis zum späten Nachmittag in Aussicht.

Nun liest Brettschneider den Vertrag noch einmal gründlich. „Sie haben zur Kenntnis genommen, dass auch der *öffentlich zugängliche Aussichtsturm von ansprechen-*

der und anziehender Gestaltung zu den verbindlichen Klauseln des Vertrages gehört? Nur dieser Klausel wegen hat der Stadtrat der Erweiterung des Areals um das Hügelgelände zugestimmt. Hierzu gehört natürlich auch die Anbindung des Turms ans öffentliche Wegenetz."

Biber kräuselt die Stirn. „Kennen Sie das öffentliche Wegenetz im Umfeld des Mühlenbergs?"

„Nein. Warum?"

„Weil Sie sonst wüssten, dass es im gesamten Waldgebiet kaum einen öffentlichen Weg gibt, der auch nur den Namen verdient, geschweige denn, dass sich daran etwas *anbinden* ließe."

„Gut, dass Sie das sagen. Ich werde mich darum kümmern, dass der Weg von Mühlfurt nach Welkow wieder Wegcharakter bekommt. Aber nur in seiner Funktion als Wanderweg."

„Ist es möglich, dass die Karte der genauen Wegführung dem Kaufvertrag angehängt wird?"

„Selbstverständlich."

„Wie weit oder eng können die Attribute *ansprechend* und *anziehend* ausgelegt werden?"

Brettschneider lacht. „Sie haben vollkommen freies Spiel, solange es keine Startrampe für Raketen wird."

„Wie groß darf der Turm sein?"

„Nicht größer als die Windmühle, die mal auf dem Berg gestanden hat", flaxt Brettschneider.

„Klingt vernünftig. - Ist es möglich - vorrübergehend - eine Baustellenzufahrt einzurichten?"

„Das ist separat zu verhandeln und sollte nicht Gegenstand des Kaufvertrages sein. Aber daran wird der Bau nicht scheitern."

Mit solchen Unwägbarkeiten ist Biber vertraut. Wenn man nicht dran rührt und hernach so tut, als wenn alles so abgesprochen gewesen wäre, hält sich der Ärger erfahrungsgemäß in erträglichen Grenzen.

Biber ist nun wieder ganz der Alte. Mittags ruft er vom Kronenkrug aus Frau Petersen an. „Frau Petersen, wie schaut es aus?"

Sie fällt erneut aus allen Wolken. „Herr Biber, ich habe nicht gedacht, so rasch wieder von Ihnen zu hören. Es schaut gut aus. Die Firma kommt zurecht."

„Ich meine, kommen Sie in meiner Angelegenheit voran?"

„Herr Biber, unser letztes Telefonat war am Dienstag. Jetzt haben wir Freitag. Ich kann nicht zaubern."

„Ich brauche erstmal nur den Betrag von fünfhundertviertausendachthundert Euro."

„Warten Sie, nicht so schnell. Fünf-Null-Vier-Acht-Null-Null. - Wann?"

„Sofort."

„Ich weise sofort an. Wohin?"

Biber diktiert die Bankverbindung.

„Mühlfurt? - Wo ist das denn?"

„Es wäre großartig, wenn das Geld noch heute ankommen würde."

„Ja doch, ich kümmere mich drum. - Herr Biber, ich hab vorhin nicht die Wahrheit gesagt. Sie werden sehr wohl in der Firma nötig gebraucht. Herr Brandner ist untröstlich über Ihr Fernbleiben."

„Das kann ich mir vorstellen. Und Goldhaus?"

„Ach Goldhaus, der tut, was er kann und wohl noch eine ganze Menge mehr, aber der kann Sie doch nicht ersetzen."

„Es kommt nicht darauf an, bis ultimo Gewinne zu erzielen wie zuletzt. Auch mit der Hälfte können alle satt werden."

„Wenn Sie das sagen."

„Können Sie versuchen, die drei Musketiere anzuheuern? - Sie erinnern sich doch."

Natürlich erinnert sich Frau Petersen an jene drei polnischen Mitarbeiter, die Biber am Anfang seines Aufstiegs angestellt und gegen alle Regeln beschäftigt hat. „Die sind mittlerweile siebzig oder älter und längst wieder bei ihren Familien."

„Das weiß ich, Frau Petersen. Die Telefonnummern finden sie in meinem Kalender."

„Was haben Sie vor? Die werden *Sie* oder *mich* für verrückt halten."

„Sie sollen sie nicht überreden, nur fragen, ob sie Lust haben, ein Jahr an einer überaus reizvollen Sache mitzuarbeiten und derweil bei einer noch reizenderen Wirtin zu wohnen."

„Und wohin genau soll ich sie schicken?"

„Die sollen mich anrufen, wenn sie bereit sind, dann erfahren sie alles Nötige."

Erika hat das Ende des Gesprächs mitgehört. „War da gerade von mir die Rede?"

Biber erschrickt. Wie viel hat sie gehört? „Ja, mein Schatz."

„Wer soll da nicht überredet werden, an einer reizvollen Sache mitzuarbeiten? - Wer bist du wirklich?"

„Das war gerade meine ..." Biber schluckt, um Zeit zu gewinnen. „... ehemalige Kaderleiterin, und ich hab sie gebeten, drei alte Kollegen, mit denen ich auf dem Bau gearbeitet habe, zu fragen, ob sie am Hof mitbauen wollen, und sie, falls sie wollen, herzuschicken."

„Du bist ein Rentner, der ein bissel was gespart hat und mit dem Gedanken spielt, sein Haus zu verkaufen und auf den Hof zu ziehen?"

„Ja."

Erika lacht. „Wann glaubst du wohl, dass der Hof in einem Zustand ist, dass man da wohnen kann, ohne sich den Hals zu brechen?"

Biber fällt ein Stein vom Herzen. Sie hat nicht *mehr* gehört. „Das hast du mich schon mal gefragt."

„Ich möchte es noch einmal hören."

„In genau einem Jahr, also spätestens im Oktober."

„Du bist verrückt."

„Das hast du sogar schon viermal gesagt."

„Und jetzt holst du noch drei Männer her, die hier wohnen sollen?"

„Wir bezahlen die Unterkunft."

„Darum geht es nicht. Wenn ich den Männern einen guten Preis mache, kostet der Spaß im Jahr dreißigtausend. Da haben sie noch keine Stunde auf der Baustelle gearbeitet. Ich hoffe, du hast ein bissel mehr, als ein *bisschen* gespart."

„Die wohnen doch nur vorrübergehend hier. Sobald im Hof die ersten Zimmer fertig sind, ziehen sie um."

Erika schüttelt resigniert den Kopf.

„Warum lässt du nicht alles laufen, wie es läuft? Mag sein, dass ich verrückt bin. Na und? Wenn es nichts wird mit dem Hof, gut. Und wenn ich alles verliere, auch gut. Dann *muss* ich halt immer bei dir bleiben und auf dich hören. Und ich muss dich verwöhnen, wann immer du willst. - Willst du?"

Erika lacht.

„Willst du mir nicht helfen, ein paar Musiker aufzutreiben und die besten davon auszuwählen für das Eröffnungskonzert auf dem Mühlenhof?"

Erika vergeht das Lachen. „Was für Musiker?"

„Eine Jazzband, fünf oder sechs. Klavier, Bass, Banjo, Klarinette, Trompete, Posaune oder Saxophon. Wäre gut, wenn du einen elektronischen Flügel mieten und in den Frühstücksraum stellen könntest. - Nun guck nicht so. Ich weiß, du zweifelst schon wieder an meiner Zurechnungsfähigkeit. Ich komm für alles auf. Ja doch, es klingt verrückt, eine Band zu mieten, ehe man so richtig angefangen hat, den Konzertraum zu bauen, aber wenn man eine gute Band haben will, muss man ihr auch etwas Zeit lassen, zu probieren. Die Proben bezahl ich ihnen nicht. - Du siehst überwältigend aus."

Erika schließt die Augen, bis sie seinen Atem spürt. „Weißt du, was gute Musiker kosten?"

„Du sprichst immer nur vom Geld. Lass die doch erst mal probieren."

Erika hatte sich vorgenommen, ruhig zu bleiben. Umsonst. „Sie werden nicht probieren, wenn sie nicht schwarz auf weiß in der Tasche haben, wofür!"

„Das mach ich schon."

„Du machst mich wahnsinnig!"

„Du mich auch." Er zieht ihren widerstrebenden Leib an sich.

Biber muss nun schnell alles zusammenbringen. Den Hof hat er. Die Mühle halb. Das Boot. Er hat alles auf eine Karte gesetzt, die aber noch in Schnipseln vor ihm liegt. Wenn auch nur ein Teil verlorengeht, ist alles verloren. Biber sucht einen Begriff für dieses Handeln und findet ihn auch: Hasard. Er fährt zur Werft. Da er hier niemanden findet, klingelt er am Wohnhaus. Eine Frau öffnet ihm. Ihm wird klar, dass er schon wieder einen Fehler gemacht hat. Natürlich ist Jakobi im Mühlenhof. „Guten Tag, ist Ihr Mann zu sprechen?"

„Leider nicht."

„Sie wissen wohl nicht, wo er sich aufhält?"

Sie atmet schwer. „Nein."

„Auch nicht, wann er zurückkommt?"

Sie schüttelt verlegen den Kopf. „Unterschiedlich."

Biber schaut auf die Uhr. „Darf ich warten?"

„Kommen Sie rein."

Biber ergründet das Nest zuerst mit der Nase. Der Stallgeruch ist angenehm. Wenn die Genetik voranschreitet, wird man eines Tages Geruchsdetektoren entwickeln, die uns verraten, mit welchem Geruch wir verträglich sind. Die Wohnung verrät, dass hier jemand wohnt, der geniale Flausen im Kopf hat. Vielleicht stammen ein paar Sachen auch von Jakobi.

„Es hat keinen Sinn, so etwas wie Ordnung halten zu wollen, wenn zwei Männer im Haus wohnen."

„Ich find es gemütlich."

„Danke. - Wenn Sie hier warten wollen."

„Wollen Sie mir nicht Gesellschaft leisten?"

„Ich bin nicht sehr unterhaltend."

„Das finde ich nicht", sagt Biber charmant, vielleicht eine Spur zu direkt.

Frau Jakobi errötet.

„Wie geht es den beiden Streithähnen?"

„Oh. - Die längste Zeit herrscht Waffenstillstand."

„Auf welcher Seite stehen Sie?"

„Ich versuche, mich möglichst rauszuhalten. Nur wenn die Schädel zu hart aufeinanderschlagen ... Danach erweitert Steffen meistens den Waffenstillstand auch auf mich. Ich fürchte ... Mir sind doch beide lieb." Sie beherrscht sich.

Biber ist nicht der Typ, der sich in Angelegenheiten anderer mischt, erst recht nicht, wenn sie unangenehm sind. Hier drängt ihn etwas, von der Gewohnheit abzuweichen. „*Was* fürchten Sie?" Er sieht, dass Frau Jakobi zu ergründen versucht, ob er vertrauenswürdig genug ist.

„Dass er eigentlich nur fort will."

„Warum denken Sie das?"

„Er ist so oft unzufrieden und grimmig."

„Schlafen Sie noch zusammen?" Biber kommt dieser Satz spontan. Ihm ist immerhin klar, dass er sehr unangenehm sein kann, wenn ...

Röte flutet erneut ihr Gesicht. „Ja. - Manchmal. Er ist oft müde."

„Und Sie?" Biber weiß, dass er mit diesen Fragen zu weit geht. Schon bei der letzten Frage hatte er damit gerechnet, in die Schranken gewiesen zu werden.

Sie lacht verlegen. „Ich kann ihn doch nicht ..."

Nun will er ausloten, wie weit er gehen kann. „Warum nicht?"

„Das ist doch zwecklos", sagt sie, noch mehr errötend.

Biber ahnt, dass es jetzt mehr der Zorn darüber ist, dass sie sich schämt. „Wissen Sie, was Männer im Bett müde macht?"

„Sagen Sie's mir?", fragt sie schnippisch.

„Das Gefühl, dass die Frau das Liebesspiel nur noch als Pflicht ansieht."

„Das ist bei mir nicht so."

„Nicht?"

„Nein. - Hat er das behauptet? - Hat *er* Sie geschickt?"

„Er hat keine Ahnung, dass ich hier bin. - Wissen Sie, dass Sie sehr attraktiv - sein könnten." Biber hatte den Satz eigentlich anders beenden wollen. Erst das verstörte Gesicht der Frau vor ihm hat ihn übermütig gemacht.

Die Empörung rötet nun auch noch ihren Hals bis in den Ausschnitt. „Das ist nicht gerade schmeichelhaft."

„Verzeihen Sie, ich denke, Sie lassen sich gehen."

„Warum sagen Sie das?", fragt sie aufgebracht.

„Weil ich sehe, dass Sie Ihre wichtigsten und wirksamsten Mittel vernachlässigen. Was umso unverständlicher ist, als Sie von Natur eher begünstigt sind. Ich versichere Ihnen, dass Sie mit ein wenig mehr Aufmerksamkeit umwerfend sind. Wenn Sie all Ihre Vorzüge - aktiv - ins Feld führen und Ihr Mann auch dann noch müde ist, sollten Sie Ihn zum Arzt schicken oder rausschmeißen."

„Ist Ihnen klar, dass das, was Sie sagen, verletzend ist?", fragt sie mit wasserschwangeren Augen.

„Von dieser Absicht bin ich denkbar weit entfernt."

„Warum sagen Sie es dann?"

Biber erhebt sich. „Weil ich Sie und - nicht weniger - Ihren Mann mag. - Danke, ich finde den Weg."

Sie steht auf und folgt Biber mit fragendem Blick zur Tür.

Dort dreht er sich noch einmal um. „Bitte verraten Sie ihm nicht, dass ich hier war. Und machen Sie sich nicht so viele Sorgen. Und verzeihen Sie mir bitte, wenn ich Sie gekränkt haben sollte. Auf Wiedersehen."

Vanessa erwartet ihn mit Erleichterung. „Ich hatte schon befürchtet, dass Sie abgereist sind."

„Danke."

Sie schaut ihn fragend an.

„... dass du nicht gesagt hast, *gehofft*."

„Ach so. Nein. Ich finde es eigentlich ganz lustig mit Ihnen. - Ich bin beeindruckt, wie viel Sie an einem Tag schaffen."

Biber hebt die Schultern. Er hat gesehen, wie Jakobis Mannschaft rangeklotzt hat. Er muss ihm unbedingt sagen, dass es auch für Zauberkünste Grenzen gibt. „Hast du bei deiner Mutter was erreicht?"

„Meine Mutter lässt ausrichten, dass sie nicht kaufen will. Und ich will es schon gar nicht."

„Vanessa, bitte, das muss sie nicht *mir* ausrichten, sondern dem Amt oder dem Notariat mitteilen. Du musst ihr klar machen, dass ich ohne ihre Zustimmung nicht kaufen kann."

„Ich werd einen Teufel tun!"

Biber erschrickt über die plötzliche Feindseligkeit.

„Ich bin heilfroh, dass es ein Mittel gibt, den Unsinn mit dem Kauf zu verhindern." Vanessa läuft hinaus.

Biber versucht zu verstehen, was sich hinter ihrer hysterischen Abwehr verbirgt.

Am Samstagmorgen trifft der elektronische Flügel im Kronenkrug ein. Biber ist überrascht, aber sehr angetan von dem Instrument. Er nimmt den Fahrer beiseite, um die Lieferung zu quittieren und den Vertrag auf Mietkauf umschreiben zu lassen.

Er klimpert ein bisschen vor sich hin, bis Erika neben ihm steht. „Das ging aber schnell."

„Die sind froh, wenn sie mal so ein Teil vermieten können."

„Aber das hätte doch Zeit gehabt, bis du die Musiker zusammengetrommelt hast."

„Die kommen morgen, mein Schatz."

„Wie bitte? - So ein Casting geht doch nicht von jetzt auf dann. Das muss vorbereitet werden."

Erika verschränkt die Arme vor der Brust. „Ich hab es vorbereitet."

„Aber ich bin noch nicht soweit."

„Darf ich dich daran erinnern, dass du mir den Auftrag gegeben hast? Wenn du noch nicht so weit bist, hättest du damit warten sollen."

„Ich kann doch nicht wissen, dass du gleich losstürzt. Man muss doch erstmal überlegen."

„Willst du damit sagen, dass ich unüberlegt gehandelt hab? Ich habe Notensätze für eine umfängliche Band besorgt, was alles andere als leicht ist."

„Wie viele wollen denn kommen?"

„Zwölf haben zugesagt. Ein paar hab ich schon im Voraus aussortiert."

„Wie hast du denn so schnell so viele Leute finden können?"

„Ich hab die Musikschulen der Umgebung angerufen und angemailt, die Theater, die Musikhochschule in Berlin und ein paar Agenturen."

Biber sieht ein, dass sie alles sehr wohl überlegt hat. Am Abend läutet beinahe ununterbrochen das Telefon. Erika lässt sich von Biber nicht in die Vorbereitung pfuschen.

Am späten Sonntagmorgen trudeln die Musiker ein. Allesamt Männer. Es dauert ein Weilchen, ehe sie die Instrumente gestimmt, die Pulte zurechtgerückt und die Noten sortiert haben. Erika hat sich an einen der hinteren Tische gesetzt, Biber in die Mitte der zu einer langen Tafel zusammengestellten Tische aus der Raumhälfte, in der die Musiker Aufstellung genommen haben. Ein Pianist, ein Kontrabassist, ein Altsaxophonist, zwei Klarinettisten, drei Posaunisten und ein Gitarrist, der wohl auch Banjo und Drum spielen kann, jedenfalls hat er diese Instrumente aufgebaut. Bibers erster Eindruck: ziemlich alt und unmotiviert.

„Meine Herren, es ist elf. Ich würde gern pünktlich beginnen. Ich freue mich, dass Sie der Einladung gefolgt sind, und will mich auch nicht lange bei der Vorrede aufhalten. Die Noten liegen geordnet vor Ihnen. Es geht mir nicht um fehlerlose Brillanz, sondern mehr um das Stilempfinden. Dieses Vorspiel zielt im

Übrigen nicht nur auf *ein* Konzert, wie in der Einladung steht, sondern möglicherweise auf eine Konzertreihe, um es mal vorsichtig zu formulieren." Biber sieht, wie sich die Aufmerksamkeit erhöht. „Also dann, finden Sie sich zum *St. Louis Blues*." Biber lehnt sich zurück.

Die Musiker sprechen sich ab. Es gibt verhaltenes Gekicher.

Biber sieht besorgte Blicke. „Gibt es Fragen?"

„Wir sollen zur Klavierstimme improvisieren?"

„Die Harmonien stehen drüber."

„Das stand so nicht in der Einladung."

„Ist das ungewöhnlich?", fragt Biber die beiden Posaunisten.

Der Pianist, Ältester der Truppe, schüttelt den Kopf.

„Für uns schon", murrt der dritte Posaunist.

„Dann ist das hier wohl nichts für Sie, meine Herren", schnarrt griesgrämig der Mann am Flügel.

Die drei Posaunisten und einer der beiden Klarinettisten packen ihre Instrumente ein und verlassen wortlos das Lokal.

„Ist die Frage gestattet, wer von Ihnen Banderfahrung hat?", fragt Biber irritiert.

Bassist, Gitarrist und der übriggebliebene Klarinettist melden sich.

Biber atmet tief durch. „Dann also."

Der Pianist spielt souverän ein Intro.

Was Biber dann hört, ist alles andere als erfolgversprechend. Vielleicht liegt es am Titel. Er hebt die Hand. „Danke. Das nächste."

W.P.A. Blues.

Biber vermag kaum, den Titel zu erkennen. Am versiertesten scheint wieder der Pianist zu sein, der sich alle Mühe gibt, das Stück einigermaßen zusammenzuhalten, allerdings ziemlich erfolglos.

„Das war doch schon mal ganz gut. Das nächste."

Der Klarinettist stellt sich zum Klavier. Sie verständigen sich auf die Tonart.

Petite Fleur.

Biber schaut auf. Der Klarinettist spielt nicht schlecht. Der Alte am Piano versucht das Tempo anzuziehen. Biber lässt sie zu Ende spielen. Er hat genug gehört. Erika klatscht.

In den verhaltenen Beifall hinein poltert ein Junge mit offener Jacke und hochrotem Kopf. Biber schätzt ihn auf maximal sechzehn.

„Entschuldigung, ich bin nicht eher losgekommen." Er wischt sich Gesicht und Hände trocken, nimmt auf dem Flügel die Trompete aus dem Kasten und nickt den Musikern ringsum aufmunternd zu. Biber überlegt, ob er ihn zurechtweisen soll. Erika kommt nach vorn, um dem Jungen die Noten zu bringen. Er weist sie - schüchtern lächelnd - dezent ab.

Biber ist beeindruckt. „Seien auch Sie uns willkommen. Ich hoffe, die Unpünktlichkeit ist kein Alleinstellungsmerkmal. Wir sind bei *Black and Blue.*"

Der Alte am Piano - wie Biber später erfahren soll, ehemaliger Repetitor am Potsdamer Theater - spielt das Intro. Der Gitarrist tauscht Gitarre gegen Banjo.

Als Bass, Klarinette, Saxophon und Banjo einsetzen, bricht der Junge ab. „Pardon, die Klarinette ist eine Idee zu tief. Auch das Banjo, vor allem das G. Wir sollten nicht langsamer werden als das Piano. Es ist kein Trauermarsch, sondern eine Art Schmerzensschrei, also verhalten perkussiv." Die Stimme ist ruhig und weich.

Das frustrierte Gesicht des Pianisten entspannt sich. Er beginnt von vorn.

Biber hat das Gefühl, der Klang habe sich deutlich verbessert und kämpft augenblicklich gegen die offensichtliche Selbsttäuschung an. Dann endlich spielt der Neue. Biber starrt nach vorn. Der Junge spielt mit geschlossenen Augen. Biber kommen, ohne dass er etwas dagegen zu tun vermag, die Tränen. Der Alte am Piano hat glasige Augen. Auch die anderen schauen fasziniert auf den Jungen. Biber fühlt sich nun eher wie in einem Konzert.

Auch in den nächsten Titeln spielt der Junge mit absoluter Sicherheit die kompliziertesten Figuren mit einem an Miles Davis erinnernden Ton.

St. James Infirmary.

Der kleine Kerl übernimmt ganz selbstverständlich, aber unaufdringlich das Zepter. Die anderen drängen ihm ein Solo nach dem anderen auf.

Back O'Town Blues.

Der Junge verteilt die Soli und ermutigt, kümmert sich um die Stimmung, die Dynamik, den Drive. Erika hat sich zu Biber gesetzt. Sie glüht vor Begeisterung. Der Pianist verzieht endlich das Gesicht zu einem Lächeln.

Westend-Blues.

Alle Blicke gehen zum jungen Trompeter. Die Einführung ist meisterhaft. Die Band setzt unsicher ein. Der Pianist spielt das Solo mit einer an Leidenschaft grenzenden Energie. Auch den Mittelteil spielt der Junge makellos und so gefühlvoll, dass nicht nur Erika Tränen in den Augen stehen.

„Hier fehlt natürlich die Posaune", entschuldigt sich der Junge schamhaft, als er den letzten Ton des Nachspiels geblasen hat.

Wild Man Blues.

Der junge Mann zählt ein und spielt brillant zu den perkussiven Akkorden. Auch die Klarinette klingt hoffnungsvoll. Nach dem Schlussakkord beklatschen die Alten den Jungen in neidloser Einigkeit. Der Junge lächelt schamhaft.

„Junger Mann, das war in allem überzeugend. Sie sind nicht nur gut, ich nehme an, Sie wissen das auch. Traun Sie sich zu, aus dem Haufen eine Band zu machen?"

„Ich?"

Biber überlegt, ob die Überraschung echt sein kann. „Ja. Ich denke, die anderen Herren haben nichts dagegen. - Ich danke Ihnen. Wenn Sie so freundlich sind, bei Frau Weller ihre Daten zu hinterlassen, schicke ich Ihnen in den nächsten Tagen die Verträge zu. Mit Ihnen, junger Mann, würde ich mich gern noch ein paar Minuten unterhalten. Kommen Sie."

Der Junge folgt Biber in Alvins Arbeitszimmer.

„Darf ich fragen, wie alt du bist?"

„Siebzehn."

„Gehst du noch zur Schule?"

„Ja. Noch ein Jahr."

„Glaubst du, dass du bessere Leute auftreiben kannst?"

„Nicht für ein Konzert, das in einem Jahr stattfinden soll."

„Ah, das weißt du noch nicht. Es sollen eigentlich mehr Konzerte werden. Mittwoch, Sonnabend, Sonntag."

„In welcher Woche?"

„Fortlaufend."

„Wie lange?"

„Bis ich sterbe oder das Geld alle ist oder die Leute keine Lust mehr haben, euch zu hören, was weiß ich."

„Die von vorhin sind nicht übel. Der Pianist ist gut, auch der Klarinettist, muss nur noch am Feeling arbeiten. Der Bassist hat mir auch gefallen. Der macht sein Ding. Ich denke, die sind alle noch nicht richtig drin.

Mit Proben kann man wohl noch eine Menge raushoulen. Aber garantieren kann ich für nichts. Musiker sind empfindlich. Die steigen schnell aus. In einer Band ist das immer eine Katastrophe. Die Chemie muss stimmen, sonst braucht man gar nicht anzufangen. Ich würde es erstmal mit denen probieren. Hab da ein ganz gutes Gefühl. Die Besetzung ist auch okay. Vielleicht hat der eine oder andere Lust zu singen. - Kann ich die Noten haben?"

„Klar. - Was denkst du, wird das kosten?"

„Oh, sorry, da hab ich keine Ahnung. Am besten ist es wohl, einen Stundensatz auszumachen, oder eine Abendgage, wenn es wirklich viele Konzerte werden sollten. Dann kann man auch insgesamt runter gehen. Zwölf Konzerte im Monat. Glauben Sie wirklich, dass Sie die vollkriegen?"

„Mit sechs Leuten wie dir ganz sicher. - Wir werden sehen. Die Option steht jedenfalls. Ich denke an fünfzig Euro die Stunde; am Abend zweihundert."

„Wären zweieinhalbtausend im Monat."

„Wenn es nur ein Konzert werden sollte, zahle ich tausend für den Abend. - Wäre das akzeptabel?"

„Klingt gut. - Wo werden wir denn spielen?"

„Der Saal ist noch im Bau. - Erstes Konzert Anfang Oktober. Hier sind zehntausend für die Leitung der Band."

„Nein. Das müssen Sie nicht bezahlen."

„Ich weiß."

„Das gibt nur böses Blut in der Band."

„Dann nimm es für die Garderobe."

„Das ist doch auch nicht Ihr Bier."

„Wenn ich will, dass ihr anständig angezogen seid, schon. Ich denke an Smoking, Lackschuhe, hellgrünbeige gestreifte Hemden, weinrote Fliegen, alles einheitlich, maßgeschneidert und vom Feinsten."

„Von sowas hab ich echt überhaupt keine Ahnung."

„Die Anschrift der Schneiderei kriegst du von mir. Den Namen der Band auch. Das hat aber alles noch ein bisschen Zeit."

„Dann brauche ich das Geld aber auch noch nicht."

„Ich denke, doch. Es soll hernach weder an der Qualität der Instrumente scheitern noch an räudiger Technik. Den Flügel kann ich euch zur Verfügung stellen."

„Was ist mit dem Repertoire?"

„Die Noten von vorhin. Ansonsten verlass ich mich auf dich."

Der Junge nimmt zögerlich die Scheine von Tisch.

„Und wenn ich es nicht hinkriege?"

„Dann hast du hoffentlich wenigstens eine gute Zeit mit den Alten gehabt."

„Wie bleiben wir in Verbindung?"

„Über Frau Weller. Sie hat auch die Kontaktdaten der anderen. Ich warte noch etwas mit den Verträgen. Schwör bis dahin die Truppe ein. Wenn es Schwund geben sollte, gibst du Frau Weller Bescheid. Zu Ihr bitte kein Wort über die Verträge."

„Gut, dann war es das wohl. Wäre toll, wenn es klappt."

„Wem hätte ich zu danken, wenn es klappt?"

Der Junge lacht schüchtern. „Malte Jakobi."

Biber überlegt, ob es möglich ist, dass ein und derselbe Kerl eine funktionierende Windmühle bauen und exzellent Trompete blasen kann. „Jakobi? - Hast du was mit dem Jakobi von der Werft zu tun?"

Der Junge lacht verlegen. „Das ist mein Onkel."

Erika erwartet Biber schon. „Drei Konzerte in der Woche."

„Stopp. - Das ist verrückt, ich weiß. Bei hundert Gästen sind das aber gerademal ein paar Euro."

„Hundert Gäste?" Sie braust auf. „Kalkulierst du mit hundert Gästen am Abend? aus Mühlfurt und Welkow?"

„Ich hoffe, die kommen auch von weiter her."

„Von weiter her. Er hofft. Und wie? Zu Fuß?"

„Sie wollen den Fährbetrieb wieder aufnehmen. Der Mühlenhof könnte eine Station werden."

„Könnte! Du glaubst, die Leute kommen aus Berlin, um mit einer rostigen Fähre, die nie im Leben hundert Leute fasst, zum hoffentlich fertigen Mühlenhof zu schippern, um eine Schleudertruppe alter Männer zu hören?"

„Na komm, so schlecht waren sie nun auch wieder nicht. Und der Junge hat dich sogar zu Tränen gerührt. Ich hab's gesehen und schon Angst gehabt, du verlässt mich wegen ihm."

„Du bist ein Kindskopf."

„Aber doch ein ganz lieber. - Ich muss noch mal zum Mühlenhof. Sonst macht sich Vanessa noch Sorgen."

„Kann es sein, dass du die längste Zeit da verbringst?"

„Wie sonst soll er fertig werden?"

„Ich glaub dir kein Wort!", schreit sie ungehalten. „So dumm kann einer alleine gar nicht sein. - Was läuft da, Olaf?"

„Du musst dich nicht wundern, wenn ich dich immer wieder zornig mache. Zornig bist du am schönsten."

Sie stößt ihn weg. „Was läuft da?!"

„Nichts. Sie denkt, ich wohne bei ihr. Sie hält mich im Übrigen für genauso verrückt wie du."

„Du hast bei ihr ein Bett? Oder schläfst du schon in ihrem? Das würde dann manches erklären."

„Ich schlafe auswärts, im Backhaus, allein, aber nur zum Schein, verdammt. Vielleicht ist dir aufgefallen, dass ich bei dir schlafe. Für wie verkommen hältst du mich?"

„Entschuldige. Dann nenne mir einen Grund, warum du ihr was vormachst."

„Damit sie nicht weiter von Brot und Eiern lebt."

„Du Gütiger. Du bezahlst bei ihr und bei mir? Dein Haus kriegt in meiner Phantasie schon palastartige Züge."

„Warum musst du immer übertreiben?"

„Ich übertreibe nicht, ich kann rechnen. Das hab ich gelernt, um einigermaßen über die Runden zu kommen."

„Es wird alles gut, mein Schatz, du wirst sehen."

„Hör auf! Den Spruch kenn ich leider nur zu gut."

„Du darfst nicht immer nur schimpfen. Du musst auch mal was Nettes sagen."

Sie atmet lange, bis sie sich halbwegs beruhigt hat. „Es war beeindruckend, wie du das Vorspiel geleitet hast. Als hättest du dein Leben damit zugebracht. Hattest du mal mit Musik zu tun?"

„Beiläufig. Oder zwangsläufig. Das Internat, in dem ich die längste Zeit meiner Kindheit und Jugend zugebracht hab, gehörte zum Kapellknaben-Institut."

„Du warst ein Chorknabe?" Erika schaut entzückt. „So ein süßer mit Matrosenuniform?"

„Nein, die Einrichtung ist katholisch. Wir haben jeden Sonntag in der Dresdner Hofkirche gesungen."

„Im Kreuzchor?"

„Nein, so was ähnliches, nur nicht ganz so gut."

„Dann kannst du so richtig nach Noten singen?"

„Das war nicht nötig. Na, ein bisschen vielleicht."

„Sing mal was."

„Sei nicht albern."

„Ich sing auch mit."

„Hör auf."

„Warum bist du nicht Sänger geworden?"

„Weil ich weder Bock noch Stimme hatte. Außerdem hat mein Vater darauf gedrängt, dass ich Maurer werde."

Erika fasst Bibers Kopf. „Jetzt bist du mir noch viel lieber."

„Ich weiß schon, warum mir dieses Trompetenjüngelchen Angst gemacht hat."

Vanessa hatte sich Sorgen gemacht. „Wo - zum Teufel - waren Sie so lange?"

„Ich musste dringend nach Hause. Außerdem brauchte ich noch ein paar Sachen."

„Das dürfen Sie nicht noch mal machen. Bescheid sagen hätten Sie doch können."

„Ich dachte, du bist ganz froh, wenn du mich mal eine Weile nicht siehst."

„Das heißt doch nicht, dass ich mir keine Sorgen mache."

„Verzeihung, es kommt nicht wieder vor. - Hör mal, Vanessa."

Sie schaut ihn besorgt an.

„Ich hab in Mühlfurt eine Frau kennengelernt."

„Ziehen Sie zu ihr?", fragt sie erschrocken.

Biber lächelt. Ihr Schreck tut ihm gut. „Nein, so ernst ist das nicht. Aber ich würde da schon mal über Nacht bleiben. Du musst dir also überhaupt keine Sorgen machen, wenn ich mal ein, zwei Tage nicht da bin."

Vanessa nickt nachdenklich.

Biber möchte ihr etwas Nettes sagen. „Ist es möglich, dass ich noch über Weihnachten bleibe?"

Sie zieht die Lippen ein, um die Freude zu verbergen. „Wird das nicht zu teuer?"

„Ich hab mal nachgerechnet. Mit der Rente reicht es noch bis 2087."

Jetzt lacht sie sogar. „Aber nur, wenn Sie Weihnachten auch hier sind."

Biber wird klar, dass hier ein richtig großes Problem auf ihn zukommt. „Schlimmstenfalls muss ich mich teilen."

„Olaf, kommst du mal? - Für dich. Amt Mühlfurt."

Biber nimmt das Telefon. „Ja? - Wunderbar. - Das passt." Er legt auf.

Erika schaut ihn fragend an.

„Du musst jetzt sehr stark sein, mein Schatz."

„Was ist denn passiert?"

„Jetzt gibt es kein Zurück mehr. Du hast mich nicht verlassen. Also habe ich keinen Grund, von hier fortzugehen. Vergiss bei dem, was du jetzt sagst, bitte nicht, dass ich dich ganz furchtbar lieb hab."

Erika sieht ihn verliebt an. „Na sag schon."

„In zwei Stunden sind wir stolze Besitzer des Mühlenhofs." Biber will sie küssen.

„Nicht so!" Sie läuft zu Fenster, öffnet es und stützt sich - schwer atmend - aufs Fensterbrett.

Biber läuft ihr nach. „Was hast du?", fragt er besorgt.

„Ich hatte einen Moment gehofft, es wäre das Standesamt. - *Besitzer* bist du allein. Ich wünsche dir, dass du eines Tages wirklich Grund hast, *stolz* zu sein. - Erwarte bitte nicht, dass ich mich für dich freue."

„Willst du meine Frau werden?"

Sie lächelt müde. „Unter diesen Umständen nicht. Lassen wir's, wie's ist. - Ich hab nur eine Bitte. Verschone mich mit allem Frust und Ärger, der mit dem Hof zu tun hat."

Dr. Hasselmann liest den Kaufvertrag und erklärt auch die weniger komplizierten Sachverhalte.

Biber kennt diese Prozedur nur zu gut. Aber, anders als er es gewöhnt ist, liest Hasselmann in verständlichem Tempo. Entsprechend lange zieht sich die Beurkundung hin. Biber lauscht geduldig bis zum Schluss.

„Haben Sie noch Fragen?"

Brettschneider schüttelt den Kopf.

„Warum lesen Sie langsamer als Ihre Kollegen? Ich kann mich nicht erinnern, je einen Text auch verstanden zu haben."

Dr. Hasselmann lächelt verschmitzt. „Herr Biber, leider hat es sich herumgesprochen, dass Notare ziemlich gut verdienen. Ich möchte durch das schnelle Abhaspeln der Texte nicht den Eindruck erwecken, raffgierig zu sein. - Darf ich Sie auf die Tragweite der Vorkaufrechtsklausel aufmerksam machen?"

„Ist mir allumfänglich bewusst."

„Ich habe Sie bereits als risikofreudigen Zeitgenossen kennengelernt. Diese Klausel ist aber - verzeihen Sie, wenn ich das so offen sage - abenteuerlich, ja leichtsinnig und - mit Verlaub - dumm oder allzu verwegen. Ich favorisiere ersteres. Bei einer Annullierung des Vertrages wegen Verletzung dieser Klausel, verlieren Sie Hof und Grundstück, ohne Anspruch, also in diesem Falle auch ohne Aussicht auf Rückzahlung der Kaufsumme. - Gibt es gewichtige Gründe dafür, dass sich diese Kalamität nicht schon vor Vertragsabschluss hat klären lassen?"

„Allerdings: Frau Schacht ist im Augenblick nicht erreichbar. Auch ihre Tochter kann nicht sagen, wo sie sich zur Zeit aufhält. Sie hat mir aber versichert, dass weder sie noch ihre Mutter das leiseste Interesse haben, den Hof zu erwerben."

„Geb's Gott, dass es dabei bleibt. - Wenn ich Sie dann bitten darf."

Endlich kommen die Unterschriften unter den Vertrag.

Biber schaut auf Brettschneiders Hand. „Sie zittern wie jemand, der Arges im Schilde führt."

„Ich bitte Sie. Der Text liegt offen vor Ihnen. Dr. Hasselmann hat ihn in allen Einzelheiten ..."

„Das war nicht ernst gemeint, Herr Brettschneider."

Dr. Hasselmann händigt die gesiegelten Verträge aus. „Ich fürchte, dass uns dieser Vertrag noch mal beschäftigen wird."

Sie trennen sich in allgemeiner Zufriedenheit und bester Laune.

Brettschneider gibt Biber vorm Notariat die Hand. „Ich habe mit dem Planungsbüro des Abwasserzweckverbands gesprochen. Die können loslegen, sobald sie von Ihnen grünes Licht haben. Wenn ich Ihnen einen Rat geben darf, lassen Sie auch gleich eine stärkere Stromleitung und möglicherweise auch Glasfaserkabel und Gasleitung legen, dann teilen sich mehrere Anbieter die Schachtkosten."

„Vielen Dank. Ich werd es berücksichtigen. Ihre Umsicht und Agilität sind bewundernswert." Biber ist klar, dass sie ihm mit der Anbindung auch jeden Rückzug abschneiden.

Von Alvins Schreibtisch aus ruft Biber bei Jakobi an. „Wie schaut es aus?"

„Wir kommen voran. Gut, dass Sie anrufen. Wie breit soll der gerodete Streifen um den Hof sein?"

„Von vorn gesehen acht Meter links, vier rechts, zum Berg zu so viel Platz, wie Sie brauchen, vorn lassen Sie zwischen Haus und Weg nur die großen Bäume stehen."

„Und das Holz?"

„Kann weg, bis auf das, was als Kaminholz zu gebrauchen ist. Oder legt auch das andere Zeug an den Rand. Möglich, dass sich auch dafür noch eine Verwendung findet."

„Gut."

„Herr Jakobi, Sie können den Auftrag bei der Herrmann-Werft auslösen."

„Das müssen Sie schon selber machen."

„Hatte die Werft was über die Anzahlung gesagt?"

„Haben Sie das Angebot nicht mitgenommen?"

„Nein."

„Bring ich Ihnen vorbei. Ich denke, es war halbehalbe. Die erste Hälfte mit dem Auftrag, die zweite nach dem Stapellauf."

„Danke. Und denken Sie an die Grenzen der Zauberei."

„Mach ich. Auch ans Stillschweigen. Nehme an, das bezieht sich auch auf den Dampfer."

„Unbedingt."

„Ich sag nichts."

Biber versteht, dass damit nicht die Verschwiegenheit gemeint ist, sondern die Anzeige einer faulen Sache.

Er zögert mit dem nächsten Anruf. Es braucht Zeit, bis er sich über die gefährlichsten Fallstricke klar geworden ist und Wege gefunden hat, ihnen auszuweichen. Der Anruf verspricht ohnedies, turbulent zu werden. „Schön, Ihre Stimme zu hören, Frau Petersen."

„Herr Biber, ich wünschte, ich könnte das gleiche sagen."

„Gibt es Probleme?"

„Nicht *mehr* als gewöhnlich. Aber auch die reichen aus. Sie rufen sicher nicht an, um sie zu verringern. Was kann ich für Sie tun?"

„Wie hoch beziffert sich im Moment meine Barschaft?"

„Eins acht."

„Ich brauche zwei fünf."

„Hätte ich auch gern. - Wann?"

„Sagen wir, in drei Tagen?"

„Wofür?"

„Wie bitte?"

„Herr Biber, Ihnen ist sicher eine Differenz zwischen den Zahlen aufgefallen. Die schenkt mir keiner. Wenn ich also Quellen erschließen soll, fiele mir das leichter, wenn ich weiß, wofür das Wasser gebraucht wird."

„Für einen Dampfer."

Frau Petersen lacht ungehalten. „Was Sie nicht sagen. So einen, wie auf der Elbe?"

„Nein, eher so einen, wie sie auf dem Mississippi gefahren sind."

„Herr Biber, allein die Anfertigung der Bauzeichnungen für Ihr Hofprojekt gehen ans Limit."

„Ans Limit?", fragt Biber befremdet.

„Nicht an Ihres, an unser Limit. Ich bin gerade dabei, die Kosten für den Bau zu überschlagen. So viel kann ich immerhin schon sagen: Billig wird das nicht. Jetzt fangen Sie auch noch an, sich Kinderträume zu erfüllen. Das ist - wenn ich das sagen darf - infantil."

„Frau Petersen, Sie wissen, dass Sie die einzige Person sind, die mir alles sagen kann."

„Danke, das ist mir neu", erwidert sie spitz. „Ich schlage Ihnen vor, auch noch eine alte Feuerwehr, eine Dampflokomotive und eine Windmühle zu kaufen. Dafür sollte Ihr Gesamtvermögen gerade so reichen."

Biber schweigt.

Frau Petersen deutet seine Sprachlosigkeit falsch. „Entschuldigen Sie. Das ist mir nur so im Unmut ..."

„Nichts für ungut, Frau Petersen. - Über die Windmühle müssen wir später nochmal reden."

„Das ist in der aktuellen finanziellen Lage nicht zu machen!"

„Ich sagte auch *später*. - Möglicherweise mit Einbeziehung der Firmenanteile."

„Herr Biber! - Herr Biber, das ist nicht nur infantil, das ist verrückt, wenn nicht gar senil! Ich weigere mich, Sie weiter in der Sache zu unterstützen, so lange Sie nicht bereit sind, Ihren Geisteszustand amtlich prüfen zu lassen oder endlich mit offenen Karten zu spielen."

Biber erklärt ihr - ein wenig verkürzt - das Motiv.

Nun ist sie erst recht aufgebracht. „Sie betreiben diesen Aufwand, um ein unbekanntes Mädchen an einen Ort zu binden, den es so schnell wie möglich verlassen will? Ich hoffe, Sie nehmen es mir nicht übel, wenn ich noch ein anderes Motiv vermute."

„Frau Petersen, ich sehe, nicht einmal Sie können mich verstehen." Er legt auf, eine Reaktion, die er hasst, wie kaum eine andere.

Nur Sekunden später klingelt das Telefon. Biber lässt es ein Weilchen klingeln. „Ja?"

„Bitte, Herr Biber, nehmen Sie mir die Sache von eben nicht übel. Ich war so aufgeregt. Das, was Sie da erzählt haben, passt so gar nicht zu dem Chef, den ich glaubte zu kennen. - Ich sorge dafür, dass Ihr Konto in drei Tagen die gewünschte Deckung hat."

Der Abend mit Vanessa, die von all den großen Dingen nichts ahnt, ist entspannt und heiter. Sie plaudern über Gott und die Welt und vor allem über Vanessas Zukunft. Sie reden über den Deutschaufsatz und Bibers Hilfe bei der Märchendeutung oder -kritik. Beim Versuch, auch einen kleinen Abstecher in ihre Vergangenheit zu machen, verweigert sich Vanessa augenfällig.

Der Morgen findet Biber ausgeschlafen im Kronenkrug. Er muss das Wegeproblem lösen. Ihm ist klar, dass er den Bau, erst recht den Mühlenbau, nicht ohne landseitige Zufahrt wird bewältigen können. Der Wanderweg nach Mühlfurt ist bis auf einen kleinen Pfad zugewachsen. Auf Brettschneider kann und sollte er sich nicht verlassen. Er sucht am Rechner nach Gärtnern und Landschaftsgestaltern. Der nächstliegende kommt aus einem Nest bei Brandenburg. *Landschaftsgestaltung Bergschneider.* Der Name klingt groß. Vom Bergversetzen hat er schon gehört, Bergschneiden ist eine Sache, deren Sinn er nicht ergründen kann, klanglich aber seinen Absichten entgegenkommt. Biber vereinbart einen Termin vor Ort in einer Woche. Als er das Datum im Kalender markiert, tritt Erika ins Zimmer.

„Da sind drei Männer, die dich sprechen wollen."

„Mein Gott. Das werden doch nicht ..." Er läuft in den Flur und schneller noch zur Tür. „Wo kommt ihr denn her, zum Teufel eins? Warum habt ihr nicht angerufen? Kommt rein."

Die Männer herzen sich lange.

„Wozu brauchen wir telefoniern? - Wir halten Finger in Wind und fertisch. Rein in Zug und nochmal Finger in Wind."

„Is nisch schwer, disch zu finden. Man brauch nur fragen nach Lokal, wo sie machen gute Spaghetti und bedient scheenes Personal, kann man sischer sein, du sitzt an Tisch zwischen Fenster an Sonnenseite und Kamin."

„Die gute Angelika hat uns nisch zu viel versprochen. Wenigstens zweite Teil passt", sagt der lange Glatzkopf.

„Was hat Frau Petersen euch versprochen?"

„Dass wir wohnen bei wunderscheene Wirtin", begeistert sich der kleine Dicke. „Haben wir schon gesehen. Is genau das rischtische fier uns. Haben wir uns auch schon verständischt. Isch Mittwoch, is heute, perfekt; Bogdan freitags und Witek montags. Da hat sie freies Wochenende und is besonders liebesbedirftisch an Mittwoch fier misch."

„Bitte, hört auf und zeigt euch von der besten Seite. Ich hatte noch gar keine Zeit, sie auf euch vorzubereiten. Also benehmt euch."

„Sie weiß nisch, dass wir komm?"

„Doch, sie weiß es!" Erika steht wie eine Rachegöttin in der Tür und sieht ganz und gar nicht begeistert aus.

„Erika, mein Schatz, das sind Withold, Bogdan und Kamil, ehemalige Arbeitskollegen, die mit mir viele Jahre durch Dick und Dünn gegangen sind."

„Mehr dursch Dinn."

„Daran wird sich wohl auch nichts ändern", prophezeit sie ernst.

„Wir sind nisch hergekomm zu arbeiten, sondern nur fier Spaß."

Biber wirft scharfe Blicke um sich.

„War zweite Verspreschen von Angelikas Einladung.“

„Hört auf, verdammt. Sie kennt euch noch nicht. - Sie machen nur Witze.“

„Ich seh schon: Drei Spaßvögel.“

„Wir kenn auch ernst, wenn sein muss. Muss aber nisch zu oft sein. - Solln wir gleisch wieder nach Hause fahrn, oder kenn wir wenigsten eine Nacht ...“

Erika unterbricht ihn. „Wer ist Angelika?“

Biber ist am schnellsten. „Die Kaderleiterin, von der ich dir erzählt hab. Wir vier waren quasi eine Brigade. Die besten Maurer am Platz.“

„Das stimmt nisch ganz. Olaf war ...“

„Withold!“

„Isch sag nischt Schleschtes. - Olaf war nisch ganz so gut wie wir, aber Kumpel, muss man sagen. In Firma gabs Spruch: *Withold, Bogdan, Olaf und Kamil - da wird viel.*“

Die Männer lachen, Biber erleichtert, die anderen fasziniert von Witholds Fabulierkünsten.

„Wir standen auf ’m Gerist nebanander. Da flogen nur so die Steine dursch die Luft. Und das Beste an Schluss: Alles passt.“

Kamil übernimmt. „Chef war Schinder, Tagesnorm zwelf Quadratmeter fier Mauer einfache Stärke, acht fier Mauer doppelte Stärke, vierundzwanzisch Quadratmeter fier Putz. In Putz war Olaf Beste, misst ihr zugäben.“

„Haltet bitte den Mund und kommt endlich rein. - Das ist Erika, mein größter Schatz. Wir werden heiraten, wenn ihr ... also wir mit der Baustelle fertig sind.“

In Bogdans Gesicht macht sich Kummer breit. „Moment. Ehe wir Schwelle iebertretn, missen wir klärn. In einen Satz zersteerst du gleisch zwei Zusagen: Scheene Wirtin is nisch fier uns; und wir sind nisch nur fier Spaß hergekomm. Olaf, hab isch rischdisch verstanden?"

Erika kann nicht umhin, zu schmunzeln, als sie Bibers Gesicht sieht.

„Ja. - Das heißt, wenn ihr nicht wollt ..."

„Isch bin empeert, isch kann nisch sagen, wie. Das is schlimmste Vortäuschung von schlimmste Tatsachen, die isch je erlebt hab. Isch habe nur eine Bitte zu wunderscheene Wirtin Erika. Wenn sie so liebenswirdisch wäre, Taxi zu rufen. Isch warte draußen. Isch kann nur herzlisches Bedauern ausdricken zu diese ehrenhafte Ehemann." Bogdan hebt die beiden schweren Koffer vom Treppenabsatz und dreht sich um. Die beiden anderen folgen ihm.

Biber will schon dieser schmierenkomödiantischen Posse ein Ende machen, als ihm Erika zuvorkommt.

„Warten Sie. Sie werden doch nicht gleich wieder zurückfahren. Bleiben Sie wenigstens noch bis morgen."

Die drei drehen sich um und stehen da wie die Orgelpfeifen; der lange Withold mit Lachfalten um den Augen und fast kahlem Kopf; Bogdan mit einem Gesichtsschnitt wie der traurige Piero, nur nicht so blass, und Kamil, untersetzt, mit etwas knolliger, ziemlich geröteter Nase, vollem lockigen Haar und einer sehr runden Bauch- und Hüftpartie.

„Sagen wir, drei Tage?", erhöht Bogdan.

„Oder gleisch Woche?", fragt Withold.

„Von mir aus können Sie auch vierzehn Tage bleiben", bietet Erika unsicher an.

„Besser wäre Monat", feilscht Kamil.

Biber grinst.

Erika erwischt ihn dabei. „Von mir aus bleibt ein Jahr."

„Passt."

„Perfekt."

Sie drängen sich durch die Tür.

„Zeig du ihnen die Zimmer. Ich denke zwei, drei und vier." Erika will der Bande entfliehen.

Kamil stellt sich ihr in den Weg. „Moment. Wir missen erst gebierend begrießen."

Reihum wird Erika von allen mit einem Handkuss begrüßt und hernach geherzt.

Kamil zieht einen Flachmann aus dem Jackett. „Wir missen trinken auf du und du, sonst bleib ich keine Nacht, geschweige ein Jahr." Er reicht Erika den Flachmann. „Is Beste, was gibt. Zwetschgenbrand mit eingeleeschte Kerne. Beste Aroma, was gibt. Perfekt."

Erika hält die Flasche unentschlossen in der Hand.

„Passt", nickt Withold gewichtig aus der Höhe.

Sie trinkt und wird geküsst, wieder reihum.

„Is nur kleine Entschädigung fier großen Betrug", versucht Kamil sie zu trösten.

Die Musketiere stellen die Koffer im Zimmer ab und kommen eilig in die Wirtsstube auf ein Kaltgetränk.

Biber ist froh, einen Augenblick mit den Kerlen allein zu sein, auch wenn die wichtigsten Dinge schon geklärt sind. Natürlich gehen seine Blicke immer wieder besorgt zur Tür.

„Olaf, wieso hast du immer so viel Glick?", schmeichelt Kamil. „Erika is scheenste Frau, die isch je gesehen hab."

„Passt", nickt Withold mit kahlem Haupt.

„Gibt's Frau in dein Leben, die nisch die scheenste war?", fragt Bogdan.

„Heer auf. Aber nisch so scheenste wie Erika."

Biber winkt beschwichtigend ab. „Du hast recht. - Hört mal zu."

„Passt auf, jetzt sagt er uns, was er zu die Scheenste noch gelogen hat", kündigt Kamil an.

„Bist du verrickt?", geht Bogdan dazwischen. „Du verstehst nisch. Er will nur nisch mit Tier ins Haus. Er will, dass sie ihn nisch wegen Geld liebt, sondern fier innere Werte."

„Isch weiß nisch, was du meinst."

„Weil du nisch innere Werte hast."

„Wozu? Frauen lieben Geld. Da wär's doch viel klieger gewäsen ..."

„Schwatzt nicht so dumm. Ich habe den Frauen nicht alles gesagt, damit sie sich nicht verplappern."

„Frauen reden zu viel", stimmt ihm Bogdan zu.

„Passt."

„Is einzische Nachteil. Meine Alte ..."

„Ihr übertrefft sie noch!", geht Biber nervös dazwischen. „Hört mal ..."

Bogdan unterbricht ihn. „Was meinst du mit Frau*en*? Gibt noch mehr?"

„Fier uns?"

„Wenn ihr mal eine Minute den Mund halten würdet, könnte ich es erzählen, verdammt. Hört zu. Die Sache, die ich hier vorhabe, ist eine große Nummer, die aber nur als große Nummer funktioniert. Wenn die Leute Wind kriegen, was los ist, hauen sie uns nur sinnlos Knüppel zwischen die Beine."

„Perfekt."

„Verstehe."

„Is Schwarzbau", rät Withold.

„Nein!" Biber holt weit aus und beschreibt alle Einzelheiten des Hofprojekts, einschließlich der Historie. Mühle, Dampfer und Band lässt er weg, um die Gefahr in Grenzen zu halten, dass sie sich verplappern.

„Klingt gut", meint Bogdan.

„Passt", ergänzt Withold.

„Is *scheenes* Mädschen?", fragt Kamil.

„Wenn du zugehört hättest, wüsstest du, dass ihr sie so schnell nicht zu Gesicht kriegen werdet."

„Wenn er hört *Mädschen*, hört er nix mehr", meint Withold.

„Was machen *wir* bei die Sache?", fragt Bogdan.

Biber schmunzelt spitzbübisch. „Urlaub."

„Jetzt red nisch dumm. Erika is in die Kische."

„Missen wir aufpassen auf Polizei, wie frieher?"

„Nein. Eure wichtigste Aufgabe ist es, auf das Mädchen aufzupassen."

„Stuss!", unterbricht Withold.

„Was?"

„Wie solln wir aufpassen auf scheenes Mädschen, wenn wir sie nisch dirfen sehn?", springt Kamil bei.

„Ihr sollt aufpassen, dass sie nicht unerwartet auf der Baustelle aufkreuzt. Hast du überhaupt nicht zugehört?"

„Ah, jetzt isch verstehe. - Und wenn sie aufkreuzt?"

„Dann ruft ihr mich oder Jakobi an, damit wir so schnell wie möglich von der Baustelle verschwinden."

„Passt."

Kamil zieht eine Schnute. „Is kompliziert, aber isch verstehe."

„Denkt euch also für den Notfall ein paar Geschichten aus, um sie möglichst lange hinzuhalten."

Withold hebt die Hände. „Missen wir nisch ausdenken, Geschischten haben wir immer parat."

„Verschont Erika damit, verdammt."

„Isch habe Gefiel, sie kann uns nisch leiden", mutmaßt Kamil.

„Quatsch. Sie war einfach überrascht. Außerdem hat sie Angst, dass ich durch die Sache mein bisschen Gespartes verliere."

„Warum erfreut sie uns dann nisch mit ihre wunderscheene Anwäsenheit?", möchte Kamil wissen.

„Ich nehme an, weil sie was zu essen macht."

„Bist du verrickt?", ruft Bogdan erschrocken. „Missen wir Tisch decken."

Biber lacht. „Hör auf."

Die drei Alten sind schon aufgesprungen. „Zeig uns, wo alles liescht", ruft Bogdan aufgeregt.

Biber schüttelt den Kopf und folgt ihnen.

Nicht lange, und sie sitzen wieder am sorgsam gedeckten Tisch.

„Hör mal, Olaf, zu Aufpassen auf Mädschen reischt ein Mann. Machen wir wie Wache bei Militär immer reihum", hakt Bogdan nach. „Was machen wir in die andere Zeit?"

„Urlaub."

„Jetzt quatsch nisch!"

„Ihr passt auf."

„Noch ein scheenes Mädschen."

„Auf die Baustelle, verdammt."

„Du bleedelst!"

„Nein. Ihr seid gewissermaßen der gute Geist der Baustelle."

„Wir meegen alt sein, aber noch nisch Geist", mault Withold, dessen kahler Kopf beinahe geisterhaft wirkt.

„Olaf, du hast uns nisch geholt, dass wir auf die Baustelle Bier aufmachen?", fragt Bogdan besorgt.

„Wenn ihr was machen wollt, Arbeit ist genug."

„Klingt besser."

„Wir kenn uns aussuchen, was wir machen?", fragt Kamil.

„Passt."

„Perfekt."

„Ihr seid selbstverständlich meine Gäste und bekommt ein sattes Zubrot, - wenn ihr euch benehmt."

„Bist du verrickt?", entrüstete sich Bogdan. „Sind wir Ganoven? - Kost und Logis und vielleischt bissel Taschengeld für besondre Bedirfnisse, mehr nisch."

Erika schiebt einen Servierwagen in die Schankstube. „Wie viel Bier habt ihr schon? Dass ihr mir ja alles aufschreibt."

Die Alten springen auf. Kamil löst sie mit Handkuss vom Wagen und führt sie galant zum Tisch. Die beiden anderen folgen mit dem Wagen und stellen die Teller mit den dampfenden Schnitzeln aufs weiße Tuch.

Biber schaut Erika versöhnlich an. „Sieht gut aus."

„Wenn isch mir winschen darf, dann hätte isch einmal auch Flecke."

„Kamilek, hör auf mit die Flecke!", ruft Withold angesäuert.

„Ich sag doch, wenn isch mir kann winschen. Am besten, du kaufst polnische Flecke in Glas. Gibt's auch in große Packungen mit acht Stick. Besser gibt's nisch. Is perfekt."

„Ich wünsche einen guten Appetit, meine Herren."

Erikas Wunsch wird salbungsvoll erwidert.

Sie schaut besorgt in die Runde. „Wenn *ich* mir etwas wünschen darf, dann, dass es beim Essen still ist."

Biber grinst.

Erikas Wunsch wird weitgehend erfüllt. Kamil ist am schnellsten fertig. Unruhig wartet er, bis auch die anderen das Mahl beenden. Erika lässt sich Zeit.

Sobald sie die Serviette auf den Teller gelegt hat, legt Kamil los. „Olaf, hast du deine Erika schon erzählt von unser greeßtes Abenteuer? - Ich sehe, noch nisch. Frieher, also an Anfang ..."

„Kamilek, bist du verrickt? - Lass die Geschischten von frieher", unterbricht ihn Bogdan besorgt.

„Bleib geschmeidisch. - Kann isch vielleischt Ge-schischten von heute oder iebermorgen erzähln? - Hör zu, Erika. Frieher haben wir, außer Olaf natierlisch, schwarz auf die Baustelle gearbeitet, immer mit ein Auge auf Straße, falls Polizei kommt. Ging meistens gut, aber nisch immer. Paarmal haben sie uns hopp genomm. Ging ruck zuck. Habt ihr Genähmigung? Nisch? Dann ab in Bau und fertisch. Wer, denkst du, hat uns rausgeholt? - Olaf. Weiß bis heute nisch, wie er fertischgebracht hat, der Teufelskerl. - Nu mussten wir aber erstmal bissel aus die Schusslinie. Nach Polen konnten wir nisch, weil wir ja illegal nach Deutschland eingereist sind. Was hat der gute Olaf gemacht? - Uns mit Auto an Grenze gefahrn. Und dann sind wir bei Nacht und Näbel mit ihn ieber griene Grenze. Rickzu hat sisch arme Kerl verlaufen und Auto nisch wieder-gefunden."

Alle, außer Biber, lachen.

Erika am lautesten. „Olaf, ist das wahr?"

„Schön, dass ihr lacht. Mir war damals nicht zum Lachen. Hätte mich den Job kosten können. Vergiss nicht, zu erzählen, dass ihr euch rückzu selber verlau-fen habt."

„Da hat ..." Kamil ist immer noch dabei, die letzten Eruptionen der Heiterkeit zu verhechlen. „... unser gute Olaf drei Stunden in Rägen auf uns gewartet. Sah aus wie ersoffene Hund."

Wieder schlagen die Wellen des Gelächters über Bi-ber zusammen.

Erika wischt sich die Tränen.

„Schön, dass ihr Spaß habt."

„Wieder ieber griene Grenze direkt auf Baustelle, bis zu näschste Mal. - Olaf war beste Schlepper, wirklisch perfekt."

„Was sollte er auch machen ohne uns?"

Bogdan sieht Withold streng an.

„Wir waren doch Brigade, noch dazu beste."

„Chef hat jedes Mal geflucht, wo wir gewäsen sind. Dabei hätte er an glicklischsten sein missen, weil Olaf ja nisch nur uns, sondern vor allem ihm Arsch gerettet hat."

„Kamilek, achte auf deine Zunge!", warnt Bogdan.

„Hab isch was Falsches gesagt?"

„*Arsch* sagt man nisch in Anwäsenheit von Dame."

„Oh, pardon, scheene Erika, is mir rausgerutscht."

Biber steht auf. „Ich schlage vor, dass ihr erst mal die Koffer auspackt und euch hernach ein bisschen aufs Ohr legt. Schließlich seid ihr hier zur Erholung."

Erika macht ein enttäuschtes Gesicht. Schnell überwindet sie die Bedenken hinsichtlich der Einquartierung der drei, die keine Gelegenheit versäumen, ihre Ritterlichkeit zu beweisen, und sich einen Spaß daraus machen, die polnische Galanterie unter Beweis zu stellen. Erika genießt die Atmosphäre der Anbetung und Bibers Unsicherheit, die sie für Eifersucht hält.

Als Biber anderntags die Musketiere früh um sieben bei der Werft abliefert, kommt es zu einer kontroversen Auseinandersetzung.

„Herr Jakobi, wenn ich Ihnen hier die drei Musketiere vorstellen darf, alte Veteranen des Baus. Sie werden Ihnen ein bisschen unter die Arme greifen. Haben ungefähr so viele Jobs wie Sie, außer Schiffbau natürlich."

„Dafier hab isch Zertifikat fier Schweißen und Glockenguss", meldet sich Withold unpassend.

Biber verdreht die Augen.

„Dass Sie Rentner hier beschäftigen, ist Ihre Sache, aber mit mir haben die nichts zu tun. Und wenn Kontrollen kommen, geht mich das nichts an. Die Klage wegen Schwarzarbeit haben Sie am Hals."

„Das ist völlig privat. Sie erledigen Sonderaufgaben und sollen nur ein bisschen ein Auge drauf haben, dass alles seinen Gang geht."

„Herr Biber, wenn hier drei Leute auf dem Bau rumlungern, um blöde Sprüche abzulassen und mir am Ende noch erzählen wollen, was ich wie zu tun habe, bin ich raus. Augenblicklich! - Wenn Sie mir nicht trauen, dann lassen Sie das hier einen andern machen."

„Bist du verrickt, räg disch nisch auf. Olaf is bissel ungeschickt mit die Zunge. Du hast vellisch Rescht. Wir werden dir nisch ins Handwerkszeug pfuschen", versichert Bogdan.

„Wir sind nur wie gute Geist auf die Baustelle", ergänzt Withold. „Bloß zu Biereffnen."

Kamil steigt in die Fähre. „Er hat uns geholt fier alle Sachen, die schwierisch, langwierisch und eklisch sind - und meeglischst schlescht bezahlt."

Die Männer auf der Fähre lachen, zuletzt auch Jakobi.

Biber lenkt ein. „Gut, sagen wir, die drei haben nur Vetorecht. Wann immer sie Bedenken anmelden, entscheide ich, wie es weitergeht."

Jakobi nickt unwirsch.

Die Musketiere fahren mit der Fähre, Biber mit dem Rad. Er ist schneller am Mühlenhof und traut seinen Augen kaum. Jakobis Ehrgeiz ist ihm fast ein bisschen zu groß. Der Raum zwischen Haus und Weg ist abgeholzt, das Holz geschnitten und sortiert am Weg gestapelt.

Um die anderen abzupassen, geht er zum Steg. Er findet ihn - wenn auch nur provisorisch - so doch solide hergestellt. Er muss nicht lange warten, bis die

Fähre in Sicht kommt. Schon von weitem sieht er den Bagger.

„Ahoi!"

„Ahoi. - Was wollt ihr denn mit dem Bagger?"

„Wir brauchen ihn zum Roden und auch für den Abriss."

„Gerodet wird nur noch mäßig. Sie sollen sich auf Arbeiten konzentrieren, die man vom Haus aus nicht ohne weiteres sehen kann. Sind die Dachstühle in Auftrag gegeben?"

„Sie träumen wohl?"

„Das hat absoluten Vorrang. Danach kommen die eingebrochenen Wände und die Durchbrüche für die Fenster im Stall."

„Geht's noch? Ich hab bis jetzt noch nicht mal einen Plan gesehen."

Biber stutzt. Jakobi hat recht. Die Pläne, verdammt. „Ich kümmre mich drum."

„Wie ich gehört hab, haben sie in Welkow mit den Zuleitungen begonnen. Wir sollten dann was haben, woran sie anbinden können."

„Ja." - Biber hat lange darüber nachgedacht. Am einfachsten wäre es, den Hof aufzugraben und alle Gebäude zu verbinden, aber dann gäbe es einen Haufen Gräben, und was das schlimmste ist, der Hof müsste neu gepflastert werden. Er zeigt den Musketieren das Anwesen und erklärt ihnen dabei das Problem.

„Bist du verrickt?", unterbricht ihn Bogdan. „Du wirst nisch Hof aufwiehln. Warum legen wir nisch mit u-firmische Betonfertischteile an die Außenmauer offnen Graben fier Leitungen, der nachher nur mit Platten zugedeckt wird? Da kenn wir jederzeit verändern oder nachträglich noch was reinlägen. Auch die Durschbrische kenn wir machen, wenn genau klar is, wo."

„Perfekt. Und falln nisch ständisch in Hof in Graben. Denk auch an Hiehner."

Biber überlegt kurz. „Machen wir so."

„Machen *wir* so", widerspricht Bogdan resolut. „War meine Idee. Isch hab Baggerschein, mit das Baby kein Problem."

„Passt", stimmt Withold zu. „Wir brauchen nur Teile. Mit Graben kenn wir aber schon immer beginn. Meter fimfzisch tief sollte reischen."

„Ja, aber noch nicht auf *der* Seite da. Und denkt ans Gefälle. Und macht um Himmels Willen nichts kaputt."

„Missen wir heute schon auf scheenes Mädschen aufpassen?"

„Ja doch."

„Was machen wir noch?"

„Das eingestürzte Mauerwerk wegräumen. Ziegel putzen und hinter der schon gestapelten Mauer ablegen. Die Bruchstellen bis zum festen Kern abtragen ..."

„Passt. Und nach Mittagessen?"

Biber bespricht mit Jakobi grob die nötigen Zimmermannsarbeiten bis auf die Dachstühle: die Giebelgauben für die Dachausbauten der beiden großen Gebäude; die elf kleinen Dachreiter, die einmal zur Zierde der Anlage auf alle Dächer verteilt und mit Licht versehen werden sollen; das Dach des ansonsten offenen Brunnens, zuletzt auch das Schuppendach, das Biber anders als im Original - wie alle anderen Dächer und Mauerkronen mit grünen Biberschwänzen decken will. Er gibt Anweisung, welche Teile restauriert werden sollen: die Flügel beider großen Tore und des kleinen Tors in der Mauer zum Glashaus, die drei Stalltüren und die beiden Giebelkräne und auch alle Säulen des

Glashauses. Er erzählt natürlich auch, was sich die drei Spaßvögel vorgenommen haben. Jakobi ist beeindruckt von der Idee der Ringversorgung und bietet an, sich um die Betonteile zu kümmern. Den Bagger gibt er nur knurrend aus der Hand.

Bogdan tritt eilig hinzu. „Olaf? Bist du verrückt?! Die Leute haben kein Raum, wo sie in Rägen sitzen und essen kenn? Bin isch nisch geweent von dir."

„Im Backhaus steht doch ein Tisch mit Stühlen. Wenn es nicht langt, sind im Haus noch welche. Wir können auch gleich in die Schankstube ziehen und uns links eine Ecke einrichten. Aber schleppt nicht so viel Dreck rein. Und räumt alles, bevor ihr geht, wieder auf. Jetzt, wo es kalt wird, sollte sich vielleicht auch mal jemand um den Kamin kümmern."

Eine Woche ist ins Land gegangen. Der Bau kommt gut voran, ohne viel Aufsehen zu machen. Am Morgen ist das Treffen mit den beiden Landschaftsgestaltern Wolfgang Berger und Andreas Schneider. Biber versteht nun, dass der Name *Bergschneider* ähnlich sinnlos zusammengefügt ist wie der der eigenen Firma *BiBra*. Die Männer sind beide Mitte dreißig und sehen fesch aus, zudem sehr männlich. Die Körperformen und -maße sind nahezu ideal. Ihr Äußeres lässt eher einen Bezug zur Modebranche vermuten als zum Gartenbau. Berger ist etwas kompakter und kantiger im Gesicht, Schneider eine Spur weicher und zurückhaltender.

„Guten Tag, meine Herren. Ich bin froh, dass es so schnell geklappt hat. Es drückt uns nämlich schon ziemlich der Schuh. Sie sind mit dem Motorrad gekommen, da muss ich Ihnen nichts über den Weg erzählen. Er muss so schnell wie möglich auch für LKW befahrbar sein."

„Ist das der ganze Auftrag?", fragt Berger schon einigermaßen genervt.

„Nein", antwortet Biber irritiert. „Das Areal um den Hof muss großflächig freigemacht werden, eigentlich bis über den Hügel."

„Alles weg?"

„Erstmal. - Wenn ich Ihnen den interessantesten Teil des Grundstücks zeigen darf." Sie gehen bis zu den Gräbern. „Wie Sie sehen, war das mal so eine Art Park. Den hätte ich gern dezent herausgearbeitet, so dass die alten Bäume wieder ganz zur Geltung kommen."

„Also rausschneiden, was stört."

Biber merkt, dass sich Bergers Ton verschärft.

„Wolfgang, lass ihn erstmal ausreden."

„Ich hab kein Wort gesagt."

„Ich seh doch, wie du kochst."

„Weil es mich ankotzt, dass uns die Leute bestellen, um die Vegetation plattzumachen. Warum lassen Sie keinen Trupp mit Motorsägen und Planierraupe kommen?"

„Nehmen Sie es ihm nicht übel. Wir sind eigentlich Landschaftsgestalter. Nur roden ist ziemlich öde. Das ist gerade so, als wenn Sie einen Architekten bestellen, um ein Schloss wegzusprengen."

„Bitte, kommen Sie." Biber führt die beiden durch Dickicht hügelan. Wieder bei Atem, streckt er die Hand aus. „Hier oben soll mal ein Aussichtsturm stehen. Wie Sie durch die kahlen Bäume sehen, könnte die Aussicht ganz hübsch sein. Noch augenfälliger ist aber etwas anderes. Das Gelände ringsum ist absolut langweilig. Aber es hat Potential. Darum möchte ich

Sie mit folgender Idee vertraut machen." Biber entrollt den Zeichenkarton.

Die beiden schauen ihm über die Schultern.

„Wenn wir den Hügel roden, ergibt sich nach allen Seiten eine wunderbare Aussicht. Vor uns liegt eines der elegantesten und harmonischsten Hof-Ensembles, die ich bisher gesehen habe. Und ich kann Ihnen versichern, dass es viele gewesen sind. Linker Hand zum See zu, direkt an der Waldkante windet sich der Weg vom Aussichtsturm s-förmig zum Hof und weiter durch ihn hindurch zum Hauptweg, wo es Not tut, mit Natursteinmauern gestützt. Ehe der Weg unten zum Hof einbiegt, verlässt ihn geradeaus ein Abzweig durch den lichten Park mit dem Gedenkstein der verunglückten Müllerfamilie. Auch dieser Weg trifft auf den Hauptweg, der links bis zur Anlegestelle führt. Auf der gerodeten Fläche soll eine Wildblumenwiese wachsen. Den Hügel umkreisen auf vier Stufen oder Höhenlinien brusthohe Hecken aus diversem Strauchwerk. Rechter Hand auf der unteren Stufe soll eine Gruppe im Wuchs schon fortgeschrittener Birken gepflanzt werden, links als optischer Ausgleich eine ähnliche Gruppe aus Trauerweiden und Zypressen. Schließen Sie die Augen und stellen Sie sich vor, welch faszinierendes Panorama sich dem Auge von links nach rechts bietet: der glänzende See, die Ufervegetation, ein dunkler Waldstreifen, die herausstechende Trauerweiden-Zypressen-Gruppe, der kleine Park mit den alten Gehölzen, der Hof aus dunkelrotem Backstein, hellgelbem Putz zwischen altem Fachwerk und grünen Dächern, das Birkenwäldchen und schließlich die urwüchsige Heide; und im Vordergrund eine Wildblumenwiese, die auch noch den Hof umfließt, mit vier abgestuften Heckenbändern, die hoffentlich von vielen zwitschernden Besuchern geplündert werden. - Das ist hoffentlich mehr als ein Kahlschlag, möglicherweise sogar so etwas wie gestaltete Landschaft."

„Zauberhaft, findest du nicht auch, Wolfgang?"

„Ihr seid Träumer. - Wir machen Ihnen den Weg. Die Auftragslage ist grade nicht so rosig. - Das andere können Sie vergessen."

„Warum?"

„Haben Sie eine Ahnung, wie lange wir für die Gestaltung Ihrer Träume brauchen? Und wie viel Pflege die Anlage braucht? Da rede ich noch nicht von den Kosten der Pflanzungen."

Biber rollt das Pergament zusammen und reicht es Berger. „Ich hoffe, Sie brauchen nicht länger als ein Jahr und kommen irgendwo bei zwei- bis dreihunderttausend raus. - Wäre schön, wenn der Weg nach Mühlfurt in Kürze befahrbar ist. Ich denke, Sie brauchen ihn auch." Biber verlässt den betörenden Dunstkreis der beiden verblüfften Männer. Auf dem Weg zum Hof begegnet ihnen Bogdan mit sehr besorgtem Gesicht.

„Meine Herren, ich hoffe, wir hören voneinander. Lassen Sie mir das Angebot zukommen und mich wissen, wann der Vorschuss fällig ist. Ich muss Sie bitten, den Auftrag diskret auszuführen. Die Arbeit am Weg sollte möglichst unauffällig sein, sowohl was den Lärm und Ihre Gegenwart, als auch was das Ergebnis betrifft. Den Weg hat es gegeben und gibt es nach wie vor laut Wegeplan. Eine Befugnis, ihn wieder sichtbar zu machen, habe ich nicht. - Glauben Sie, dass Sie unter diesen Umständen den Auftrag annehmen und ausführen können?"

„Sie müssen doch den Waldweg nicht bezahlen. Warum drängen Sie nicht das Amt?"

„Weil ich das Amt - wie Sie sagen - nur *drängen*, nicht aber *zwingen* kann. Ersteres dauert möglicherweise zu lange."

„Kein Problem. Wir machen das."

„Sie erreichen mich im Kronenkrug."

Die beiden Männer entfernen sich.

„Chef, so isch bin von dir geweehnt."

„Was ist passiert? Habt ihr mit dem Bagger den Rest der Scheune geschrottet?"

„Bist du verrikt? Nischt is passiert. - Is schlimmer."

Biber kennt Bogdan als den Besonnensten der drei.

„Wir haben was gefunden."

„Was?"

„Isch glaube, is besser, wenn wir näher untersuchen, wenn wir sind unter uns. Wir haben gleisch wieder zugedeckt."

Biber ahnt sofort, was sie gefunden haben. Sein Hirn arbeitet unter Volllast. Mit eiligen Schritten läuft er zum Hof.

An der Mauer hinterm Schuppen stehen Withold und Kamil.

„Schöne Scheiße", raunt Withold. „Passt."

Kamil weist mit dem Kopf zum Wohnhaus. „Sie machen Mittag. Wolln wir ihn rausholn?"

„Vielleischt is besser, wir holn Polizei."

„Witek, bleib geschmeidisch, fier den interessiert sisch schon lange keine Polizei mehr."

„Kamil, du passt auf, dass keiner dazukommt", flüstert Biber besonnen. „Wo liegt er?"

Withold hat Schweißtropfen auf der Stirn. Sie gehen an den Graben. Bogdan verscheucht ein Huhn und kratzt mit dem Spaten die Erde von einer Art Ölzeug. An einem Ende hat die Schaufelzinke des Baggers das Bündel aufgerissen. Biber sieht den oberen Teil eines Totenschädels.

146

„Legt da was drauf, aber keine Erde mehr. Wir müssen warten, bis Jakobi mit seinen Leuten fort ist, aber mit der Sache fertig sein, bevor Vanessa eintrifft."

„Was machen wir dann?", fragt Bogdan.

„Wir holen ihn raus und untersuchen ihn. Hat einer von euch ein Handy dabei?"

„Isch", gesteht Withold widerstrebend. „Soll isch doch Polizei ..."

„Nein, wir müssen ein paar Fotos machen."

„Und dann?", fragt Bogdan noch einmal.

„Was dann?"

„Was machen wir mit ihm?"

„Was schon", drängt Withold ungeduldig. „Wir graben ihn woanders mit den Bagger so schnell wie meeglisch wieder ein."

„Bist du verrickt? - Wir missen ihn ordentlich begraben", versucht Bogdan einen klaren Kopf zu behalten. „Is nur Frage, wie, also in was fier Behältnis."

Biber ist wieder Herr seiner Sinne. „Ihr müsst ja mit der Fähre zurück. Also muss ich die Sache allein machen. - Ihr arbeitet weiter, als wenn nichts wäre. Ich fahre nach Mühlfurt und versuche, eine Alukiste zu besorgen. - Nein wartet. Wir müssen ihn erst rausholen und ins Backhaus bringen, hinten, ins Schlafzimmer."

„Is nisch sehr appetitlisch", klagt Withold.

„Habt ihr nicht geprahlt, dass ihr alles macht, was eklig ist?"

„Hat Kamilek gesagt, soll er auch ..."

„Dann schick ihn her und pass auf, dass uns keiner in den Weg läuft."

Sie graben die Rolle aus und tragen sie zu dritt unbeobachtet in die Backstube. Das Paket ist leichter, als sie befürchtet haben. Biber rollt den Fund so an die Wand, dass das Bündel ganz harmlos wirkt. Er schließt ab und schwingt sich aufs Rad. Am Tor trifft er auf Withold. „Gib mir das Telefon."

„Muss isch? - Isch hab nisch gern solsche Bilder auf das Telefon."

„Sei nicht albern. Die werden doch gleich wieder gelöscht. Macht weiter. - Und zieh nicht so ein Gesicht."

Biber fährt mit Hast in die Stadt. Der kleine Baumarkt liegt unweit der Ziegelei. Mit der größten Kiste, die er hat finden können, fährt er zurück. Fast zwei Stunden sind vergangen. Die Fähre ist schon weg. Er trägt die Kiste ins Backhaus und schließt hinter sich ab. Lange sitzt er auf dem Bett. Lange betrachtet er die Rolle aus undefinierbarem Gewebe.

Endlich gibt er sich einen Ruck. Er steht auf und dreht das Bündel vorsichtig in die Lage, in der sie es gefunden haben. Dieses Bild hält er als erstes in mehreren Versuchen fest.

Mit dem Taschenmesser schneidet er die Rolle auf. Das Gewebe ist mürbe und gibt kaum einen spürbaren Widerstand. Biber drückt den Schlitz auseinander und schaut auf die skelettierte Leiche eines Mannes. Sogar Teile der Bekleidung sind erhalten. Bis auf den Kopfbereich ist alles sauber. Biber holt einen Handfeger und kehrt den Dreck vom Kopf. Dann fotografiert er eine neue Serie.

Er hat wenigstens ein Dutzend echter Menschenschädel in Händen gehalten. Das hier ist etwas anderes. Biber überwindet die Skrupel. Er nimmt den unterkieferlosen Schädel und hält ihn vorsichtig an die Nase. Das einzige, was er riechen kann, ist Erde. Jetzt erst betrachtet er den Schädel näher. Im Hinterkopf klafft ein gewaltiges Loch. Biber überlegt, ob es von der Baggerschaufel herrühren kann. Im zur Seite gerutschten Unterkiefer entdeckt er einen Goldzahn, wenigstens hält er ihn dafür. Mit Zahnpasta und Taschentuch geht er daran, den Zahn vorsichtig zu bearbeiten. Bald glänzt er wie eh. Biber drapiert den Schädel samt Unterkiefer auf dem Tisch, fotografiert ihn rundum und legt ihn an seinen alten Platz zurück.

Er drückt das Gewebe so zur Seite, dass der ganze Körper sichtbar wird, und fotografiert ihn aus ganz unterschiedlichen Richtungen und Distanzen.

An der Hüfte des Toten liegt ein Stück vermodertes Holz, das sich schnell als Axtstiel erweist. Biber rückt die Holzfragmente und die rostige Klinge vom Körper ab und fotografiert die Mordwaffe.

In zunehmender Aufregung untersucht er nun jeden Zentimeter des Funds. Aus dem zerfaserten Stoff birgt er eine vergoldete Nickelbrille. Jetzt ist er sich ganz sicher. Der Tote ist Willibald Ackermann, der Ziegeleibesitzer und Bauherr des Anwesens!

Biber putzt die Brille, die durch Geschick des Zufalls ganz und gar heil geblieben ist, bis das Gestell glänzt. Selbst die Gläser sind kaum matt. Er richtet den Schädel, setzt ihm die Brille auf, fixiert den Unterkiefer und fotografiert Ackermanns letztes Portrait.

Einen Augenblick erwägt er, den Fund doch der Polizei zu melden, verwirft es aber gleich wieder. Ackermann ist hinterrücks mit einer Axt erschlagen worden. Mehr kann eine akribische Untersuchung der Polizei auch nicht ergeben. Wenn er Pech hat, durchwühlen sie ihm bei den Ermittlungen den Hof. Ganz sicher aber verzögert die Untersuchung den Bau. Ackermann ist beinahe hundert Jahre tot. Wer soll da noch zu belangen sein?

Biber nimmt die Brille vom Schädel und steckt sie ins Jackett. Schweren Herzens öffnet er die Kiste. Ohne sich um die Position der Teile zu scheren, verwahrt er erst das Skelett, dann - zusammengelegt - das

Gewebe und zuletzt die Mordwaffe. Er schließt die Kiste und sichert sie durch ein Vorhängeschloss. Den Schlüssel verwahrt er im Portmonee.

Als Biber das Fahrrad durchs Tor schiebt, läuft er Vanessa in die Arme.

„Wo wollen Sie denn hin?"

„Nochmal in die Stadt"

„Zu Ihrer Geliebten?"

„Ja."

„Dann sehen wir uns heute nicht mehr?"

„Wahrscheinlich."

„Dann eine sinnliche Nacht."

„Danke. Schlaf du auch gut."

Die Musketiere erwarten ihn schon beim Bier. „Hast du ihn schon begraben?", fragt Withold besorgt.

„Nein. - Ihr habt doch Erika nichts erzählt?"

„Bist du verrickt?"

„War noch was in Paket?", fragt Kamil.

„Ja, die Axt, mit der er erschlagen wurde. Er hat ein riesiges Loch im Hinterkopf."

„Passt", jammert Withold. „Hast du alles auf mein Handy fotografiert?"

„Sicher."

„Hast du Ahnung, wer das is?", fragt Bogdan.

„Spinnst du? Wie soll er wissen?", schnarrt Withold. Biber nickt.

Die anderen schauen ihn erwartungsvoll an.

„Er heißt Willibald Ackermann."

„Passt."

„Perfekt."

„Bist du ..." Bogdan bleibt der Spruch im Hals stecken.

„Wir graben Leische aus, die ermordet wurde, und du weißt, wer das is?", presst Withold leise hervor.

Kamil hat sich als erster gefasst. „Willibald Ackermann. - Er verscheißert uns. Oder er hat Ausweis gefunden in die Arschtasche. - Prost."

„Ausweis. - Du hast sie nisch alle."

„Olaf, kannst du uns - bitte scheen - sagen, woher du weißt ..."

Biber unterbricht Bogdan. „Wartet." Er geht und kommt auch gleich wieder, in der Hand ein Blatt Papier, das er wortlos auf den Tisch legt. „Das ist er."

„Passt. Jetzt hat er sogar noch Bild", klagt Withold.

Kamil zieht das Blatt zu sich. „Sieht simpathisch aus."

„Du zeigst Bild. - Du sollst sagen, woher ..."

Biber zieht die Brille aus dem Jackett.

„Ha! Jetzt hat er noch Brille zu das Foto!"

„Die lag bei der Leiche."

„Perfekt", staunt Kamil.

Biber tippt auf die blitzende Stelle in Ackermanns Mund. „Den Zahn hab ich drin gelassen."

„Scheen. War lieb von dir", sagt Withold erleichtert.

„Zeig doch mal, was du fotografiert hast", bittet Kamil.

„Isch will gar nisch sähn", weist Withold jede Beteiligung an der Diashow zurück.

Die anderen beiden starren gebannt aufs Display.

„Weißt du am Ende auch, wer ihn erschlagen hat mit die Axt?", fragt Bogdan unernst.

„Das kann ich euch vielleicht morgen sagen."

„Stuss! - Kenn wir vielleischt von was andres reden? Ich finde wirklisch nisch lustisch."

„Witek, bleib geschmeidisch. Is doch spannende Geschischte. Was hab isch eusch auf die Fahrt gesagt? Mit Olaf kann man immer erläben spannende Geschischten. - Olaf, was misch noch interessieren wirde: Willst du Ackermann wirklisch vergraben? - Is in die Schweiz damit nisch zu verdienen ein Vermeegen? Kannst ganze Skelett verkaufen oder nur Kopf mit die Axt. Das meegen mansche."

„Kamilek, isch bitte disch, heer auf."

Biber trinkt sein Bier in einem Zug und nimmt das Blatt vom Tisch. „Schlaft ein bisschen."

„Wo willst du hin?"

„Wenn ich euch morgen sagen soll, wer der Mörder ist, muss ich eine Menge lesen. Besser, ich fang schon mal an damit."

„Perfekt. Er meint wirklisch ernst."

In der Tür dreht sich Biber noch einmal um. „Soll ich euch verraten, wann er ermordet wurde? - Es steht auf dem Bild. Er starb nur wenige Tage, nachdem es gemacht wurde, also im Oktober 1926."

Biber vertieft sich noch einmal mit verstärkter Konzentration in Alvins Chronik. Dabei schaudert es ihn wieder und wieder beim Gedanken, dass es ein sehr eigenwilliges Arrangement des Schicksals ist, dass ausgerechnet er - Olaf Biber - den Toten gefunden hat, der in der Chronik eine so zentrale Rolle spielt. Obwohl er sich dagegen wehrt, ziehen ihn die Gedanken immer wieder auf die Frage nach dem Mörder? Noch reizvoller biedert sich der Gedanke nach dem Verbleib des Goldes an. In der Chronik steht, dass Ackermann beinahe sein ganzes Vermögen in Gold angelegt und damit unbeschadet über die Inflation gebracht hat. Die Polizei war davon ausgegangen, dass das Gold mit ihm verschwand. Wenn er nicht damit getürmt ist, liegt es vielleicht noch im Hof oder in der Umgebung versteckt. Wahrscheinlicher ist natürlich, dass es der Mörder an sich genommen hat. Biber ertappt sich beim Gedanken, im Hof nach möglichen Verstecken zu suchen, im Brunnen zum Beispiel. Alvin schreibt in seiner Chronik, dass die Polizei damals auch einen Mord in Erwägung gezogen, in Ackermanns Umfeld aber nicht einen gefunden hat, dem auch nur ein wackliges Motiv unterstellt werden konnte. Biber liest Alvins lapidaren Kommentar: *Ein Kandidat mit einem Motiv ließe sich schon ausmachen: Otto Goll, Sohn Zacharias Golls. Er könnte sich vom beinahe fertigen Konkurrenzunternehmen zum Welkower Gasthof schon arg bedrängt gefühlt haben. (Warum bringt sich Otto Goll vier Jahre später um?)* Auf der nächsten Seite folgt die Abbildung der Sterbeurkunde mit den Daten und der Todesursache in Sütterlin. Hier heftet Biber die Seite mit dem Foto aus den Akten der polizeilichen Ermittlung wieder ein; das letzte Foto Willibald Ackermanns vor seinem Verschwinden, das auch als Fahndungsfoto benutzt worden war. Biber hatte es sich eingeprägt. Der Lachende zeigt beinahe stolz den goldenen Zahn. Das sympathische und durchgeistigte Gesicht ziert eine Nickelbrille. Biber sucht im Internet nach einer Beschreibung des menschlichen Schädels. Schüchtern notiert er mit Bleistift in der Chronik: *Große Wunde im rechten Scheitelbein; Mordwaffe: beiliegende Axt.*

Frühmorgens ruft Jakobi im Kronenkrug an. Er klingt mürrisch.

„Haben Sie sich mit Ihrem Sohn vertragen?"

„Das Mühlenmodell ist käuflich."

Biber ist aus dem Häuschen. „Wann kann ich es abholen?"

„Gar nicht."

„Jetzt sagen Sie nicht, er hat es zerhackt."

„Nein. Es ist auf dem Weg nach Holland."

„Hat er es an einen andern verkauft? Ich hab doch gesagt, ich zahle ...“

„Es gibt keinen anderen Käufer.“

„Hören Sie mal, Sie können nicht ohne zu fragen meine Mühle nach Holland schicken. Wozu brauchen die ...“

„Es ersetzt da die Baupläne.“

„Sollten die Holländer nicht wissen, wie man Mühlen baut?“

„Herr Biber, ich spreche von *Ihrer* Mühle.“

„Ich auch, verdammt.“

„Die auf dem Mühlenberg.“

Biber stutzt. „Von der weiß doch noch gar keiner.“

„Ich schon. - Wenn die Mühle mit dem Hof fertig werden soll, ist es höchste Eisenbahn, das Projekt in Angriff zu nehmen.“

„Ah ja.“

„Es war schon nicht leicht, eine Firma zu finden, die über genug Kapazität und Leute verfügt, einen Mühlenneubau dieser Größe zu stemmen.“

Biber schluckt. „Was soll die Mühle denn kosten?“

„Spielt das eine Rolle?“

„Na hören Sie mal. Meine Mittel sind begrenzt.“

„Ach was. - Die beiden, die die Mühle abgeholt haben, sagten was von drei Millionen, wenn wir den Steinsockel mit der Durchfahrt selber bauen.“

„Das kommt überraschend. Ich sage Ihnen umgehend Bescheid. - Danke für Ihre Initiative.“

„Vergessen Sie die Pläne nicht.“

„Ja, auch das.“

Frau Petersen nimmt sowohl die Summe als auch Bibers wiederholtes Angebot, die Geschäftsanteile zu veräußern, gefasst auf. „Warten Sie.“ Nach einigen

Minuten ist sie wieder am Telefon. „Sie haben grünes Licht."

„Frau Petersen, darf ich Sie noch mal um strengste Diskretion in der Sache bitten."

„Aber natürlich", antwortet sie spitz. „Ich spreche nur über Summen. Und falls doch einer dumme Fragen stellt, weise ich diskret darauf hin, dass der Chef den Verstand verloren hat, aber nicht bereit ist, diese Tatsache zur Kenntnis zu nehmen oder von Fachleuten aktenkundig machen zu lassen. Immerhin freue ich mich, dass Sie sich noch immer auf freiem Fuß befinden."

„Ich danke Ihnen ganz herzlich. Schön, dass ich mich auf Sie verlassen kann. - Hat Liechert die Zeichnungen fertig?"

„Die sind so gut wie auf dem Weg. In der Firma gibt es ja zum Glück nichts weiter zu tun. Herrn Liechert gegenüber musste ich allerdings mit offenen Karten spielen. Er weiß also, dass es Ihr Projekt ist. Andernfalls hätte er die Pläne nicht erstellt. Die haben zuletzt auch nachts gearbeitet."

„Sagen Sie bitte allen meinen herzlichen Dank."

„Da werden Sie schon noch ein kleinwenig mehr springen lassen müssen."

„Frau Petersen, gerade Sie kennen meine Großzügigkeit. - Hat Liechert noch was zum Projekt gesagt?"

„In der Firma reden sie über nichts anderes."

„Frau Petersen!"

„Nein. Ihre künstlerischen Impressionen haben ihn schwer beeindruckt, vor allem die Hühner."

„Die Hühner. Und sonst?"

„Er würde den Hof gern mal in Natura sehen, wenn er fertig ist."

„Sind Sie bitte so lieb, mein Telefon und das Notizbuch mitzuschicken?"

„Herr Brandner lässt fragen, ob Sie wesentliche Aufträge nicht über die Firma laufen lassen wollen."

„Danke. Ich komm vielleicht darauf zurück. - Grüßen Sie ihn."

Drei Tage später, also den Montag darauf, treffen tatsächlich die Pläne ein. Biber fährt sofort zum Hof.

Jakobi empfängt ihn wie ein geprügelter Hund.

„Was ist denn mit Ihnen los? Wieder Ärger mit dem Bengel?"

„Herr Biber, die Sache ist mir sterbenspeinlich. Sie haben sicher von Bogdan gehört, was passiert ist, oder, besser, was um ein Haar passiert wäre", stottert Jakobi.

„Hab ich nicht. Die drei Alten sind nicht als Spitzel angestellt. Fehler passieren auf jeder Baustelle."

„Wenn Bogdan den Fehler nicht rechtzeitig erkannt hätte ..."

„Die drei sind mitunter Gold wert."

„Ich habe das Wochenende so gut wie überhaupt nicht geschlafen."

„Sparen Sie sich die schlaflosen Nächte für Zeiten auf, in denen wirklich was passiert."

„Wollen Sie gar nicht wissen, was ..."

„Sie haben ein bisschen zu viel entkernt und die Statik aus den Augen verloren."

„Also hat er Ihnen doch erzählt ..."

„Nein. Wirklich schlimm wird es meist nur dann. Ich vermute mal in der Scheune oder im Stall." Seine Stirn zieht sich in Falten. „Sie haben nicht etwa versucht, die Eisenstreben vom Tonnengewölbe rauszunehmen?"

Jakobi schaut Biber verblüfft an.

„Haben Sie noch andere Probleme?"

„Gibt es eine Entscheidung hinsichtlich der Mühle?"

„Die können loslegen. Haben Sie das Angebot?"

„Ja." Jakobi zückt das Telefon und gibt die frohe Botschaft an Klaas Zeeman von der Zeeman Molenbouw in Weert in den Niederlanden weiter. „Wir sollen uns um Quartiere für zwölf Leute kümmern. Sie kommen am zehnten August."

„So spät? Wissen die, wann die Mühle stehen soll?"

„Am zweiten Oktober. Die bauen sie doch nur noch zusammen."

Biber verzieht das Gesicht. „Das sind mal gerade acht Wochen."

„Wollen Sie die Mühlenbauer im Kronenkrug unterbringen?"

„Nein, da haben wir ab Mai schon die Leute von der Herrmann-Werft. Versuchen Sie die Holländer in Welkow unterzubringen."

„Das Angebot hab ich dabei. Da finden Sie auch die Zahlungsmodalitäten."

„Ich danke Ihnen. Hätten wir die großen Komponenten zusammen. Kann ich mich endlich um die Feinarbeit kümmern."

„Im Angebot der Mühle stehen die Anforderungen an den Sockel, den wir bis August zu stellen haben und an die Baustraße, die ganz schöne Lasten zu tragen hat. Die Pläne für den Sockel liegen bei. "

„Apropos Pläne. Hier sind die Zeichnungen für den Hof." Biber reicht ihm das umfangreiche Paket.

Jakobi blättert in den A2-großen Bögen. Dann schaut er Biber prüfend wie ungläubig an. „Sind die von Ihnen?"

„Steht doch drauf, vom Planungsbüro der BiBra."

Das Telefon klingelt. Withold ist dran. „Scheenes Mädschen kommt."

„Verdammt, das ist viel zu früh. - Versuch sie aufzuhalten. - Und Sie verschwinden mit Ihren Leuten von der Baustelle." Biber rennt, um die Arbeiter und Gerätschaften vom Hof zu kriegen.

Die Fähre ist gerade im freien Wasser, als das Mädchen - blassgesichtig - erscheint.

„Warum kommst du so früh?", keucht Biber so unauffällig wie möglich.

„Mir ist nicht gut." Sie schaut sich irritiert um. „Wie sieht es hier aus? - Und wer sind die Leute?"

Withold flüstert Biber zu: „Isch hab geschwätzt, was Zeusch hält, aber isch kann nisch so gut, wenn isch sehe, dass ihr schlescht geht."

Vanessa zeigt auf einen großen Ziegelstapel an der Scheune. „Wer hat die aufgestapelt?"

„Wir." Biber fabuliert wieder was von Fleiß und Beharrlichkeit. Er stellt Vanessa die polnische Feierabendbrigade vor und kündigt ihr an, dass es jetzt richtig mit der Sanierung des Hofes vorangeht.

„Aber die werden nicht etwa hier wohnen."

„Nein, die haben sich im Kronenkrug einquartiert."

Vanessa schleicht sich ins Haus. Die Musketiere sind rührend um sie bemüht. Da sich Vanessa weigert, ins Bett zu gehen, setzen sie sie an den Tisch. Sie binden ihr ein Heizkissen um den Bauch und bringen ihr zu essen und zu trinken. Das alles ist ihr unheimlich. „Haben Sie den Hof gekauft?"

„Ich kann ihn nicht kaufen, solange deine Mutter nicht auftaucht", knurrt Biber wie nebenbei.

„Warum holen Sie dann noch Leute her, die Geld kosten?"

Kamil wehrt ab. „Wir sind ganz billisch, kosten so gut wie nix."

„Sie können doch nicht einen Hof instandsetzen, der Ihnen gar nicht gehört."

„Bist du verrickt? - Das kannst du nisch."

„Das ist wohl wahr. - Jedenfalls nicht, wenn du es nicht erlaubst. Deshalb brauche ich jetzt ein *Ja* oder *Nein* von dir."

„*Nein*, verdammt", flucht Vanessa verzweifelt.

Die drei Alten schauen Biber ratlos an.

„Vanessa, dann hab ich keinen Grund, länger zu bleiben."

Sie erschrickt.

„Ich hab dich gefragt, ob ich noch einen Monat bleiben kann."

Sie nickt hastig.

Biber legt die Miete auf den Tisch. „Weihnachten lasse ich dich dann erstmal mit deiner Mutter allein. - Sie kommt doch?"

„Ich glaube nicht."

„Überleg es dir, Vanessa."

„Haben Sie keine Angst, dass ich Sie, wenn der Hof fertig ist, einfach wegjage?"

Biber lächelt. „Nein."

„Und was, wenn ich es tue?"

„Dann werde ich gehen, ohne zu murren."

„Das ist doch verrückt! - Sagen Sie ihm, dass das verrückt ist."

„Scheenes Mädschen hat rescht, is verrickt", stimmt Kamil zu.

„Passt", ergänzt Withold.

„Isch sag immer, du bist verrickt."

„Wenn schon."

„Was wollen Sie wirklich von mir?"

„Du kannst mit deiner Mutter auf dem Hof wohnen, solange ihr wollt, und ihr könnt ebenso bedingungslos gehen, wann und wohin ihr wollt."

„Is meeglische Definition fier *Freiheit*“, versichert Kamil. „Isch bin kein Schlaukopf. Hab isch geläsen irgendwo.“

Vanessa schaut müde in die Runde. „Gut. Dann sage ich *ja*.“

Biber atmet auf. „Ihr habt es gehört.“

„Wir kenn bezeuschen das *Ja*“, sagt Bogdan verschmitzt. „Sind aber auch bereit, später fier scheenes Mädschen *Nein* zu bezeuschen. Wäre kein Problem.“

„Das wäre eine verdammte Lüge.“

„Heeschstens Notliege, denn *Ja* is in kranken Zustand von Mädschen gesprochen. Is genaugenommen Neetigung.“

Vanessa lacht.

„Ich denke, wir sollten sie jetzt in Ruhe lassen.“

„Bist du verrickt? Wie kenn wir krankes Mädschen allein in Wildernis zuricklassen? Sind wir Ganoven?“

„Vielleischt is doch besser, wir wohnen bei scheenes Mädschen?“, fragt schüchtern Kamil.

„Vergiss es. - Wir laufen heim.“

„Darf isch heeflischst fragen, wie weit?“

„Zehn Kilometer.“

„Passt.“

„Wieso redest du immerzu fier scheenes Mädschen? Is *ihr* oder *dein* Hof? - Also, soll sie auch sagen ...“

Vanessa schüttelt mit einem bittersüßen Lächeln des Bedauerns den Kopf.

„Verflixt eins“, flucht Kamil.

„Können wir dir noch was Gutes tun?“, fragt Biber besorgt.

„Nein.“

„Leg dich ein bisschen hin.“

Auf dem Rückweg treffen sie auf die beiden Land-schaftsgestalter, die schon dabei sind, den Weg frei zu machen.

„Kennen Sie den Weg?", fragt Biber.

„Wir halten uns an Ihre Fahrradspur, haben schon die ersten fünfhundert Meter leidlich urbar gemacht."

„Was machen Sie mit dem geschlagenen Holz?"

„Was taugt, wird Kaminholz; der Rest geschreddert; brauchen wir später in Menge für die Hecken."

„Was machen Sie, wenn einer vom Forst oder Ord-nungsamt kommt?"

„Dann sagen wir den Leuten vom Forst, dass wir den Auftrag von der Stadt haben und umgekehrt."

„Wenn Ihnen eine junge Frau über den Weg läuft, können Sie ihr notfalls das gleiche erzählen."

„Hier läuft höchstens ein Hase über den Weg."

Der Weg zieht sich hin und bietet Biber die Gelegen-heit, den drei Freunden über die Erhellungen der Chronik zu erzählen.

„Und hast du rausgefunden, wer Ackermann er-schlagen hat?", fragt Bogdan.

„Alles weist auf Otto Goll hin. Der hat sich vier Jah-re nach Ackermanns Verschwinden umgebracht."

„Nur weil er sisch umbringt, muss er nisch Acker-mann umgebracht haben", wendet Kamil ein.

„Die Golls sind bis heute Betreiber des Welkower Gasthofs. Die wären durch den Mühlenhof arg in Bedrängnis geraten, hatten also den größten Nutzen von Ackermanns Verschwinden, mehr noch, als es keinen gab, der ihn beerbt."

„Klingt vernimftisch, muss aber nisch wahr sein", merkt Kamil an.

„Du erst."

„Nisch alles, was passt zusamm, geheehrt auch zusamm", ergänzt Withold.

„Es gibt aber weit und breit keine andere Erklärung und keinen, der auch nur ein annähernd brauchbares Motiv hat."

„Kann isch nur lachen", erklärt Kamil.

„Warum?"

„Stell dir vor, isch bin Ackermann. Isch gehe mit deine scheene Erika in Bett. Sie hat Spaß dran. Du kommst auf Schlische, haust mir Axt auf Riebe und vergräbst misch. Du wirst Sache nisch an die Glocke häng. Wie soll Polizei was finden?"

„Denkst du nisch, dass Polizei die Golls auf Alibi geprieft hat, wenn is sonnenklar?", fragt Bogdan.

Biber findet auf diese Fragen keine befriedigende Antwort.

Er kann sich nun den Details widmen. Also nutzt er den Dienstag, um dem Amt einen Besuch abzustatten. Die Eselplastik lässt ihn nicht los. Wieder entdeckt er witzige Details. Neben der Bronzefigur ist ein kleiner Sandstein ins Pflaster eingelassen, auf dem wohl mal eine Platte montiert war mit dem Titel der Plastik und dem Namen des Künstlers. Er betritt das Gebäude.

Herrmann Stettin - Ordnungsangelegenheiten und Baumbeauftragter. „Sie wünschen?"

„Ich bin nicht sicher, ob Sie mir helfen können. Ich interessiere mich für die Esel-Plastik."

Stettin ist schlagartig reserviert.

„Können Sie mir den Namen des Künstlers verraten? - Ich schreibe einen Tourismusführer für die Gegend."

Stettin winkt ab. „Da brauchen Sie nicht weiter über die Eselei zu forschen. Es ist nur eine Frage der Zeit, wann der Stadtrat auch noch die Plastik selbst an einen unauffälligen Ort verbannen wird, wahrscheinlich ins Stadtdepot."

Biber ist erstaunt. „Was ist mit der Platte?"

„Die ist vermutlich schon dort."

Biber sieht den günstigen Augenblick. „Ist der Esel käuflich?"

„Sicher nicht."

„Auch nicht, wenn er auf einem Privatgrundstück ..."

„Nein."

„Aber können Sie mir nicht nähere Auskünfte geben?"

„Was genau wollen Sie denn wissen? - Das Wichtigste hab ich Ihnen gesagt.

„Wann wurde die Plastik eingeweiht?"

„Ende neunzig."

„Und hat sie auch einen Titel?"

„*Lob der Freiheit*."

„Wissen Sie auch, wer sie ..."

„Ross. - Walter Ross."

„Lebt er noch?"

„Ja."

„Wo?"

„Hinterm Stadtpark. Das Grundstück ist nicht zu übersehen."

„Vielen Dank. - Wenn ich schon mal da bin. Als Baumbeauftragter können Sie mir sicher sagen, welche Regeln hier hinsichtlich der Baumabnahme ..."

„Schützenswert sind alle Bäume ab hundertzwanzig Zentimeter Stammumfang einen Meter überm Boden. - Für die Abnahmegenehmigung gelten die üblichen Regeln. Formulare finden Sie auf der Seite des Mühlfurter Amtes."

„Danke."

Biber begibt sich geradewegs zu Ross. Das etwas abgelegene, graue Haus ist unauffällig. Eine Klingel am Tor gibt es nicht. Biber betritt das ziemlich vernachlässigte Grundstück. Im verwilderten Garten stehen - nicht sehr liebevoll arrangiert - ein Dutzend Bronze-Plastiken unterschiedlicher Thematik. Auch an der Haustür findet sich keine Vorrichtung, um sich bemerkbar zu machen. Da alles Klopfen erfolglos bleibt, betritt Biber das offene Haus.

Das von außen unscheinbare Gebäude ist innen über alle Maßen außergewöhnlich. Der gesamte Innenbereich ist - von den wichtigsten Balken abgesehen - entkernt. Wenn man durch eine kleine Schleuse glaubt den Flur zu betreten, steht man schon in einem hallenartigen Raum.

Ross schaut nicht von seiner Arbeit auf. Also hat Biber Zeit genug, sich umzusehen. Da stehen Plastiken in allen Phasen der Fertigung, Ton, Gips, Stein, mitunter so groß, dass es eines Gerüsts bedarf, um sie auch im oberen Bereich bearbeiten zu können. Biber sieht eine kleine Küche und einen Ohrensessel, Tische verschiedener Größe; Gerümpel und Gerät; Sandsteinquader, behauen und unbehauen; Gipsmodelle und Negativformen. Alle Wände sind mit Zeichnungen zugepinnt. In der Dachspitze unter einem großen Kippfenster steht auf Balken ein Bett, nur über eine lange Leiter erreichbar. Biber entdeckt das Gipsmodell der Eselplastik. Hier bleibt er stehen, bis Ross zu ihm tritt.

Er ist so alt wie Biber, schlank, eher drahtig, mit sehnigen Armen und Händen und einem kantigen, einnehmenden Gesicht mit Adlernase, lustigen Augen und einer nachlässigen Rasur. Sein Anzug: leichte Sportschuhe, Latzhose aus derbem Cord mit Spuren und Resten aller Fertigungstechniken, Unterhemd, speckige Schiffermütze. „Steht vorm Amt."

„Ich weiß."

„Sind Se vom Amt?"

„Nein."

„Die mögen ihn nich. Aber eigentlich mögen se nur den Titel nich. Hätt ick det Ding *Lob der Torheit* jenannt, hätte vermutlich keener 'n Problem mit jehabt."

„Dann hätten sie ihn aber - vermutlich - gar nicht erst aufgestellt. Jedenfalls nicht neunzig."

„Wohl wahr", knurrt Ross, bitter lachend.

„Sind Sie ein Kind dieser Stadt?"

„Bewahre. Ick komm aus Berlin. Is mir da zu hektisch jeworden. Det Haus hier war billig zu haben. Da bin ick hängenjeblieben. Wenn man 'n Weilchen hier is, erkennt man, dat det Nest Charme hat."

„Der Esel gefällt mir. Kann man davon einen Abguss machen?"

„Sicher."

„Können Sie eine Figurengruppe aus einem Hahn einer Henne und einer Kuh in Lebensgröße gestalten?"

„Duks." Zu Bibers Erstaunen erkennt Ross das Märchen sofort. „Wenn ick de Lebensgröße der Kuh ooch nich so ernst nehm würde."

„So originell wie den Esel?"

„Duks."

Biber zückt Pläne. „Ich brauche jemanden, der auch die acht Sandsteinelemente für den Brunnen gestaltet, die vier breiten Elemente mit halbplastischen Szenen aus dem Märchen."

„Juut."

„Die Figurengruppe soll so auf dem achteckigen Grundriss angeordnet werden, dass die Sicht in den beleuchteten Brunnen trotzdem frei bleibt."

„Ham *Sie* det jezeichnet?"

„Das ist nur so ein Entwurf. Sie haben natürlich völlig freie Hand bei der Gestaltung."

„Nee Sie, det is richtig juut. Jenau so machen wir det. Ross nickt. „Soll det 'ne Art Springbrunn werden?"

„Gern."

„Ick denke an die Art Springbrunn, wo der Strahl in Intervalln abjeschnitten wird."

„Klingt gut."

Ross nimmt einen Kohlestummel und kritzelt auf ein Blatt mit schon anderen Versuchen perspektivisch einen achteckigen Sockel nach Bibers Vorlage und darauf die liegende Kuh mit träge erhobenem Kopf, davor einen ausgebeulten Eimer mit dem Hahn auf dem Rand, der seinen Hals wie krähend nach oben reckt, und zum Euter zu eine Henne, die zum Hahn aufschaut. Mit drei schnellen Strichen zeichnet Ross die Wasserspritzer aus dem Eimer in die beiden Schnäbel und das Maul der Kuh. Er kichert wie ein Schuljunge. „Und der Clou: Wenn's niemand vermutet, komm in langen Zeitintervalln Spritzer aus 'm Euter, aber so, dat se de Gaffer ringsum treffen, Trinkwasser, versteht sich. Ooch de vier Sandsteinszenen sind juut. Sie sind bejabt. Mach ick allet jenau so. - Wann soll's fertig sein?"

„Anfang Oktober."

„Is machbar."

„Preis?"

„Anjemessen."

„Anzahlung?"

166

„'n Drittel mit Auftrag, 'n Drittel vorm Juss und 'n Drittel nach Offstellung und Funktionsprobe. Nötig wärn noch die jenauen Maße von de Sandsteinelemente."

„Mach ich zurecht. Noch was Wichtiges?"

„Jute Gründung. De Tiergruppe wiegt 'ne Kleinigkeit. De Brunneneinfassung darf sich nich verziehn."

Biber nickt.

„Soll de Gruppe den Esel ersetzen?"

„Nein."

„Welche Jemeinde hat vor, so tief in de Tasche zu greifen?"

„Das ist privat."

Ross stutzt. „Brunnen und Esel?"

Biber wird heiß. Nur weniges ist ihm peinlicher, als eine luxuriöse Sache großspurig anzugehen und einen Rückzieher zu machen, wenn der Preis genannt wird. Ross sieht nicht aus wie einer, der den Umgang mit großen Scheinen gewöhnt ist. Was kann so ein Ding kosten, verdammt? Honorar für zehn Monate. Sind zehntausend pro Monat zu wenig? Da ist jemand, der sein Handwerk und zudem die Kunst versteht. Also zwanzigtausend. Zehn- oder Zwanzigtausend für die Bronze. Was kann der Guss kosten? Der Sandstein mit Zuschnitt? Summa summarum reichlich zweihunderttausend?

„Allet zusamm mach ick Ihnen für 'ne Viertelmillion."

„Duks."

Ross ist erstaunt. Der Handschlag ist angenehm. „Ick würde mit Ihnen jerne mal 'n Bier trinken, Herr ..."

„Biber."

„Biber? - 'n Biber kann ick Ihnen ooch noch machen."

167

In den Kronenkrug zurückgekehrt, telefoniert Biber sofort mit Frau Petersen, um ihr den neuen Stand der Dinge zu schildern.

„Zwei Bronzestatuen?"

„Ein drolliger Esel und eine Gruppe aus einer Kuh und zwei Hühnern."

„Vier Tiere für eine Viertelmillion."

„Das ist Kunst."

„Herr Biber, ich spiele ungern den Banausen, aber wir haben augenblicklich kein Geld für Kunst. Es macht keinen Spaß, Ihnen ständig damit in den Ohren zu liegen, dass es um die Finanzen nicht rosig steht. Sie kennen jetzt die Kalkulation des Hofprojekts. Es kommen also noch beträchtliche Kosten auf uns zu. Das heißt, wir sind gut beraten, das Geld nicht für Schnickschnack aus dem Fenster zu werfen."

„Ich gelobe Besserung und bedanke mich herzlichst für die Pläne."

Drei Tage später besucht Biber den Hof. Die Fähre macht eben Anstalten, abzulegen.

Jakobi springt noch mal an Land. „Herr Biber, der Wasserweg kann nicht länger einzige Bauzufahrt bleiben. Das überfordert zunehmend nicht nur die Fähre, es ist auch rausgeschmissene Zeit. Die Fähre braucht eine Stunde für den Weg, den ein LKW locker in einer Viertelstunde bewältigt."

„Die sind dran. Ich denke, wir haben bald die Verbindung durch den Wald. Ich sag aber gleich, dass der Weg nur so unauffällig wie möglich benutzt werden sollte, also für vernünftig zusammengestellte Transporte und dann nicht zu viele in einer Nacht."

„In einer Nacht? - Das ist nicht zufällig ein Schwarz-bau?"

„Bist du verrickt?", mischt sich Bogdan ein.

„Wenn Sie schon mal hier sind. Ist Ihnen klar, dass die Scheune in Natura deutlich kleiner ist oder war als auf den Bauzeichnungen?"

„Der eingestürzte Teil", erklärt Biber, scheinbar arg-los.

„Die Scheune ist so lang wie das Wohnhaus."

„Wahrscheinlich ist sie jetzt länger, weil sie für zwei Wohnungen und zehn Hotelzimmer zu klein gewesen wäre."

„Dann brauchen wir eine Baugenehmigung."

„Woher soll ich wissen, wie viel eingestürzt ist?"

Jakobi grinst. „Das sieht doch ein Blinder. Der Grundriss ist streng quadratisch, nur die Scheune ragt jetzt darüber hinaus."

„Nein, sie fasst den Pool von einer Schmalseite ein. - Ist das Becken schon bestellt?"

„Nein", sagt Jakobi gequält. „Ich hab das Gefühl, dass mich der Bau, also die Planung, überfordert."

„Ich kann Ihr Gefühl durchaus nicht teilen. Sie ha-ben ja bisher alles zur vollen Zufriedenheit in Auftrag gegeben und mit Ihren Leuten ins Werk gesetzt. Sagen Sie einfach, wenn ich Ihnen was abnehmen kann."

„Die geretteten Ziegel aus der abgebrochenen Scheu-nenhälfte werden nicht reichen", gibt Jakobi Biber schüchtern zu verstehen.

„Logisch."

„Wäre es nicht gut, den Anbau so schnell wie mög-lich fertigzustellen, bevor hier jemand vom Bauamt auftaucht?"

„Ich kümmere mich um die Ziegel. - Kommen Sie mit den Dachstühlen voran?"

„Ja. Ich denke, wir machen sie alle neu, bis auf das Backhaus."

„Darauf kommt es auch nicht mehr an. Machen Sie alle neu, aber mit dem erweiterten Überstand. Und passen Sie auf, dass das Fundament der Scheunenerweiterung möglichst nicht vom alten Fundament zu unterscheiden ist."

Biber radelt zur Ziegelei. So ambitioniert ihr Äußeres gestaltet ist, innen macht sie einen ziemlich musealen Eindruck.

„Nehmen Sie's mir nicht übel, Herr Wilke, hier könnte man Filme über die Anfänge der industriellen Revolution drehen."

Wilke wiegt den Musterstein in den Händen. „Wollen Sie mit mir über Filme reden oder Ziegel kaufen?"

„Pardon. Können Sie sowas brennen?"

„Warum nicht? Das neue Reichsformat wird nicht selten nachgefragt. Sind früher viel gebrannt worden. Im Hof liegen noch ein paar Dutzend Kubikmeter, wenn Ihnen damit geholfen ist."

„Ich brauche hundert Kubik, wenn möglich im gleichen Farbton."

Wilke geht mit Biber in den Hof und hält den Musterstein an die Stapel. „Ich schlage Ihnen vor, die hier zu nehmen. Kommen fast an Ihren Farbton ran. Die, die noch gebrannt werden müssen, sollten Sie so verlegen, dass man den Farbunterschied nicht sieht, also im Innenbereich."

„Einverstanden. Wie schnell können Sie liefern?"

„Die im Hof gleich."

„Ich brauche noch zwei Kubik in Viertelgröße der Originale. Geht das?"

„Das mag eine alte Bude sein, aber wir machen alles möglich. Wollen Sie einen Blick ins Musterbuch werfen?"

Biber schaut und kauft - mit dem Bauch schätzend - eingeschnittene, abgerundete, Sockel- und Ornamentsteine und solche, aus denen sich Säulen und Kapitelle zusammensetzen lassen.

„Was übrig ist, nehmen wir zurück. - Darf ich Sie noch auf eine Eigenkreation aufmerksam machen?" Wilke führt Biber in einen anderen Raum. „Das sind Simssteine, in denen man Wasser- und Stromleitungen unterbringen, also verbergen kann. Es braucht dafür nur eine Montagehilfe aus Kunststoff, die laufende Meter an die bestehenden Wände geschraubt wird. Hierauf werden die u-förmigen Simssteine eingeklinkt, die natürlich bei Havarien und Nachinstallationen leicht wieder geöffnet und geschlossen werden können, ähnlich den großen Kabelkanälen auf Putz. Es gibt auch Simssteine, die an der Unterseite Öffnungen für die Montage aller Steckdosen- und Schaltertypen unter Putz haben."

Biber ist fasziniert. „Ich muss erst ein Aufmaß machen."

„Überzählige Steine nehmen wir zurück, von den Hofsteinen abgesehen. Für die mache ich Ihnen einen Sonderpreis."

Biber steckt sich das Faltblatt über die Simssteine in die Jackentasche. „Ich rufe Sie an, wenn geliefert werden kann. Dann weiß ich auch, wie viele Simssteine."

Drei Wochen später, zwei Tage vorm dritten Advent, ist der Waldweg befahrbar. Biber hat das tägliche Vorrücken der beiden Männer mit Spannung verfolgt. Dennoch ist er überrascht über den Zustand des fertigen Weges, der mehr einem langen Wiesenstück ähnelt als einer Straße.

„Wir haben alles drin gelassen und die Gehölze nur knapp unter der Oberfläche gekappt. Dann sind wir mit dem Mäher und Vertikutierer drüber, haben Rasen eingesät. Wenn wir nach dem Winter immer mal mit dem Mäher drübergehen, sollte der Weg befahrbar bleiben."

„Die Zulieferer stehen in den Startlöchern. Ich hab Bauchschmerzen, dass die schweren Kisten den Waldweg in Kürze wieder ruinieren."

„So wie wir das gemacht haben, wird der Untergrund gar nicht so schlecht halten. Unser Traktor hat kaum Spuren eingeschnitten. Wenn das passieren sollte, müssen wir halt immer mal mit Kies ausgleichen", erklärt Berger. „Dann hätten wir am Ende einen englischen Rasen zwischen den Spuren und verfestigte Kiesstreifen, über die das Wasser ablaufen kann."

„Ich hoffe, Sie behalten recht", zweifelt Biber.

Seit dem Morgen sind auch drei Vermessungstrupps zu Gange, um die Abmarkung vorzunehmen, also Messpunkte im Gelände zu setzen. Biber sieht sie bald hier, bald da. Wo immer möglich, behält er sie im Auge. Als sie weit jenseits des Hauptweges, also ein ganzes Stück außerhalb des bei Brettschneider umrissenen Geländes hantieren, spricht er sie an. „Verzeihen Sie, wenn ich mich in Ihre Angelegenheiten mische, aber sollte die Grenze nicht auf der anderen Wegseite in der Nähe des Hauses verlaufen?"

„Das Amt hat fünf Messpunkte in Auftrag gegeben. Das hier wird der südöstliche."

„Ist dann aber die Hügelkrone noch eingeschlossen?"

„Ja doch, sogar großzügig."

„Wie können Sie dann bis über den Weg kommen?"

Der leitende Ingenieur zeigt Biber die Karte. „Es ist für uns nicht ganz leicht, in dieser Gegend zu vermessen. Das Amt hat ein paar Fixpunkte vorgegeben: Drei Meter von der linken Hofseite die Westmarkierung; hinter der Hügelkuppe die Nordgrenze und die Anlegestelle als südöstlichen Punkt des schmalen Ausläufers zum See zu mit einer Breite bis zur Mitte des Hofes, also einer Fläche von vierundzwanzig mal achtundzwanzig Metern. Das Hauptgelände misst zweihundert Mal zweiundsiebzig Meter. Macht in allem Fünfzehntausendzweiundsiebzig Quadratmeter."

„Wenn das Amt es so will."

„Exakt. Wenn es zu viel sein sollte, nehmen Sie es als Weihnachtsgeschenk."

„Und an wen geht die Rechnung?"

„An den Auftraggeber, also die Stadt. Die können sich die Hälfte der Kosten dann bei Ihnen holen."

Biber überschaut den unverhofften Zugewinn für einen nicht unbeträchtlichen Parkplatz außerhalb des Hofes. Auch der Weg vom Haus bis zur Anlegestelle läge dann - anders als auf Brettschneiders Karte - auf seinem Land. Die Anlegestelle hat Brettschneider großzügig zugemessen. Biber hält es für möglich, dass die Zugabe kein Versehen ist.

Nachdem die Vermesser ihre Arbeit getan haben, zeigt Biber den beiden Landschaftsgestaltern stolz das für sie abgesteckte Betätigungsfeld.

Am Morgen nach dem dritten Advent trifft die erste Ziegellieferung ein. Der LKW, der die Jungfernfahrt auf dem halbgefrorenen Waldweg gut besteht, wird - allseitig bestaunt - von den drei Musketieren an die

Rückwand des noch stehenden Scheunenfragments gelotst und daselbst entladen.

Die drei richten die Baustelle ein und gehen daran, den fehlenden Teil der Scheune nach Bibers Plänen zu setzen, zuerst die fehlende Mauer, an der sie sich - wie sie es nennen - *warm machen*.

Nicht selten gesellt sich einer von Jakobis Männern zu ihnen, einerseits der ihnen stets auf der Zunge liegenden Scherze wegen, andererseits, um dem faszinierenden Hantieren der eingespielten Alten zuzuschauen.

Nachdem Jakobi mit seinen Männern die Baustelle verlassen hat, werkeln sie noch die paar Stunden an Ackermanns Grab, ehe sie mit den von Erika beschafften Rädern Richtung Kronenkrug aufbrechen.

Biber spricht Vanessa auf Weihnachten an. „Was meinst du, wollen wir hier allein am Kamin sitzen oder lieber mit den drei Alten feiern?"

„Von mir aus können sie ruhig mitfeiern", sagt sie, den Blick starr in eine andere Welt versenkt.

„Was hältst du davon, wenn wir nicht hier, sondern im Kronenkrug feiern?"

„Warum da?"

„Die drei wohnen dort. Und ich könnte vielleicht auch meine Freundin dahin einladen."

Vanessa nickte unentschlossen.

„Wenn du willst, bleiben wir auch noch über Neujahr dort."

„Das kostet doch einen Haufen Geld."

„Weil du gerade vom Geld sprichst. Die Miete für den nächsten Monat ist fällig."

„Sie sind eine Woche zu früh."

„Was ich weg hab, hab ich weg." Er legt die Scheine auf den Tisch. "Vielleicht gibt es ja doch den einen oder anderen, den du beschenken willst. Ich möchte ausdrücklich kein Geschenk, hörst du? Wir schenken uns die Tage im Kronenkrug."

„*Wir* uns. Sie meinen *Sie* uns."

„Heißt das *Ja?*"

„Ich weiß nicht. Wenn man irgendwo zu Gast ist, macht man am Ende doch immer, was andre wollen. Und nichts ist, wie es immer war."

„Das trifft dort aber auf alle zu, weil ja alle fremd sind, bis auf die Wirtin. - Wenn ich sie bitte, lässt sie dich bestimmt alles so machen, *wie es immer war.*"

Vanessa lächelt gerührt.

Biber schaut sie lange an. „Wie *war es immer?*"

Sie lässt sich Zeit mit der Antwort. „Wir hatten einen Kranz und am Weihnachtsabend einen großen Baum, eine schöne Fichte direkt aus dem Wald. Jeder bekam einen Weihnachtsteller mit Süßkram, und nach der Bescherung gab's Obstsalat und Kartoffelsalat mit ganz leckeren Würstchen, und am nächsten Tag ..." Vanessa presst die Lippen aufeinander. „... gab es Kaninchenragout mit Rosenkohl und Kartoffelbrei und zum Nachtisch Birnenkompott."

„Also wie fast überall."

Vanessa nickt. „Außer der Karte im Kranz und am Baum, um die es jedes Mal ein ödes Gezerre gab."

„Die mit dem Dampfer?"

„Ja."

„Warum gab es *Gezerre?*"

„Für mich war es der letzte Gruß meines Vaters, an den ich mich sonst kaum erinnern kann; für meine Mutter der Abschied eines Typen, der sich einfach verpisst hat."

„Vielleicht hat sie ja länger gehofft, als du denkst."

„Keine Ahnung. Sie war so verbittert. Manchmal hatte ich den Eindruck, dass sie am meisten dem

Schicksal gram ist. Sie hat von Anfang an auf das falsche Pferd gesetzt."

„Auch wenn man auf falsche Pferde setzt, kann man sich doch jederzeit für ein anderes entscheiden. Warum ist sie so lange hiergeblieben?"

„Das hab ich sie oft gefragt."

„Und was sagt sie?"

„Es gibt Wege, die man nicht mehr verlassen kann."

„Warum nicht?"

„Weil man sie bis ans Ende gehen muss."

„Was meint sie mit *Ende*?"

„Das kann sie mir nicht sagen, weil ich nicht alt genug bin, es zu verstehen."

„Eine geheimnisvolle Frau, deine Mutter. Wäre spannend, sie kennenzulernen."

„Vielleicht. Leider lässt sie es nicht zu. Man kann sie fragen, was man will, sie antwortet nur selten auf die Fragen. Meistens fragt sie zurück. Oder sie redet merkwürdige Sachen, die sie nicht näher erklärt, weil man noch nicht alt genug ist."

„Aber nun hat sie ja doch den Weg verlassen. Oder war sie am Ende des Weges angekommen?"

„Ich weiß es nicht. Ich bin müde."

„Entschuldige. Geh schlafen. Ich fahr nochmal in die Stadt, um die Sache mit Weihnachten klar zu machen."

„Wieso fahren die drei nicht nach Hause? Haben sie keinen mehr?"

Biber lächelt. „Doch. Die wissen noch nichts von ihrem Glück."

„Glück? Sie dürfen sie nicht überreden, hier zu bleiben."

„Aber wenn es doch mit ihnen viel lustiger ist."

„Um den Preis, dass die zu Hause nichts zu lachen haben?"

„Dann holen wir alle her."

Vanessas Stirn legt sich in Falten. „Als Geschenk?"

„Ja. - Vielleicht macht mir die Wirtin einen Sonderpreis."

„Sie treiben mich in den Wahnsinn!"

„Mein Fall mag hoffnungslos sein, wenigstens ist er nicht ernst."

Zu Bibers Überraschung sind die drei ganz und gar nicht angetan von seinem Vorschlag, die Frauen nach Mühlfurt zu holen.

„Passt", mault Withold, mit beiden Händen verlegen über die Glatze streichend. „Isch hab meiner Alten schon angekindischt, nisch zu komm."

„Isch auch", sagt Kamil kleinlaut. „Sonst werd isch nisch fertisch mit das Grab."

„Geht's noch? Das Grab kann doch fertig werden, wann es will."

„Isch wollte gerne noch in altes Jahr heikle Sache beenden", sagt er mit Nachdruck und großem Ernst.

„Was ist mit dir, Bogdan?"

„Verflucht, wir sind Ganoven", antwortet er gequält.

„Was meinst du damit?"

Alle drei schmunzeln verschwörerisch.

„Ein Jahr kenn sie schon mal ohne uns."

„Das ist nicht euer Ernst!"

Kamil juchzt bitter. „Wird lustischer fier uns."

„Wenn wir Frauen herholen, wollen sie auch noch alle Kinder und Enkel und Urenkel und Ururenkel und Ururur..."

„Blödel nicht, ihr habt gar keine ..."

„Weißt du?", droht Kamil.

„Passt. - Egal, wie viel Ur kommen. In Gasthof sind nisch genug Zimmer. Wird laut wie auf Rummelplatz."

Biber tippt sich an die Stirn. „Und eure Frauen machen da mit."

Wieder grinsen die drei.

„Was solln sie machen?", fragt Kamil unschuldig. „Sind weit weg. Wenn sie zu laut werden mit die Stimme, kann man Telefon ganz leise stelln."

„Einmal muss gehn, dass man feiert, wie man meschte", verteidigt sich Bogdan. „Machen wir gemietlische Männerrunde."

„Das könnt ihr vergessen. Erika feiert mit und Vanessa auch."

„Passt."

„Perfekt."

„Bist du verrickt? Missen wir besorgen Geschenke. Is kaum noch Zeit."

„Wir schenken uns nichts!"

„Passt."

„Perfekt."

„Sind wir Ganoven?"

„Ja."

„Was is mit Vanessas Mutter?", fragt Bogdan besorgt.

„Vanessa meint, sie wird nicht kommen."

Kamil beugt sich vor. „Is merkwirdisch. Welsche Mutter lässt liebenswirdische, wunderscheene Tochter Weihnachten allein?"

„Passt", stimmt Withold zu. „Muss komische Frau sein."

„Wenn ihr misch fragt, an die Sache is was faul."

„Vanessa sagt, sie ist mit einem Mann durchgebrannt. Was soll da faul sein?", fragt Biber bestimmt, mehr, um sich selbst zu überzeugen. Er weiß, dass er etwas weiß, was die anderen noch nicht wissen.

„Olaf hat rescht", lenkt Kamil ein. „In Torschluss-panik machen Frauen viel dummes Zeusch. Mitte vierzisch is schwierisches Alter."

„Sie ist Mitte sechzig", gesteht Biber trocken.

Die drei sind verblüfft.

„Da fragst du, was faul is?", braust Bogdan auf.

„Fall missen wir priefen", schlägt Kamil vor.

„Hört auf. Was wollen wir da prüfen? Wir wissen noch nicht mal, wo sie sich aufhält. Vergesst die ganze Sache. War blöd von mir, dass ich euch davon erzählt hab."

Withold fuchtelt gewichtig mit der Hand. „Olaf, missen wir priefen. Wäre fier Vanessa greeßtes Ge-schenk, wenn sie pletzlisch auftaucht."

„Als Weihnachtsmann", ergänzt Kamil.

Biber überlegt, ob er ihnen die Sache mit der Karte anvertrauen soll. „Ich denke, Vanessa hat mir nicht alles gesagt. - Es gibt da eine Karte, die ihr der Vater aus Amerika geschickt hat mit einem Mississippidampfer vorn drauf." Biber klärt sie auch noch über die Bedeutung der Karte auf und den Streit, den es regelmäßig gegeben hat. „Ich habe die Karte ein wenig verändert, um Vanessa aus der Reserve zu locken. Es fand sich bisher nur noch keine passende Gelegenheit, sie ..."

„Verändert an Text?", unterbricht ihn Bogdan.

„Nein, am Foto. Ich habe mir vorgestellt, wie der Dampfer aussieht, wenn Vanessas Wunsch in Erfül-lung geht. Also hab ich die amerikanischen Fahnen in deutsche umgewandelt, die Wohnung auf dem dritten Deck vergrößert und den Namen des Schiffes geän-dert."

„In *Vanessa*?", rät Withold.

„Nein. *Godelinde*."

„Wieso *Godelinde*?", fragt Bogdan für alle drei.

„Weil Vanessas Mutter so heißt."

„Stuss." Withold schlägt sich an die Stirn. „Wer hat ihr denn diesen verrickten Namen gegäben?"

„Was weiß ich, vermutlich ihre Mutter."

Die drei Grübelnden sehen aus wie lauernde Raubtiere.

„Du bist kluger Hund", beginnt Bogdan, „wie wir sind von dir geweehnt. - Gut, dass du uns erzählt hast von die Karte, weil wir sind auch nisch bleed. Wenn du suchst Gelägenheit, weiß isch beste Gelägenheit. Is Weihnachten, wenn die Karte hängt an Baum."

„Perfekt."

„Stuss", wehrt Withold fahrig ab. „Is viel zu gefährlisch."

„Witek, wieso?", fragt Bogdan.

„Wir wissen nisch, was is mit die Mutter. Das kann vellisch nach hinten gehn."

„Bleib geschmeidisch, Witek. Wenn was passiert, kenn wir jederzeit Karte wieder umtauschen."

„Isch hab merkwirdisches Gefiel."

„Zeig her die Karte", drängt Kamil.

Biber holt sie und auch noch eine Kopie des Originals. „Jetzt, wo ich sie in Händen halte, wird mir auch mulmig."

„Unglaublisch", staunt Bogdan. „Was man alles machen kann in heutische Zeit."

„Is paradiesisch fier Ganoven", schimpft Withold.

Natürlich wird in den Tagen, die noch bis zum Fest bleiben, beraten, wie es werden soll, damit es möglichst für alle so wird, *wie es immer war*. Auf den Baum einigt man sich rasch. Biber verspricht, ihn zu kaufen. Die Frauen erklären sich bereit, ihn zu schmücken. Schwieriger wird es mit dem Essen, an das alle unterschiedliche Erwartungen knüpfen. Erika besteht auf Flugente mit Rotkohl und rohen Klößen, Vanessa bittet um Kaninchenragout mit Rosenkohl und Kartoffelpüree, die drei Alten schlagen vor, die Gastgeber mit polnischer Küche zu überraschen.

Am nächsten Tag wird Biber erst einmal von einem Anruf überrascht, dem ersten auf seinem zugeschickten Smartphone. Der Sohn ist dran.

Biber braucht Zeit, sich zu sammeln. „Gerald? - Was ist passiert?"

„Nichts, Vater. Ich wollte nur mal so fragen, wie es dir geht."

„Da muss zumindest was mit dir passiert sein."

Gerald lacht. „Simone hatte die Idee, über Weihnachten nach Deutschland zu kommen."

„Zu mir?"

„Wir machen keine Umstände; würden ein Hotelzimmer in der Nähe nehmen. Wäre aber schön, wenn wir uns sehen könnten. - Bist du noch dran?"

„Ja. - Schön, dass du anrufst."

„Was hältst du von der Sache?"

„Ich bin nicht zu Hause."

„Wo bist du?"

„In einer Herberge in Brandenburg."

„Allein?"

„Nein."

„Macht ihr Urlaub dort?"

„Nein, ich baue, was sonst."

„Aber doch nicht zu Weihnachten."

„Die Geschichte ist zu lang, um sie am Telefon zu erzählen."

„Veronika und Angelika wollen auch kommen, mit Ron und Richard und den Kindern."

„Oh, ihr redet wieder miteinander?"

„Ja, schon ein Weilchen."

„Gratulation."

„Sie hätten dich auch gern angerufen, fürchten aber, dass es vielleicht ein bisschen massiv wirken könnte."

„Haben sie *massiv* gesagt?"

„Nein, vergiss es. Ich rede wahrscheinlich wieder genau das Falsche."

„Wer hatte die Idee?"

„Keine Ahnung. Die entstand irgendwie in den letzten Gesprächen."

„Was steckt wirklich dahinter?"

„Vater, ist es so ungewöhnlich, wenn man sich Weihnachten mal sehen will?"

„Durchaus nicht. - Seit dem Tod eurer Mutter hab ich nichts mehr von euch gehört, jedenfalls seitdem ich nicht mehr angerufen habe."

„Du weißt doch, wie das ist. Immer ist was zu tun, und immer nimmt man sich vor, mal anzurufen, aber dann kommt immer was dazwischen, was gerade wichtiger oder naheliegender ist. Ist eben eine Scheißentfernung."

„Allerdings. Ich wohnte bis vor kurzem noch genau dort, wo ihr den größten Teil eurer Kindheit zugebracht habt."

„Bis vor kurzem? - Wo wohnst du denn jetzt?"

„Das sagte ich schon. In einer Herberge."

„Was ist mit dem Haus?"

„Hab ich verkauft."

„Warum?"

„Weil ich das Geld brauche."

„Wofür?"

„Für ein neues Zuhause."

Am anderen Ende ist es lange still. „Warum können wir uns nicht dort treffen?"

„Weil es noch gebaut wird."

„Ich hätte es fair gefunden, wenn du uns gefragt hättest, bevor du das Haus verkaufst."

„Es war eilig."

„Vielleicht hätte es ja einer von uns gekauft."

„Ihr lebt an allen Enden der Welt. Ich konnte schwerlich auf den Gedanken kommen, dass einer von euch hier ein Haus kaufen will, abgesehen vom Preis."

„Sind wir wieder beim Geld."

„Du hast gefragt."

„Nicht nach dem Geld."

„Aber nach dem Grund, das Haus zu verkaufen."

„Lass uns nicht streiten."

Biber schweigt, obwohl er dem Sohn gern erklärt hätte, dass es kein Streit ist, wenn einem die Antworten nicht gefallen, die man auf seine Fragen kriegt.

„Du meinst, es ist keine so gute Idee mit dem Besuch?"

„Die Idee ist sogar sehr gut, nur der Zeitpunkt und die Umstände passen nicht so ganz. - Ich hab mir vorgenommen, euch im nächsten Jahr reihum mit meiner Frau zu besuchen. Das scheint mir erst mal vernünftiger zu sein."

„Du willst die Entfernungen auf dich nehmen?"

„Die habt ihr vorgegeben."

„Fang nicht wieder damit an. Das Leben ist mitunter so."

„Ich weiß." Wieder verschweigt Biber das Wesentliche, weil er die Hoffnung aufgegeben hat, verstanden zu werden. Er brauchte lange, um die Einsicht zuzulassen, dass die Entfernung vom vertrauten Lebensumfeld immer auch mit einem Verlust der Wertschätzung derer einhergeht, die man zurücklässt; es sei denn, man geht mit der naiven Absicht in die Fremde, den Zurückbleibenden zu imponieren; eine Laune, die man in der Regel schwer zu büßen hat.

„Ich sag den Schwestern Bescheid."

„Grüß sie herzlich, auch Simone und die Kinder."

„Habt eine schöne Zeit."

„Danke, ihr auch. Lieb, dass du angerufen hast."

„Mach's gut."

„Du auch." Biber trennt die Leitung. Er überlegt, ob er nicht wenigstens hätte fragen sollen, wie es Gerald und der Familie geht, hängt aber nicht lange dieser Frage nach, weil er weiß, dass man sich fast alles zum Guten und Schlechten zurechthören kann.

Am Freitag vor Weihnachten, gleich nach der Schule, ziehen Vanessa und Biber in den Kronenkrug.

Erika ist aufgeregt und fahrig. Aber schon wenige Augenblicke nach Vanessas Ankunft wird sie ruhig und fast ein bisschen melancholisch oder sentimental. Biber ist überrascht von ihrer Sanftheit.

Vanessa mustert die Wirtin alle Augenblicke. Mitunter blitzt in ihren Augen etwas auf, das sich leicht mit Eifersucht verwechseln lässt.

Die Musketiere glänzen durch beeindruckende Ritterlichkeit.

Schnell kommen sie auf das noch nicht gelöste Problem des weihnachtlichen Speiseplans zu sprechen.

„Isch meschte sagen, weil wir sind Gast in fremdes Land, machen wir an Weihnachtsabend so wie ihr wollt", schlägt Kamil vor. „Essen wir wie in Deutschland ieberall Kartoffelsalat mit Wirschtschen. Geht schnell. Perfekt."

„Hast du schon mal Kartoffelsalat gemacht?", will Erika wissen.

„Nee."

„Dann rede nicht von *schnell*. Was essen wir an den Feiertagen?"

„Weil gibt unterschiedliche Winsche, isch wirde vorschlagen, erste Feiertag polnische Kische, zweite Feiertag, wie ihr wollt."

„Was wollt ihr kochen?", fragt Erika skeptisch.

Withold und Bogdan schauen zu Kamil.

„Wir machen sehr beriemte polnische Gerischte zu Weihnachten: Barszcz und Bigos."

Erika nickt verständig.

Vanessa zieht einen Flunsch. „Kannst du das bitte ein bisschen genauer erklären?"

„Mit Vergniegen, scheenes Fräulein. Barszcz wird gemacht mit gegorene Rote Rieben oder, besser, Rote-Rieben-Saft, gibt in Laden, perfekt. Wischtisch is, wird gekocht - sehr lange - auf winzisches Flämmschen."

„Wie lange?", fragt Erika.

„Nu zwei bis drei Wochen, is sehr schwierisch."

„Stuss. Kamilek, blödel nisch."

„Gut, kochen wir nur zwei bis drei Tage, geniescht. In Rote-Rieben-Saft kommen Zwiebeln und Mirn. Suppe is klar oder piriert, wir machen piriert. Vor Serviern kommt Schmand oder saure Sahne und frische Kräuter ran, isch bin fier Dill und griene Blätter von Knoblauch. Wischtisch is Einlage, wir nennen Uszka, sind Teigtaschen mit Pilz-Kraut-Gemisch und Fleischfillung. Als Beilage Kołaczyk, is sowas wie gefilltes Hefebreetschen."

„Passt."

Withold und Bogdan nicken zustimmend.

„Rote Beete?", fragt Vanessa stimmlos.

„Is perfekt", versichert Kamil. „Sieht prima aus, schmeckt aber nisch die Spur nach Rote Rieben, wägen Gährung und lange Zubereitung. Du wirst lecken Teller ab."

„Und das andre?"

„Bigos? - Nu, is Mischung aus Kraut, Speck und Fleisch oder Wurscht in gleiches Verhältnis. Wir machen wenisch Speck und den scheen gebraten in feste Griefen, dafier mehr Fleisch, von Huhn, Schwein und Rind, nur Beste, was gibt. Kommt alles in Topf mit zehn Zutaten. Muss isch ieberlägen. Pilze, wir nehmen Champignon, getrocknete Zwetschgen und Tomaten, Mirn, Zwiebeln, Wacholder, Lorbeer, Piment, Salz, is klar, und fier Schärfe Paprika."

„Fier Frauen is vielleischt zu scharf."

„Nur Messerspitze. Muss sein. Alles wird wieder drei Tage gekocht auf kleines Flämmschen. Dadursch geht Fleisch- und Wurschtfett in Kraut. Muss mindestens einmal anbrenn, besser dreimal, aber ganz vorsichtisch, dann is perfekt. Zu Schluss saurer Sahne dran und fertisch."

„Und gibt es noch was dazu?", fragt Vanessa neugierig.

„Zu Bigos wird Brot oder Kartoffeln gereischt. Besser is frisches Brot."

„Respekt", gesteht Erika aufrichtig. „Das hätte ich dir nicht zugetraut."

„Hast du das schon mal gekocht?", fragt Biber frei heraus.

Kamil sucht nach Worten. „Nisch direkt."

Erika lacht so eruptiv, dass sie sich festhalten muss. Die anderen folgen ihr, ob sie wollen oder nicht.

„Aber wenn wir machen, wie isch sage, dann wird perfekt", ist Kamil überzeugt.

Withold fuchtelt mit den Händen. „Wenn isch darf Bedenken anmelden. Wir sind drei alte Männer. In eure Mannschaft sind zwei junge Frauen. Is ungeräscht."

„Was meinst du mit Mannschaft?", fragt Erika.

„Kamilek hat Idee, wir kochen um die Wette."

„Ich würde euch gern helfen", bietet sich Vanessa an.

„Moment", geht Erika dazwischen, „dann kriegen wir aber einen von euch."

„Isch", meldet sich Kamil.

„Bist du verrickt? Du bist einzische, der kennt das Rezept."

„Withold, dann kommst du zu uns."

Er schaut zu Vanessa. „Isch meschte gern bleiben bei die polnische Mannschaft."

„Bogdan?"

„Isch sag aber gleisch, isch hab noch nie in Kochtopf geguckt."

„Das bring ich dir schon bei."

Was nicht sehr verheißungsvoll klingt. Bogdan und Biber schauen sich an. In ihren Gesichtern spiegelt sich kein Hauch von Vorfreude.

„Was kriegt eigentlich der Gewinner?", fragt Biber.

Withold streicht sich über die Glatze. „Kamilek schlägt vor, Kuss von wunderscheene Frau aus die andere Mannschaft.

Erika stemmt die Fäuste in die Taille. „Was für überaus kluge Schalksnarren ihr doch seid. Dann kriegt Vanessa einen Kuss von mir oder ich einen von ihr. Toll. Da weiß man doch, woran man ist, und worauf man sich freuen kann."

„War Kamileks Idee", wehrt Bogdan verschämt ab.

„Vielleischt fällt uns ja noch bessres ein", wendet Kamil kleinlaut ein.

Vanessa steht auf. „Wenn unser Essen drei Tage kochen muss, sollten wir noch heute die Zutaten besorgen."

„Aber denkt dran, dass die beiden Gerichte nur für *eine* Mahlzeit reichen müssen", warnt Erika. „Wenn zu viel übrig bleibt, gibt das einen fetten Minuspunkt."

Mit sechs Fahrrädern brechen sie auf.

Ein satter Geruch leicht angeschmorten Krauts schwebt seit Tagen in allen Räumen. Während die Frauen die prachtvolle, ebenmäßige Tanne schmücken, schneiden die vier Männer in der Küche die Zutaten für den Kartoffelsalat. Kamils Flachmann steht gleich neben der Abfallschüssel und geht alle Nase lang im Kreis. Als Kamil Anstalten macht, ihn nachzufüllen, hält ihn Biber zurück. „Auf diese Weise sind wir bis zur Bescherung blitzeblau."

„Wird lustisch."

„Aber nicht für alle."

„Olaf, du bist schlimmer als meine Alte. Da hätt isch auch fahren kenn."

„Kamilek, heer auf Olaf. Wir sind Gäste. Missen wir uns benähmen", belehrt ihn Bogdan. „Denk an Sache mit die Karte. Da missen wir nischtern sein."

„Und friss nisch so viel von die sauren Gurken."

„Wie meine Alte. Kriesch isch rischtisch heimelisches Gefiel."

„Habt ihr Essen fertisch", fragt Bogdan besorgt.

„Natierlisch", verkündet Kamil stolz, „riechst du nisch?"

„Gib nisch so an", verweist ihn Withold. „Ohne Vanessa wären wir erledisch."

„Hab isch eusch nisch wischtischste Informationen gegäben?"

„Du? Deine Alte. Du hast nur iebersetzt."

„Wenn misch nisch gäben wirde, gäb's auch meine Alte nisch."

Biber lacht. „Kann man das Zeug auch essen?"

Kamil presst den letzten Tropfen aus der Flasche. „Zeusch? Du wirst nisch glauben. Is perfekt. Isch kann nisch erinnern, je so gute Bigos und Barszcz gegessen zu haben."

„Lass das deine Alte nicht hören", warnt Biber.

„Vanessa is geborene Keschin, hat Nase wie Hund und Gefiel in die Fingerspitze. Bin isch jetzt schon neidisch auf Kerl, der sie krischt."

Withold schneidet wie besessen. „Wollt ihr wirklisch durschziehn die Sache mit die Karte?"

„Waren wir uns einisch", zischt Bogdan. „Jetzt mach nisch Rickzieher."

„Isch war von Anfang an nisch einisch."

„Heer auf mit Defätismus, Witek."

„Spielt jemand den Weihnachtmann?", fragt Biber, um aus der leidigen Diskussion herauszukommen.

„Isch!", prescht Withold vor. „Bin isch raus aus die Sache."

„Wozu brauchen wir Weihnachtsmann, wenn wir nisch haben Geschenke?", fragt Bogdan.

„Fragt Rischtische", erwidert Kamil anzüglich. „Hab isch gesähn, wie du gekauft hast Pullover. - Fier wen?"

„Nur Kleinischkeit fier Vanessa."

„Hab isch auch."

„Isch auch."

Sie schauen zu Biber.

„Ich auch. Und eine Kleinigkeit für Erika."

„Von mir auch."

„Isch auch."

„Passt. Isch auch."

Dank Bibers auferlegter Selbstbeherrschung und strenger Aufsicht kommen sie beinahe nüchtern bis zum Abend. Die beiden Frauen richten den Kartoffelsalat und den Obstsalat an, während die Herren einen zünftigen Weihnachtsmann kostümieren und die Getränke vorbereiten, natürlich nicht, ohne die Qualität der Weine zu prüfen und zu priefen. Die Bewunderung des geputzten Weihnachtsbaums erhält einen schweren Dämpfer. Vanessa hat vergessen, die Karte anzustecken. Oder hat sie es vorsätzlich nicht getan?

„Was machen wir jetzt?", fragt Biber ratlos.

„Misch geht nischt an. Isch bin Ruprescht", wehrt Withold ab.

Kamil hat noch keine Meinung.

„Seid ihr verrickt? Missen wir erst rescht machen. Is noch besser. Wenn Vanessa Karte sieht, weiß sie sofort, stimmt was nisch. Sonst hätte sie vielleischt gar nisch bemerkt."

„Bogdan hat recht. Ich mach die Karte aber erst nach der Bescherung dran. Nicht, dass Vanessa sie nur vergessen hat und noch mitbringt."

Alle haben geduscht und sich schick gemacht. Zu einer Chorknabenmusik, wie Erika es ausdrückt, versammeln sie sich in der kerzenstrotzenden magischen Gaststube. Withold fehlt.

Erika atmet laut. „Wäre auch zu schön gewesen, wenn alle pünktlich wären."

Es dauert nicht lange, und Ruprecht erscheint.

„Moment", schreitet Erika energisch ein. „Was will der hier? Wir hatten uns auf *keine Geschenke* verständigt." Mit strengem Blick mustert sie die Runde.

Kamil hebt die Hände. „Isch kenn den Kerl nisch."

„Ich hab ihn nicht bestellt", versichert Biber.

„Ehrenwort, isch hab den Ganoven noch nie gesehen."

„Withold?", ermahnt Erika den Langen streng.

Der schnallt sich langsam die Rute ab und ruft mit zornschwangerer Stimme: „Passt! - War hier gerade Rede von mir? - Ihr kennt misch nisch? - Teufel, ihr werdet misch kennenlern." Und ehe noch jemand das Grinsen aus dem Gesicht kriegt, fährt er mit der Rute zwischen die Männer, aber ohne Schonung, mit kräftigen Schlägen eines sehnigen Maurerarms. Kamil steckt am meisten ein. Aber auch die beiden andern kriegen ihr Fett weg.

Vanessa springt auf und wirft sich dem Rasenden mutig entgegen. „Halt ein, Alter. Sie meinen es nicht so. Wahrscheinlich haben sie ein bisschen zu viel getrunken."

„Getrunken? Aha. Her mit das Zeusch."

Kamil langt den nachgefüllten Flachmann aus dem Jackett. „Hätte isch dir gegäben auch so. Musst du misch nisch krumm und lahm priegeln."

Withold nimmt einen kräftigen Schluck und setzt sich. „Is Besteschung. Misste isch dir erst rescht die Flehe aus den Buckel dreschen. - Hinsetzen!", herrscht er Erika an. „So. Jetzt sitzt ihr brav und zimftisch. Isch hoffe, eusch is eingefallen, wer isch bin. Misste eigentlisch trotzdem dankbar sein fier eure Unflätischkeiten, weil isch nisch viel Arbeit hab mit eusch Ganoven. Einzische liebenswirdische Person is wunderscheenes Mädschen. Hab isch einiges fier sie in Sack." Mit Bedacht und großem Genuss holt er die sorgsam verpackten Geschenke raus, um sie einzeln in den Schoß der überraschten Empfängerin zu legen.

Vanessas Gesicht färbt sich mit jeder Gabe mehr. „Muss ich denn gar nichts singen oder aufsagen?"

„Und ob", poltert der Alte.

Vanessa singt gefühlvoll und mit großem Ernst *Sind die Lichter angezündet*.

Biber macht Fotos.

Withold greift noch einmal in den Sack. „Ah, was hab isch hier? Nur Kleinischkeiten. Wenn isch misch rescht bedenke, alle fier wunderscheenes, aber vorlautes Frauenzimmer." Mit vorsichtiger Hand reicht er Erika die kleinen Pakete.

Sie errötet nicht minder. „Muss ich etwa auch was singen?"

„Kuss geniescht mir."

„Ach du Guter." Sie küsst ihn länger, als Biber recht ist.

Mit hochrotem Kopf verlässt der Alte die Stube.

Als Withold unkostümiert zurückkehrt, sind die beiden Frauen schon dabei, die Geschenke auszupacken.

Vanessa enthüllt einen Pullover, eine schicke Winterjacke, Stiefel, Handschuhe und warme Hausschuhe.

Erika erfreut sich an den Stiefeln, die sie Vanessa zugedacht hat, und wirft Biber einen strengen Blick zu. „Ich möchte wissen, wie der Alte zu meinem Paket gekommen ist." In ihren Geschenken findet sie zwar keine Antwort, aber angemessenen Trost.

Biber nutzt das Wirrwarr, um die Karte an den Baum zu heften. Die Uhr tickt.

Die Beschenkten beschweren sich wieder und wieder über den Bruch der Verabredung, vergessen aber nicht, sich überschwänglich zu bedanken, vor allem Vanessa, die sichtbar gerührt ist.

Das Essen wird aufgetragen. Kamil blödelt über die eingesteckten Prügel. Die Frauen lachen. Alle anderen sind wortkarg oder schweigsam.

Inmitten der Mahlzeit legt Vanessa das Besteck beiseite. Sie steht auf und geht mit blassem Gesicht zum Baum. Nur ihr Rücken ist zu sehen.

Am Tisch herrscht ein geradezu beängstigendes Schweigen. Withold legt die Hände vor die Augen.

Erikas fragender Blick geht von Gesicht zu Gesicht. Biber und Bogdan sind auf dem Sprung.

Endlich dreht sich Vanessa um. Die Augen glänzen. Den Mund umspielt ein schüchternes Lächeln. „Danke. Das ist sehr lieb. Darf ich sie behalten?"

Withold wagt sich aus der Deckung.

Biber nickt ungläubig. „Na klar. Sehr gern."

„Die muss wahnsinnig viel Arbeit gemacht haben."

Im Augenwinkel sieht Biber, wie Kamil sich Tränen aus dem Gesicht wischt. Auch Bogdan kämpft mit der Rührung.

Withold nimmt Kamil den Flachmann aus der Hand. „Wir missen trinken auf scheenste Bescherung, was isch hab erläbt, weil misch hat gekisst ein Teufelsweib - und isch hab gesehn einen Engel."

Die beiden Feiertage stehen ganz im Zeichen des Kochwettbewerbs zwischen polnischer und deutscher weihnachtlicher Esstradition. Gewinner ist einstimmig das polnische Team, beziehungsweise das Mahl, das von diesem gekocht wurde. Den ausschlaggebenden Punkt gibt die Serviermethode. Beide Gerichte werden in einem ausgehöhlten, frischen, runden Brot angerichtet, verschlossen mit dem zuvor abgeschnittenen Deckel. Kamil weint. Vanessa glüht vor Stolz und wird von den Mitstreitern dankbar geküsst. Dann küsst sie die Unterlegenen, weil sie die Niederlage so sportlich ertragen. Natürlich wird der Sieg begossen, anschließend auch die Niederlage. Die beiden Tage sind die reinste Gaumenfreude, denn auch die Flugente und das Kaninchenragout sind nicht zu verachten. Alle teilen Bibers Freude, Vanessa beim Essen zuzuschauen. Kamil isst, als gelte es, das Mädchen zu übertreffen. Nichts bleibt übrig.

Nach einem milden, beinahe grünen Weihnachten sinken die Temperaturen endlich einmal in die Nähe des Gefrierpunkts. Biber treibt die Alten aufs Fahrrad und - anders, als den Frauen angekündigt - zum Mühlenhof, genauer in den Park. Die Sonne scheint. Nebel steigen.

Kamil hatte natürlich gelogen. Das Ziegelgrab ist längst fertig.

„Hast du fein gemacht, Kamilek."

„Nisch anders, als du hast aufgemalt", wehrt er bescheiden ab.

„Ich hab Augen im Kopf, mein Lieber. Ich sehe sehr wohl die kleinen Unterschiede."

Kamil lächelt verschmitzt.

Die beiden Gärtner haben in den letzten beiden Wochen hart gearbeitet und den Park erstaunlich ausgelichtet.

Biber stellt sich so, dass er die drei Gräber im Auge hat.

Die Alten folgen seinem Blick. Das in der Form schlichte, aber elegante Denkmal der Müllerfamilie, das zierlich verspielte, dunkelrote Grab Ackermanns und das naturbelassene, rustikale Hundegrab ergeben ein beeindruckendes Ensemble.

„Sieht aus wie Friedhof", raunt Kamil. „Was willst du schreiben auf Platte?"

„*Dem Erbauer des Mühlenhofs, Willibald Ackermann, geboren am ..., ermordet am ...*, und oben im Bogen: *Erschlagen von Otto Goll.*"

„Das kannst du nisch machen, Olaf", sagt Bogdan ruhig. „Du kannst nisch beweisen."

„Das ist doch sonnenklar."

„Meeglisch, aber du kannst nisch beweisen. Wenn steht auf die Tafel und is doch nisch wahr, was dann?

Kein Gerischt hat ihn schuldisch gesprochen. Darum kannst du nisch schreiben."

„Aber doch wohl, dass er ermordet wurde."

„Isch wirde nisch schreiben", rät Bogdan. „Wenn alles sieht aus sonnenklar, muss trotzdem nisch sein sonnenklar. Isch kann Geschischte erfinden mit alle Sachen, die du gefunden hast, und kommt doch kein Merder drin vor. Is zu viel Zeit verstrischen, Olaf."

„Und hast du mal ieberleescht, wenn jemand sieht und fragt disch, woher du das weißt? Willst du Polizei erzählen, dass du Toten gefunden hast, aber Fund nisch gemeldet? Gibt Kalamität", warnt Withold.

Biber nickt.

Sie stehen noch ein Weilchen und genießen die Stille. Dann gehen sie zum Hof. Auch hier ist alles still. Sie setzen sich auf die Treppe des Wohnhauses, wo Biber bei seinem ersten Besuch niedergesunken ist, und reden über den Bau. Bevor sie zurückfahren, streuen sie den Hühnern reichlich Futter aus.

Silvester ist nicht weniger friedlich als das Weihnachtsfest, dabei aber eine ganze Spur lustiger. Erika hat Mengen von Blei besorgt, und alle mühen sich redlich, das flüssige Metall so ins Wasser zu bringen, dass sich hernach eine mit nicht allzu viel Phantasie assoziierbare Form ergibt.

Kamil sieht in allem begehrenswerte weibliche Formen; Bogdan ausnahmslos Gegenstandsloses wie Harmonie, Frieden und Durst; Withold nur Stuss. Wenn Vanessa gießt, deuten sie alles in Richtung Liebe und Fortpflanzung, bei Erika weigern sie sich hartnäckig preiszugeben, was sie sehen. Biber, dem diese Sitte ganz und gar fremd ist, jedenfalls aus eigenem Erleben, wundert sich - sehr zur Belustigung der anderen -

wie ein Kind über die skurrilen Gebilde, die da der Zufall aus zwei unterschiedlichen Elementen schafft. Die beiden Frauen bemühen sich tatsächlich, in den verknorzelten und verkrunkelten Gebilden Sinnvolles zu erkennen. Alle Zutaten für einen lustigen Abend sind beisammen. Jedenfalls bis zu dem Augenblick, da der Zufall aus Vanessas silbern glänzendem Brei mit wenig Gezisch eine Form kreiert, die keiner Deutung bedarf. Alle schauen erschrocken auf den beinahe makellosen Totenschädel.

Kamil hat sich als erster gefasst. „Wenn man so hält, sieht aus wie wunderscheene Brust."

„Nee, guck mal, hier, eher wie glänzende Zukunft."

„Stuss. Isch sehe nischt."

Biber hat keinen Sinn für Vanessas Blässe. „Habt ihr keine Augen? - Das ist doch eindeutig ein Totenschädel. Das gibt's ja nicht. Schaut doch mal? Den schmelzen wir nicht wieder ein." Erst jetzt bemerkt er die Stille ringsum.

Vanessa greift zum Merkblatt für die Bedeutungsmuster.

Erika zieht es weg. „Du wirst doch nicht an diesen Unsinn glauben."

Vanessa stellt die ineinandergelegten Hände vor den Mund.

Kamil hebt den Arm, als wollte er einen D-Zug zum Stehen bringen. „Nein. Nein." Er sucht nach Worten. „Ihr denkt ganz falsch. Totenkopp bedeutet Tod, was sonst, missen wir nisch diskutiern. Aber nur in Normalfall. Bei uns is nischt normal. Totenkopp kommt genau an die rischtische Stelle und rischtische Zeit. Und warum?"

Withold wehrt mit den Händen ab. „Nein, Kamilek, nisch schon wieder Geschischte mit Knochenhandel."

„Wann soll isch erzähln, wenn nisch jetzt, in Geisterstunde zwischen die Jahre?"

Die Männer lehnen sich entspannt zurück und drücken ihr Glas an die Brust. Die Frauen schauen Kamil entgeistert an.

Der flüstert geheimnisvoll: „Muss isch gleisch sagen vornweg: is wahre Geschischte. Ihr misst raten, von wen isch rede. - War mal große Lausejunge, gerade aus die Schule raus, der bekommt Brief von seine Brieffreundin aus die Schweiz, die Medizinstudium begonnen hat. Die fragt an, ob Lausejunge ihr kennte eschten Totenkopp besorgen, weil die in die Schweiz so teuer sind. Lausejunge fragt in seine Bekanntschaft, und tatsäschlisch findet sich jemand, der froh is, so ein Ding los zu werden, denn nisch jeder findet appetitlisch. Lausejunge schickt hin. Und was passiert? Er krischt Dankesbrief mit Kontoauszug von Schweizer Nummernkonto mit Guthaben ieber vierhundert Schweizer Franken. Perfekt! Muss isch erklärn, war noch in die kommunistische Zeit. Lausejunge war - vermutlisch - einzische Mensch in sein Heimatland mit Schweizer Nummernkonto. Hatte nur ein Haken, er kam nisch ran an Geld. Aber Geschischte is noch nisch zu Ende. In Brief steht, dass er kennte noch mehr Geld verdienen, wenn er noch mehr Totenkeppe schickt. Lausejunge is unternehmerisches Talent, wie man sagt, er setzt Annonce in Zeitung und krischt dutzend Zuschriften. Alle wolln Totenkopp loswerden fier heeschtens bissel Geld. Lausejunge kauft alle, schickt alle nach die Schweiz, und Nummernkonto wächst." Kamil lacht diebisch. „Nu sind alle Menschen in Grunde von Herzens raffgierisch. Lausejunge krischt Dollarzeischen in Gesischt und sucht nach Verbindeten in Knochenhandel, denn Brieffreundin hat geschrieben, missen nisch unbedingt Totenkeppe sein. Und jetzt kommt's." Kamil flüstert gewichtig. „Lausejunge findet Schirurgen."

Erika schlägt belustigt die Hand auf den Tisch. „Hör auf. Wo hast du denn diese doofe Geschichte her?"

„Unterbrisch misch nisch. Is Geschischte aus wirklisches Läben. Schirurg besorgt ganze Skelette und schickt rieber. Zoll guckt in Kiste. Polizei ieberprieft und stellt fest, Knochen sind von Leute, die man nisch hat gefragt."

„Er hat Leute umgebracht?", entrüstet sich Vanessa.

„Nisch umgebracht, warn schon tot."

„Wie kann er sie da fragen?"

Die Männer lachen. Erika zeigt ihnen den Vogel.

„Nur noch Schluss. Schirurg wird hopp genommen. Ab in Bau und fertisch. Lausejunge aber bleibt unbehellischt. Weiß niemand, wie er hat fertischgebracht. Schweizer Nummernkonto gibt noch heute mit vollen Betrag von etlische tausend Franken."

„Bogdan, warst du das?", rät Erika.

Er schüttelt den Kopf.

„Wer soll das so genau wissen, wenn nicht er selber", kombiniert Vanessa. „Guck ihn dir doch bloß mal an."

Kamil schenkt sich nach. „Isch bin unschuldisch."

„Dann bleibt ja nur noch Witek", vermutet Erika.

Der streicht sich verlegen über die Glatze.

„Das Blei wird kalt", warnt Biber.

In den nächsten zwei Monaten geschieht auf dem Hof nicht viel, jedenfalls, wenn man nur oberflächlich schaut und nicht hinter die Kulissen. Damit letzteres gar nicht erst möglich ist, versieht Biber alle Eingänge - ausgenommen die des Wohnhauses und des Brunnenverschlags - mit Bautüren, auf deren Verriegelung

198

pingelig geachtet wird. Auch mit geschlossenen Augen wahrnehmbar ist der über allem liegende Kalkgeruch, der nicht mehr aus der Nase geht, und eben darum schnell verblasst. Nicht zu übersehen ist natürlich der Turmkran im Zentrum des Hofes, der sich in Vanessas Anwesenheit aber noch nie bewegt hat. Dabei steht er da als Symbol einer angeblich forscheren Bauweise. Das einzig Offensichtliche für Vanessa ist die Reparatur an Scheune, Stall und Mauer und die Beseitigung aller Dachziegel. Was sie nicht sehen kann: Unter den hellen Spannbahnen verbergen sich neue Dachstühle mit von innen sichtbaren Sparren und ebensolcher Nadelholzschalung. Nur dem versierten Auge fallen die verlängerten Dachüberstände auf.

Größte Nutznießer bisheriger Veränderungen sind die Hühner. Nach zwei bedauerlichen Unfällen fordert Jakobi energisch, sie zu schlachten oder vom Hof zu verbannen. Biber verfällt daraufhin auf die Idee, sie im Stalldach unterzubringen mit Stiege und Auslauf nach außen zu. Berger und Schneider werden beauftragt, sich am Bau eines Freilaufgeheges zu beteiligen, das die gesamte Flussseite des Hofes einnehmen und sich zehn Meter, also beinahe bis zum Park erstrecken soll. Das Außengitter wird sich später hoffentlich hinter dichtem Strauchwerk verbergen. Von der Mauer bis zur Außenseite spannen sich Drähte, die den Greifen die Jagd auf die Eierspender verleiden sollen. Um den Versorgungsweg ins Gehege sinnvoll zu verkürzen, wird in die Schuppenrückwand ganz links eine Tür gebrochen.

Schneider arbeitet leidenschaftlich und ideenreich an der Verbesserung der Lebensumstände der Hühner. Er drängt darauf, durch Zukauf neuer Rassen die Vielfalt und also die Farbigkeit im Hühnergehege und im Gelege zu erhöhen. Im Stalldach entsteht eine moderne Anlage mit Schlaf- und Schutzraum und einem originellen Nestbereich, der das Ablesen der Eier zum Kinderspiel macht. Auch das besorgt Schneider täglich, sehr zur Beruhigung Bibers, der andernfalls schwerlich Vanessas Gang aufs Stalldach und damit die Entdeckung des noblen Dachaufbaus hätte verhindern können.

Auch der Innenausbau von Stall und Backhaus geht voran. Die Scheune ist ein einziger großer Raum mit nur wenigen Querbalken. Hier sind sie dabei, die Einbindung von Wasser, Abwasser, Heizung, Strom und Kommunikationssystemen vorzubereiten, ebenso den Guss von Bodenplatte und Geschossböden.

Fasching kommt die Betriebsamkeit etwas zur Ruhe. Gefeiert oder, besser, geblödelt wird im Kronenkrug; die drei Alten in zünftigem Häuptlingsputz nordamerikanischer Indianer, Biber als Mönch mit gezirkelter Tonsur, Erika als in die Jahre gekommenes Rotkäppchen und Vanessa als sehr luftig bekleidete Wald- und Wiesenfee.

Neben allem Ulk finden sie auch Zeit, über ernste Dinge zu sprechen. Vanessa muss vom Hof, sowohl aus Sicht der Bauleute als auch in Hinblick auf die Abiturprüfungen. Erika besteht darauf, sie im Kronenkrug unterzubringen. Wer sollte da widersprechen? Der aufwändige Umzug wird aufs kommende Wochenende festgesetzt. Bis dahin heißt es packen.

Kaum, dass Vanessa ihre Zelte im Hof abgebrochen hat, mehren sich die nächtlichen Transporte mit Baustoffen aller Art, allen voran Bewehrungsstahl in Stangen und Matten. Auf dem Berg wird ein zweiter Kran aufgestellt, um die Einschalung des Mühlensockels zu erleichtern. Tagsüber rücken Betonmischfahrzeuge mit integrierten Pumpen an. Die Gärtner bangen um ihre Wege, profitieren aber selbst von den Transporten, da sich mithilfe des Baustoffes auch die Hänge an der Mühlenzufahrt befestigen lassen.

Neben der Betonschlacht in der Scheune und am Mühlensockel konzentrieren sich die Arbeiten auf Stall und Wohnhaus. Im Stall sind Maueraufbrüche vonnöten, um Licht in den Raum zu bringen. Aus schmalen Lichtschlitzen werden große Fenster, vier am Außengiebel unterm Taubenschlag, sechs an der Wand zum Hühnergehege, zwei zum Hof, alle von dunklem Fachwerk eingefasst. Das Wohnhaus muss ausgeräumt werden. Die beweglichen Gegenstände aus Gaststube, Wohnung und Gästezimmern kommen in den Stall, ehe das volle Programm anläuft.

Priorität hat auch hier die Anbindung und Verzweigung aller Medien bis an die Positionen der Endgeräte. Erdgas wird nur zum Keller des Wohnhauses verlegt. Hier kommt die moderne Heizungs- und Warmwasseranlage unter, die über die Ringleitung auch die anderen Gebäude versorgt. Alle Fenster und Türen werden ausgebaut und durch neue ersetzt. Jakobi ist in ständiger Aufregung. Jeden Augenblick erwartet er die Kritik, sich vermessen zu haben. Natürlich machen sich die drei Alten einen Spaß daraus, den fahrigen Meister ins Bockshorn zu jagen, indem sie falsche Fenster vor die Maueröffnung halten. Ja, sie kennen das ganze Arsenal herkömmlicher Baustellensprüche und -späße, und noch eine Menge mehr. Besonders beliebt ist für Monteure, die sich über jedes Zeitmaß mit einem Problem herumgeschunden haben, der Spruch: „Willst du das so lassen?" Keiner darf sich so derbe Scherze herausnehmen, wie die drei. Sie sind, wie Biber gesagt hat, Veteranen des Baus, und sie legen noch immer ein Geschick an den Tag, das manchen erfahrenen Monteur in Staunen versetzt.

Über Ostern fahren die Musketiere mit wehem Herzen zu ihren Familien. Vanessa hat eh keinen Blick und kein Ohr für sie in dieser nun ganz heißen Phase der Prüfungsvorbereitung. Erika ist rührend um sie bemüht, damit sie bei all der Büffelei nicht die angenehmen Polster wieder verliert, die sie so mühsam erworben hat.

Wenn Vanessa von der Verzweiflung heimgesucht wird oder den Kanal gestrichen voll hat, zieht Biber sie vom Schreibtisch ins Auto, um mit ihr und Erika einen der ganz großen Möbelmärkte in Berlin anzufahren. Hier verbringen sie Stunden und Tage, um Biber bei der Möblierung des Hofes zu beraten. Das Muster ist immer das gleiche: Erst schleichen sie um die Möbel und Einrichtungsgegenstände herum, die sehr schick und sehr teuer sind, dann akzeptieren sie mehr und mehr auch solche, die nur schick und teuer sind, um endlich für die zu stimmen, die bezahlbar sind. Biber interessiert sich fachlich nur für den ersten Teil, in dem er leider gezwungen ist, von den Augen abzulesen. Belustigt ist er hingegen vom jedes Mal eintretenden Triumph der Vernunft. Das Notizbuch, in das er seine Entscheidungen einträgt, gehört nun zu den am besten gehüteten Gegenständen in seinem Besitz.

Am zwanzigsten April beginnen die Abiturprüfungen, die sich bis zum vierzehnten Mai hinziehen. In dieser Zeit ist Vanessa so gut wie nicht ansprechbar, es sei denn, Erika oder Biber haben eine Idee, ihr einen Sachverhalt verständlich oder eingängig zu machen, der sich hartnäckig ihrem Verständnis oder einer wie auch immer gearteten Eselsbrücke entzieht. Die drei Alten haben in ihrer Nähe striktes Redeverbot.

Biber ist ähnlich fahrig, was aber - anders als von Vanessa vermutet - nichts mit den Prüfungen zu tun hat. Die Arbeiten im Hof und auf dem Mühlenberg laufen auf ein vorzeigbares Ergebnis hin, das Biber allen Beteiligten wieder und wieder vor Augen führt. Nichtsdestotrotz will sich der gewünschte Zustand nicht einstellen. Am widerspenstigsten gestaltet sich die Anbindung der Medien an die öffentlichen Netze. Alle Monteure wollen Baufreiheit und kurze Wege. Dass sich die ankommenden Leitungen auf drei weit voneinander entfernte Objekte verteilen müssen, ist eine Herausforderung für sich. Das Versorgungterminal an der Anlegestelle liegt fünfzig Meter, der Mühlensockel hundertfünfzig Meter vom Hof entfernt. Die Monteure schieben den Anschluss immer weiter hinaus. Mal hat der eine ein Problem, mal der andere nicht das passende Material so schnell bei der Hand. Biber schmeichelt, lockt, droht, schreit und tobt. Hat er den einen soweit, versetzt ihn ein anderer. Der Gasanschluss ist noch am unkompliziertesten. Heizung und Therme arbeiten tadellos.

Erste Überraschung

Wie immer, wird das schon aufgegebene Ziel in buchstäblich letzter Minute dann doch noch erreicht. Biber ist mit Erika und Vanessa bereits auf dem Weg, als die letzten Gräben zugeschaufelt und geebnet werden. Die Gärtner sind noch über den Wegen, als die drei eintreffen. Withold, Bogdan und Kamil erwarten sie aufgeregt.

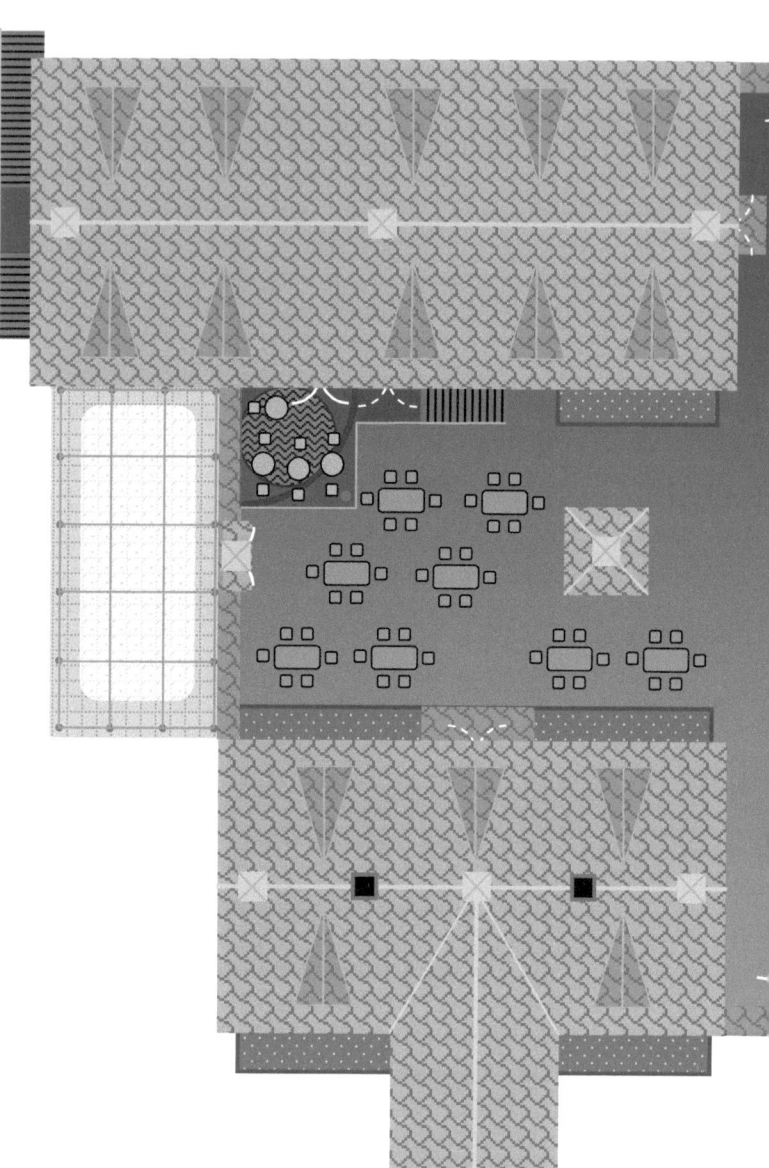

204

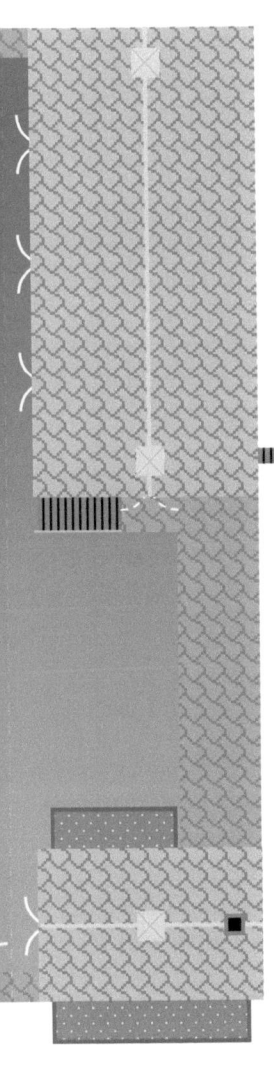

Waldhaus
im Mühlenhof

Waldhaus 18 m x 10 m
Schankstube / Küche / Wohnungen

Scheune 25 m x 11 m
Wohnungen / Hotelzimmer /
Gruppenherberge

Stall 15 m x 7 m
Gesellschaftsraum / Taubenschlag,
Hühnerstall und Lager im Dach

Backhaus 7 m x 4 m
Backstube und Lebensmittellager

Glashaus 12 m x 6 m Schwimmbecken

Schuppen 12 m x 2,3 m
für Fahrräder und Holz

Brunnen offen 3 m x 3 m
mit Bronzeplastik der drei Tiere

Whirlpool unter der Terrasse 3 m Ø

Zwei große **Tore** 3 m breit

Kleines Tor zum Glashaus 1,5 m
breit

Erika ist das erste Mal auf der Baustelle. Sie schaut in alle Winkel, hält sich aber mit Kommentaren und Einschätzungen zurück.

Vanessa stutzt über die blanken Fenster im Wohnhaus. „Oh, da ist ja wieder was geworden."

Biber öffnet die kleine Tür im Tor.

Vanessa staunt nicht weniger über die Fenster im Stall und in der Scheune. Auch an den Fassaden finden sich keine schadhaften Stellen mehr. Eine Augenfreude sind die hölzernen Aufgänge zum Stallboden und zum Obergeschoss der Scheune. Letzterer hat eine Fortführung in eine kleine Galerie und eine ausladende Terrasse im Eck von Scheune und Mauer zum ehemaligen Gewächshaus. Vanessa klinkt vergeblich an der Bautür zum Backhaus.

„Backhaus, Stall und Scheune müssen noch ausgebaut und eingerichtet werden. Die Räume sind aber so gut wie fertig."

Erika schmunzelt.

„Warum habt ihr das Bad abgerissen?"

„Wo war denn hier ein Bad?", fragt Erika belustigt.

„Am Brunnen", kommt Biber Vanessa zuvor.

Sie läuft zum großen Tor und zieht die verwitterten Flügel auf. „Was ist denn hier passiert?"

Der Hügel ist kaum wiederzuerkennen. Nicht nur, dass seinen Gipfel ein dicker, roter Aussichtsturm ziert und sich ein Weg - von Natursteinmauern gestützt - bis nach oben windet, der Hang an der Vorderseite ist bis auf den kleinsten Spross gerodet und umgepflügt. Auf unterschiedlichen Höhen verlaufen Gürtel mannigfachen Gesträuchs.

Kamil breitet die Arme aus wie ein erfahrener Großgrundbesitzer. „Auf die unterschiedlischen Felder pflanzen wir unten Kartoffeln, dann Mirn, Rote

Rieben und oben Weißkraut. Haben wir alles, was wir brauchen fier Barszcz und Bigos. Perfekt."

„Hätte der Aussichtsturm nicht eine Idee schlanker sein können?", fragt Erika schüchtern.

„Nee", erklärt Withold. „Ist doch Burgturm. Komm noch vier Kanonen drauf in alle Rischtungen. Burg bauen wir auch noch."

Biber gibt Erika zu verstehen, dass das geblödelt ist. „Darf ich dir auch noch zeigen, wie Vanessa wohnt?"

„Sie sind gemein. Nicht mehr lange."

Als sie den Hausflur betreten, läuft Vanessa vor, um die peinlichsten Dinge aus dem Weg zu räumen. Schon in der Tür bleibt sie stehen. „Wo ist denn das Bett?" Die Schankstube ist eingerichtet, als kämen jeden Moment die ersten Gäste. „Die ist aber gemütlich", sagt Erika entzückt. „Wo stand denn hier ein Bett?"

„Gehen wir nach oben?", lockt Biber.

Im Treppenhaus wird Vanessa blass. „Hier ist ja alles ... Habt ihr hier gebaut?"

„Das sind jetzt nur noch zwei Wohnungen fürs Personal." Biber öffnet eine Wohnungstür.

Vanessa traut ihren Augen nicht. Es ist nicht nur alles gediegen, sondern auch geschmackvoll, also ganz nach ihren Vorstellungen eingerichtet. In der Stube gibt es einen Kamin und genau die Möbel, vor denen sie im Möbelhaus am längsten gestanden hat. Ja, was das betrifft, hatte Biber leichtes Spiel, wie auch bei der Gestaltung des Schlafzimmers und der Küche. Schwerer war es im Arbeitszimmer und Bad. Sie wankt von Zimmer zu Zimmer. Erika schüttelt wieder und wieder den Kopf, der sich müht, große Zahlen zu summieren, die Summe aber nicht wahrhaben will.

„Ich hab gedacht, dass du und deine Mutter hier wohnen, bis ihr draußen was Besseres gefunden habt."

Vanessa nickt. „Wohin geht die Treppe?"

„Zum Schlaf- und zum Arbeitszimmer."

„Is auch noch kleines Bad", ergänzt Kamil.

Die beiden Frauen steigen nach oben. Die Männer bleiben zurück. Als die Frauen wieder runterkommen, hat Vanessa verheulte Augen.

Erika schüttelt lächelnd den Kopf. „Ich glaube, es war die Aussicht", flüstert sie.

In der Küche öffnet Vanessa die Schränke, die mit allem ausgestattet sind. Lange steht sie am Küchenfenster.

Biber folgt ihrem freien Blick bis zum Hundegrab.

„Die Wohnung ist schön", sagt sie mit verhauchter Stimme."

„Du hast Wischtischstes noch nisch gesehn", bemerkt Kamil und führt sie ins Badezimmer.

Vanessa ist entzückt. Erika rechnet besorgt.

„Es ist sicher nicht so urig wie der Brunnenverschlag, aber dafür vielleicht ein bisschen bequemer."

Vanessa öffnet den Wasserhahn, genießt einen Augenblick das warme Wasser und legt sich die nassen Hände aufs Gesicht.

„Du kannst auch in Badewanne. Is perfekt."

„Kamilek."

„Isch wollte nisch zugucken", zischt er zurück.

„Gefällt es dir?", fragt Biber vorsichtig.

„Ja. - Wo habt ihr meine Sachen hingeräumt?"

„Olaf hat alles weggeschmissen", blödelt Kamil.

Vanessa erschrickt. Als sie versucht, aus dem Bad zu laufen, hält Biber sie zurück. „Er spinnt. Wir haben alles aus den alten Möbeln in die neuen geräumt. Die alten Schränke stehen noch im Stall. Wenn sie dir lieber sind, können wir sie auch ..."

„Nein, das - alte Zeug kann weg."

„Wirst du dich hier wohlfühlen?"

Vanessa nickt. „Ist ja nicht für lange."

Erika wirft Biber einen verstörten Blick zu.

„Wollt ihr noch die andere Wohnung sehen?"

Schweigend, geradezu andächtig bestaunen sie das andere Domizil, das sich in den Räumlichkeiten kaum, in der Ausstattung schon erheblich vom anderen unterscheidet.

Erika ist begeistert und befremdet. „Kannst du mir mal verraten, warum du uns mit in den Möbelmarkt geschleppt hast? - Ich sehe nicht einen unserer Favoriten, nicht einmal bei den Lampen."

„Nicht?" Biber hat Mühe, ernst zu bleiben. „Dabei hab ich mir solche Mühe gegeben. Einen Augenblick hab ich gehofft, es gefällt dir, und du ziehst vielleicht doch hier ein."

„Wie viel hast du noch?", fragt Erika nüchtern.

Withold springt ihr bei. „Nu, Olaf, musst du bekennen. Wir wissen von fimpf Weibern."

„Heer auf", mischt sich Kamil ein. „Erika geht es nisch um Weiber, sondern um Geld. Wie isch immer sage, is nisch nur wunderscheene sondern auch kluge Frau."

„Jetzt quatscht mir nicht dazwischen! - Also?"

„Ich dachte, du freust dich."

„Wie du siehst, hält sich meine Freude in Grenzen. Möglicherweise hast du meine Frage vergessen. - Wie viel hast du noch?"

„Das hab ich jetzt nicht im Kopf."

„Ich brauch es nicht auf den Cent genau. - Also?"

„So richtig viel ist es nicht mehr."

„Nu quäl doch armen Kerl nisch so", bittet Bogdan. „Siehst doch, was los is."

„Was soll ich sehen?", fragt Erika aufgebracht.

Withold legt beide Hände auf den Kopf. „Er hat sisch nackisch gemacht fier disch und Vanessa."

„Wie bitte?"

„Nu, er hat die Hose runtergelassen", erklärt Kamil näher.

„Is pleite", bringt es Bogdan auf den Punkt.

Sie lassen Erika Zeit, den Gedanken sacken zu lassen.

Biber schaut die drei Ganoven argwöhnisch an. Er sucht nach einer spielerischen Parade.

„Olaf, nu erzähl ihr schon, was wir abgemacht haben. Sonst erzähle isch", droht Bogdan.

Biber guckt bedäppert.

„Also, scheene Erika, Situation is wie Olaf immer sagt, hoffnungslos, aber nisch ernst. Er krischt von uns Gespartes und noch bissel mehr. In allen fimfzischtausend. Dafier kenn wir bis ultimo umsonst iebernachten in wunderscheene Herberge."

„Passt."

„Is Perfekt."

Vanessa schaut von Erika zu den Männern und zurück. „Wenn ich darf, würde ich jetzt doch gern in die Wanne."

Biber greift in die Tasche und reicht ihr den Schlüssel. „Du kannst in deiner Wohnung tun und lassen, was du willst."

„Viel Spaß", wünscht Kamil. „Und denk in Wanne, wir haben komplett gefliest ganzes Badezimmer."

„Und Kische", ergänzt Withold.

„Ihr habt oben das kleine Bad vergessen", stellt Biber ironisch aus.

Das „Danke" von Vanessa und den drei Alten fällt übereinander.

„Wahrscheinlich wegen der angeschraubten Fliesen", vermutet Erika.

Biber dreht sich zu den Alten.

Bogdan wehrt versöhnlich ab. „Nur zwei."

„Ecke war nass. Hielt nisch anders."

„Ihr spinnt, oder?"

„Is zweimal runtergefallen ganze Kladderadatsch. Jetzt hält. Steffen meint, geht so", verteidigt sich Kamil.

Biber hastet die Treppe hinauf. „Seid ihr Wahnsinnig?", hören sie ihn schon von oben schreien. „Die schraubt ihr wieder ab!" Als er vor ihnen steht, hat er sich etwas gefangen. „Jakobi hat dem Quatsch auch noch zugestimmt?"

Kamil hebt sie Schultern. „Wenn nisch anders geht."

„Das kommt weg", faucht Biber.

Kamil geht zur Treppe.

„Nicht jetzt."

Kamil lässt sich nicht aufhalten. Keine Minute verstreicht bis zu seinem Abstieg. Er nimmt Bibers Hand, lässt aus seiner Faust etwas hineinfallen und schließt sie wieder. „Sollte eigentlisch Spaß fier Frauen sein. Hätte nisch gedacht, dass du noch nisch kennst", entschuldigt er sich. „Waren nur draufgekläbt."

Biber öffnet die Hand. Die Frauen schauen ihm über die Schulter. Zu sehen sind acht glatt abgesägte Schraubenköpfe.

Keiner wagt zu lachen.

„Wir missen trinken auf zwei scheene Wohnungen fier zwei wunderscheene Frauen", drängt Kamil, den Flachmann in Händen.

Vanessa mogelt sich aus der Runde.

„Kommt mir grade Idee. Wenn Erika verkauft den Gasthof ..."

„Kamil!", unterbricht ihn Biber barsch.

„Bist du verrickt?", kommt Bogdan leider zu spät.

„Erika, bitte, ich hab nicht mit ihnen darüber gesprochen."

Sie drängt sich an ihm vorbei. „Ich warte im Auto."

„Vielen Dank auch", stöhnt Biber ratlos, als Erikas Schritte im Treppenflur verhallen.

„Wäre besser gewäsen, du *hättest* drieber gesprochen", bemerkt Bogdan.

„Kommt, laden wir Vanessas Sachen aus."

Zwei Tage nach Vanessas erster Überraschung nähert sich ein weiterer Höhepunkt, den Biber nach besten Kräften den Augen der Welt entziehen will. Drei Uhr in der Früh warten Jakobi und er am Havelufer auf die Ankunft des Kasko; des schwimmfähigen Rumpfes aus der Herrmann-Werft. Der fast unbeleuchtete Schiffskörper wird von einem kleinen, unscheinbaren Schlepper gezogen. Die Einfahrt in den Flussarm zum Werftbecken ist eine aufregende Zirkelei. Jakobi hat - den Anweisungen der Herrmann-Werft entsprechend - den Anlegesteg vorbereitet, an dem nun der Kasko festgemacht wird. Im Laufe des Tages sollen noch mehrere LKW mit den Teilen eintreffen, die auf dem überführten Rumpf nicht mehr hatten untergebracht werden können. Für die zehn Werftarbeiter sind im Kronenkrug die Zimmer bereitet.

Biber ist überrascht von der Größe des Rumpfes, und begeistert von den Aufbauten des ersten Decks. Der Ballsaal ist schon zu erkennen. „Verstecken lässt sich das Ding ja wohl kaum noch."

„Wenn es bis jetzt keiner gesehen und mit der Werft in Verbindung gebracht hat, wird keiner Anstalten machen, hier rumzuschleichen", meint Jakobi beruhigend. „Von der Straße aus ist es nicht zu sehen, und vom Fluss aus erst, wenn das dritte Deck aufgesetzt wird. Aber die Leute auf den paar Schiffen, die hier vorbeifahren, werden sich keinen Reim drauf machen."

„Klingt gut."

„An das provisorische Dach lassen sich notfalls auch noch Planen knüpfen. Der Hof ist weit mehr in Gefahr, entdeckt zu werden."

„Glauben Sie, dass die rechtzeitig fertigwerden?"

„Sicher. Was da schwimmt, ist nicht wenig. Das Unterdeck ist fertig mitsamt den Tanks, auch der Maschinenraum, die Küche, die Musikergarderoben und der Ballsaal, die Treppen auf dem Vorschiff, das Schaufelrad nicht zu vergessen. Mit einem improvisierten Ruderhaus könnte der Kahn sogar schon selbstständig fahren. Da fast alle noch fehlenden Teile schon angepasst sind, ist da gar nicht mehr so viel zu tun."

„Was machen Sie dabei?"

„Hindernisse aus dem Weg räumen und zugucken. Auf dem Hof gibt's mehr zu tun."

Am Tag nach Himmelfahrt - Biber sitzt, nur leicht verkatert, am Schreibtisch der neuen Wohnung - steht Withold in der Tür.

„Mein Gott, wie siehst du denn aus? Habt ihr wieder was gefunden? Doch nicht etwa das Gold?" Biber merkt, dass Bogdan nicht nach Witzen zumute ist.

„Du erinnerst disch vielleischt an Vanessas Aufrägung, als sie dachte, du hast ihr Zeusch weggeschmissen", beginnt er zögerlich. „Hab isch mir gedacht, musst du mal gucken, was so wischtisch is."

„Du hast in ihren Sachen gewühlt?"

„Nisch gewielt, nur mal geguckt, in Schränke und Schubladen und in Fäscher von die neue Kommode. Wenn isch gewusst hätte, was isch finde ..."

„Was denn?", fragt Biber wie einer, der es nicht wirklich wissen will.

„Hab isch erst gefunden beriemte Postkarte, dann Bindel mit Briefe. Warn nisch viele."

„Du hast sie doch nicht etwa ..."

„War nischt Schlimmes dabei. Liebesbriefe."

„Hast du sie noch alle?!"

„Nisch von Vanessa. Alte Briefe von junge Liebe, mit feine Schrift von August. Isch hab Briefe zurickgeleescht und wollte Schublade schon schließen, als isch ..."

„Nun sag schon."

Bogdan befördert einen kleinen Fotoapparat aus der Tasche und zieht einen gefalteten Zettel aus dem Futteral.

Biber nimmt und entfaltet ihn zögerlich, liest und wird blass. Auf dem Zettel stehen die letzten Zeilen einer verzweifelt aus dem Leben scheidenden Frau. Obwohl kein Name darunter steht, ist er im Bilde.

Bogdan reicht ihm den Apparat. „Du musst nisch gucken. Isch kann sagen, was is zu sähen."

Biber schaltet ein. Auf dem Display erscheint eine grausige Serie, beginnend mit der Aufnahme einer strangulierten alten Frau. Dann kommen Bilder ihrer sorgsamen Aufbahrung, der mühevollen Grablegung und zuletzt eines geschlossenen Grabes mit allerlei Blumen geschmückt. Biber erkennt das Grab. Alle Fotos entstanden an einem Tag, dem dritten Oktober, keine drei Wochen vor seiner ersten Begegnung mit Vanessa. Biber ist zutiefst erschüttert. Den dritten Oktober hatte er für die Eröffnung des Hofes ins Auge gefasst. Können all das Zufälle sein? Immer wieder betrachtet er die Serie von vorn nach hinten und zurück. Am schlimmsten ist eine Nahaufnahme der aufgebarten Mutter Kopf an Kopf neben Vanessas verheultem, aufgedunsenem Gesicht. Jetzt versteht er, warum sie so wenig an dem Anwesen hängt. Er nimmt den Abschiedsbrief und die Speicherkarte an sich. „Leg ihn wieder zurück. Sag den andern Bescheid. Vielleicht findet sich heute Abend eine Gelegenheit, darüber zu reden."

Am Abend sitzen die vier ratlos im Kronenkrug beim Bier, um die Gefahren für Vanessa zu erörtern.

„Olaf, du bist Kliegste von uns. Wenn dir nischt einfällt, was solln wir da sagen?", bricht Bogdan das Schweigen.

Withold knetet nervös seine Hände. „Wir missen sie nisch ausgraben, oder?"

„Isch finde, hier sind paar Leischen zu viel in die Erde."

„Kamilek, hör auf."

„Isch sag nur, wie's is. Man traut sisch kaum noch, Fuß tief zu graben."

„Ich hab nachgelesen", beendet Biber das Gejammer. Er zieht ein paar Seiten aus dem Jackett und faltet sie auf.

Bogdan nickt erleichtert. „So isch bin geweehnt."

„Vanessa hat gegen das Personenstandsgesetz Paragraph neunundzwanzig verstoßen. Dadurch konnte die Todesursache nicht festgestellt und kein Eintrag ins Sterberegister vorgenommen werden. Kostet, wenn ich das richtig verstanden habe, höchstens tausend Euro."

„Es muss doch mildernde Umstände gäben", flucht Bogdan.

„Im Paragraph sechzehn - Rechtfertigender Notstand - heißt es: *Wer in einer gegenwärtigen, nicht anders abwendbaren Gefahr für Leben, Leib, Freiheit, Ehre, Eigentum oder ein anderes Rechtsgut eine Handlung begeht, um die Gefahr von sich oder einem anderen abzuwenden, handelt nicht rechtswidrig, wenn bei Abwägung der widerstreitenden Interes-*

sen, namentlich der betroffenen Rechtsgüter und des Grades der ihnen drohenden Gefahren, das geschützte Interesse das beeinträchtigte wesentlich überwiegt. Dies gilt jedoch nur, soweit die Handlung ein angemessenes Mittel ist, die Gefahr abzuwenden.

„Is doch gegäben."

Kamil atmet tief. „Bogdan, jetzt erzähl nisch, dass du das verstehst."

„Is *Gefahr für Freiheit und Ehre.* Wenn Vanessa Waise is, muss sie von Hof in Heim. Und wenn Leute erfahrn von Selbstmord, werden sisch noch mehr das Maul zerreißen. Is Gefahr fier Ehre."

„Es geht hier nicht darum, ein läppisches Strafgeld zu sparen. Vanessa hat sich auch Vorteile erschlichen, weil die Zahlungen an die Mutter weitergegangen sind."

Withold braust auf. „Is das vielleischt Grund, sie einzusperrn? - Deutsche Birokratie mag besonders grindlisch sein, aber kein Beamter is so barbarisch, dass er in so ein Fall kein Einsähen hat."

„Sie hat auch gegen den Friedhofszwang verstoßen. Sie werden die Mutter wieder ausgraben und umbetten, wie das heißt."

Withold schlägt auf den Tisch. „Passt! Ohne misch!"

„Bleib geschmeidisch", tröstet Kamil. „Machen sie nisch. Is doch unmeeglisch fier das Mädschen."

„Friedhofszwang?", sinniert Bogdan. „Warum machen wir nisch Wald zu Friedhof. Waldfriedhof is doch modern."

„Friedwald", meint Biber. „Nicht übel die Idee."

„War meine Idee", reklamiert Kamil. „Hab isch schon gesagt bei Beerdigung von Ackermann: *Sieht aus wie Friedhof.*"

Withold winkt grinsend mit dem Finger. „Das gilt nisch, Kamilek. Friedhof ist nisch gleische wie Friedwald. Da gibt's zwar nur Urnengräber, aber vielleischt machen sie Ausnahme."

Biber zieht einen Flunsch. „Es verstärkt nicht gerade die Anziehungskraft des Gasthofs, wenn in unmittelbarer Nachbarschaft ein Friedhof liegt."

„Fier misch wäre kein Problem", gesteht Kamil. „Is kurze Weg. Von Gasthof zu Friedhof - is bequäm."

„Passt. Machen wir Schild: Hallo, ihr Alten, kommt bei uns rein! Von Gasthof zu Friedhof, was kann bequämer sein?", witzelt Withold. Außer ihm lacht keiner.

„Ich kann unmöglich erst eine Zulassung für einen Friedwald beantragen und dann die Sache mit Vanessas Mutter angehen."

„Friedwald kann Wolfgang beantragen", schlägt Kamil vor. „Er hat Park aus Urwald gemacht. Mit Friedhofswald ist Menge Geld zu verdienen. Gibt kein Beruf, is also ohne Priefung. Is Friedhof, sieht aber nisch aus wie Friedhof. Perfekt."

Biber nickt. „Nicht dumm."

„Kenntest Idee auch bissel mehr wirdigen."

„Am kriminellsten ist die Sache mit den weitergegangenen Zahlungen", merkt Biber zerknirscht an.

Bogdan schlägt auf den Tisch. „Welsche Zahlungen, zum Teufel? Die Mutter hat Rente gekrischt. Die hätte Vanessa als Waisenrente zugestanden. Is doch gehuppt wie gesprung. Kann nisch so teuer werden. Geh hin. Sie solln das Mädschen in Frieden lassen. Wäre gut, wenn sie Weilschen verschwindet."

„Auch für den Bau. Der muss vorangehen. Die nächsten großen Lieferungen stehen an. Wenn sie auch noch in den Ferien auf der Baustelle bleibt, muss ich die Karten aufdecken."

Withold fährt sich über die Glatze. „Sie hat doch längst gemerkt, dass du Millionär bist."

„Lauter", zischt Biber nervös.

„Nee, glaub isch nisch", widerspricht Kamil. „Sie denkt, dass er sisch ieber beide Ohrn verschuldet hat. Solange sie Leute nisch arbeiten sieht, kann sie nisch einschätzen, was kostet."

„Sie muss weg, schon damit sie mal was andres sieht, als eine Baustelle und Typen wie euch.

„Hast du nisch scheen gesagt", beschwert sich Kamil. „Schick sie nach Venedisch oder Rom oder Mailand."

Biber schüttelt verächtlich den Kopf. „Wenn ich so mit dem Geld rumschmeiße, kann sie auch hierbleiben."

„Sie kann Fahrt gewinnen", schlägt Withold vor.

Biber braucht ein Weilchen, dann ist er begeistert. „Kamil muss die Reise gewinnen. Er ist der Älteste."

„Habt ihr Verstand verlorn? Wie soll isch gewinnen ..."

„Doch nur zum Schein. Du kannst auf gar keinen Fall bei einer Studiosus-Reise mithalten, also muss ein anderer fahren, wenn die zehntausend Euro nicht futsch sein sollen."

„Passt."

„Is kompliziert, aber isch verstehe. Missen wir noch Rägeln erfinden fier Reise und fertisch."

Withold wedelt wieder mit dem Finger. „Habt ihr mal an Schule gedacht?"

„Priefungen sind doch vorbei", erklärt Bogdan.

Biber zückt das Smartphone. „Schulferien sind vom fünfundzwanzigsten Juni bis achten August. Das sind fünfundvierzig Tage."

„Passt. Machen wir folgende Rägeln: Vier Länder dirfen bereist werden in jeweils zehn Tage plus jeweils ein Tag Anreise, macht? - Fimpfundvierzisch. Es dir-

fen aber nisch mehr als fimpftausend Kilometer Reise-
strecke zusammenkomm."

„Warum?"

„Damit sie nisch auf Idee kommt, nach Amerika
oder Australien zu reisen." Kamil präsentiert seine
Route: „Polen: Warschau, Masurische Sään, Krakau -
Frankreisch: Paris und Loire-Rundreise - Italien: Vene-
disch, Florenz, Rom, Neapel - Spanien: Mallorca fier
Erholung. Perfekt."

„Passt."

Biber ist überrascht. „Warst du schon dort?"

„Leider nisch. Wäre isch aber gern."

„Dann hätten wir ja alles besprochen. Ich ziehe
mich zurück, um den Brief von Studiosus vorzubereiten."

„Isch finde klieger, erst Sache mit Reisebiero zu
klärn, dann Brief zu schreiben, dann auf passende
Gelägenheit zu warten", schlägt Bogdan vor.

„Wäre vielleischt besser, wenn Vanessa mit Freund
fahrn wirde", versucht Withold zu punkten.

„Bist du verrickt?"

„Heechstens mit Freundin!", beschließt Kamil.

Drei Tage später trifft Biber die Eheleute Bergschneider, also Berger und Schneider, im Park. „Gut, dass
ich Sie treffe. Kommen Sie mit dem Park zurecht?"

„Ja. Wir nehmen die Wege, wie sie sind.", sagt Berger.

„Nein, halten Sie sich bitte genau an die Karte. Es
gibt Abschnitte, die mit Sechzehntonnern befahren
werden. Die müssen unbedingt dem Wenderadius
entsprechen."

„Werden sie nur vorrübergehend befahren oder
auch später?"

„Nur bis zur Eröffnung, also Oktober."

Berger zieht die Stirn in Falten. „Ich hoffe, nicht bis Oktober. Wir müssen die zerschundenen Wege wenigstens noch in Ordnung bringen können."

„Machen Sie sich keine Sorgen. Notfalls packen alle mit an."

„Das kenn ich. Wir sind immer die letzten."

„Auf die wird dann draufgehauen", ergänzt Schneider.

„Hier wird auf keinen draufgehauen. Im Gegenteil, ich hab da eine Idee, die ich mit Ihnen besprechen möchte."

„Legen Sie los."

„Sie haben sicher die drei Gräber gesehen."

„Sind richtige Hingucker", schwärmt Schneider.

Berger legt ihm die Hand auf den Arm. „Warte mal."

„Das hat mich auf den Gedanken gebracht, hier vielleicht sowas wie einen Friedwald anzulegen."

„Wäre eine sehr schöne Anlage dafür."

„Lass ihn erstmal ausreden."

„Ich verpachte Ihnen das Gelände für einen eher symbolischen Preis."

„Vergessen Sie das!"

„Wolfgang, sei doch nicht immer gleich so ungestüm."

„Ich denke, wir waren uns einig, unter keinen Umständen in dieses schmutzige Geschäft einzusteigen."

„Es muss nicht schmutzig sein", widerspricht Biber.

„Hören Sie auf. Hierzulande tummeln sich über fünftausend Bestattungsfirmen, die im Jahr mehr als Fünfzehnmilliarden umsetzen, das sind lumpige Dreimillionen pro Firma. Ein lukrativer Markt ohne Hürden, auf dem jeder Dämlack mitspielen kann."

„Einer muss es doch machen, Wolfgang."

„Nicht wir."

Biber beeindruckt Bergers Kenntnis der Zahlen. „Was regt Sie so auf?"

„Bestatter ist kein Beruf und das Drumrum rechtlich kaum geregelt. Umso mehr fordert die Branche eine strenge Regulierung für den Verbleib der Toten. - Haben Sie schon mal was vom Friedhofszwang gehört?"

„Ja", erwidert Biber zerknirscht.

„Den verteidigen sie mit allen Klauen und Zähnen."

„Sei doch nicht immer so bildhaft."

„Und wissen Sie, warum?"

Biber weiß es, hat aber keine Chance dazwischenzukommen.

„Weil Friedhofszwang immer auch Bestatterzwang ist, also das übelste aller Geschäfte."

„Die machen doch auch nur ihren Job."

„Hör auf."

„Finden Sie es nicht reizvoll, in der üblen Branche einen seriösen Kontrapunkt zu setzen?"

„Absolut nicht. Schon weil wir dann gezwungen wären, alle Nase lang hierherzukommen."

„Du hast gesagt, es gefällt dir hier."

„Sie hätten hier eh des Öfteren zu tun, um alles in Schuss zu halten."

„Wolfgang, das wär doch ein gutes Zubrot."

„Lass uns das unter uns klären."

„Vielleicht macht es Ihnen die Entscheidung leichter, wenn Sie die Option bedenken, im Mühlenhof einzuziehen."

„Sie bieten uns eine Wohnung im Hof?", fragt Schneider ungläubig.

„Lassen Sie die Kröte, die wir schlucken sollen, lieber gleich aus dem Sack."

„Wolfgang."

„Es wäre eine der Wohnungen im Gästehaus; wenn Sie schnell zusagen, die, die als einzige einen direkten Zugang zum Pool und Schwimmbad hat."

„Ich kann mich nicht erinnern, sowas gesehen zu haben."

„Es wäre nett, wenn Sie das vorerst auch noch für sich behalten. Die Kröte wäre vielleicht, dass Sie sich für die Pools verantwortlich fühlen und die Aufsicht über die beiden Wellnessbereiche übernehmen. Wir könnten das mit der Miete verrechnen."

„Wolfgang, nun sei doch nicht immer so dickköpfig."

„Denkst du mal an die Tauben? Für die nimmt du sogar in Kauf, von den Nachbarn angepöbelt zu werden."

Bibers Herz macht einen Sprung. „Die Tauben können Sie mitbringen. Im Stalldach war mal ein großer Taubenschlag untergebracht. Im Giebel sind noch die Einfluglöcher."

„Und was wird mit den Hühnern?"

„Vertragen die sich nicht mit Tauben?"

„Doch."

„Das passt mir alles ein bisschen zu gut", raunt Berger in Schneiders Richtung.

„Hör auf! Wir können doch auch mal Glück haben."

„Du bist und bleibst ein Träumer."

„Überlegen Sie es sich. Gucken Sie sich die Räumlichkeiten an. Der Whirlpool kommt in die Hofecke an der Scheune, das Schwimmbecken genau dort an die Außenmauer. Sagen Sie Bescheid, falls Sie sich für den Friedwald und die Wohnung entscheiden."

Gemeinsam trotten sie zum Hof. Biber steigt voraus ins Stalldach und öffnet die Bautür zum hinteren Bereich.

Schneider begrüßt die Glucken, die hinter Glasklappen in einem Kornbett brüten, und tritt näher. Er schaut in den Nebenraum und ist sofort aus dem Häuschen. „Wie viel davon kann ich haben?"

„Von mir aus alles. Der Vorraum reicht für die Überwinterung der Gartenmöbel und die Hühner. Wenn Sie sich schnell entscheiden, könnten wir noch bauliche Veränderungen vornehmen."

„Wolfgang."

„Ich sehe schon, du würdest am liebsten auf den Dachboden ziehen."

„Auch bei der Wohnung könnten wir noch auf Wünsche eingehen." Biber weiß, wie man Kröten schmackhaft macht. „Ich warte auf Ihre Entscheidung, meine Herren."

„Wie hoch ist die Miete?"

„Menschlich. Wenn Sie bei Ihren laufenden Forderungen nicht übertreiben, übertreib ich auch bei der Miete nicht."

„Bis wann haben wir Bedenkzeit?"

„Morgen neun Uhr."

Biber sitzt schon früh am Telefon. Er hat schlecht geschlafen. Berger ist ein harter Hund. Hätte Biber noch was drauflegen sollen? Immer wieder geht sein Blick zum Telefon. Er ist nervös, wie schon lange nicht mehr.

Punkt neun ruft Schneider an.

„Biber."

„Herr Biber, wir machen das mit dem Friedwald. Ich hab schon ganz viele Ideen."

„Und Ihr ... wie sagt man?"

„Mann", schlägt Schneider vor. „Der hat noch ein Weilchen gegrummelt. Aber jetzt ist er richtig fahrig. Wer wohnt eigentlich noch alles auf dem Hof?"

„Genau weiß ich das selber noch nicht. Ich, die Chefköchin, das Mädchen; auf jeden Fall Leute, die auch in der Anlage arbeiten. Was macht Ihr Mann?"

„Der ist beim Gewerbeamt, um die Sache mit dem Friedwald anzustoßen. Hoffentlich ist er nicht wieder so brummig."

„Kommen Sie bitte gemeinsam her, damit wir den Miet- und Pachtvertrag abschließen können. Ich nehme an, letzteren brauchen Sie für die Gewerbeanmeldung."

„Ich komme. Wolfgang wird dann direkt vom Amt aus zu uns stoßen."

„Bis dann." Biber legt auf. Wie es aussieht, ist die erste Hürde genommen.

Biber begibt sich unverzüglich zum Mühlfurter Markt. Er schleicht eine Weile - mit sich selbst schwätzend - herum, ehe er es wagt, die Glastür zum Reisebüro aufzustoßen.

Die Dame, die ihn empfängt, ist nicht mehr ganz jung, aber durchaus charmant. „Was kann ich für Sie tun?"

Biber fasst Mut. „Ich würde gern verreisen."

„Dann sind Sie hier richtig." Ihre Stimme hat etwas Therapeutisches. „Haben Sie schon eine zeitliche Vorstellung?"

„Zwischen dem fünfundzwanzigsten Juni und dem achten August."

Die Dame notiert es auf einen Block. „Wie lange?"

„Wie ich schon sagte."

Sie schaut über den Rand der randlosen, schmalen Brille. „Das sind fünfundvierzig Tage."

„Korrekt."

„Allein?"

„Zu zweit."

„Haben Sie schon Vorstellungen, wohin die Reise gehen soll?"

„Warschau, Masurische Seen, Krakau ..."

„Schön." Sie spielt mit dem Stift.

„... Paris, Loire-Rundreise ..."

„Ah ja." Sie fährt mit den Aufzeichnungen fort.

Biber diktiert: „Venedig, Florenz, Rom, Neapel ..."

„Das wird aber ..."

„... und Mallorca."

„Alles?", fragt sie lächelnd.

„Ja."

„Jeweils wie lange?"

„Drei, sechs, drei, vier, sechs, vier, drei, drei, drei zehn."

Sie quetscht die Zahlen vor die Städte. „Haben Sie eine Vorstellung bezüglich des Preises?"

„Zehntausend."

„Das sollte zu machen sein, wird aber vermutlich eine knifflige Arbeit."

„Kann es passieren, dass es nicht klappt?"

„Nein, nein, ich sage das nur ... Ihre Anfrage ist verbindlich?"

„Selbstverständlich. - Wenn es hilfreich ist, zahle ich die Hälfte an."

„Nein, das ist nicht nötig. - Für wen darf ich die Reise zusammenstellen?"

„Vanessa Schacht und Antonia Gilbert." Biber legt einen Zettel neben den Block.

„Oh, sehr aufmerksam." Sie schaut über die randlosen Brillengläser. „Die jungen Damen sind noch nicht volljährig."

„Ist das ein Problem?"

„Nein. Wir bleiben ja in der EU. - Das Angebot geht - ah ja, an den Kronenkrug. Grüßen Sie Frau Weller lieb. - Dann hätten wir alles. Ich rufe Sie an, wenn sich Fragen ergeben sollten."

„Könnten Sie das Angebot wie einen Gewinn aussehen lassen?"

Das Lächeln schläft ein. „Wie meinen Sie das?"

Biber legt das Hochglanzfaltblatt auf den Tisch.

Sie liest und lacht endlich. „Wenn ich Ihnen das Angebot mit dem Blatt zuschicke, erlass ich Ihnen damit die Kosten. Das ist nicht nur heikel. Selbst wenn Sie bezahlen, kann das für mich sehr unangenehm werden, wenn mein Chef von der Sache Wind kriegt."

„Dann geht es natürlich nicht", entschuldigt sich Biber.

„Wenn Sie aber so begabt sind, solche Blätter zu gestalten, wäre es doch eine Kleinigkeit für Sie, dieses Blatt dem Angebot beizufügen mit dem Hinweis, dass Studiosus die Kosten des Angebots übernimmt. Ich würde das Kuvert nur ganz sacht verschließen. Oder warten Sie. Ich rufe an, wenn ich alles beisammen hab. Dann kommen Sie her, um grünes Licht zu geben. Sobald Sie die Rechnung bezahlt haben, lade ich die Damen ein, um sie mit einem Blumenstraus persönlich zu beglückwünschen und sie unterschreiben zu lassen. Wie finden Sie das?"

„Perfekt. Großartig! Genauso machen wir das."

„Darf ich fragen, wer Sie sind?"

„Olaf Biber. Aber das muss unser Geheimnis bleiben."

„Ah ja."

Auch über Pfingsten wohnt Vanessa im Kronenkrug.

„Gelägenheit is ginstisch für Urlaubscoup", meint Kamil vorm Abendbrot.

„Moment", hält ihn Biber zurück. „Sollten wir die Sache nicht erst noch mal durchgehen?"

„Bleib geschmeidisch. Bissel Nervenkitzel muss sein, sonst is nisch sportlisch. Wenn Frauen mit das Essen komm, misst ihr tun, als wenn ihr misch auslacht wägen meine Naivität."

„Missen wir uns nisch verstelln", lacht Withold.

Die Frauen kommen wie auf Stichwort.

„Kamilek, wie kannst du nur so dumm sein, dir so einen Bären aufbinden zu lassen", beginnt Bogdan mit der Posse. „Die missen denken, wir Polen läben alle in Busch."

„Is kein Bär, verdammt. Isch hab Los gekauft von Reisebiero."

„Denkst du wirklich, die schenken dir nur mal so zehntausend Euro?", versucht Biber zu schlichten.

„Isch red nisch von *schenken*, isch hab gewonnen."

„Stuss. Vergiss den Quatsch, Kamilek."

„Ihr macht misch wahnsinnig. Is keine Ente. Sie schreiben mir nisch Brief mit Gewinn an Gasthof."

Biber erschrickt.

Kamil macht ihm ein Zeichen Richtung Erika.

„Erika, hast du einen Brief für Kamil im Kasten gehabt?"

„Ja, den hab ich ihm gegeben."

„Seht ihr's?"

„Is trotzdem Stuss. Fier so viel Glick bist du nisch dumm genug."

„Und ob!"

Alle lachen, die Männer vor allem über die Schauspielkünste. Die Frauen stellen die Teller auf den Tisch. Roulade, Rotkohl und rohe Klöße; dazu Krautsalat mit Roten Rüben.

Vanessa streichelt Kamil. „Ich glaube, sie haben recht. Das ist nur Ulk."

Kamil gibt sich der Tröstung hin. „Wenn du so sagst, dann isch gäbe alles zu."

„Bist du verrickt. Hol den Brief."

„Welschen Brief?"

„Blödel nisch."

Kamil gibt sich einen Ruck. „Ihr kennt nisch sehn, dass isch werde getröstet von zärtlische Hand." Umständlich langt er den Brief aus dem Jackett.

Bogdan nimmt und entfaltet das Hochglanzpapier. Alle schauen gespannt zu ihm. „Teufel eins, hier steht so, wie Kamilek erzählt. Is direkt von Studiosus."

Kamil schlägt die Hände auf den Tisch. „Perfekt. Was sagt ihr nu? - Kamilek, entschuldige, dass wir so doof sind und dir nisch geglaubt haben."

„Kamilek, entschuldige, dass wir so doof sind und dir nisch geglaubt haben", folgt Bogdan der Aufforderung. „Allerdings steht hier auch noch, dass Reise is fier fitte Leute."

„Bin isch vielleischt nisch fitt?"

„In den vierzisch Tagen läufst du siebenhundert Kilometer. Gäste ab fimfzisch müssen deshalb ärztlisches Zeugnis bringen."

„Passt!"

Die Männer lachen.

„Is Klax fier misch. Auf die Baustelle mach isch noch mehr Meter. Zur Not nehm isch Taxi. Immerhin gibt tausend Euro Taschengeld."

Die Männer winken ab.

„Hast du nisch geheert, sie wolln ärztliches Zeugnis", warnt Withold. „Da schinden sie disch, bis du …"

Bogdan ist noch immer am Text. „Is fier zwei Personen. Wen willst du denn mitnehm? Deine Frau?"

„Gott bewahre. Bleib isch hier."

Alle lachen. Keiner der Kerle traut sich, Vanessa vorzuschlagen, weil keiner das Spiel vermasseln will.

„Vanessa vielleischt?", wagt es Kamil.

Ihr „Nein" kommt so resolut, dass für Hoffnung wenig Spielraum bleibt.

Die Männer suchen nach Strategien.

„Ehe der Gewinn verfällt, würde ich mitkommen", meldet sich Erika, die nicht eingeweiht ist.

Die vier Männer sehen sich betreten an.

„Meinst du das ernst?", fragt Biber.

„Warum nicht? Es wäre doch schade drum."

„Perfekt", lacht Kamil. „So machen wir das. Isch fahre mit die wunderscheene Erika. Missen wir nur noch Route zusammenstelln."

„Bist du verrickt? Hast du auch mal an uns gedacht?"

„Solln wir vielleischt verhungern inzwischen?"

„Danke, Kamil, dass du dafür gesorgt hast, dass wir jetzt einen Monat ohne die Wirtin auskommen müssen", doziert Biber.

„Vanessa kann doch fier eusch ..."

„Vanessa", ereifert sich Bogdan. „Eigentlisch is deine Schuld! So dankst du Olaf viele Arbeit an Hof."

„Was hat das mit ihm zu tun?"

„Na ieberleg mal. Nur weil du nisch fahrn willst, fährt Erika. Bleibt Bett neben Olaf Monat leer. Is lange Zeit, wenn man is geweehnt wunderscheene Erika. *Isch* weiß schon nisch, wie isch läbe ohne sie."

Erika lacht. „Jetzt übertreib nicht."

„Passt", setzt Withold resigniert nach. „Läben hier is eede ohne liebreische Wirtin. Lieber lägen wir zusamm und gäben Erika das Geld."

„Vanessa", versucht es Biber direkt, „warum, zum Kuckuck, zierst du dich so, die Traumreise anzutreten? Hat du vielleicht schon alles gesehen?"

„Ich war noch nie im Ausland", gesteht sie schamvoll.

„Bist du verrickt? Wie dumm is das denn, dir solsche Reise entgehn zu lassen fier zehntausend Euro mit tausend Euro Taschengeld?"

„Wie sieht das denn aus, ich mit Kamil?"

„Perfekt!"

„Du fährst doch nicht mit Kamil", erklärt Biber. „Der ist viel zu alt für die Reise."

„Olaf", entrüstet sich Erika, „meinst du nicht, dass es ein bissel unfair ist, Kamil so um den Gewinn zu prellen?"

Vanessa ist es sichtlich unangenehm, derart ins Schussfeld zu geraten. „Ich kann eh nicht einfach so einen Monat weg. Es ist ja noch Schule."

„Machst du krank", bestimmt Bogdan. „Die Priefungen sind doch vorbei. Alles nur noch Beschäftigungstherapie. Olaf schreibt dir Entschuldigung."

„Passt."

Bogdan schaut noch einmal in den Brief. „Fimpfundzwanzischste Juni bis achte August."

Vanessa stutzt. „Das wäre ja genau in den Ferien."

Withold klatscht in die Hände. „Is Wink von Schicksal! - Kamilek, her mit den Zwetschgenbrand. Missen wir trinken auf Fortuna."

„Hab isch Grund zu trinken auf die alte Kuh?"

Withold lacht. „Kamilek versindische disch nisch gegen die wunderscheene Gettin."

Kamil stellt distanziert den Flachmann auf den Tisch.

„Scheene Erika, schenk ein", bittet Withold mit großer Geste.

„Schenkt selber ein. Die Göttin habt ihr euch schön zurechtgeruckelt."

Withold streichelt ihre Hand. „Sei nisch traurisch, scheenste Wirtin. Olaf macht mit dir eine ..."

„Wo werd ich?! Sie hätte mich einen Monat mit Kamil betrogen!"

„Musst du nisch so brillen. Isch dachte, ein paar Tage in Spreewald. Wäre doch scheen."

Bogdan schaut drein wie der traurigste Pierrot. „Und isch hab geglaubt, Erika fielt sisch wohl in unsere Anwäsenheit."

Erika holt sechs Gläser und schenkt ein. „Auf Fortuna."

„Passt."

„So isch bin geweehnt von dir. Prost."

Sie trinken, mehr oder weniger begeistert vom edlen Tropfen.

Vanessas Gesicht spricht für sich. „Ich fahre aber nicht allein. Nur wenn meine Freundin Lust hat."

„Und wenn sie schon was vorhat?", fragt Biber besorgt.

„Das glaub ich nicht. Wir beide sind ja die einzigen in der Klasse, die nicht toll verreisen."

„Dann misste man ihr den Arsch vermeebeln, wenn sie *Nein* sagt", schlägt Withold vor.

„Wenn, dann sagt sie wegen der Klamotten ab. Ich hab auch nicht genug Sachen für einen Monat, erst recht nicht für eine noble Reise."

Kamil wird munter. „Weiß isch Abhilfe. Olaf geht mit dir und Freundin in Boutique und erst wieder raus, wenn du und Freundin sagen: Perfekt. Wenn ihr unsischer seid, isch komm mit."

Erika atmet schwer.

Biber grinst. „Das Garderobenproblem der beiden Damen wird mich nicht ruinieren."

„Fimpfundzwanzischste is in reischlisch drei Wochen. Vanessa sollte sisch in Vorbereitung stirzen. Isch brauch jetzt noch ein Bier."

Dienstag nach Pfingsten löst Biber den Auftrag für Schwimmbecken und Whirlpool aus. Einbau in sieben Wochen. Anschließend telefoniert er mit Frau Petersen.

Sie ist genervt. „Herr Biber, bitte keine Feuerwehr, keine Dampflokomotive, auch kein Müllauto."

„Es sind nur noch kleine Beträge."

„Ich fürchte, Sie haben den Überblick über *klein* und *groß* verloren. Was kommt hinzu?"

„Die Wellnessanlage; Whirlpool und Schwimmbecken."

„Becken oder Halle?"

„Eine Art Halle."

„Das Ding, das auf den Bauzeichnungen noch ein Treibhaus ist?"

„Gewissermaßen."

„Sie überziehen."

„Es ist das letzte."

„Herr Biber, es ist noch lange nicht das letzte. Es stehen noch etliche Rechnungen aus. Ich bin dabei, die Mittel dafür aufzureiben. Wir haben noch nicht die nötige Bonität. Dabei kenne ich bis jetzt noch keinen Plan der Außenanlage. Bei anderthalb Hektar darf ich wohl davon ausgehen, dass es einen solchen gibt."

„Hab ich Ihnen nicht davon erzählt?"

„Nein."

„Dreihunderttausend", gesteht Biber kleinlaut.

„Sind da schon die kleinen Beträge mit dabei?"

„Die summieren sich vielleicht noch mal auf hunderttausend."

„Ich bewundere die Gelassenheit, mit der Sie Zahlen aussprechen."

„Es ist gut angelegtes Geld."

„Wir reißen die Zehnmillionengrenze."

232

„Warum sagen Sie *Grenze*?"

„Weil ich gehofft habe, dass es auch für Sie eine magische Zahl ist. - Dass es eine Grenze gibt, ist Ihnen klar."

„Alles hat Grenzen."

„Wie einfach und schön Sie das sagen."

„Haben Sie die Villa schon verkauft?"

Sie lacht. „Ich hatte diese Offerte für einen Scherz gehalten."

„Bitte, Frau Petersen, die Anlage von zehn Millionen ist kein Scherz. Bringen Sie die Sache zum Abschluss. Haus und Grundstück sind wenigstens zwei Millionen wert."

„Die wird keiner zahlen."

„Haben Sie vergessen, dass Sie mit zwei Prozent am Erlös beteiligt sind?"

„Nein."

„Da kann ich ja wohl verlangen, dass sie ohne meine Hinweise auskommen."

Ihre Stimme versagt.

Biber begreift, dass er zu weit gegangen ist. „Frau Petersen, bitte entschuldigen Sie meine rohe Art. Die Sache geht nur ganz oder gar nicht. Für ein *Gar-nicht* steckt bereits zu viel Geld in dem Projekt. Und das ist nicht das Schlimmste. - Es ist kein unüberlegter Unsinn."

„Ich weiß." Ihre Stimme wird weich. „Ich kann Zeichnungen lesen."

Biber ahnt, dass sie so emotional reagiert, weil ihr klar geworden ist, dass er die Firma endgültig verlässt. Er weiht sie nun geduldig in alles ein.

Sie schweigt.

„Weil Sie anfangs so rührend von Spielzeug sprachen, haben *Sie* meine Kinder von meiner - neuen Lebenssituation informiert?"

„Unser letztes Gespräch ist jetzt länger als ein halbes Jahr her."

„Das war nicht meine Frage. Haben Sie Gerald angerufen?"

„Nein. - Veronika. Da wusste ich noch nicht ..."

Biber hätte sich gern belügen lassen. „Ich würde mich freuen, wenn Sie und alle, die es interessiert, zur Eröffnung kommen."

„Wann?"

„Das weiß ich noch nicht genau. Wenn alles gut geht, Anfang Oktober. Wenn Sie mir die Namen der Interessenten zukommen lassen, schicke ich auch noch hübsche Einladungen."

Vierzehn Tage später kommt der Anruf vom Reisebüro mit der Zahlungsbestätigung und der Einladung zur Entgegennahme des „Gewinns". Biber fährt die beiden Mädchen. Die Dame hat sogar den Raum geschmückt. Biber ist gerührt und hernach ebenso überrascht, als die Dame die Annahme des Trinkgelds verweigert.

Der Ladenbummel mit Vanessa und Antonia ist angenehm. Die beiden geben sich alle Mühe, Biber nicht Lügen zu strafen in seiner Zuversicht, von ihnen nicht ruiniert zu werden. Biber betrachtet ihre Verwandlungen mit Wehmut. Sie können alles anziehen und sehen doch bezaubernd aus.

Am dreiundzwanzigsten Juni genehmigt das Amt für Gewerbeangelegenheiten die Betreibung eines Friedwalds am Mühlenberg.

Am fünfundzwanzigsten fährt Biber die Mädchen zum Berliner Hauptbahnhof. Die große Reise, die für Vanessa und Antonia unvergesslich bleiben wird, beginnt. Alle Wege, bis auf die Flüge nach und von Mallorca, fahren sie mit der Bahn. Biber ist sehr aufgeregt, als sich der Zug mit den winkenden Mädchen in Bewegung setzt.

Am letzten Junitag, einem Behörden-Dienstag, geht Biber - von den drei Alten mit vielen guten Ratschlägen bewehrt - den schweren Gang zum Meldeamt. Viele Male hat er das Gespräch in Gedanken geführt und noch jedes Mal den Ausgang verworfen, weil er nicht realistisch war oder ihm nicht gefiel.

Er zieht die Nummer und bangt dem Aufruf entgegen. Sein Kopf ist leer, der Magen wie betoniert. Er prägt sich den Namen der Ressortleiterin ein.

Sonja Wilder ist jünger, als er vermutet hat und ebenso anziehend wie distanziert. „Was führt Sie zu mir?"

„Bitte verzeihen Sie, wenn ich Ihre Zeit in Anspruch nehme."

„Das ist meine Arbeit."

„Wohl nicht. Ich schreibe, nein, konzipiere gerade einen Roman. Vieles geht mit Phantasie, aber zu weit von der Wahrheit will man auch nicht schreiben. Wenn ich Ihnen die heikle Szene schildern darf."

„Wenn es kein Roman wird."

„Es dauert nicht lange." Biber sammelt sich. „Es geht um einen Jungen, der eines Tages seinen strangulierten Vater entdeckt. Er nimmt ihn ab und begräbt ihn im Garten, weil er Angst vorm Gerede der Leute hat und auch davor, in ein Heim zu müssen. Er hatte nur noch den Vater."

„Eine traurige Geschichte."

„Was hat er zu befürchten, wenn die Sache rauskommt?"

„Das kommt immer auf die genauen Umstände an. Das Alter; wie viel Zeit verstreicht; hat sie Zugriff auf das Konto der Toten; profitierte sie von Zahlungen, die der toten Mutter nicht mehr hätten gezahlt werden müssen."

Bibers Gesicht flammt rot auf. „Mutter?"

„Hatte ich *Mutter* gesagt?" Sie lässt ihm Zeit. „Herr Biber, wenn es sich so verhält, wie ich vermute, sollten Sie dem Mädchen raten, so schnell wie möglich hier zu erscheinen."

„Ich hatte gehofft, ihr das ersparen zu können."

„Ihnen sollte klar sein, dass bei einem Suizid immer auch andere Todesursachen in Frage kommen. Ich hoffe, Frau Schacht ist nicht erst gestorben, nachdem Sie das Grundstück erworben haben."

„Sie wissen ..."

„Wundert Sie das? - Das Amt versucht schon über ein Jahr vergeblich, wegen des Grundstücks mit Frau Schacht Kontakt aufzunehmen. Das letzte, was wir von ihr gehört haben, ist, dass sie zwei Jahre vor der Rente entlassen wurde. - Man wird der Tochter eine Exhumierung und Verlegung auf einen Friedhof nicht ersparen können. Auch nicht, wenn sie jetzt auf einem Friedwald liegt."

Biber ist überrumpelt und wie vor den Kopf geschlagen. All seine Mühe ist für die Katz. Er will nicht klein beigeben, findet aber auch kein griffiges Argument. „Und wenn es Zeugnisse gibt, die den Suizid belegen?"

„Das halte ich für ausgeschlossen. Es ist in jedem Fall eine Sache für den Staatsanwalt."

Biber atmet schwer. Den letzten Vorstoß hätte er sich sparen können. Bleibt nur noch ein geordneter Rückzug. „Die Tochter ... Vanessa Schacht ist verreist."

„Das halte ich für keine so gute Idee."

„Es war meine Idee."

„Das macht sie nicht besser. Ich hoffe, es geht ihr gut."

Erst jetzt versteht Biber, worauf sie hinauswill. „Ich hab sie weggeschickt für den Fall, dass man darauf besteht, die Mutter umzubetten. - Warum kann man ihr das nicht ersparen?" Das Wasser drängt sich in seinen Augen. Mit Trotz bringt er es zum Stehen. Beherzt zieht er die Blätter aus der Aktentasche, um sie sacht auf den Schreibtisch zu legen, fünf Fotos und obenauf ein auseinandergefalteter Zettel.

Bibers Blicke hängen an der Beamtin. Er sieht, wie sie den Zettel liest, wendet und beiseitelegt; wie sie die großen Fotos betrachtet und mit zunehmend zitternden Händen hintereinanderschiebt. Biber hat die Reihenfolge verändert und das Foto, das Vanessa mit der toten Mutter zeigt, hintan gesteckt. Sobald die Beamtin dieses Foto freizieht, lässt sie auch die anderen auf den Tisch fallen. Sie legt die Hände vors Gesicht und weint.

Biber ist überrascht und überfordert. „Entschuldigen Sie."

Sie fasst sich schnell, nimmt ein großes Kuvert und verbirgt darin die grausamen Zeugnisse. „Man muss sehr dankbar sein, dass einem so was nicht passiert ist", sagt sie mit belegter Stimme. „Ich rede mit dem Staatsanwalt. - Wann kommt sie denn wieder?"

„Am achten August."

„Den Weg hierher können wir ihr aber nicht ersparen. - Haben Sie den Fotoapparat?"

Biber legt ihn vorsichtig aufs Kuvert. „Ich danke Ihnen, Frau Wilder."

„Entschuldigen Sie, wenn ich vorhin ... Man ist mitunter so phantasielos."

„Möglicherweise ist ja unser beschränktes Vorstellungsvermögen eine Art Schutz." Er gibt ihr die Hand und verlässt, um eine Last befreit, das Amt.

Schon eine Woche später erhält Biber eine Vorladung der Staatsanwaltschaft.

Herr Pfannschmidt empfängt ihn freundlich mit der Bitte, in einem komfortablen Sessel Platz zu nehmen. „Herr Biber, Sie suchten am dreißigsten Juni dieses Jahres das Meldeamt Mühlfurt auf, um den Suizid von Frau Godelinde Schacht, letzter Wohnort Mühlenhof bei Welkow, anzuzeigen. Als Beweismittel fügten Sie Ihrer Anzeige den Abschiedsbrief der Verstorbenen, Fotografien der Fundsituation, der Aufbettung, der Grablegung und des geschlossenen Grabes, sowie eine Aufnahme der Tochter in nächster Nähe der toten Mutter bei, außerdem die Kamera, mit der diese Bilder aufgenommen wurden." Beim letzten Satz verlangsamte sich der Redefluss und senkte sich die Stimme. „Sie baten darum, das Verhalten der minderjährigen Tochter, Vanessa Schacht, den besonderen Umständen entsprechend, mit Milde zu beurteilen und nach Möglichkeit von einer Exhumierung oder Umbettung des Leichnams der Mutter abzusehen, der von der Tochter in der Nähe des Mühlenhofes unter Missachtung des Bestattungsgesetzes vor allem unter Umgehung des Friedhofszwangs begraben wurde. Sie baten ferner darum, die zu viel gezahlten Leistungen der

238

Arbeitslosenversicherung bei entsprechender Bonität vom Konto der Verstorbenen unter Berücksichtigung der verbleibenden Ansprüche der minderjährigen Tochter einzuziehen und die Sparkasse vom Ableben Godelinde Schachts zu unterrichten und das Konto für die Tochter zugänglich zu machen. Zudem beantragten Sie die Übernahme der Vormundschaft für Vanessa Schacht. - Entspricht diese Darstellung den Tatsachen, Herr Biber?"

Biber ertappt sich dabei, ein ziemlich blödes Gesicht zu ziehen. Er fasst sich und erwidert nach einer viel zu langen Pause mit leidlich fester Stimme: „Ja. Ich denke schon."

„Gut. - Die Staatsanwaltschaft hält die beigebrachten Beweismittel zum suizidalen Ableben der Godelinde Schacht für zulässig und ausreichend, und also eine Umbettung des Leichnams unter Berücksichtigung der Tatsache, dass er auf einem Friedwald liegt, für nicht zwingend erforderlich. Die Firma Bergschneider wird aufgefordert, die Beerdigung nachträglich ordnungsgemäß zu dokumentieren und zu verorten. Die Ausnahmeregelung der Staatsanwaltschaft wird zugesandt. Da die Verstorbene Godelinde Schacht das alleinige Sorgerecht innehatte und der Aufenthaltsort des Vaters nicht zu ermitteln ist, muss für die minderjährige Vanessa Schacht ein Vormund bestellt werden. Eingedenk der kurzen Zeitspanne von nur zwölf Wochen bis zur Erlangung der Volljährigkeit der Vanessa Schacht stimmte das Familiengericht in einem Eilantrag Ihrem Gesuch zu, die Vormundschaft für Vanessa Schacht zu übernehmen. Ausschlaggebend hierfür war nicht zuletzt die Beurteilung des Jugendamtes, dass Vanessa Schacht auf dem Mühlenhof, der sich gegenwärtig in einer Phase der Rekonstruktion befindet, sehr gute bis hervorragende Wohn-

und Lebensbedingungen hat. - Haben Sie dazu Fragen oder Einwände?"

„Nein, durchaus nicht."

„Damit wäre der Fall faktisch abgeschlossen. Uns fehlen nur noch ein paar Unterschriften von Ihnen und Vanessa Schacht, wenn sie denn wieder im Lande ist."

Biber unterschreibt mit Eifer alle ihm vorgelegten Dokumente. „Vanessa ist noch vier Wochen unterwegs. Wir kommen, sobald sie wieder da ist."

Pfannenschmidt schaut ihn lächelnd an. „Sie müssen das nicht forcieren. Kommen Sie, wenn Sie denken, dass das Mädchen soweit ist." Er zieht eine Schublade und legt den Fotoapparat und den großen Briefumschlag auf den Tisch.

Biber bemüht sich, die Rührung zu unterdrücken. „Ich danke Ihnen für diese ..."

„Schon gut. Ich weiß, was Sie sagen wollen."

„Bestellen Sie bitte auch Frau Wilder meinen herzlichsten Dank."

„Das tu ich gern."

Biber atmet befreit, wie schon lange nicht mehr. Die Heimlichtuerei um den Mühlenhof kann er vergessen. Wenn die Mühlfurter nur einen Teil dessen wissen, was das Amt weiß, gibt es keine Überraschung mehr, geschweige denn ein Geheimnis.

Zwei ruhige Wochen gehen ins Land. Dann wächst wieder die Aufregung. Der Einbau von Schwimmbecken und Whirlpool stehen bevor. Eine Sache, die einer akribischen Vorbereitung bedurfte. Das mit zwölf mal sechs Metern nicht eben kleine Edelstahlbecken wird auf dem Wasserweg angeliefert. Komplizierter ist der kurze Transport von der Anlegestelle zum Hof.

Das Betonfundament ist vorbereitet. Alle Anschlüsse liegen an. Die Einpassung ist Millimetersache. Umso erleichterter sind alle, als es gelingt. Nun können die sechzehn pulverbeschichteten Stahlsäulen aufgesetzt und die Streben für die Glaskonstruktion eingehängt werden. Alles liegt längst bereit. Dennoch ziehen sich die Arbeiten eine Woche hin.

Die Aufstellung des runden Whirlpools unter der Scheunenterrasse ist schnell zu Wege gebracht. Auch hier ziehen sich die Nacharbeiten in die Länge, vor allem die Aufstellung des Sichtschutzes aus edlem Holz.

Am fünften August kann Vollzug gemeldet werden. Die beiden gefüllten und beheizten Becken stehen zur Gütekontrolle bereit. Wer Lust hat, ist eingeladen. Männer werden zu Kindern. Auch Biber lässt es sich nicht nehmen, beide Wohlfühlbereiche auszuprobieren.

Als er sich das Wasser aus den Ohren hüpft, stehen die drei Alten am Beckenrand. „Habt ihr nicht auch Lust?"

Sie antworten nicht, nicht einmal mit einer Blödelei.

„Was ist los mit euch? Habt ihr wieder mal zu tief gegraben?"

„Is nisch witzisch, Olaf", flüstert Kamil mit beängstigendem Ernst.

Biber werden die Knie weich. Er zieht sich an und geht den dreien voran in die Wohnung. Sie setzen sich schwerfällig an den Küchentisch. Biber serviert ihnen ein Bier. „Was habt ihr gefunden?"

„Leische", raunt Withold. „Weißt hoffentlisch nisch wieder, wer is und wer ihn hat umgebracht. Es gibt nisch Goldzahn und nisch Brille."

„Isch firschte, is August", mutmaßt Bogdan.

„Wie sieht er aus?"

„Is nisch mehr viel dran", erklärt Kamil.

„Isch finde, genug", jammert Withold.

„Hat er was an oder bei sich?"

„Soweit wir haben nisch untersucht", poltert Withold.

„Wo liegt er?"

Bogdan setzt das Bier ab. „Hinter die Scheune. Wolfgang hat uns gebeten, an Haus Beete anzuleeschen fier Rosen."

„Wir hätten auf Kamilek heern solln. Nisch tiefer als Spatenstisch", klagt Withold.

„Wartet hier."

Die drei schauen ihm nach. Es dauert seine Zeit, ehe er wiederkommt.

„Was ist das?", fragt Withold entsetzt.

Biber wäscht sich gründlich die Hände. „Sein Portmonee."

„Kamilek, isch brauch ein Schnaps."

„Isch auch", schließt sich Bogdan an.

Biber legt das Smartphone beiseite.

„Hast du wieder alles fotografiert?", fragt Withold mit angewidertem Ausdruck auch im Gesicht.

„Gut, dass du bist abgestumpft von Knochenhandel", kommentiert Kamil.

Biber nimmt ihm den Flachmann aus der Hand und daraus den ersten tiefen Schluck. Dann macht er sich mit einem feuchten Tuch daran, das Portmonee zu säubern. Er schüttet das Kleingeld aus und entleert Fach für Fach die in Auflösung befindliche Geldbörse.

„Verdammt."

„Was is?"", fragt Bogdan.

Biber greift zum Smartphone. „Es ist tatsächlich August Fiedler."

„Passt", jammert Withold. „Hätten wir bloß auf Kamilek geheert."

„Heer auf zu jammern", flucht Bogdan. „Wer saß denn in Bagger?"

„Isch hoffe, wir ham jetzt alle aus die Erde geholt", spricht Kamil wie ein Stoßgebet. „Wieso missen immer wir Leischen finden?"

„Weil du das heraufbeschweerst mit dein Geschwätz", poltert Bogdan.

„Is gerade so, als wenn sie uns jemand hinleeschen wirde", klagt Withold. „Wolfgang und Andreas wiehlen ganzen Berg auf und finden nischt."

„Hört auf damit. In drei Tagen kommt Vanessa."

„Scheenes Willkommensgeschenk", grummelt Bogdan.

„Ich frag mich, was sie im Amt dazu sagen werden."

„Diesmal du musst eben Klappe halten", rät Bogdan.

„Wir graben ihn bei seine Frau ein und fertisch", bestimmt Kamil.

„Passt. Ohne misch. Stoßen wir noch auf frische Leische von seine Frau."

Am Nachmittag tags darauf werden die sterblichen Überreste August Fiedlers in einer Aluminiumkiste zwei Meter von Godelindes Grab beerdigt. Bogdan führt den kleinen Bagger der Bergschneiders mit Fingerspitzengefühl. Beim Verfüllen der Grube drückt er die Erde erst zart, später mit solcher Kraft an, dass es den Bagger aushebt.

„Wenn du weitermachst, kommt er in Australien wieder raus", witzelt Kamil bitter.

„Wäre bloß geräscht", meint Witold, den übriggebliebenen Aushub in eine Schubkarre schaufelnd.

Biber und Kamil stehen mit Harken bereit, um den separierten Mutterboden über die Grabstelle zu ziehen. Den entstehenden Hügel ebnet Bogdan mit den Gummiketten des Babybaggers.

Dann stehen sie noch ein Weilchen ums Grab. Im Park flattern Schneiders weiße Tauben.

„Wie alt war er eigentlisch?", fragt Kamil.

„Fünfzig", antwortet Biber bedrückt.

Bogdan schaut ihn an. „Wirst du's Vanessa sagen?"

„Muss ich ja wohl." Ein heißes Gefühl überkommt ihn.

Die Vier schauen sich entsetzt an.

Withold traut sich, es auszusprechen. „Wer, zum Teufel, hat geschrieben die Karte?"

Biber lädt die drei Freunde zum Leichenschmaus in den Wellkower Gasthof. Am Dorfplatz angekommen, schickt er sie voraus. Er selbst stattet der Kunstschmiede einen Besuch ab, ehe er sich den Dreien zugesellt, die schon beim Bier sitzen.

„Was wolltest du bei die Schmiede?"

„Das Schild für die Anlegestelle bestellen und Wetterfahnen für Scheune und Haus und ein paar Beschläge."

„Wozu *zwei* Wetterfahnen?", fragt Withold.

„Damit man sie vom Haus und von der Scheune aus sehen kann."

„Passt."

„Zwei Kampfhähne?", vermutet Kamil.

„Nein, Hähnchen und Hühnchen", erklärt Biber.

„Und Schild is bunte Kuh", rät Withold.

Biber ist erstaun über die Bekanntheit des Märchens. „Nein. Das Schild besteht aus zwei rostigen Metallplatten mit dem eingestanzten Schriftzug *Station Waldhaus*. Zwischen die Platten kommt eine leuchtende Glasscheibe, damit man das Schild auch nachts lesen kann."

„Perfekt."

„So isch bin geweehnt."

Eine alte Frau im Dirndl kommt an den Tisch. „Ah, der Vierte ist eingetroffen. Haben die Herren einen Entschluss gefasst?"

„Muss isch fragen: Is unheeflisch von uns, zu bleiben, wenn sonst is nischt los?"

„Gott bewahre. - Sie sind uns willkommen. Bleiben Sie, so lange Sie wollen. Notfalls geh ich schon ins Bett, und Sie zapfen sich das Bier allein."

„Prost."

„Du kannst Fragen stellen."

„Muss man doch klärn."

Biber ist überrascht. Die Alte ist schlank und im Dirndl von hinten sicher immer noch ansehnlich, wenn man das volle, schlohweiße Haar und das unglaublich gefaltete Gesicht nicht sieht. „Darf ich fragen, wie alt Sie sind?"

„Bist du verrickt? Fragt man nisch Dame ieber fimpfzisch", belehrt ihn Bogdan.

Die Alte lacht. „Über achtzig darf man wieder, erst recht bei dreiundneunzig."

„Passt", ruft Withold beeindruckt.

„Da arbeiten Sie noch?"

„Sonst wäre ich vermutlich nicht so alt geworden, junger Mann. Wenn es nach meiner Tochter ginge, säße ich den ganzen Tag mit Strickzeug vor der Glotze - und wäre spätestens in einem Jahr tot."

„Nisch nett von die Tochter", urteilt Kamil.

„Sie meint es natürlich gut. Donnerstags ist am wenigsten los. Da darf ich."

„Missen wir trinken auf Donnerstag, weil wir Glick hatten zu treffen wunderscheenste Dreiundneunzischrährische, was gibt."

Der Flachmann geht im Kreise. Kamil nennt die Namen der Trinkenden.

„Ich bin Agnes", verrät die Alte, nachdem sie einen beherzten Schluck genommen hat, ohne mit der Wimper zu zucken. „Verratet ihr mir jetzt, was ich bringen darf?"

Die Männer bestellen, zuletzt Biber, der die Alte unentwegt anstarrt. Agnes bedankt sich und geht erstaunlich leichten Schritts hinaus.

Vier Blicke folgen ihr, der Bibers am längsten.

„Warum *Waldhaus*?", nimmt Bogdan den Faden wieder auf.

Biber kommt langsam zu sich und nicht umhin, die Geschichten seiner ersten Begegnung mit Vanessa und seiner unvermuteten Hilfe beim Schulaufsatz zu erzählen.

„An *Waldhaus* missen sisch Leute aber erst geweehn", gibt Bogdan zu bedenken. „Warum nisch Mielenhof?"

„Klingt besser", erwidert Biber lakonisch, der gedanklich noch immer bei der Alten ist.

„Passt", nickt ihm Withold zu. „In Geschischte von Waldhaus kommen nisch so viele Leischen vor."

„Witek, jetzt hast *du* aber angefang", bemerkt Kamil.

Bogdan starrt auf den Tisch. „Olaf, was meinst du, wer ihn umgebracht hat?"

„Woher wollt ihr wissen, dass er umgebracht wurde?"

„Kamilek, hat er sisch vielleischt selber eingegraben?", hilft ihm Withold auf die Sprünge.

Der wehrt ab. „Meeglischerweise is er heimlisch aus Amerika zurickgekehrt und hat sisch zu Sterben in Graben gelescht, in Laubhaufen, damit nisch so kalt ..."

„Kamilek, heer auf", weist ihn Bogdan zurecht. „Is nisch Zeit, rumzubleedeln."

„Isch meine ernst", entrüstet sich Kamil. „Warum kann nisch so gewäsen sein?"

„Passt", stimmt ihm Withold halb zu.

„Habt ihr eine Vorstellung, wie ein Toter riecht?", gibt Biber zu bedenken.

„Will isch mir nisch vorstelln", flüstert Withold.

„Bleibt Frage, wer ihn hat umgebracht."

Biber zögert mit der Antwort. „Möglicherweise sie."

„Wer *sie*?", fragt Withold mit belegter Stimme.

„Die Alte."

„Bist du verrickt?"

„Agnes ist die Tochter Otto Golls."

„Isch will nisch mehr heern."

„Du meinst, weil ihr Vater den Ackermann erschlagen hat ..." Kamil kommt nicht weiter.

„Olaf, is Bleedsinn. Welschen Grund hat sie?"

„Denselben wie der Vater: Angst vor Konkurrenz." Er schaut zur Küchentür. „Sie hat es natürlich nicht selber getan, sondern die Dreckarbeit ihrem Mann überlassen. Er hat sich später umgebracht, genau wie ihr Vater."

„Kenn doch nisch alle Merder und Selbstmerder sein", beklagt sich Withold flüsternd.

Agnes bringt das Essen. Die vier mustern sie aufmerksam. „Meine Herren, ich wünsche einen guten Appetit."

Das „Danke" fällt verhalten aus.

Biber wickelt die ersten Spaghetti auf die Gabel. Kamil stochert im Gemüse. Bogdan hat die Gabel mit dem Fisch schon im Mund und nimmt sie langsam wieder raus. Withold starrt mit gefalteten Händen auf seinen Teller.

„Lasst es euch schmecken", wünscht Biber und beginnt beherzt mit dem Mahl.

Zweite Überraschung

Zwei Tage später wartet auf Vanessa die zweite Überraschung. Diesmal verläuft die Endphase weniger hektisch. Nur die Bergschneiders fluchen schon geraume Zeit.

Biber stellt sich der schweren Aufgabe, sie zu beschwichtigen.

„Sie fragen noch?", poltert Berger los. „Gucken Sie sich den Weg an. Schätze mal, ist nicht nötig, weil Sie wissen, was ich meine."

„Wolfgang, das kannst du doch gar nicht wissen."

„Ist jedes Mal das gleiche. Nicht nur, dass jemand den Bagger nimmt, ohne zu fragen, sie zerrammeln mit ihm auch noch den Hauptweg im Park."

„Ich versteh Ihren Zorn. So geht das nicht. Ich kümmere mich drum. Brauchen Sie Hilfe?"

Berger ist überrascht. „Wenn es heute noch fertig werden soll."

„Ich sag den drei Alten Bescheid."

„Danke."

„Ach, weil ich Sie grad sehe. Erschrecken Sie nicht, wenn ein Schreiben der Staatsanwaltschaft kommt."

„Was wollen die denn?", fragt Schneider ängstlich.

„Wie soll ich Ihnen das erklären? Es geht um Vanessas Mutter."

„Was ist mit ihr?", fragt Berger besorgt.

„Sie hat sich vor einem knappen Jahr umgebracht."

Berger stellt die Faust vor den Mund. „Weiß Vanessa davon?"

„Sie hat sie gefunden und begraben."

„Wo?"

„Im Park."

„Ich hatte gleich so ein komisches Gefühl, dass mit dem Grab was nicht stimmt", plappert Schneider.

Berger hält ihn zurück. „Wollten Sie deshalb, dass wir den Friedwald ...?" Seine Augen werden feucht.

„Der Staatsanwalt bittet Sie, das Grab entsprechend zu kennzeichnen."

„Sie hat doch keinen Ärger damit?"

„Nein. Die waren sehr freundlich. - Wenn Sie so lieb sind ... Vanessa weiß noch nichts davon."

„Auch nicht, dass Sie es wissen?", fragt Berger mit brüchiger Stimme.

Biber nickt.

„Sie können sich auf uns verlassen", sagt Schneider, als er sieht, dass der Geliebte nicht reden kann.

Biber ist überrascht über Bergers Reaktion.

Er holt die Mädchen vom Flughafen ab. Sie sind braungebrannt und aufgekratzt und schön, wie die Jugend nur sein kann. Auf der Rückfahrt gelingt es ihm nicht, auch nur einen vernünftigen Satz einzuwerfen. Er bringt Antonia nach Hause und Vanessa zum Hof.

Kaum angekommen, springt sie aus dem Auto. Im Hof hat sich wenig verändert. Ins Auge stechen die fünf Giebelgauben auf dem Scheunendach, die auf der anderen Dachseite sicher Doppelgänger haben, und die beiden altehrwürdigen, nun restaurierten Kräne am Stall- und Scheunengiebel.

Vanessa läuft zum großen Tor. Der Mühlenberg empfängt sie mit sattem Grün. Rechts am Dachgiebel

des Stalls wird ein Gurren laut. Sie bewundert die weißen Tauben, die neugierig oder ängstlich aufflattern.
Bergschneiders winken ihr vom Berghang zu. Sie
scheinen auf sie gewartet zu haben. Auf Bergers Zeichen verwandeln sich die Hecken in Nebelbänke, ein
faszinierendes Bild. Die Wiesen dazwischen wetteifern
um die Anzahl der Farben. Auf beiden Seiten der wei-
ten unteren Ebene stehen Gruppen großer Bäume, die
Vanessa noch nie aufgefallen sind, links ein Birkenwäldchen, rechts Zypressen und Trauerweiden, ganz
und gar verschieden in Habitus und Grün. Unterm
Gerüst an der Scheunenwand wachsen Rosen ver-
schiedenster Sorten, auch Heckenrosen, deren langen
Triebe an edlen Spalieren klettern. Vanessa sieht rechts
auch einen Zipfel des Friedwaldparks. Alles schaut
aus, als sei es schon immer so gewesen.

Unbemerkt treten die drei Alten zu ihr.

„Wie es aussieht, doch keine Kartoffeln und Roten
Rüben", sagt sie spitz.

„War beiden zu viel Arbeit. Isch hätte so gemacht",
erklärt Kamil.

Als sie sich wieder dem Hof zuwendet, bemerkt sie
am Scheunengiebel ein Tor, das hier ganz neu ist.
Sowie sie nähertritt, öffnen sich die Flügel seitwärts
wie von Geisterhand, einen Fahrstuhl freigebend, der
ihre Neugier weckt.

Biber hält sie zurück. „Das ist noch nicht fertig."

Sie gehen an der hölzernen Treppe vorbei, die zu
den Hotelzimmern und zur Terrasse führt, die den
Whirlpool überdacht, und weiter um die dicken, edlen
Bohlen des Sichtschutzes herum, der das Badebecken
der besonderen Art gegen Blicke aus dem Hof
schirmt. Das benebelte Wasser lässt keinen Zweifel
über die Empfangsbereitschaft des Beckens.

„Wenn scheene Vanessa Bedirfnis verspiert ..." Weiter kommt Kamil nicht.

Mit wenigen Handgriffen wirft Vanessa die Kleider ab. Mit noch weniger Schritten hüpft sie ins runde Becken.

„Passt."

„Kenn wir auch?", bittet Kamil.

„Nein", kommt es resolut von Biber.

„Kann isch scheene Vanessa vielleischt zeigen, wie man ihn an..."

„Nein!"

„Perfekt."

„Was seid ihr fier Ganoven. Glotzt schamlos zu das Mädschen", schilt Bogdan.

„Du guckst ja auch nisch auf deine Fieße."

„Aber nur in Gesischt."

„Stuss! - Du hast vielleischt mehr Charakter als wir, aber bleed bist du auch nisch", flüstert Withold andächtig.

Vanessa hat den roten Knopf gefunden. „Darf ich?"

Biber nickt.

Also macht sie dem voyeuristischen Genuss ein Ende. Die schaumigen Wogen verdecken beinahe alle Köstlichkeiten, was den Augenschmaus aber kaum mindert.

„Isch hol Handtuch."

„Nein."

„Willst du verbieten Heeflischkeit?"

„Ja."

„Ganove eins."

„Wenn du noch ein bisschen schwimmen willst, hinter der Tür findest du Badezeug und auch einen Bademantel für nachher."

„Schwimmen?", fragt sie überrascht wie begeistert.

„Wozu braucht sie Badezeusch? Is doch keiner weiter hier."

Bogdan stupst ihn an. „Bleib geschmeidisch, Kamilek."

„Ihr seid doch alle Trittbrettganoven!"

Vanessa verlässt den Pool, noch ehe das Wasser ganz zur Ruhe gekommen ist. Mit ihren Sachen verschwindet sie im Haus.

Die vier benutzen das Tor zum einstigen Gewächshaus. Doch bevor sie den Beckenrand erreichen, springt Vanessa von der Seite ins vorgeheizte Wasser. Die vom blanken Metall reflektierte Abendsonne beißt in den Augen.

„Perfekt."

„Ich hab das *Badezeusch* liegen lassen, weil ihr so schön gebaut habt."

„Passt", schwärmt Withold.

Biber ist erstaunt über so viel Freizügigkeit. „Wenn du gegen den Strom schwimmen willst, musst du das Anschlagblech drücken."

Vanessa drückt und müht sich redlich. Als sie sich auf den Rücken dreht, wendet sich Biber den Männern zu. „Wir sollten ihr ein Handtuch holen."

Kamil lässt keinen Blick von der grazilen Nixe. „Vorhin durfte isch nisch. Jetzt will isch nisch."

Biber geht. Vanessa steigt aus dem Wasser. Die drei Alten ziehen sich hastig durchs Tor zurück. Sie kommen gerade noch zurecht, um zuzuschauen, wie Biber das Mädchen in einen zyanblauen, samtweichen Bademantel hüllt.

„Perfekt."

Alle begeben sich in Vanessas Wohnstube, wo sie Erika an einer liebevoll vorbereiteten lukullischen Tafel empfängt. Sie fläzen sich in Sessel, Sofa oder Ottomane, um Vanessas leidenschaftlichem Reisebericht zu lauschen und hunderte Fotos auf dem großen Bildschirm anzusehen.

Vanessa erzählt Stunden. Zu vorgerückter Stunde klingelt es an der Tür. Die Gärtner bitten darum, den Anwesenden etwas zeigen zu dürfen. Sie versammeln sich am großen Tor. Der Mühlenberg liegt im Dunkeln. Beinahe unmerklich glimmen Lichter in den Heckenbändern auf, die ganz langsam heller werden und ebenso bedächtig den Farbton ändern. Es sieht gespenstisch aus, erst recht, als sich um das Licht und die Hecken ein feiner Nebel bildet. Ein bestrickendes Schauspiel, das viel Beifall findet.

Berger überreicht Vanessa einen prachtvollen Gartenblumenstrauß in einer nicht weniger prachtvollen Vase.

Vanessa wird rot bis in den Ausschnitt.

„Kommt auf die Wiese", lädt Schneider ein. „Wir haben eine süffige, kühle Bowle vorbereitet."

„Aber latscht nicht mehr Wiese runter, als nötig ist", mault Berger.

Vanessa folgt entzückt.

Biber bemüht sich, die aufkeimende Eifersucht zu unterdrücken.

Erika hält ihn zurück. „Jetzt stehlen dir gleich zwei schmucke Männer die Show."

„Vor denen muss mir nicht bang sein."

„Sei dir da nicht so sicher."

Biber will den anderen nach.

Erika fasst ihn beim Jackett. „Hast du das Haus verkauft? - Lüg jetzt nicht", zischt sie eindringlich.

„Ja."

„Für wie viel?"

„Weiß ich nicht genau."

„Du lügst."

„Es ging über einen Makler."

„Wenn ihr nisch kommt, is Bowle alle", warnt Kamil.

„Also schnell", drängt Erika.

„Wie schön du bist."

„Zum Heiraten oder nur mal für so?"

„*Du* wolltest nicht", zischt nun Biber.

„Weil du nicht ehrlich bist."

„Müssen wir das jetzt klären?"

„Jetzt und hier." Erika verliert ihr Lächeln.

„Was willst du wissen?"

„Das gleiche wie vorhin."

„Spielt es für dich eine Rolle, ob ich zweihunderttausend oder Zweimillionen für das Haus kriege?"

„Das ist eine Frage, keine Antwort", erwidert sie kühl.

„Letzteres."

„Wie viel davon steckt im Hof?"

„Alles."

„Wie viel noch?"

„Acht."

Erika ringt nach Luft.

Sie spricht so leise, dass Biber ihr die *Millionen* vom Mund ablesen muss.

Er hält sie fest, erschrocken über ihrer Blässe.

„Das ist nicht wahr. Sag, dass das nicht wahr ist."

„Du hast die wichtigste Frage vergessen."

„Welche?"

„Die nach den Schulden."

„Ich kann rechnen." Sie stutzt. „Sag schon."

„Keine. - Hab ich mir jetzt einen Schluck verdient?"

Sie sinkt weich an seine Brust.

„Das wäre jetzt ein denkbar schlechter Zeitpunkt, meinen Antrag anzunehmen."

„Ich lieb dich auch mit Geld."

„Gewöhn dich eher an ein *ohne*."

Vanessa hat kaum Zeit, sich einzugewöhnen, da naht bereits der nächste Höhepunkt in Form eines Fahrzeugkonvois. Ein Kleinbus und fünf LKW, darunter ein Lastzug mit gigantischen Balken, passieren den Park. Bergschneiders bangen um ihre Wege und die aufwändig gegründeten Natursteinmauern am Berghang. Wie es aussieht, hält alles den Belastungen stand. Dem Kleinbus entsteigt ein Dutzend Männer ganz unterschiedlichen Alters. Nachdem sie ein Weilchen um den Mühlenstumpf herumgewuselt sind, beginnen sie mit der Aufstellung der vorgefertigten Holzkonstruktion. Der Aussichtsturm wächst. Bergschneiders haben die Idee, den Prozess von der Wohnung aus im Bild festzuhalten.

Wie nebenbei spricht Jakobi Biber an. „Eine faszinierende Konstruktion, so eine Mühle. Alles Eiche. Da lacht das Herz jedes Zimmermanns."

„Spannende Sache. Die acht Ecksäulen sind doch gut zehn Meter lang", schätzt Biber.

„Haben Unterarmstärke."

Biber sieht ihn befremdet an.

„Ich meine die Länge des Arms. - Wiegt fast eine Tonne so ein Teil. Wird der Kran ganz schön ins Schwitzen kommen."

„Sie kennen sich aus. Haben Sie Lust, da mitzumachen?"

„Die lassen keinen ran. Ich werd abends immer mal gucken gehen. - Wenn wir schon bei *gucken* sind. Sie sind wohl gar nicht neugierig, was aus Ihrem Dampfer wird?"

„Doch. Ich wollte Sie nicht nerven. Wie weit sind sie denn?"

„Äußerlich schon ziemlich fertig. Gestern haben sie das Ruderhaus aufgesetzt. Sie sind gerade über den

Schornsteinen. Wenn Sie sich beeilen, können Sie die noch stehen sehen."

„Bleiben sie nicht stehen?"

„Natürlich nicht. Wir hängen so schnell wie möglich alles zu, was übers zweite Deck hinausgeht."

„Wie sieht es aus?"

„Gucken Sie selber."

Biber folgt Jakobi nach Feierabend auf die Werft.

Vanessas zweite Überraschung liegt fünf Tage zurück. Witold, Bogdan, Kamil und Biber sitzen im Welkower Gasthof. Wie schon die Woche zuvor, sind sie allein in der Wirtsstube.

Agnes bringt die erste Runde. „Wohl bekomms, meine Herren. Schön, dass ihr gekommen seid."

„Passt. - Wir komm jetzt jede Woche."

„Das klingt wie eine Drohung."

„Is gemietlischstes Lokal weit und breit", schmeichelt Kamil.

„Ich hatte schon Angst, dass wir heute gar nicht mehr unterkommen", eröffnet Biber.

„Du meinst, wegen der Holländer? Hat sich also rumgesprochen", stellt Agnes fest. „Keine Angst, die kommen euch nicht ins Gehege. Fahren donnerstags heim und kommen montags erst wieder."

„Is gut fier Kasse?", vermutet Kamil.

„Kann man sagen."

„Was machen die eigentlich hier?", fragt Biber.

„Keine Ahnung. Die reden kaum Deutsch."

„Isch hab immer Gefiel, *is* Deutsch, nur bissel gebleedelt", schwätzt Kamil unüberlegt.

Biber verwarnt ihn mit den Augen.

„Sie machen eine mächtige Heimlichtuerei um ihre Arbeit. Es geht wohl um einen Aussichtsturm auf dem

Mühlenberg. Da hat sich die Stadt wieder was Tolles ausgedacht. Einen Turm mit Blick auf eine Ruine."

„Missen wir trinken auf Aussischtsturm", ruft Kamil, und Agnes zuzwinkernd: „und auf reischlischen Einfluss fier Kasse."

Withold verfolgt Agnes mit den Augen bis zur Küchentür. „Weil Agnes grad schwätzt ieber Tollheiten von Stadt. Du hast erzählt von iebermietischen, wunderscheenen Esel. Is mir gekomm folgende Idee." Withold schaut sich zum Tresen und zur Küchentür um. „Wenn sie Esel wegschließen wolln in Kontor, warum missen wir dann neuen gießen?"

Biber versteht die Frage nicht.

Bogdan hilft ihm auf die Sprünge. „Wozu brauchen wir Zweitguss? Wenn Kinstler mitspielt - sonst geht natierlisch nisch - kennte man Amt und Stadtrat herrlisch an Beine pinkeln."

„Seid ihr verrückt? Nein und Schluss."

„Is mein Text. - Was heißt verrickt? Verrickt is, Esel wegzuschließen."

„Is barbarisch", unterstützt ihn Withold.

„Wenn das rauskommt, können wir den Hof vergessen. Das Amt kann uns das Leben zur Hölle machen."

Kamil winkt ab. „Bleib geschmeidisch. Die kenn gar nix. Wie wolln sie sisch entristen, wenn Esel verschwindet, den sie wolln wegschmeißen, weil ihnen Botschaft von Kinstler nisch passt?"

„Kamilek hat rescht. Wie wolln sie Zweitguss von Original unterscheiden?", fragt Withold spitzbübisch.

Biber sammelt alle Strenge im Gesicht. „Es bleibt bei einem kategorischen *Nein*! Habt ihr das verstanden?"

Kamil schüttelt den Kopf. „*Nein* haben wir verstanden, *Grinde* nisch. Wie man dreht und wendet, is bleed."

„Passt."

„Ich bin lieber blöd als verrückt."

„Is das gleische", mault Withold.

Keine zwanzig Stunden später, Punkt sechzehn Uhr, ereignet sich direkt vorm Amtsgebäude eine merkwürdige Geschichte. Ein LKW mit Auslagekran fährt vor und hebt aus dem Pflaster das Eselstandbild, das zwei Männer in tadellosem, rotem Overall kurz zuvor aus dem Fundament gelöst haben. Demontage, Verladung und Abtransport vollziehen sich schnell und vor aller Augen unter Protest einiger Anwohner. Die drei Arbeiter zeigen nur immer auf das Amtsgebäude. Die aufgebrachte Menge rückt schließlich ein, doch ehe jemand vom kaum noch besetzten Amt einschreiten kann, ist der LKW samt Esel verschwunden. Die Polizei ermittelt unverzüglich aber vorerst erfolglos.

Withold versucht, Biber die kuriose Geschichte zu verklickern. „Siehst du? Andre sind klieger und haben mehr Arsch in Hose."

„Wovon schwätzt du?"

„Esel wurde hopp genomm auf LKW und fertisch", erklärt Kamil.

Ein Blick in die Runde genügt. Biber ist stinksauer auf die verrückten Alten. „Ich hatte *nein* gesagt. Was war daran nicht zu verstehen?"

„Haben wir verstanden, Chef", redet Kamil für alle. „Du hast mit die Sache nischt zu tun. Wenn kommt raus, schiebst du alles auf drei durschgeknallte Polen, die noch in hohes Alter das Mausen nisch lassen kenn."

„Wo habt ihr den Esel? Ich geb ihn zurück."

„Bist du verrickt? Wenn du nisch mitspielst, haust du auch Ross und Gießerei in Berlin in Pfanne."

„Was hat Ross damit zu tun?"

„Stecken alle mit drin."

„Na Klasse."

„Bleib geschmeidisch. Du musst disch nur bleed-stellen."

Es dauert nicht lange, bis die Polizei erscheint.

„Verpisst euch, am besten gleich nach Hause."

Der Kriminalbeamte lässt Biber kaum Zeit, seine Gedanken zu ordnen. „Wie wir im Amt erfuhren, haben Sie sich erst kürzlich für die Bronze vorm Amtsgebäude interessiert."

„Allerdings. Ich habe bei Herrn Ross sogar einen Abguss bestellt, der bis Ende September geliefert werden soll. - Darf ich fragen, warum Sie mich beehren?"

„Die Bronze wurde gestohlen."

„Meine Bronze?"

Der Kriminalbeamte stutzt. „Nein, die vorm Amt."

„Oh. Eine unangenehme Situation."

„Für Sie?"

„Nein, für die Stadt. Wie ich hörte, gab es einen Beschluss, den Esel aus dem öffentlichen Raum zu entfernen."

„Wer sagt das?"

„Ich will niemandem zu nahe treten. Die Platte mit den Informationen zur Bronze war schon weg."

„Wollen Sie damit andeuten, der Diebstahl erfolgte im Auftrag der Stadt?"

„Nein, natürlich nicht. Aber es lässt sich kaum leugnen, dass der Esel der Mehrheit des Stadtrats ein Dorn im Auge war. Insofern ist es nicht ganz abwegig ..."

„Seien Sie vorsichtig mit solchen Spekulationen."

Als wenig später Leute von der Zeitung eintreffen, hat Biber die Warnung schon vergessen. Er plaudert mit einer gewissen Entrüstung über die Absicht der Stadt, die unliebsame Plastik im Depot zu entsorgen. Der Artikel erscheint prompt in der Wochenendausgabe. Nun prasselt es nur so Beschwerden und Empörungsbekundungen zu diesem Akt kulturloser Barbarei. Der Stadtrat beruft noch am Wochenende eine Krisensitzung ein und widerruft am Montag nicht weniger empört. Der Artikel schließt mit den Worten: *Die Bürgervertretung hat sich darauf geeinigt, die Eselskulptur samt Informationsplatte wieder am alten Standort aufzustellen. Sollte er trotz intensiver Suche nicht gefunden werden, wird - ungeachtet der Kosten - ein Zweitguss in Auftrag gegeben.*

Am Donnerstag feiert Ross mit den drei Alten im Wellkower Gasthof den gelungenen Schelmenstreich. Auch Biber sitzt dabei. Es schaut aus wie eine Verschwörung. Die ersten zwei Runden werden in einem Zug hintergestürzt, entsprechend lustig geht es zu.

Agnes bringt das Essen. Prager Schnitzel mit Blumenkohl und Bratkartoffeln; dazu einen gigantischen Salatteller. „Ihr seht mir aus wie Kinder, die was ausgefressen haben und sich diebisch freuen über das Resultat."

„Perfekt! Scheene Agnes, du bist beste Menschenkenner, was gibt. Deshalb isch will dir perfekte Geschäftsidee verklickern: Setz Gerischt auf Karte: *Mühlfurter Eulenspiegelei auf Eselschnitzel.*" Kamil lacht mit hochrotem Kopf.

„... *mit Amtsschimmelkäse*", ergänzt Withold, ehe er ins Gelächter einstimmt.

„... *und PaprI-A!*", rundet Bogdan das Gericht ab.

Vier Männer lachen, dass die Tränen kullern.

Biber hält sich zurück.

Agnes hat von der Geschichte noch nichts gehört. „Meint ihr den Märchenesel, der Dukaten kackt?"

„Jenau den!" Ross erstickt beinahe vor Lachen.

„Könnten wir gut gebrauchen", sagt Agnes forsch.

„Wat denn, jeht det Jeschäft so mies?"

„Isch sag doch, missen mehr trinken", schlägt Kamil vor.

„Passt."

„Sind die Holländer abgereist?", forscht Biber arglistig.

„Nein. Es ist alles gut. Kann natürlich immer noch besser gehen. Ich denke an die Hundertjahrfeier des Gasthofs Ende September. Die wird eine Stange kosten. Sogar der Bürgermeister von Mühlfurt hat zugesagt. Da will man sich ja nicht lumpen lassen."

Bogdan tippt mit der Hand neben sich auf den Tisch. „Agnes, du Gute, setz disch bissel zu uns. Hundert Jahre wird die Kneipe?"

„Det is 'n Grund zu feiern."

„Kneipe. Das ist ein Gasthof, meine Herren, mit zwanzig Zimmern."

„Bleib geschmeidisch und schimpf nisch gleisch. Missen wir trinken Beste, was gibt: Zwetschgenbrand mit eingeleeschte Kerne. Perfekt."

Withold springt auf. „Bleib sitzen, Mutter, isch hol Gläser."

„Der Gasthof war immer in der Hand einer Familie?", fragt Biber.

„Ja." Agnes nickt nachdenklich. „War manchmal - nicht leicht." Ihre Augen glänzen. „Wir haben noch alle Geschäftsbücher vom Tag der Eröffnung an."

„Unglaublisch. Wirklisch alle?", fragt Withold, während er den anderen, vor allem Biber, große Augen macht.

„Kann ich mir nicht vorstellen", nimmt Biber den Ball auf.

Agnes stemmt sich aus der Bank und geht hinaus.

„Jetzt hast du sie verärgert", flüstert Bogdan.

„Glaub ich nicht. Wir müssen an die Bücher ran", erklärt Biber.

„Ach was du nisch sagst", spöttelt Withold.

„Denkst du, steht was drin ieber Mord?", fragt Kamil.

„Bist du verrickt? Halt den Schnabel."

Agnes kommt zurück, in den Händen ein altes Kassenbuch. „Das ist das erste, von Oktober 1920 bis September 1930", verkündet sie stolz. „Davon gibt es zehn. Das letzte ist in Arbeit. Sie lachen zwar alle darüber, aber ich schreibe sie trotzdem, auch wenn sie schon lange nicht mehr gebraucht werden."

Biber nimmt Agnes das schwere Buch aus der Hand und schlägt es unter den Blicken der anderen so vorsichtig auf wie den Deckel einer geborgenen Schatztruhe. „*Geschäftsbuchdruckerei Messerschmidt und Falk, Leipzig/Lindenau, 1920.* - Unglaublich." Er blättert weiter.

„Is in alte Schrift", bemerkt Kamil.

„Sütterlin", erklärt Agnes stolz.

„Das sind wertvolle historische Dokumente", schwärmt Biber leidenschaftlich.

„Glaubst du?", fragt Agnes ehrfürchtig.

„Die dürfen auf gar keinen Fall verlorengehen."

Withold springt ihm bei. „In alle Bieschereien und Arschive digitalisiern sie das Zeusch."

„Was machen sie?"

„Sie speichern jede Seite auf Festplatte für die Nachwelt", erklärt Biber. „Dann muss keiner mehr die Bücher selbst anfassen."

„Das können sie machen, wenn ich tot bin", wehrt Agnes ab.

Withold wedelt mit der Hand. „Pass nur gut auf die Biescher auf. Dafier zahlen mansche Leute Vermeegen."

Agnes schaut skeptisch beim Blättern zu. „Ich wollte sie eigentlich bei der Feier ausstellen."

„Damit jeder mit die Pfoten drin rumgrabscht?", prophezeit Bogdan. „Isch wirde alles ablischten und dann während die Feier Biescher von erste bis letzte Seite durschlaufen lassen fier alle in Hintergrund sischtbar, ohne dass Biescher Schaden nehmen oder geklaut werden kenn."

„Passt."

„Perfekt."

„Wie lange dauert so was?"

„Kann Olaf ganz schnell machen. Heeschstens Woche", erklärt Bogdan.

„Fragt ihr mich vielleicht auch mal, ehe ihr mir wieder schön was an den Hals hängt?", beklagt sich Biber. „Ich kann nicht versprechen, dass ich das in einer Woche ..."

Agnes unterbricht ihn. „Es ist ja noch über einen Monat hin. Ich werde dir die Ablichtung gut bezahlen. Bis zur Feier seid ihr vier ..." Sie schaut Ross kritisch von der Seite an. „... von mir aus auch fünf, natürlich meine Gäste." Sie läuft eilig hinaus.

„Kann mir ma jemand verklickern, worum et hier jeht? Wieso freut ihr euch diebisch über de Schinderei, die ihr euch offjehalst habt?"

„Später, Walter", flüstert Biber.

Agnes erscheint in Begleitung von Tochter und Schwiegersohn, alle mit drei Wälzern der gleichen Art vor der Brust. „Das sind alle. Den letzten würde ich noch behalten, bis die hundert Jahre voll sind. Dann hör ich auf damit."

„Geb's Gott, Mama."

„Wo habt ihr bis zuletzt die alten Bücher hergekriegt?", fragt Biber erstaunt.

„Mein Vater, der das hier aufgebaut hat, war ein sparsamer Mensch. Er hat damals gleich einen großen Posten gekauft."

„Ohne zu wissen, dass so ein Buch für zehn Jahre reicht", spottet die Tochter, die in Bibers Alter ist.

„Sollen wir die gleich mitnehmen?"

„Wenn Sie mir sagen, wohin die Fuhre geht, kann ich sie auch bringen", bietet der Schwiegersohn an.

„Wenn Sie so lieb sind, in den Kronenkrug."

Nachdem die drei Wirtsleute verschwunden sind, erklärt Biber Ross leise, was es mit ihrem Eifer auf sich hat.

„Ick verstehe", flüstert er ebenso leise zurück. „Dafür, dat de ihrem sparsamen Vater 'n Mord anhängen willst, hält se uns 'n Monat frei in seine Kneipe. - Ja, so jeht det zu in der Welt."

Tatsächlich treffen die neun schweren Wälzer folgenden tags im Kronenkrug ein. Biber baut ein Stativ und experimentiert mit unterschiedlichen Belichtungsvarianten. Sowie er eine befriedigende Lösung gefunden hat, geht er mit Erika daran, die Bücher abzufotografieren. In knapp fünf Stunden sind sie fertig. Die eigentliche Arbeit beginnt jetzt erst. Gemeinsam erfassen sie alle Zahlen, nach Rubriken geordnet, in einer Excel-Tabelle. Dafür brauchen sie nicht nur das Wochenende.

Erika, die Sütterlin fließend zu lesen vermag, kniet sich geradezu leidenschaftlich in die Sache. Sie stellt ganz unterschiedliche Rechnungen an, um die Entwicklung der Vermögenssituation zu ermitteln und die wichtigsten Verläufe zeitlich zuzuordnen.

Biber untersucht derweil alle Übergänge von einer Handschrift in eine andere und - besonders akribisch - die Eintragungen in den Zeiträumen, in denen Ackermann und Fiedler verschwunden oder gestorben sind. Dabei finden sich sehr interessante Hinweise auf die Verbrechen, denen Ackermann und Fiedler offensichtlich zum Opfer gefallen sind.

Beim nächsten donnerstäglichen Besuch der Fünf im Welkower Gasthof bringt Biber die wertvollen Bücher zurück. Stolz überreicht er Agnes einen Stick mit den Fotodateien von reichlich zweitausend Seiten für die Präsentation auf der Hundertjahrfeier.

Agnes beschaut sich den silbernen Speicher-Stick in Form eines Flaschenöffners. „Da sind alle neun Bücher drauf?"

„Da staunste, wa? Du kannst dir nich vorstelln, wat det für ne Arbeet macht, neun fette Bücher in det kleene Ding da zu quetschen."

„Was bin ich dafür schuldig?"

Biber wehrt ab. „Nichts. War halb so schlimm."

„Nein, nein, mein Lieber. Sag, was es kostet."

„Scheene Agnes, du hast gesagt, du hältst uns frei alle Donnerstage bis Feier", erinnert Kamil.

„Ja doch. Aber er hat die Arbeit gehabt."

„Das ist schon so in Ordnung."

„Dann bedank ich mich ganz herzlich. Wenn ihr Lust habt, könnt ihr auch gern zur Feier kommen."

„Missen wir trinken auf Feier mit Beste, was ..."

„Nein, nein, meine Herren, ich bringe eine Spezialität des Hauses."

Als sie allein sind, erzählt Biber, was die Berechnungen aus den Büchern ergeben haben und welche Eintragungen für einen Mord sprechen. Die anderen lauschen gespannt den kriminalistischen Winkelzügen.

Am Morgen wird Biber auf sehr angenehme Weise von Erika geweckt. Die Rechnereien der letzten Tage haben bei ihr abwegige Gedanken aufgescheucht.

„Hast du die Einrichtung zusammen?"

„Ja."

„Auch Bettzeug, Handtücher, Tischtücher, Tischläufer, Menagen, Vasen, Speisekarten, Papierkörbe, Töpfe, Pfannen, Geschirr, Besteck, Seife, Duschbad, Shampoo, Toilettenpapier?"

„Keine Ahnung. Jakobi wird sich schon um alles kümmern."

„Darauf willst du dich verlassen? Hast du Leute für die Feier engagiert?"

„Die Gäste?"

Sie verdreht die Augen. „Ich seh schon. - Mit wie vielen Gästen rechnest du?"

„Wenn alle kommen, über den Daumen zweihundert."

„Olaf. Wo sollen zweihundert Leute sitzen?"

„Wir teilen sie auf zwei Lokalitäten."

„Willst du was kochen?"

„Ich dachte, du kochst."

„Und was?"

„Was ganz Feines, von allem was."

„Hast du schon was eingekauft?"

„Nein, das müssen wir noch bereden."

„Wie ich sehe, müssen wir noch alles bereden. Gut, dass ich schon mal gefragt hab. - Fangen wir noch mal bei der Wäsche an. Zudecken und Kopfkissen für wie viele Betten?"

Biber rechnet. „Vierundsiebzig."

„Hallo? Wo, bitte, stehen vierundsiebzig Betten?"

„In der Hoteletage zwanzig, im Dach vierunddreißig." Biber merkt, dass er sich verfranzt hat.

„Sind vierundfünfzig."

„Es gibt da noch so eine Art Hotel."

„Olaf, mach mich nicht wahnsinnig! Was für eine Art Hotel?"

„Es soll eine Überraschung werden."

„Überrasche, wen du willst, mich nicht! Wenn ich mich um die Eröffnung kümmern soll, dann muss ich wissen, was los ist."

Er zieht eine betrübte Miene. „Der Aussichtsturm wird eine Windmühle mit Wohnung für den Müller. Das zweite Hotel ist eine Fähre mit zehn Doppelkabinen, einer Wohnung für den Kapitän und einem Ballsaal für die Band."

„Eine Fähre. Mit Ballsaal." Sie hat leichte Probleme mit dem Kreislauf.

„Und Küche."

„Das ist alles bezahlt?"

„So gut, wie."

„Und das ist dann wirklich alles?"

„Für mehr hat das Geld nicht gereicht."

„Gott sei Dank!"

„Der hat nichts damit zu tun."

„Vierundsiebzig Zudecken und Kopfkissen. - Matratzen?"

„Sind schon drin."

„Gibt es genug Ersatz?"

„Keine Ahnung."

Erika atmet tief. „Ich kümmere mich drum, weil du mich so lieb gebeten hast. Darf ich einkaufen?"

„Ja."

„Nach meinem Geschmack?"

„Wäre lieb, wenn du mir vorher zeigst, was du kaufst. Ich meine, wenn es was mit dem Erscheinungsbild zu tun hat. - Ist das blöd?"

„Nein, ganz und gar nicht." Sie schaut ihn lange an. „Ich muss lügen, wenn ich behaupten will, dich zu verstehen."

„Du musst nicht alles verstehen. Es reicht, wenn du mich lieb hast."

„Darf ich Vanessa mit ..."

„Nein. Nur Jakobi weiß davon. Wäre schön, wenn es bis zur Eröffnung so bleibt."

Das Stichwort *Erscheinungsbild* wirft Biber auf einen alten Gedanken. Beim Lesen des Waldhaus-Märchens waren ihm die wenigen Illustrationen aufgefallen, allen voran die erste. Sie zeigt das Mädchen beim Essen. Vorm Tisch steht der Alte mit den Tieren. Sie schauen mit ernster Miene zu. Der langbärtige Greis hat den Arm um den Nacken der schönen, bunten Kuh gelegt. Schön Hühnchen hockt auf seiner Schulter. Schön Hähnchen steht aufgereckt zwischen den Vorderbeinen der Kuh.

Biber erbittet sich von Vanessa das Buch, kopiert das Bild und geht daran, einen Fokus allein auf die Zuschauer des Mahls zu legen. Er schneidet das Oval aus und retuschiert alles weg, was zum Mädchen gehört. Nur eine Ecke des Tisches ist zu sehen mit dem Brot und der brennenden Kerze, in deren Licht die Glocke am Hals der Kuh und die gelben Brustfedern der Hühner glänzen. Biber hat lange damit zu tun, die Farben kräftiger herauszuarbeiten und das Licht-und-Schatten-Spiel zu vertiefen. Zufrieden speichert er die letzte Version.

Auf der Suche nach einem Hersteller wetterfester, farbiger und gebogener Metallschilder wird er rasch fündig. Bei einer Charge von dreihundert Schildern ist der Hersteller sogar bereit, die beiden Löcher zu bohren. Der Preis ist akzeptabel. Biber bestellt. Zweihundert Schilder sind den Gästen als Erinnerungsgeschenk zugedacht, der Rest soll den Wanderweg von Mühlfurt nach Welkow markieren oder als Reserve aufbewahrt werden.

Der Donnerstag gehört wieder Agnes und dem Welkower Gasthof. Biber hat am Vormittag das Probeexemplar der Wegmarkierungen erhalten, das er den anderen nun stolz präsentiert.

„Passt.“

„Ick sag doch, du bist bejabt.“

„Das Bild ist aus dem Märchenbuch. Ich hab’s nur ein bisschen aufgefrischt und zugeschnitten.“

„Und damit willste jetzt die Bäume bepflastern?“

„Perfekt. Musst du aber sehr hoch hängen wägen die Ganoven.“

„Ich hab gleich hundert bestellt.“

Bogdan lacht. „So isch bin geweehnt.“

„Wie weit seid ihr mit den Fliesen?“

„Bäder in Hotelzimmern sind fertisch“, erklärt Kamil. „Missen wir nur noch Bäder und Kische fliesen oben in Dach.“

Biber holt eine Bauzeichnung aus der Tasche. „Die liegt schon eine Woche bei mir. Das Bauamt war fix. Wir sollten nicht mehr so lange damit warten.“

Die drei Alten rücken zusammen, um gemeinsam in die Pläne zu schauen.

Ross zieht das Blatt mit den Außenansichten zu sich und liest: „Wartehäuschen der Anlegestelle *Waldhaus* mit öffentlichen Toiletten."

Agnes bringt die erste Runde. „Ich freue mich so, dass ihr gekommen seid." Sie stellt das Bier auf eine Ecke des Tisches. „Mein Schwiegersohn hat einen Beamer gekauft, damit können wir sogar Filme zeigen. Wir haben uns die Geschäftsbücher angeschaut. Wunderbar. Großartig! Ich danke nochmals ganz, ganz herzlich und soll unbedingt einen Gruß von meiner Tochter ausrichten. - Was wollt ihr denn bauen?"

Biber hat die Hand auf den Plankopf der Zeichnung vor Ross gelegt. Die Alten tun es ihm unauffällig auf den vor ihnen liegenden Plänen nach.

„Sieht aus wie eine Laube", rät Agnes. „Hübsch. Wo soll die denn stehen?"

„In Walters Garten", prescht Kamil vor.

„Na dann, wohl bekomms, meine Herren." Beinahe leichtfüßig läuft Sie hinaus.

Die Männer stoßen an und trinken.

„Zwei Klosetts mit Fußbodenheizung?", fragt Bogdan skeptisch.

„Wenn de in een Klo ne Dusche machst, zieh ick da ein."

„Missen wir aber auf Tube dricken", meint Bogdan. „Is auf Tag genau noch Monat bis Ereffnung."

Withold streicht sich übers kahle Haupt. „Glasschiebetiern?"

„Du bist verrickt. Wie lange soll halten?"

„Werden wir sehen."

Ross schüttelt den Kopf. „Wat denkste, wie ville Leute bei dir mit de Fähre fahrn?"

„Werden wir sehen."

„Perfekt", schwärmt Kamil.

„Wat meenste?"

„Is hibsches Nest fier Liebe.”

Withold lacht. „Musst du machen Schild an Wand: *Hier kennt ihr machen, was ihr wollt, wenn ihr die Ordnung Achtung zollt.*“

„Wird Videoüberwacht“, erklärt Biber ernst.

„Passt!“, prustet Withold.

„Son pomfortionöset Wartehaus für ne kleene Fähre? Da bin ick richtigjehend jespannt off euern Hof.“

„Vielleicht wird die Fähre ja größer.“

Ross lacht. „Klar. Wie die an de Ostsee.“

„Ziegel werden nisch reischen. Brauchen wir noch fimpf Kubik, wenn wir auch Boden pflastern.“, rechnet Kamil.

„Was is mit Dach?“

„Hat Jakobi bestellt.“

„Und Fliesen fier Klo?“

„Besorg ich.“

„Isch hab Gefiel, wird Stress“, meint Withold.

„Bist du anders geweehnt?“, fragt Bogdan.

„Habt ihr gedacht, wir machen letzte Wochen Urlaub?“

„Hört auf. Wie ich euch kenne, steht das Ding in einer Woche.“

„Passt.“

„Perfekt. Missen wir bloß noch wissen, wo genau das Ding stehen soll.“

Biber zeigt auf ein Blatt. „Hier, hinter den Klos, das ist das schon stehende Terminal. Könnt ihr also nichts falsch machen.“

„Wäre trotzdem besser, du steckst ab“, bittet Withold.

Freitagmorgen spannt Biber die Schnur. Bogdan hebt mit dem Bagger den Graben fürs Ringfundament aus.

Jakobis Leute helfen hernach bei der Schalung. Noch am Abend wird der Beton eingefüllt.

Am Montag wird die Bodenplatte gegossen. Am Abend liegen bereits die ersten Ziegellagen.

Am Dienstag kommen die versprochenen Ziegel, die bis zum Feierabend fast verbaut sind.

Am Mittwoch wird der Fußboden des Wartehäuschens gepflastert und alles sauber verfugt.

Biber ist immer dabei. Er erinnert sich wieder daran, dass auch das Zureichen der Steine Spaß machen kann, wenn sie so schnell gesetzt werden, wie von den drei Füchsen.

Am Abend klingelt er müde bei Vanessa.

Sie öffnet schüchtern. „Haben Sie keinen Schlüssel?"

„Nicht zu deiner Wohnung", schwindelt er.

Sie lässt ihn rein. „Die Wohnung ist wirklich sehr schön. Aber unten war es irgendwie gemütlicher."

„Gemütlicher?"

„Da waren Sie da oder nicht da. Aber wenn Sie da waren, hab ich Sie gesehen und konnte ich mit Ihnen reden. Das war anders. Hier ist es einsamer."

„Du kannst jederzeit rüberkommen."

„Das ist nicht das gleiche."

„Wir machen auch draußen Klinken an die Türen. Da ..." Biber merkt selbst, dass das nicht so viel an der Sache ändert. „Hast du eine bessere Idee?"

„Nein. Das wäre schon gut."

Biber setzt sich an den großen Tisch.

Vanessa folgt ihm in einen benachbarten Sessel. Sie zieht die Knie ans Kinn und schaut ihn an.

„Hast du mal wieder was von deiner Mutter gehört?"

„Sie hat sich nicht mehr gemeldet."

„Findest du das nicht merkwürdig?"

Sie atmet tief. „Schon. Was soll ich machen? Sie ist weggegangen und hat nicht gesagt, warum und wohin."

Biber fällt auf, dass das nicht mal gelogen ist. „Und dein Vater?"

„Das hab ich Ihnen doch erzählt."

„Habt ihr nie versucht, ihn zu finden?"

Ihre Augen bekommen einen leidenschaftlichen Glanz. „In Amerika? - Wie wollen Sie einen Menschen finden, der nicht gefunden werden will?"

„Es gibt Suchdienste. Vielleicht war er nur krank, oder er ist verunglückt. Die Botschaften sind verpflichtet, sich um solche Fälle zu kümmern. Hat deine Mutter mal versucht, mit der Botschaft Kontakt aufzunehmen?"

„Keine Ahnung. Es war nicht leicht, mit ihr über meinen Vater zu reden."

„Warum? Es ist doch dein Recht, was über ihn zu erfahren."

Vanessa nickt lächelnd. „Das hab ich auch gedacht. Manchmal hab ich gefragt und gefragt und gebohrt, bis sie die Beherrschung verloren hat. Da hat sie manchmal was erzählt von ihm. Aber nichts, was ich wissen wollte."

„Was meinst du?"

„Ach, das war alles Unsinn. Ich denke, sie hat sich mitunter Zeug ausgedacht, nur damit ich aufhöre zu fragen."

Biber mustert sie nachdenklich.

„Einmal hat sie geschrien, mein Vater wäre ein Tunichtgut, der noch nicht einmal richtig schreiben kann. Wie soll so einer allein in Amerika überleben? - Ich hab geweint und immer wieder die Karte gelesen. Als sie dazu kam, hat sie auch ganz furchtbar geweint und sich entschuldigt, was sonst nicht ihre Art war. Wahrscheinlich kann ich mich nur deshalb überhaupt noch daran erinnern."

Biber fällt auf, dass Vanessa die ganze Zeit von der Mutter in der Vergangenheit spricht. Er hat das Foto vor Augen, das sie mit der toten Mutter zeigt. „Du redest von deiner Mutter, als wenn sie tot wäre."

„Vielleicht ist sie ja tot. Soll ich sie suchen lassen?"

„Fehlt sie dir?"

„Wenn ich ehrlich bin ... eigentlich nicht. Ich hab ein paar Erinnerungen an ganz früher. Da war sie sanft und schön und fröhlich. *Die* fehlt mir, ja, aber die fehlt mir schon sehr lange."

Biber merkt, dass er jetzt aufhören muss, und das weniger Vanessa zuliebe. „Hier ist das Geld für diesen Monat."

„Herr Biber, bitte, ich mach Ihnen weder das Frühstück, noch das Abendbrot, noch das Bett. Ich wohne ja bei Ihnen. Sie haben den Aufenthalt im Kronenkrug bezahlt und die Sachen für die Reise, und wenn ich den Preis der Möbel ..."

„Die Möbel kannst du nicht essen." Er legt das Geld auf den Tisch.

„Danke. Ich kann es brauchen. In zehn Tagen ist die Abschlussfahrt."

Biber erschrickt. „Was denn für eine Abschlussfahrt?"

Vanessa lacht verlegen. „Die von der Schule. Ich wollte erst gar nicht mitfahren. Aber ..."

„Wie lange geht die?"

„Zwei Wochen."

„Dann bist du zu deinem Geburtstag gar nicht hier?"

„Woher wissen Sie, wann ich ..."

Biber wird rot. Ihm fällt keine passende Erklärung ein. „Keine Ahnung, wo ich das gelesen hab."

„Dann ist die Schule endgültig vorbei."

„Warum sagst du das so traurig?"

„Ich hatte wahnsinnige Angst vorm letzten Jahr. Dann war es eigentlich gar nicht so übel." Sie lacht. „Nein. Es war sogar sehr schön."

„Das freut mich"

„Auch wenn die Reise nicht gewesen wäre."

„Hat es mit dem Studium in Berlin geklappt?"

„Ja."

„Gratuliere. Weißt du auch schon, wo du wohnen wirst?"

„Erstmal in einer Fünfer-WG. Ein bisschen bang ist mir schon, wenn ich dran denke. Mit so vielen war ich noch nie auf so engem Raum."

„Na komm schon. Die Zeit im Kronenkrug hast du dich doch ganz wacker geschlagen. Und das waren erschwerte Bedingungen mit all den alten Leuten."

„Nein, das hat mir sehr geholfen."

„Warum?"

Vanessa schaut auf ihre Hände. „Ich hab Sie belogen."

Biber schlägt das Herz im Hals.

„Ich bin schon sehr lange verliebt. - Er ist ganz still und oft traurig. Ich weiß, er mag mich. Er ist nur furchtbar schüchtern, genau wie ich. Drum ist es bis jetzt nichts geworden. - Auf einmal schwirren die Kerle nur so um mich rum, obwohl alles ist wie früher."

„Das würde ich nicht sagen."

„Auf der Abi-Fahrt werd ich ihn fragen. Wenn er dann immer noch zu feige ist, kann ich's nicht ändern. Aber ich hab's wenigstens versucht."

„Das hätte ich dir nicht besser raten können. Kerle sind mitunter die größten Idioten. Aus Angst, einen

Korb zu riskieren, schießen sie lieber das Glück des Lebens in den Wind. - Was will er denn studieren?"

„Das hat er mir nicht verraten."

„Warum nicht?"

„Ich glaube, weil es ihm peinlich ist." Vanessa starrt auf ihr Knie.

„Lieb, dass du mir das anvertraut hast. Ich wünsch dir das Beste."

„Danke."

„Ich lass den Schlüssel stecken. Wenn du ..."

„Danke."

Biber schreibt am letzten Kapitel der Chronik. Viel ist es nicht, was er beitragen kann, aber dennoch in vielem erhellend. Immer wieder feilt er an den Formulierungen, nicht damit es gediegen klingt, er will niemanden verletzen oder Unrecht tun. Seit Bogdan seine Bedenken vorgetragen hat, ist er noch unsicherer geworden. Seine Gedanken driften oft ab zur letzten offenen Frage. Wer schrieb die Karte aus Amerika? Er betrachtet den Schriftkram aus Godelindes Nachlass vergrößert auf dem Bildschirm. Die Briefe kennt er beinahe auswendig, auch die Hochzeitsglückwünsche. Warum gibt es nicht mehr? Wo sind Godelindes Briefe an August? Manches erschließt sich aus Augusts Briefen. Ein Brief bezieht sich ganz offensichtlich auf einen nicht mehr vorhandenen. Biber tastet sie in komfortabler Schriftgröße noch einmal Zeile für Zeile ab, dann die Karte. Ihre Schrift und die der Liebesbriefe sind ganz und gar identisch. August muss die Karte vor seinem Tod geschrieben haben. Warum ist er nicht eher darauf gekommen? Und weiter? Warum soll er der Tochter vor seinem Tod eine Karte geschrieben haben, die später - wer auch immer - aus Amerika schicken wird? Wusste er um seinen Tod?

Hatte er sich doch zum Sterben in eine Grube gelegt? Warum? War er krank? Hatte er vor, Frau und Kind zu verlassen? Wie man es dreht, es ergibt alles keinen Sinn! In seiner Verzweiflung liest er noch einmal alle anderen schriftlichen Hinterlassenschaften. Er stockt. Eine Glückwunschkarte hält ihn fest. Die Schrift ähnelt auf geradezu verblüffende Weise jener auf der Amerika-Karte und den Liebesbriefen. Der Text ist lapidar. Erst als er ihn das dritte Mal liest, ahnt er, dass er da zumindest etwas Merkwürdiges gefunden hat. Die Gratulantin beschließt die Grußformel mit *Annegret, Euer Postillon d'amour*. Noch interessanter ist die Bemerkung: *Nun hat sich endlich erfüllt, woran auch ich ein stückweit mitgewirkt habe*. Biber schießen alle möglichen und unmöglichen Erklärungen durch den Kopf. Wie hat diese Annegret an der Hochzeit mitgewirkt? Vor Wochen hat er den Satz auf ihre Hilfe bei der Hochzeitsvorbereitung oder an der Hochzeitsfeier selbst bezogen. Aber das war ja Unsinn. Was sich erfüllt hat, war nicht die Vorstellung einer Traumhochzeit, sondern der Bund der beiden. Was kann sie getan haben, damit sich der Ehebund erfüllt?

Biber druckt die Glückwunschkarte aus und steckt das gefaltete Blatt ins Jackett.

Anderntags, beim allwöchentlichen Treffen im Wellkower Gasthof, meldet Kamil Vollzug. „Ziegelbau steht. Alles Perfekt. Jakobi hat versprochen, dass morgen kommt Dach drauf und fertisch."

„Hab ich es nicht gesagt?", wendet sich Biber an Ross. „Genau eine Woche."

„Is noch nisch fertisch", wendet Withold ein. „Noch bissel Trockenbau, Einbau von die Klos und Waschtische, Fußbodenheizung, Fliesen, Tiern missen noch rein, Bänke zu sitzen, nisch vergessen, Schiebetier."

„Schiebetier macht Olaf."

Biber beobachtet Ross, der merkwürdig neben sich steht. „Was ist los, Walter. Klappt was nicht mit dem Guss?", forscht er vorsichtig.

„Wie kommst 'n da droff? Läuft allet wie jeplant."

„Was bedrückt dich?"

„Nüscht."

Kamil schlägt sich auf die Brust. „Sind wir Freunde? - Dann du musst sagen, was disch bedrickt."

„Passt."

„Ick hab Stress mit det Haus."

„Is doch perfekt."

„Find ick ooch. Aber 's Bauamt macht Ärjer wejen de unjenehmigten Umbauten. Jetze mehr denn je."

„Wegen den Esel?", fragt Bogdan.

„Möglich. - Am liebsten würde ick de Bude wegspreng."

„Warum bringst du's nicht wieder in Ordnung? Ich ... wir könnten dir helfen dabei."

„Daran hab ick ooch schon jedacht. Jeld hätt ick ja jetzt. Aber wozu? Im umjebauten Haus würde ick eh nich bleiben."

Kamil sieht ihn zerknirscht an. „Wo willst du hin?"

„Wahrscheinlich wär ick schon wieder Richtung Berlin, wenn ick euch nich jetroffen hätte."

Die vier sind gerührt.

„Was wird mit Figurn in Garten?", fragt Bogdan.

„Nüscht. Wat soll werden? Det sind Erinnerungen, die ick nicht missen kann. Se schützen mich davor, zu verblöden, weil se mich daran erinnern, wat wichtig is und wat nur dafür jehalten wird."

„Hast du nicht Lust, auf den Hof zu ziehen?"

Ross lacht. „In de Besenkammer?"

„Nein. Eine Wohnung mit Blick auf den Brunnen und den Esel ist noch frei, in Nachbarschaft zu einem Gärtnerpärchen."

„Mit Atelier?"

„Begrenzt, vor allem, was den Schallpegel angeht. Möglicherweise ist aber auch noch die Wohnung im Aussichtsturm zu haben. Dann kannst du nach Herzenslust hämmern."

„Wejen det Jehämmer mach dir ma keene Sorjen. Ick bin müde, wat det Schaffen anjeht. Du hast mich mit d'm Brunnen noch ma aus de Reserve jelockt. Irjendwann muss ooch ma juut sin. Ick will froh sin, wenn mich de Muse noch für kleene Sachen küsst."

„Wart ab", tröstet Witold. „Neue Umgäbung, neue Inspiration. Du wirst begeistert sein von Hof und Miehle."

„Watt 'n für ne Mühle?"

„Er meint den Aussichtsturm. Sieht fast aus wie eine Mühle", lenkt Biber ab.

„Und was Beste is, Figurn kannst du alle in Park stelln, gleisch nebenan", lockt Kamil. „Perfekt!"

Ross grinst. „Klingt nich übel. Muss ick mir ankieken. - Biste mit de Kriminaljeschichte weitergekomm?"

„Nicht viel. Es gibt eine Übereinstimmung der Schriften auf den Liebesbriefen, der Amerika-Karte und dieser Glückwunschkarte." Biber zieht sie aus dem Jackett und reicht sie rum.

Kamil hat sofort eine Lösung. „Annegret is August."

Das sorgt für Heiterkeit.

„Und Vanessa is dursch Windbestäubung gezeuscht", lacht Witold.

„Nee. August hat die Glickwunschkarte geschrieben", verteidigt sich Kamil.

„Warum?", fragt Bogdan.

Biber fällt es wie Schuppen von den Augen. „Annegret ist nicht August, aber sie war seine rechte Hand. Sie hat die Briefe nicht besorgt, sondern geschrieben." Biber küsst Kamil für seine Blödelei. „Da ergibt alles einen Sinn. Drum hat Godelinde behauptet, er kann nicht richtig schreiben."

„Aber *reschte Hand* kann unmeglisch Karte aus Amerika geschrieben haben", wendet Bogdan ein.

Biber nickt. „Wie wir wissen, auch August nicht."

Withold schüttelt den Kopf. „Dann hat Vanessas Mutter so geheult und gegen Aufstellung von die Karte gekämpft, weil sie wusste, dass sie nisch von August is. Rischtisch?"

„Am Ende hat sie gewusst, dass Karte von Augusts Merder geschrieben wurde", mutmaßt Kamil.

„Aber warum hat se den Mörder nich anjezeicht?"

„Frag isch misch dasselbe", gibt Bogdan zu.

Sie schauen zu Biber.

„Weil sie Angst hatte, dass der Mörder, wenn er auch nur ahnt, dass der Betrug mit der Karte entdeckt wurde, keinen Moment zögert, auch sie umzubringen", kombiniert Biber.

„Wer is Merder?", fragt Kamil.

„Wie ich schon sagte, Lippmann, Manfred Lippmann. Agnes' Mann."

Withold schaut skeptisch drein. „Bloß weil er sisch nach Augusts Weggang geteetet hat?"

„Ich fress einen Besen, wenn die Karte nicht auf Agnes Mist gewachsen ist."

„Wie willste det beweisen?"

„Notfalls lasse ich die Tinte analysieren."

„Von wem?"

„Brauchst du nisch. Hab isch bessere Idee." Bogdan rät ihm - flüsternd - eine Strategie für die Feier.

Biber grinst. „Könnte klappen."

„Isch glaub nisch, dass die Agnes sowas fertischbringt", zweifelt Withold. „Die beide waren fast achtzisch."

„Ich fress noch einen zweiten Besen, wenn sie nicht den fehlenden Liebesbrief hat."

„Denk aber bei allem, wat de machst, dat det dem Mädchen off de Füße fallen kann. Je mehr Wind de um de Sache machst, je größer is de Gefahr, dat se wat davon erfährt."

„Sie fährt für zwei Wochen weg."

„Wann?", fragt Withold aufgeregt.

„Am dritten Oktober kommt sie wieder."

Bogdan schaut auf. „War das nisch Tag, wo sisch ihre Mutter …"

„Ja."

„Is Tag fier deutsche Einheit", erinnert Kamil.

Biber lacht. „Wäre doch ein gutes Datum für die Eröffnung."

„Dritte Ieberaschung fier Vanessa. Wie in Märschen", überlegt Bogdan. „Missen wir aber meschtisch auf Tube dricken."

„Warten wir mit die Däscher, bis Vanessa is weg", schlägt Withold vor.

„Das wird zu knapp", warnt Biber.

„Nee!", widerspricht Kamil. „Nisch wenn wir machen Wettbewerb."

„Hör auf, das ist doch albern."

„Is nisch. Jakobi soll alle Dachdecker anstellen, die er krischt, und dann machen wir Kampf um beste Truppe."

„Passt." Witold schlägt die Hände zusammen. „Und Sieger krischt Kuss von Vanessa."

Alle lachen.

„Ihr seid ja bleed", beklagt sich Kamil.

„Und wenn das Wetter nicht mitspielt?"

„Machen wir Wettkampf in Rägen. Is doch schon iebernäschsten Montag."

„Wann fährt de Jungfrau?"

„Sonnabend früh."

„Da bin ick mittags mit 'n Brunnen und de Viecher off 'm Hof. Ick hab keene Lust, von een verirrten Dachziejel erschlagen zu wern."

Eine Woche später versammelt sich die Runde am gleichen Tisch. Ross kommt spät. „Ick bin froh, dass ick det überhaupt noch jeschafft hab. Was hab ick mir bloß wieder offjehalst mit den verknispelten Brunnen. Ejal, wird schon werden. Ick hab Durscht. Is et Bums..., nee Plumpsklo mit de joldene Bürschte fertig?"

„Perfekt."

„Ooch de Schiebetür?"

„Passt", schwärmt Withold. „Geht *zu* unter fimpfzehn Grad. Dann schaltet Heizung an ieber Bewegungssensorik. Frostfrei bleibt immer. In Außenwände von beide Klos haben wir Bullaugen gemacht, dass erinnert an Schiff, mit Rippelglas, versteht sisch. Auf Dach komm noch wie ieberall griene Biberschwänze."

„Erfindung von Olaf", blödelt Kamil.

„Stuss. Dann sie wären dinner. - Oben auf Dach komm noch kleine Tirmschen. Sieht entzickend aus."

„Is teuerste Haltestelle, die gibt", versichert Bogdan. „Kommt in Guinnessbuch mit die Rekorde, einmal fier Haltestelle, einmal fier Klo."

„Einmal fier Liebesnest", ergänzt Kamil. „Wir haben Bank bissel breiter gemacht."

„Passt", bestätigt Withold.

„Nu hört off. Ick kieks mir ja an. - Olaf hat noch keen Piep jesacht. Biste traurig, weil de Jungfrau schon wieder ausfliecht?"

„Nein. - Erika hat da noch so ein paar Schwachstellen entdeckt."

„Bei dir?"

„Im Hof, der Logistik, gewissermaßen: zu lange Wege, zu wenig Kühlmöglichkeiten, zu wenig Platz fürs Personal."

„Ick denke, die ham alle ne Wohnung off 'm Hof."

„Das dachte ich auch. Da hatte ich allerdings noch keine Ahnung, wie viel Leute gebraucht werden, um zweihundert Gäste zu bewirten."

„Zur Not könn se in de Anlejestelle pennen", lacht Ross. „Nee, mach dir ma keen Kopp. Sin ja noch vierzehn Tage."

„Sechzehn", korrigiert Biber bestimmt.

„Nee, rechne ma lieber mit vierzehn. Zwee brauchste sicher als Reserve."

Am Sonnabend darauf geht Vanessa auf Klassenfahrt. Sie besteht darauf, allein nach Welkow zu gehen, also ohne Bibers Begleitung. Der Grund ist unschwer zu erraten. Sie will nicht, dass sie ihr Angebeteter in Begleitung eines älteren Herrn sieht. So lässt Biber sie schweren Herzens mit einer schweren Kraxe und wenigen Ratschlägen zu Fuß ziehen. Sie sieht unwiderstehlich aus in ihrer Verliebtheit und hoffnungsvollen Erwartung.

Pünktlich nach dem Mittagessen fährt Ross auf den Hof mit eben jenem LKW, der schon beim Raub des Esels vorm Amt gesehen wurde. Die acht Sandsteinblöcke werden auf das vorbereitete Fundament gehoben und zum neuen Brunnenkranz zusammengefügt; die Spalten zum alten, gemauerten Brunnen verfüllt und oben versiegelt; zuletzt die vier großen, flachen Teile der Brunnenkrone aufgesetzt. Ross agiert wie ein Zauberer, bedacht, auch keinen Spalt zwischen den geflammten Sandsteinquadern zuzulassen. Biber verfolgt aufgeregt jeden Handgriff. Die drei Alten stehen als Handlanger oder Prügelknaben bereit. Ross braucht sie weder in der einen noch in der anderen Funktion.

Nachher zeigen ihm Biber und die drei Alten alle Räume im Hof, vor allem die Wohnung in der Scheune, die neuerdings auf den Namen *Bettenhaus* hört, dann den Park mit möglichen Aufstellplätzen für die unverkäuflichen Figuren und zuletzt die Mühle, an der der befreite Esel seine letzte Ruhestätte finden soll.

Ross interessiert sich weniger für den Eselstandort und das Atelier, als vielmehr für die Mechanik der Mühle. „Det is 'n gigantischet Kunstwerk. De Holländer könn eben nich nur malen. - Komm da ooch noch Flüjel dran?"

„Was denkst du denn?"

„Wat weeß denn icke. Haste nich jesacht, det wird 'n Aussichtssturm?"

Biber erinnert sich.

„Also. Ick sach's euch frei raus. Det hier is knorke. Ick nehm an mit alle Bedingungen, die de stellst. Wir kieken uns gleich noch de Stellen aus für de Fijurn. Und wenn ma Zeit is, bring ick se vorbei. Wann kann ick in de Wohnung?"

„Gleich."

„Juut. Bring ick de Klamotten gleich mit."

Am Sonntag kommen schön Hühnchen, schön Hähnchen und die schöne, bunte Kuh auf den Hof. Allein der Transport durch den Wald nimmt fast zwei Stunden in Anspruch, weil der umsichtige Künstler den Fahrer ständig ermahnt, über den holprigen Untergrund nicht schneller als Schrittgeschwindigkeit zu fahren. Die Tordurchfahrt ist eine weitere Herausforderung, da der LKW nur wenige Zentimeter niedriger ist. Biber bangt um das altehrwürdige Gemäuer. Ross ist in heller Aufregung und schon beim Eintreffen mit den Nerven am Ende. Keine Bewegung der bronzenen Tiergruppe überlässt er einer fremden Einschätzung, erst recht nicht dem Zufall. Alle sind in höchster Spannung. Keiner will es vermasseln. Ross prüft die Aufhängung am Kran und dirigiert die Hebung von der Ladefläche auf den Brunnensockel. Gebannt schauen alle dem schwebenden Tierensemble zu. Ross hat Biber eine Markierung an der Bronze gezeigt und auch die Stelle auf der Sandsteinkrone, mit der sie übereistimmen muss. Er selbst kontrolliert das gegenüberliegende Zeichen. Die Skulptur setzt sanft und zielgenau auf. Ross springt noch ein paarmal um den Brunnen. Endlich hebt er tiefbefriedigt den Daumen. Alle applaudieren, allen voran Biber. Wasser- und Stromanschluss sind eine Sache von Minuten. Der Springbrunnen, der aus der Wasserleitung gespeist wird, funktioniert ohne jede Nachjustierung.

„Passt."

„Perfekt. Hab isch mir komplizierter vorgestellt."

„Watt denkste, wie ville Stunden ick mir mit det Monster rumjeschunden hab. Det willste nich wissen. Wenn ihr nüscht dajejen habt, mach ick noch schnell 'n Foto mit euch viere." Mit fadenscheinigen Vorwänden schiebt er die drei Alten mal hier, mal dorthin.

Biber lässt sich nicht hinter der Kuh vorlocken. „So, und nu nich mehr bewejen. Super, wie ihr det macht. 'n Ogenblick noch. Nu zappelt nich! Klasse! Ihr seid richtig bejabt, Jungens. Ick hab's gleich in de Kiste."

Erst kommt der nasse Euterspaß, dann ein Schrei mit nachfolgenden Flüchen aus drei Mündern, dann allgemeines Gelächter.

„Hab ick allet off Band. Stell ick ins Netz für de Werbung. Is großartig."

„Passt."

„Perfekt."

„Ganove."

Die drei lassen es sich nicht nehmen, den hinterhältigen Freund so herzlich zu umarmen, dass er auch noch ein bisschen vom Spaß abkriegt. Ohne Aufschub holen sie Erika von oben, um ihr das Wunderwerk zu präsentieren.

Biber will sie hinter das Rindvieh locken. Aber sie ist überzeugt, das Spiel lieber von vorn genießen zu müssen. „Wahnsinn. Daran kann man sich gar nicht sattsehen", schwärmt sie Richtung Schöpfer.

Die Männer lachen.

„Erika, mein Schatz, komm hierher", fleht Biber.

Sie starrt auf den Eimer, um die weiche, elegante Bewegung der drei Strahlen nicht zu verpassen.

„Isch kriege von Zugucken immer Durscht", klagt Kamil.

Ein Euterspaß, ein Schrei mit nachfolgendem Fluch, dann allgemeines Gelächter.

„Manchmal ist es gut, auf seinen Schatz zu hören", meint Biber beiläufig.

„Ehe wäre Vergniegen, wenn Weiber wirden immer so prompt fier Eigensinnischkeit bestraft", philosophiert Withold.

Erika lacht immer aufs Neue. „Wie oft passiert das?"

„Ziemlisch oft", blödelt Kamil. „Immer, wenn Frau nisch heert."

„Quatsch, sagt mal."

„Kann ick einstellen", erklärt Ross, der immer wieder zu Kamil äugt. Er muss nicht lange warten.

Ein Schnabelspaß, ein Schrei mit nachfolgendem Fluch, dann allgemeines Gelächter.

„Was war das?", beschwert sich Kamil, den der Strahl aus dem Schnabel des Hühnchens direkt am Ohr getroffen hat.

„Manchma schmeckt ihr ooch det Wasser nich. Da spuckt set wieder aus. Ick dachte, noch een zusätzliches Malheur kann nich schaden. - Weil ihr meine Besten seid, verrat ick euch ooch noch de Richtungen. Aus 'm Euter treffen zwee Strahlen rechts ein und eener ganz links, und aus 'm Schnabel von det Huhn hier dazwischen." Er zeigt auf die vier vorderen Kanten des Achtecks.

„Wer weiß, wo der Spaßvogel noch alles *Malheure* eingebaut hat", warnt Biber.

Tags darauf fällt der Startschuss für die Dachdecker. Kamil schlägt vor, die genau berechneten Flächen in Claims einzuteilen und den vier Gruppen zuzulosen. Jede soll ein Viertel jedes Daches und der Mauerkronen decken. Jakobi interveniert und rät, allein das verbaute Material zu messen, und den Trupps zu überlassen, wo und was sie decken wollen. Biber schließt sich dem an. Die drei Alten haben die schwere Aufgabe, den Materialverbrauch genau zu dokumentieren.

Anfänglich tun alle so, als wenn sie sich einen feuchten Kehricht um den Gewinn scheren. Nach und nach aber ruckt das Tempo an und verschärft sich der Ton, bis sich das Ganze endlich zur fanatischen Raserei steigert. Bei der Konter- und Traglattung wird es laut. Die Druckluftnagler klingen zusammen, wie ein bedrohlicher Infanterieüberfall. Die Salven sind bei gutem Wind noch in Welkow zu hören.

Biber mahnt die Gruppen immer wieder, nicht leichtsinnig zu werden. Irgendwann schreitet er energisch ein. „Hört auf mit der Kinderei. Ich seh schon, dass sich einer den Hals bricht! Denkt an die Dachreiter. Und macht mir keinen Pfusch!"

Das Tempo wird nur kurz herausgenommen. Dann obsiegt erneut der Ehrgeiz. Nachdem die Schießerei abgeflaut ist, befrieden weiße Tauben das Bild. Jakobi montiert mit drei seiner Leute die vorgefertigten, schon eingedeckten Dachreiter. Die Bergschneiders haben im Fenster des Mühlensockels eine Kamera aufgestellt, die den Wettlauf festhält, eine Dokumentation von größtem Wert.

Der ruhige Anstrich der Fassaden geht im Gewusel der Dachdecker beinahe unter. Nur da, wo sie ins Gehege kommen, nimmt man die umsichtigen und besonnenen Maler wahr.

Am letzten Donnerstag vor der Hundertjahrfeier ist die Stimmung am Stammtisch des Welkower Gasthofs gedämpft. Zum einen traut sich keiner, unbeschwert mit Agnes zu flaxen angesichts der von Biber angekündigten Enthüllung auf der Feier, zum anderen liegt ein anstrengender Tag hinter Ross und den drei Alten, die damit begonnen haben, die unverkäuflichen Skulpturen samt Fundament aus der Gartenerde zu heben und fachmännisch zu verladen.

„War mäschtische Schinderei", klagt Kamil. „Lob isch mir Gartenzwerge, sin leischter."

„Ham aber nich so süße Tittchen", wendet Ross ein.

„Passt", bestätigt Withold.

„Tittschen haben nisch mal fimpf, der Rest is nur schwergewischtisch."

„Hast du nisch scheen gesagt, Kamilek", kritisiert Bogdan. „Isch finde, alle erzähln rierende Geschischte."

„Wat hast *du* jemacht?", fragt Ross Biber, um vom Thema abzulenken.

„An der Chronik rumgefummelt. War auch nicht gerade erhebend."

„Wat jibs da noch zu fummeln?"

„Der Schluss. Wenn das Heft noch vor der Eröffnung fertigwerden soll, muss es jetzt irgendwann in die Druckerei. Woher soll ich aber wissen, was am Mittwoch rauskommt."

„Biste dir doch nich mehr so sicher?"

„Doch. Aber manchmal läuft es blöd."

„Wie isch hab gesagt. Wenn alles ist klar, muss nisch sein klar", erinnert Bogdan eindrücklich.

„Dann mach mit de Druckerei für Freitag een Termin."

„Das wird aber verdammt knapp."

„Dann lass 'n Schluss weg."

„Ohne den ist die ganze Chronik wie eine verstümmelte Figur. - Nein, da warte ich lieber noch."

„Und warum lasst ihr drei de Köppe hängen, jetz, wo de Schinderei überstanden is?"

Keiner will es sagen.

„Scheene Zeit geht vorbei", nimmt es Kamil auf sich.

„Watt 'n für ne Zeit?" Ross schaut die drei ratlos an. „Mann, wat bin ick für 'n Quatschkopp. Sagt bloß, ihr jeht nach Polen, wenn det hier alles fertig is. - Nee, nee, nee." Er wendet sich an Biber. „Dat kannste nich machen. Die stehn doch bei mir mit in Mietvertrag."

„Hör auf. Es wird eh schwer genug. Vielleicht bau ich ja bald wieder was."

„Nee Olaf. Diesmal isch hab Gefiel, wir sehn uns nisch mehr - so oft", prophezeit Kamil bedrückt.

„Hört auf! Ihr seid noch über eine Woche hier."

„Is nur kurze Zeit", sagt Withold mit belegter Stimme.

„Bist du verrickt?", wendet Bogdan ruhig ein. „Missen wir genießen."

Der Freitag ist verkatert. Die Bergung der restlichen Figuren wird strapaziös. Erst am späten Nachmittag trifft Ross mit der wertvollen Fracht im Park ein. Die drei Alten sind mit den Rädern sogar einen Tuck schneller unterwegs und genehmigen sich noch ein Bier.

Die Standorte hat Biber derweil mit Pflöcken markiert. Bogdan kommt mit dem Bagger.

Die Bergschneiders folgen ihm zu Fuß. „Darf ich fragen, was das werden soll? Ihr habt nicht etwa vor, hier alle Wege zu ruinieren?"

„Wolfgang, bitte."

Ross schaut fragend zu Biber.

„Pardon. Ich habe hier wohl einen Fehler gemacht. Tut mir leid. Ich bin davon ausgegangen, dass alle die Figuren als eine Bereicherung empfinden. Selbstverständlich hätten wir vorher fragen müssen. Schließlich ist das Ihr ..."

„Figuren? - Ich rede von den Wegen. Wir sind gerade fertig damit."

Kamil winkt beschwichtigend ab. „Bringen wir wieder in Ordnung. Tipp topp."

Berger beäugt argwöhnisch die Ladefläche. „Wie viele davon habt ihr denn?"

„Dreizehn."

Berger streicht sich ungehalten durchs Haar. Er schaut sich um und entdeckt einige der Pflöcke.

„Wolfgang, lass *mich* das erklären. Es ist nämlich so. Wir, also vor allem Wolfgang, hat ziemlich lange an einem Plan gearbeitet, an dem man sich orientieren kann."

„Habt ihr Angst, euch im Dschungel hier zu verloofen?", albert Ross unbedacht.

„Das ist kein Dschungel. Das ist ein Friedhof, in dem eine Orientierung ...""

Ross lacht. „Wie bitte? Wat is det? Hab ick richtig jehört? Ihr wollt de Fijurn off 'n Friedhof stellen?""

Biber gerät in Schweiß. „Walter, es ist ein Friedwald."

„Det macht keen Unterschied."

„Doch, bitte scheen", geht Kamil energisch dazwischen. „In Friedwald gibt nisch Grab und nisch Stein."

Withold hebt beschwörend die Arme. „Walter, LKW is voll. Wir graben nisch wieder in Garten ein."

„Da geh ick doch lieber mit de Fijurn off de Wiese."

„Das ist ganz ausgeschlossen!", stellt sich Schneider Ross entgegen, in einer Lautstärke, die man so bei ihm noch nicht vernommen hat. „Wenn Sie mit dem LKW auf die Wiese fahren, lässt sich der Schaden bis zur Eröffnung nicht mehr beheben."

„Auch später nie ganz", setzt Berger erstaunlich ruhig an.

„Walter, bitte", fleht Biber.

„Keene Grabsteine. Keene Kränze. Keene Lichter."

Berger verschränkt die Arme. „Kein Metall. Kein Stein. Kein Holz."

„Wolfgang, wir wollen doch *auch* keine Kränze und Lichter. Die Figuren können helfen, die Grabstellen besser zu kennzeichnen."

„Mich stört, dass man uns Bedingungen stellt."

„Deine Sturheit ist zum Kotzen!", schreit Schneider außer sich.

„Seid ihr verrickt?", warnt Bogdan leise. „Zankt mit uns, aber nisch mit eusch. Stellen wir eben Figurn um die Miele rum."

Keiner in der Runde scheint mit dieser Idee glücklich zu sein.

„Können wir sie mal sehen?", fragt Berger kleinlaut.

Die drei Alten steigen steifbeinig auf die Ladefläche, um die Polster an den aufrechtstehenden Skulpturen zu lösen.

Berger und Schneider betrachten von unten die nur teilweise sichtbaren Arbeiten. Neugierig geworden, klettern sie auf die Ladefläche.

Die Darstellungen sind ergreifend; erquickend heiter bis schwer erträglich: der zerlumpte Jesus mit der Dornenkrone unterm Arm, der verstört oder fassungslos die Wunden an Händen und Füßen betrachtet; das Mädchen, das nackt in einen unsichtbaren Spiegel schaut, die Knospen der Brust mit den Händen stützend; der Vater mit der geborgenen Leiche der ertrunkenen Tochter auf den Armen; die junge Frau in dünnem Hemd, die kurz vorm Sprung in einen Abgrund oder ein tiefes Wasser starrt; der sitzende, gramgebeugte Alte, der von einem kleinen Mädchen getröstet wird; die inbrünstig betende Frau, die zu alt ist, um etwas für sich selbst zu erbitten; die junge Frau im offenen Nachthemd mit knochigem, einst schönem Leib, die einen Brief liest mit ansteckendem, wohltuend glücklichem Lächeln im Gesicht; der junge Mann mit gefesselten Händen und verbundenen Augen, der aufrecht, den Kopf zur Sonne gewandt, die Kugeln der unsichtbaren Schützen erwartet; das Mädchen in dünnem Kleid, das sich, die Hände im Nacken verschränkt, auf einem Bein im Glücksrausch dreht; der schreiende Soldat, der, noch in der Kampfhaltung gebeugt, auf die blutige Klinge seines Bajonettes starrt; das windzerzauste Mädchen, das mit beiden Händen den unsichtbaren Drachen hält an einer Schnur, die sich im Nichts verliert; der kleine Junge, der schuldbewusst zum Betrachter schaut, in einer Hand die Zwille, in der anderen den Flügel des herabhängenden toten Vogels; die sitzende, ziemlich äffisch behaarte Frau, die fasziniert den brennenden Zweig in ihrer Hand betrachtet, während die andere Hand zaghaft die Wärme des Feuers fängt.

Berger wischt sich mit dem Ärmel die Tränen aus dem Gesicht. Er springt auf den Weg und geht auf Ross zu. „Tut mir leid.“

„Mir ooch.“ Ross bietet ihm die Hand. „Ick bin Walter.“

„Wolfgang.“

Schneider übernimmt die Hand. „Andreas. Es wäre sogar eine große Bereicherung.“

„Ick gloobe, wir sind Nachbarn.“

„Passt“, stellt Withold erleichtert fest.

„Perfekt! Missen wir trinken auf unverbrischliche Nachbarschaft Beste, was gibt: Zwetschgenbrand mit eingeleeschte Kerne.“

Der Flachmann geht von Hand zu Hand.

Als er bei Biber ankommt, trinkt er den Bergschneiders zu. „Ich bin Olaf.“

„Dann hol ich mal Schlauch und Wasserwaage“, löst Berger die wortkarge Gesellschaft auf.

„Wasserwaage hab ick.“

„Dann grabt schon mal das erste Loch“, gibt Berger mit schwerem Seufzer das Gelände frei.

Auch das Wochenende geht noch mit der Aufstellung der Skulpturen hin. Alle, die nicht an der eben abgesenkten Figur zu tun haben, schleichen in großem Abstand herum, um die Position der neuen zu den schon aufgestellten zu kommentieren. Je mehr Figuren stehen, je länger ziehen sich die Debatten hin. Berger und Schneider mischen leidenschaftlich mit und finden zunehmend Gehör. Am Ende gelingt es ihnen gar, Ross davon zu überzeugen, zwei schon aufgestellte Statuen zu tauschen.

Zuletzt findet der Esel, der fast vergessen wurde, seinen Platz im spitzen Winkel des ein- und ausfallenden Weges der Mühlenumfahrt.

Erst als alle Skulpturen an Ort und Stelle stehen, gehen sie gemeinsam daran, die beschädigten Wege in Ordnung zu bringen.

Im Abendrot zeigt Biber Erika die beeindruckenden Plastiken im Park. Als er die Figuren so für sich allein in der Landschaft stehen sieht, wird er mehr ergriffen, als je zuvor. Das Spiel des Lichts wirkt auf das kühle Metall bisweilen belebend.

Erika hat nur einzelne Worte für die Szenen, wie menschlich, allerliebst, furchtbar, erschütternd, rührend, stark, beglückend, wie sinnlos, bezaubernd, grausam, entzückend, ergreifend, vertraut.

Schon als sie den Esel von weitem sieht, bleibt sie erschrocken stehen. „Olaf! - Das kannst du nicht machen. Den Esel kennt jeder. Seid ihr des Teufels?!"

Biber lacht. „Das ist nicht *der* Esel."

„Für wie blöd hältst du mich? Natürlich ist er das."

Biber wird klar, dass sie recht hat. „Okay", versucht er es mit der Wahrheit. Als er ihr auch noch die restliche Geschichte erzählt hat, sieht sie ihn wieder mit

dieser Hintersinnigkeit an, die er so bedrückend empfindet.

„Und aus reiner Sympathie hat er dir all die Bronze-
figuren geschenkt."

„Nicht geschenkt."

„Was verschweigst du mir noch alles?!", fragte sie
laut.

„Erika, bitte, ich hab sie nicht gekauft. Sie sind ge-
liehen. Walter zieht auf den Hof in die Wohnung neben Bergschneiders. Er ist nett und unterhaltend."

„Hast du ihn wegen der Figuren einziehen lassen,
oder gibt es die Figuren, weil er eingezogen ist?"

Biber braucht lange, ehe er den Unterschied begreift.

Montags rollt über den geschundenen Waldweg schon
sehr früh ein schwerer Fahrzeugkran, der mit seinen
breiten Rädern eine alle anderen überlagernde Spur in
den Boden drückt. Er fährt am Hof vorbei, biegt links
scharf in den Park und rollt auf dem Mühlenweg bis
zur Bergkappe. Obwohl noch die Nebel steigen an
diesem zeitigen Morgen, sind alle Mühlenarbeiter der
Zeeman Molenbouw aus Weert auf der Baustelle. Die in
den letzten Wochen mühsam am Boden zusammenge-
fügte Haube oder Kappe soll dem fertigen Mühlen-
turm aufgesetzt werden, der Kopf gewissermaßen, der
später die Flügel trägt. Der fünfundzwanzig Tonnen
schwere, wie der Turm holzschindelgedeckte Koloss
birgt die gewaltige Flügelwelle und das über drei Meter
große Kammrad. Außen anmontiert ist die empfindli-
che Windrose, ein genialer Mechanismus, der die
Haube mit den Flügeln später automatisch in den
Wind drehen und darin halten wird.

Da sich das Ereignis angekündigt und herumgesprochen hat, versammeln sich nach und nach auch Jako-

bis Leute, die Dachdecker, Biber und die Musketiere, zuletzt sogar Bergschneiders und Ross vorm großen Hintertor. Die Aufregung lockt sie immer weiter den Weg hinauf, bis fast alle am unteren Heckengürtel stehen.

Aufregung und Geschrei an der Mühle nehmen zu. Der Teleskoparm fährt aus. Die Haube wird angehängt. Die vier Ketten straffen sich. Nun ist es ganz still. Die Haube löst sich vom Boden, pendelt nur wenig aus und steigt Zentimeter für Zentimeter. Der Arm schwenkt noch langsamer. Endlich schwebt die Haube direkt überm Turm nur eine Handbreit über der Rollbahn, in der sie sich bald drehen wird. Eine einzelne Stimme weht nun herüber. Die Haube senkt sich. Lange, spannungsvolle Sekunden vergehen. Ein Freudenschrei wird laut, der bald alle an der Mühle erfasst und nur wenig später auch von den Zuschauern am Berghang aufgenommen wird. Die Ketten lösen sich und schweben entspannt nach oben, während der Teleskoparm langsam einfährt.

Am Nachmittag ereignet sich ein ähnliches Schauspiel mit dem Aufzug des Flügelkreuzes. Auch wenn die Last kleiner ist, der Jubel ist noch größer. Die Mühle ist - wenigstens von außen - fertig. Das Gerüst kann fallen. Ein Spaßvogel unter den Holländern meint nachher beim Bier, sogar der allenthalben im Weg stehende Esel habe mitgeschrien.

Am letzten Septembertag steigt im Welkower Gasthof die Hundertjahrfeier. Biber kann Erika überreden, mitzukommen. Das Gebäude ist innen wie außen aufwändig geschmückt. Schon im Umkreis riecht es nach Gebratenem und Gesottenem, im Haus auch nach Wein und Bier. Die Musketiere, die sich mit Biber und Erika einen Tisch teilen, blödeln auf flachem Niveau. Zu groß ist die Aufregung. Viele Offizielle sind gekommen. Die Bürgermeister von Welkow und Mühlfurt halten Jubelreden auf das alte Unternehmen, das in noch älteren seinen Ursprung hat. Die Kinder springen über Tische und Bänke. Die Stimmung ist feierlich, dann heiter, zuletzt ausgelassen.

Als die Ehrengäste gegangen sind und sich auch die drei Alten verabredungsgemäß verabschiedet haben, ergreift Biber, am Tisch stehend, das Wort. „Erlauben Sie mir, jetzt, wo die Gäste gegangen und die Kinder im Bett sind, auch ein paar Worte." Sein Herz rast.

Junge Leute lachen. Möglicherweise rechnen sie mit einer humoristischen Einlage.

Biber zwingt sich zur Ruhe. „Viel ist schon von Fleiß und Zielstrebigkeit, Beharrlichkeit und Geschäftssinn geredet worden. Merkwürdigerweise sprach niemand von den historischen Begleiterscheinungen der nunmehr hundertjährigen Geschichte dieser Gastwirtschaft, was umso bedauerlicher ist, als diese - wie ich meine - ungewöhnlich spannend, man kann auch sagen, ungewöhnlich und spannend sind."

Die noch Stehenden suchen sich einen Platz.

„Beginnen wir am Anfang des letzten Jahrhunderts. 1903 brennt in einer stürmischen Gewitternacht auf dem Mühlenberg die eben erst modernisierte Holländermühle. Johann Müller, dessen Frau Ottilie und die beiden fast erwachsenen Töchter Pauline und Gesine kommen beim Löschversuch ums Leben. Die Mühle ist nicht versichert. Die Polizei ermittelt wegen Brandstiftung. Ergebnislos. Im Fokus der Verdächtigungen steht Zacharias Goll, der konkurrierende Wassermüller und Urvater Ihrer Familie. Es finden sich keine Erben der Windmüllerfamilie. Die Ruine wird gesichert, aber wie der nahegelegene Hof nicht zum Verkauf freigegeben, solange die Möglichkeit besteht, dass sich Erben finden. Die Gemüter beruhigen sich nur langsam. Da brennt ein knappes Jahr später - wieder in einer stürmischen Gewitternacht - die mit Dampfmaschinen betriebene einstige Wassermühle. Der Mühlenkomplex ist versichert. Die Polizei vermutet eine Vergeltung von Hinterbliebenen oder Sympathisanten der Windmüllerfamilie, erwägt aber auch die Möglichkeit eines Versicherungsbetrugs. Nach ergebnisloser Untersuchung wird die Versicherungssumme ausgezahlt. Viele Welkower und Mühlfurter sind auch noch Jahre später davon überzeugt, dass der alte Goll beide Mühlen in Brand gesteckt hat, um den Versicherungsbetrug umso besser verschleiern und wirkungsvoller von sich ablenken zu können. Aber das sind üble Nachreden. Zacharias Goll investiert das gesamte Geld in den Wiederaufbau der Mühle und verdient hernach mit redlicher Arbeit eine Menge Geld. Der Zugewinn durch die weggefallene Konkurrenz ist unbedeutend. Dennoch halten sich die Gerüchte hartnäckig. Selbst als er der Familie des Windmüllers unweit des Hofes ein nobles Denkmal setzt, wird es ihm als Beruhigung seines schlechten Gewissens unter die Nase gerieben. Fünfzehn Jahre nach dem Brand stirbt Zacharias Goll verbittert und reich. - Der Sohn Otto übernimmt die Dampfmühle. Zudem baut er in Welkow einen Gasthof. Vielleicht glaubt er, so den miesen Ruf der Familie abschütteln zu können. Es ist die Geburtsstunde dieser bis auf den heutigen Tag familienbetriebenen Wirtschaft. Die Fabrik am Wasser wird später verkauft."

Biber hat nun die Aufmerksamkeit aller.

„Der zwischen Wald und See gelegene Hof des Windmüllers verfällt. Der Ort wird gemieden. Schauerliche Geschichten werden erzählt. Einige davon bewahrt das Stadtarchiv. Erst 1925 - Deutschland erholt sich gerade von einer verheerenden Inflation - ist der Ziegelfabrikant Willibald Ackermann bereit und mutig genug, das verfallene Areal mit einem gastwirtschaftlich betriebenen Hof zu beleben. Er kauft die Dampfmühle aus den Händen eines Bankrotteurs, später auch den verfallenen Mühlenhof, und baut ihn trotz massiver Warnungen solide zu einem stattlichen Anwesen aus, den spartanischen Charakter bewusst beibehaltend. Ein Großteil der Steine der abgebrochenen Wassermühle wird im neuen Gasthof verbaut. Er beräumt auch die düstere Ruine der Windmühle. Weit vor Eröffnung des Gasthofs verschwindet er, ohne die Mehrzahl der Rechnungen beglichen zu haben. Die Polizei ermittelt und sucht. Erfolglos. Die Gläubiger werden mit Geldern aus dem Verkauf der Ziegelei befriedet. Das unfertige Anwesen mag keiner kaufen. Der Leumund dieser Gegend ist düster. In Anbetracht der noch zu bedienenden gewaltigen Summe der Gläubiger ist auch keiner der fernen Angehörigen Ackermanns bereit, den Hof zu übernehmen. Ackermann selbst lebte allein, was in diesem Fall wohl ein Glücksfall ist."

Biber schaut in glühende Gesichter.

„1927 - die Flucht Ackermanns liegt ein Jahr zurück - wird Otto Goll in einer stürmischen Gewitternacht eine Tochter geboren. In den akribisch geführten Geschäftsbüchern findet sich an diesem Tag eine denkwürdige Textänderung, auf die wir später noch einmal zurückkommen. Die Tochter wird auf den Namen Agnes getauft, was - aus dem Griechischen kommend - so viel wie *rein, geheiligt* oder *geweiht* bedeutet oder vom lateinischen *agnus* kommt, also dem *Lamm*. Drei Jahre später stirbt Otto Goll an - wie es hieß - krankhafter Schwermut, soll heißen, durch eigene Hand."

Einige Köpfe drehen sich unsicher nach hinten. Es ist unschwer zu erkennen, dass der letzte Fakt nicht allen bekannt gewesen ist.

„Die Ruine des einst solide gebauten Mühlenhofs hält dem Zahn der Zeit erstaunlich gut stand. 1975, nach einem halben Jahrhundert also, kauft ein Pärchen - August Fiedler und Godelinde Schacht, gerademal zwanzig- und achtzehnjährig - den Hof für einen Spottpreis von der Stadt Mühlfurt. Obgleich sie mit viel Enthusiasmus und noch mehr Idealismus ans Werk gehen, gelingt es ihnen kaum, das Wohngebäude wieder instand zu setzen. Sie halten auch noch an der Bauruine fest, als vollkommen klar ist, dass sich mit dem Hof kein Traum erfüllen lässt. Spät und vollkommen unverhofft bekommen sie eine Tochter. Als Vanessa heute vor achtzehn Jahren geboren wird, ist Godelinde fünfundvierzig, August siebenundvierzig. Das größere Stück Leben ist gelebt. Der Leumund der beiden ist nicht beneidenswert.

Drei Jahre später macht Fiedler eine gewaltige Erbschaft. Jetzt können sich die beiden mit dem Töchterchen den noch glimmenden Traum endlich erfüllen. Der Bau kommt gut voran. Doch dann brennt - in einer stürmischen Gewitternacht - die Scheune, der eigentliche Herbergsteil. Ein Teil des Gebäudes stürzt ein. Wenige Tage später schlägt ein Baum auf den Stall. Das Dach wird zerstört, ein Teil der Außenwand eingedrückt. Der Hof ist nicht hinreichend versichert. Fiedler ist verzweifelt. Er braucht Geld, um mit dem Hof endlich Geld verdienen zu können. Aber keine Bank gibt ihm Kredit. Er fasst den Plan, die fehlenden Mittel bei Verwandten in Übersee zu borgen. Er leiht sich Geld für den Flug und verlässt den Hof, ohne Abschied zu nehmen. Ein halbes Jahr später trifft eine Karte ein. Eine alte Ansichtskarte mit dem Bild eines

Mississippi-Dampfers. Die pfiffige Tochter kann die Karte schon lesen. Die Mutter weint Tage. Vom Vater hören sie nie wieder etwas. Die Karte ziert fortan - zur Verbitterung der Mutter - alle Ostersträuße und Adventskränze. Vanessa verliert nicht die Hoffnung, dass der Vater eines Tages zurückkehren wird."

Im Raum wird es unruhig. Dem einen oder anderen fällt es wohl schwer, eine Verbindung zwischen dem Erzählten und dem Anlass der heutigen Feier herzustellen.

„Monate nach Augusts Weggang oder Flucht stirbt Manfred Lippmann, Herbergsvater der Welkower Gastwirtschaft und Gatte jenes Mädchens, dass vor Jahren in einer stürmischen Gewitternacht geboren wurde, wie es heißt, an schwerer Depression. Der Hang, sich das Leben zu nehmen, liegt wohl in der Familie."

Wieder wird es unruhig.

„Agnes ist mittlerweile achtzig Jahre alt, Mutter dreier Kinder, Großmutter von fünf Enkeln und Urgroßmutter von sieben Urenkeln. Die meisten sind heute unter uns."

Es wird wieder still.

„Ja, Sie vermuten richtig, ich bin noch nicht ganz am Ende. Die Geschichte geht noch ein Stückchen weiter. Die Frau an meiner Seite, Herbergswirtin vom Kronenkrug, lebte bis vor zwei Jahren mit einem Mann zusammen, der mit zunehmender Besessenheit alle Zeitzeugnisse um die Vorgänge am Mühlenberg zusammengetragen hat. Alles, was Sie bisher gehört haben, entstammt seiner Chronik. Er hat einiges vermutet, aber nichts ganz begreifen können. So starb er, ohne die Früchte seiner Arbeit zu ernten. Möglicherweise war die Enttäuschung über die Erfolglosigkeit einer seiner Sargnägel. Ohne seine mühevolle Arbeit wäre alles im Dunkeln geblieben. Wir sind ihm Dank schuldig für seinen Fleiß und seinen nicht nachlassenden Eifer. Ich bitte Sie dies, bei allem, was nun kommt, zu bedenken."

Die Gesichter der Zuhörer glühen.

„Im neunundneunzigsten Jahr des Bestehens dieser Herberge - die Stadt Mühlfurt macht Anstalten, den alten, runtergekommenen Mühlenhof wieder zu übernehmen und abzureißen - kommt ein merkwürdiger Alter des Wegs. Er verläuft sich an einem sonnigen Herbsttag, also keiner Gewitternacht, und verliebt sich sofort in - nein, nicht das seltsame, traurige Mädchen, das allein im fast zugewachsenen Hof wohnt - sondern in den Hof selbst und beschließt, das reizvolle Gelände zu kaufen und den Hof instand zu setzen. Bei Schachtarbeiten stoßen Arbeiter auf die sterblichen Überreste eines Mannes."

Biber schaut in Agnes' erblassendes Gesicht. Andere folgen ihm schüchtern.

„Es ist nicht schwer, herauszufinden, wer es ist. Der Goldzahn, die goldene Brille, die noch leidlich erhaltene Kleidung: Gehrock, Weste, Schuhe. Ohne Zweifel, es ist Willibald Ackermann. Er starb - auch das leicht an der Schädelfraktur feststellbar - durch einen Schlag mit einem schweren, scharfen Gegenstand. Die Axt findet sich in der Nähe des Leichnams. - Willibald Ackermann war nicht vor den Gläubigern oder der Aussichtslosigkeit eines Projekts geflohen. Er war ermordet worden. Warum? Darüber können wir nur spekulieren. In den Polizeiakten findet sich das Datum, an dem er verschwand. Bemerkenswert ist, dass sich in den lückenlos erhaltenen Geschäftsbüchern just unter eben diesem Datum der Eintrag findet: *Das Geschäft hat ein solides Fundament.* Noch interessanter aber ist der Eintrag ein Jahr später; diese von anderer

Hand mit Kugelschreiber geschriebene Notiz. *Ich bin der glücklichste Mensch.* In dieser Nacht - Sie erinnern sich - war Otto Goll eine Tochter geboren worden. Grund genug, der glücklichste Mensch zu sein. Leider war er wohl weit von diesem Zustand entfernt. Den Kuli hatte der Schreiber - oder die Schreiberin - benutzt, um zu vertuschen, dass der originale Eintrag ausgekratzt worden war. Tinte wäre auf dem dünngekratzten Papier möglicherweise verlaufen. Ich gehe davon aus, dass auch Sie die betreffende Stelle bei der heutigen großformatigen Präsentation übersehen haben. - Otto Goll muss sehr erschrocken sein, als ihm beinahe auf die Stunde genau eine Tochter geboren wurde, um ihn ein Leben lang an eine grausame Tat zu erinnern. Wann wurde der originale - offensichtlich verräterische - Eintrag getilgt und durch einen Ausruf des Glücks ersetzt? Und von wem? - Das werden wir wohl nie erfahren. Hat sich Otto Goll umgebracht, weil er die Schuld nicht mehr tragen konnte? Hatte er vor der Tat die Schwere der Last unterschätzt? Die Zeit deckt einen Mantel über all diese Fragen."

„Wollen Sie damit sagen, dass unser Großvater ein Mörder war?", fragt erschüttert die Wirtin.

„Das ist ungeheuerlich!", unterstützt sie ihr Mann.

„Sei still", herrscht ihn Agnes an. Mit kalten, müden Augen nickt sie Biber zu, weiterzureden.

Er ist irritiert. „Danke. - Wir müssen uns fragen, warum Otto Goll einen Mord auf sich geladen hat, schon um ihn - gegebenenfalls - wegen Mangels an Beweisen freizusprechen. Die Bücher, die glücklicherweise vollständig erhalten sind, geben beredte Auskunft. Wer sich die Mühe macht, die Zahlen zusammenzurechnen und umfassend zu deuten, kommt schnell zu einer Antwort. Otto Goll und mit ihm alle, die von der Herberge lebten, waren pleite. Sie müssen schon geraume Zeit über ihre Verhältnisse, also auf Pump, gelebt haben. Noch haben sie überall Kredit, denn alle erinnern sich an den Reichtum des Vaters, der nur zum kleinsten Teil in den Hof geflossen ist. Wo war der Rest? der Erlös vom Verkauf der Dampfmühle? - Wer Geschäftsbücher lesen kann, ist in der Lage, fette und magere Zeiten auszumachen. Die Anfangsjahre waren fett. Solange der alte Goll die Zügel in Händen hielt, gedieh alles zum Besten. Die Mühle, die nicht nur Korn mahlte, sondern auch Öl presste und Holz sägte, war auf Grund der Dampfmaschinen sehr wirtschaftlich. Sie überstand nicht nur den Krieg, sondern dank der Umsicht des erfahrenen Unternehmers, auch die unruhigen Zeiten danach. Einer der Gründe, warum die Ermittlungen wegen der beiden Mühlenbrände eingestellt werden musste, war ja die Tatsache gewesen, dass die maschinelle Mühle auch noch der modernisierten Windmühle haushoch überlegen war, das Motiv der Rivalität oder des Neides also keinen Bestand hatte. Zacharias Goll übergibt dem Sohn auf dem Sterbebett ein gutgehendes Werk und einen beachtlichen Kapitalstock. Der Sohn verliert ihn in kurzer Zeit in den Wirren der Inflation und ist gezwungen, die Mühle mit großem Verlust zu verkaufen. Danach kommen magere Jahre. Als Ackermann nicht nur die Mühle für einen Spottpreis von Otto Golls Nachfolger kauft, sondern mit dem Hof auch noch ein Konkurrenzunternehmen zur Herberge in Welkow bauen lässt, erwächst aus der Situation ein handfestes Motiv. Nach dem Verschwinden Ackermanns geht es dem Gasthof in Welkow auf Dauer besser. Wirtschaftlich lässt sich das nicht erklären. Die Polizei suchte nach Ackermanns Verschwinden nach den Goldvorräten, die der Ziegelfabrikant im Haus verwahrte. Möglicherweise sind sie mit in die Welkower Wirtschaft geflossen. Eine bessere Erklärung findet sich schwer."

„Aber bleiben das am Ende nicht alles nur Vermutungen? Wir sollten mit den Toten nicht so schwer ins Gericht gehen", versucht die Wirtin zu schlichten.

„Vielleicht haben Sie recht." Biber sammelt sich einige Atemzüge lang. „Der besessene Alte, der sich im Wald verlaufen hatte, arbeitet weiter am Mühlenhof. Vor zehn Tagen finden Arbeiter beim Anlegen der Rosenbeete an der Außenmauer einen zweiten Toten, noch besser erhalten als der erste und noch leichter zu identifizieren."

Ein Raunen der Verwunderung, des Schmerzes und des Entsetzens wird laut. Agnes' faltiges Gesicht verändert sich nicht.

„Wie es ausschaut, eine ähnliche Geschichte. Diesmal hatte man ihn nicht hinterrücks erschlagen, sondern wohl Angesicht gegen Angesicht. Warum? Wieder aus Angst vor der Konkurrenz, vor dem Erfolg anderer? Wieder bringt sich jemand um, der im Welkower Gasthof zu Hause ist. Weil ihn eine Schuld niederdrückt? Nur eines ist gewiss:" Biber hebt die Stimme an. „Wieder ist es infam, weil man das Opfer zum Täter macht!"

„Was meinen Sie?", fragt die Wirtin kleinlaut.

„Wer hat die Karte aus Amerika geschrieben?"

Biber wartet, bis das Raunen verstummt.

„Das wird sich wohl nicht mehr aufklären lassen, glaubte ich noch vor wenigen Tagen. Dann sprach ich mit dem Mädchen, das die Karte in alle Ostersträuße und Adventskränze geheftet hat. Und alles wurde auf einmal sonnenklar."

„Ich verstehe kein Wort", klagt der Wirt.

„Was wurde sonnenklar?", fragt ängstlich die Wirtin.

„Lesen wir die Karte noch einmal gemeinsam, um die Grausamkeit dieser Tat angemessen nachempfinden zu können." Biber treten große Schweißperlen auf die Stirn. „*Liebe Nessi, die Karte hab ich in einem alten Ramschladen gefunden. Solche Schiffe gibt es heute nicht mehr. War bestimmt auch nicht nur romantisch, mit ihnen zu fahren. Ich habe bisher noch nicht gefunden, wonach ich suche. Wenn es irgend möglich ist, hole ich dich nach. Denke nicht, dass ich dich vergessen habe. Vergiss auch du mich nicht. Dein dummer August.*" Hatte er zur Erheiterung des kleinen Mädchens oft den dummen August gespielt? War es also eine Art Kosename? Vanessa war zu klein, um sich daran erinnern zu können. Sie weiß nur noch, dass die Mutter noch lange nach Ankunft der Karte geweint hat. Warum? Weil August nur die Tochter hatte nachholen wollen? Weil er offensichtlich vorhatte, in Amerika zu bleiben? Weil er nur Angst hatte, von dem kleinen Mädchen vergessen zu werden? - Nein. - Sie weinte, weil sie wusste, dass August tot ist. Warum? - Der Schreiber der Karte hatte in seinem perfiden Plan einen großen Fehler gemacht. Er hatte sich - auf welchem Weg auch immer - eines der Liebesbriefe, die August an Godelinde geschrieben hatte, bemächtigt und sich die Schrift perfekt zu Eigen gemacht. Was er nicht wusste; was nur August, Godelinde und der tatsächliche Schreiber der Liebesbriefe wusste, war, dass August nur sehr ungelenk schrieb und darum eine Freundin gebeten hatte, die Briefe zu schreiben. Im Hochzeitsglückwunsch gab sich die Schreiberin mit Worten zu erkennen, die nur der Empfängerin verständlich waren. So kennen wir wenigstens ihren Vornamen. Im Zorn entdeckte die Mutter der Tochter, dass der Vater nicht einmal ordentlich schreiben konnte. Es war ein Streit, der wie viele andere um die Aufstellung der Karte im Osterstrauß oder Adventskranz ging. Wenn man die Umstände kennt, kann man nachfühlen, welche Anfechtung es für die Mutter gewesen sein muss, immer wieder mit dieser Karte konfrontiert zu werden, die der Mörder ihres Mannes geschrieben hatte im Namen des Opfers, dem dummen August. Der *dumme August* war kein Spiel zwischen Vater und Tochter, *dummer August* wurde der Mann in all den Jahren spöttisch von den Leuten im Dorf genannt, bevor er die Erbschaft machte. Es war eine Verhöhnung des Opfers."

„Warum lügst du?!" Agnes gebrauchte all ihre Kraft, um sich aus dem Sessel zu stemmen. „Da steht nicht *dummer August*, sondern nur *August*, nur *August*, auch wenn er dumm war. Er hätte sich mit uns einigen können. Stattdessen hat er überall herumerzählt, dass er sich das Geld bei reichen Verwandten holen wird. Er hätte es von uns kriegen können, wenn er sich mit uns geeinigt hätte. Manfred war bei ihm, um ihn zur Vernunft zu bringen. Er hat ihn doch nicht töten wollen. Er hat ihn nicht erschlagen. Es ist im Handgemenge passiert. Ich weiß nicht, wie. Manfred hat ja nie darüber gesprochen. Aber er hat ihn nicht umgebracht. Er hat ihn nicht umgebracht."

„Mutter." Die Wirtin geht eilig zu Biber und dreht ihm die Hand so, dass sie die Schrift auf der Karte lesen kann. „Warum dann das gemeine Spiel mit der Karte?"

Agnes Augen werden feucht. „Das Mädchen tat mir leid. Ich weiß, wie es ist, ohne Vater aufzuwachsen. Diese elende Karte, sie hat ja alles nur noch schlimmer gemacht. Godelinde wusste sofort Bescheid. Ich hab ihr angeboten, die Reparaturen am Hof zu bezahlen. Aber sie hat mich nur angeschrien, warum ich sie nicht auch gleich totschlage. Ich hab ja versucht, ihr alles zu erklären. Aber die Umstände sprachen gegen uns. Die

Leute wetzten so schon das Maul, obwohl die Polizei alles aufgeklärt hatte. Es war ein Blitzschlag gewesen. Und der Baum? Wer hätte eine so große Buche umwerfen können? Das waren wir nicht."

Biber ist ergriffen von den Worten der verzweifelten Alten, die auf diesen Augenblick gewartet zu haben scheint. „Aber es passierte zur rechten Zeit."

Agnes nickt. „Es kam uns zupass, ja, es kam uns zupass. Wenn wir den Unfall gemeldet hätten, uns hätte ja doch keiner geglaubt."

„Aber es wäre nicht so schlimm geworden, wie es geworden ist."

„Das weiß ich selber am besten. - Bei dem, was ich gelitten hab, kann mich kein Zuchthaus erschrecken. Nehmen Sie mich mit."

Alle Blicke gehen zu Biber.

„Ich bin nicht von der Polizei", sagt er unbeholfen. „Die Geschichte kennen nur die, die in diesem Raum versammelt sind. Es ist an Ihnen, dass es so bleibt. - Guten Abend."

Der Ausgang ist auch für Biber überraschend, ja diffus. Schamhaft hängt er seinem Auftritt nach. Auch Erika schweigt. Die Nacht ist mild. Sie laufen auf dem romantischen Pfad zwischen Feldern und See. Biber bedrückt zunehmend Erikas Schweigen. Der Hof kommt in Sicht.

„Zufrieden?" Erika schaut ihn nicht an.

„Meinst du, ich war zu hart?"

„Möglicherweise."

„Ich konnte nicht ahnen ..."

„Du hast sie mit einer hinterhältigen Lüge überführt."

„Das war doch die einzige Chance, sie zum Reden zu bringen. Sie hätte ja auch schon eher ..."

„Das Schauspiel war sehr überzeugend."

„Warum sagst du das?"

Erika bleibt stehen und schaut ihn an. „Weiß Vanessa, dass du den Hof gekauft hast?"

„Wie kommst du jetzt darauf?", fragt er betroffen.

„Weiß sie es oder nicht?"

„Nein."

„Hast du ihn gekauft?"

„Das hab ich dir doch erzählt."

„Mir. Ja." Erika geht mit schnellen Schritten am Mühlenhof vorbei Richtung Mühlfurt.

Biber bleibt gekränkt zurück. Er kann nicht glauben, dass irgendjemand, erst recht Erika, für möglich hält, dass er Vanessa übervorteilt. 'Man kann mal für ein paar Minuten spielen, aber doch kein Jahr.'

Bis zur Eröffnung bleiben zwei Tage, die Ersatztage, von denen Ross gesprochen hat. Auf dem Hof und dem Mühlenberg herrscht Hektik. Dutzende Leute wuseln umher. Immerhin sind sie auf dem Berg weiter als unten im Hof. Gerüst und Kran wurden hier längst demontiert und beräumt. Aber die Feinarbeiten ziehen sich hin. Wieder und wieder stellen die Holländer die Mühle für den Probelauf ein, der noch an diesem Tag starten soll. Die Gärtner haben das Gelände um die Mühle herum kultiviert und gestaltet, nachdem die schwere Technik abgezogen ist, und bepflanzen nun die Rabatten im und um den Hof. Hier wird die Beleuchtung der Dachreiter abgestimmt und endlich das Gerüst und der Kran abgebaut.

Alle, die da sind, versammeln sich im Hof: Jakobis Leute, die Dachdecker, die drei Alten, die Maler und etliche Monteure, die die Küchenanlagen einbauen und erproben, und nicht zuletzt - ein ganzes Stück weit von Biber entfernt - Erika mit einer Schar von Hilfskräften, die für die Vorbereitung und Gestaltung der Eröffnungsfeier angeheuert sind.

Biber genießt trotz aller Bekümmernis den magischen Moment. Obwohl er es so oft erlebt hat, greift es ihn an wie beim ersten Mal. Das Verschwinden des Gerüstes wirkt gerade so, als ließen schützende Hände los, um das Gebäude sich selbst zu überlassen. Dann ist es aber auch wieder so, als würde sich das Bauwerk entpuppen, ein rostiges, beengendes Korsett abwerfend. Biber empfindet es von jeher als sehr unangenehm, nach diesem eindrücklichen Augenblick jungfräulicher Unberührtheit Korrekturen an der Fassade vornehmen zu müssen. Hier sind keine Nacharbeiten vonnöten. Die Umstehenden sind des Lobes voll. Erika zieht sich mit den Hilfskräften schnell ins Backhaus zurück. Biber geht rum, um Hände zu schütteln. Besonders lange spricht er mit Jakobi und den drei Musketieren.

Unverhofft steht Agnes vor ihm. „Heut ist Donnerstag. Und wenn ihr nicht zu mir kommt ...“

Nach gehörigem Schreck ist er bestürzt, dann verlegen. Mit vielem hat er gerechnet, damit nicht. „Bist du allein?“

„Ich mag Sachen gern erkunden, ohne ständig darauf hingewiesen zu werden, worüber ich zu staunen habe.“

„Bist du zu Fuß?“

„Wie sonst.“

Biber führt sie am Arm durchs hektische Gewusel. Er hat das Gefühl, in ein gedämpftes Zeitmaß geraten zu sein. Wo immer sie erscheinen, treten die Handwerker und Monteure zurück, um sie in den Räumen allein zu lassen.

„Die denken wahrscheinlich, ich bin deine Mutter.“

„Könnte gut sein."

Nachdem Agnes den Hof und den Berg mit der Mühle wortlos begutachtet hat, führt Biber die alte Dame in den Park bis ans Grab der beiden Vorbesitzer des Hofes.

Lange steht sie schweigend am wilden, steingartenähnlichen, liebevoll bepflanzten Hügel. „Hast du gut gemacht, auch das mit den vermaledeiten Ziegeln. Am Tag, als es passierte, kam mein Mann nach Haus. Er war nicht mehr er selbst. *Jetzt ist alles aus*, hat er immer wieder gesagt. Es war schwer, zu erfahren, was passiert ist, wenn ich es mir auch denken konnte. Gemeinsam sind wir noch mal zurück. Das Gewitter half uns, unentdeckt zu bleiben. Man soll Menschen nicht einfach so verscharren. Nie vergesse ich den Anblick, wie sein friedliches Gesicht im Schlamm versinkt."

Biber ist sprachlos. Er wartet. Das Schweigen der alten Frau bedrückt ihn nicht. Im Gegenteil, es tut gut und wirkt merkwürdig befreiend.

„Ich hab gar nicht gewusst, dass Godelinde gestorben ist."

„Übermorgen ist es ein Jahr her. Es ging ziemlich schnell. Vanessa hat das Grab gestaltet."

„Du hast ihr alles erzählt?"

„Nein."

„Solltest du aber." Sie sucht nach Worten. „Bestell ihr bitte, dass es mir sehr leid tut. Auch das mit der Karte. Ich wünschte, ich könnte ihr verständlich machen, *wie* sehr."

„Ich werde mein Bestes tun."

„Danke." Agnes geht weiter zur Gedenkstätte der Windmüllerfamilie. Sie liest die Inschrift. Auch vor Ackermanns Grab bleibt sie lange stehen. „Hast du das gebaut?"

„Die drei Musketiere, vor allem Kamil."

„Eine feine Arbeit. Beinahe ein Mausoleum. Als stünde es schon hundert Jahre hier. - Darf ich dir die Kosten für das Grab erstatten?"

„Lass gut sein."

„Das sagst du so einfach. Es täte mir gut. Muss auch kein anderer was wissen davon."

„Wenn es dir gut tut. Ich gebe Vanessa das Geld."

„Gute Idee. - Der wunderbar gemauerte Bogen oben sieht aus, als wollte er einen Schriftzug aufnehmen."

Biber schaut sie fragend an. Er ist heilfroh, auf Bogdans Rat gehört zu haben.

„Das Schicksal lässt sich nicht narren."

Biber stutzt, dann versteht er. „Der Spruch, den dein Vater ins Kassenbuch geschrieben hat?"

„Mein Taufspruch gewissermaßen. Ich hab lange versucht, mich daran zu halten, und dann doch alles falsch gemacht. Erst im Sterben vertraute mir meine Mutter die Geschichte an. - Ich dank dir für alles."

Biber ist beschämt. „Ich würde mich freuen, wenn ihr zur Eröffnungsfeier kommt."

Agnes schüttelt den Kopf. „Danke. Es gibt Dinge, die gehören sich nicht. Denk an den Spruch." Sie dreht sich um und läuft langsam zurück.

Biber bewundert ihren festen Schritt. „Agnes!" Er läuft ihr nach. „Ich bring dich das Stück."

Sie nimmt seine Hand. „Nein, mein Lieber, hier gibt es noch ein bisschen was zu tun. Ich kann, wenn ich will. Schön, dass der Berg wieder eine Mühle hat. - Würde mich freuen, dich ab und an mal zu sehen."

Biber schaut ihr lange nach.

„Hand auf Herz, wie viele Besen musst du fressen?", fragt flüsternd Kamil.

„Keinen."

„Stuss!", zischt Witold zweifelnd. „Die Agnes hat Liebesbrief geklaut und Karte geschrieben?"

„Ja."

Bogdan schaut ungläubig. „Sie haben ihn ...?"

„Nein, es war wohl ein Unfall. Sie haben ihn zusammen verscharrt."

„Passt. Hab isch gleisch gesagt. Nisch die Agnes. Muss man sisch vorstelln, zwei alte Leutschen graben in Gewitternacht tiefes Loch, lägen Toten rein und schaufeln wieder zu. Muss scheußlisches Gefiehl sein."

„Kein Wunder, dass sisch der Alte ...", versucht es Kamil.

Withold legt ihm die Hand auf den Arm. „War eigentlisch gemietlisch bei die Agnes."

Einen Tag vor Eröffnung des Waldhauses herrscht eine Betriebsamkeit in und um den Hof, als würden die Arbeiten nie ein Ende nehmen.

Biber sucht die Bergschneiders und findet sie auf dem Traktor. „Ich hätte hier noch eine Kleinigkeit, wenn es eure Zeit zulässt."

„Wir sind fertig, wenn nicht wieder einer die Wege zerschindet. Fahren nur noch mal den Hauptweg ab. Ist anzunehmen, dass morgen einige doch mit dem Wagen kommen."

„Hier sind Wegzeichen, damit sich keiner, wie ich, hierher verirrt."

„Das verstehe ich jetzt nicht ganz", gibt Berger zu.

Schneider gibt ihm einen Klaps. „Das war ein Scherz. Er will, dass die Leute herfinden, weil sie her wollen." Sie betrachten die Schilder. „Ganz reizend."

„Die Bäume sollten dreißig Zentimeter stark sein. Schrauben und Spezialbit liegen bei. Zwei Meter fünfzig sind eine gute Höhe. Wenn ihr so lieb seid, und nicht den Weg nach Welkow vergesst."

„Da gibt's nicht so viele Bäume", wendet Berger ein.

„Da gehen aber auch keine Wege ab", beruhigt ihn Schneider.

„Danke."

Biber geht mit den drei Alten zum Anlegeplatz, um das Stationsschild zu montieren. Staunend stehen sie vorm flügellosen Tor. Jakobi hat den Firstbalken des Wartehäuschens bis über den Zugang der Anlegestelle geführt, am Ende mit einem Pfosten gestützt und als überdachtes Tor gestaltet, so dass die Firstziegel und zwei Reihen der grünen Biberschwänze stufenlos vom Wartehäuschen zum Tor übergehen, unter das nun an rostigen Ketten das Stationschild gehängt werden soll.

Es wird viel getrunken und nicht weniger geblödelt. Die vier wissen, dass sie wahrscheinlich das letzte Mal zusammen sind. Bibers Wehmut hat noch einen anderen Grund, über den er mit den Freunden gerade jetzt nicht reden will.

„Olaf, hast du gesehn, wie hier Bergschneiders gewietet haben?", fragt Withold. „Is einzische Farbenpracht."

„Dabei wissen sie noch nichts vom Dampfer."

„Welschen Dampfer?"

Biber schaut Bogdan verstört an, dann die anderen beiden. Langsam geht er zum Wartehäuschen. „Ich Esel, hab ich mich am Ende doch noch verquatscht. Ihr wisst ja auch noch nichts davon. Erika hat mir so viel aus der Nase gezogen, dass ich selbst nicht mehr weiß, wer was weiß und wer nicht." Er betritt den kleinen Raum und setzt sich auf die Bank.

Die drei folgen ihm.

„Klingt kompliziert", klagt Kamil.

Withold streicht sich verlegen mit der Hand über den Kopf. „Olaf will sagen, dass morgen ein Dampfer hier anleescht. Schätze mal, sieht aus wie auf die Karte an Weihnachtsbaum, nur hibscher. In große Schrift steht dran *Godelinde*. - Rischtisch?"

Biber nickt.

„Witek, wer hat dir das geflistert?"

„Wenn Olaf von Dampfer schwätzt, was soll anders sein? Seid ihr geweehnt von ihn, dass er baut teuerstes Wartehäusel fier rostische Fähre?"

„Perfekt. Bin isch gespannt, wie Vanessa guckt."

„Bist du verrickt? Wird Olaf ieberfordert sein mit die Situation auch ohne uns."

„Missen wir trinken auf Dampfer und wunderscheene Vanessa Beste, was gibt." Er öffnet den Flachmann und reicht ihn Biber.

„Dein Zwetschgenbrand und die eingelegten Kerne werden mir fehlen", sagt er sentimental. „Du musst ja einen ganzen Kanister mitgenommen haben."

„Is nisch selbstgebrannt", gesteht Kamil trübsinnig. „Is Zwetschgenwasser aus Bad Rappenau, Liter fier achtzehn Euro."

Sie schauen noch ein Weilchen schweigend aufs Wasser und hängen wohl ganz unterschiedlichen Erinnerungen nach. Biber denkt an Erika und ist hilflos bei allem, was er sich denkt.

Irgendwann steht er auf. „Ich muss noch in die Druckerei. Wir sehen uns morgen. Macht nicht mehr so lange. Morgen wird ein anstrengender Tag."

Dritte Überraschung

In der Nacht hat es geregnet. Am Morgen dampft noch alles in der frühen Sonne, die in einen blauen Himmel steigt.

Biber erwacht allein in einem viel zu großen Bett. Er duscht, rasiert sich, macht sich auserlesen schick, steckt frischgebügelte Taschentücher in beide Gesäßtaschen und die Seitentasche des Jacketts, isst eine Kleinigkeit und bricht zu Fuß auf, Vanessa von der Schule abzuholen. Trotz aller Sorgfalt, die er hat walten lassen, ist ihm nicht geheuer, als er sich dem munteren Haufen aufgeregter Abiturienten nähert, die sich vorm Reisebus drängen, um das Gepäck in Empfang zu nehmen.

Vanessa steht etwas abseits mit dem Rücken zu ihm. Sie sieht nicht aus wie jemand, der es eilig hat, heimzukommen.

„Hallo, Vanessa", ruft er schüchtern.

Vor allen Umstehenden fällt sie ihm weinend an die Brust. „Ich hatte solche Angst, dass Sie nicht mehr da sind, wenn ich komme."

Er gibt ihr eins der Taschentücher, die eigentlich für später gedacht sind. „Hältst du mich für einen Ganoven?" Er genießt die Umarmung. Das Mädchen ist nun auch körperlich eine begehrenswerte Frau. Wenigstens die jungen Männer um ihn herum betrachten die Szene nicht ganz neidlos. Biber schaut sich um. Er sucht nach einem Jungen, der sich wodurch auch immer als Verehrer Vanessas zu erkennen gibt.

Vanessa steckt das Taschentuch ein, hebt sich die Kraxe, die ihr inzwischen jemand hingestellt hat, auf den Rücken und überlässt Biber immerhin die kleine Reisetasche. Er bietet ihr den Arm. Sie genießt die neugierigen Blicke ringsum und die Aura des Geheimnisvollen. Schweigend gehen sie das erste Stück.

Biber überwindet nur langsam die Rührung der herzlichen Begrüßung. Immer wieder schaut er sie an, um sich am jugendfrischen Profil zu erfreuen. Der Wind spielt im burschikosen Haar.

„Was ist?", fragt sie kokett.

„Du siehst hinreißend aus."

„Danke."

„Jetzt steht einer Hochzeit nichts mehr im Weg."

„Sie meinen, ich sollte nicht mehr so gedankenlos essen?"

„Wenn's ums Aussehen geht, macht ihr Frauen noch aus dem nettesten Kompliment einen Rüffel. - Du schaust aus wie frischverliebt. - Hat er sich ritterlich benommen?"

„Er war gar nicht mit."

„Tut mir leid."

„Muss es nicht. Es war trotzdem ganz aufregend."

„Du meinst, es gab Ersatz?"

„Manchmal wurde es sogar ein bisschen viel."

„Hast du dich ausgetobt?"

„Nicht, was Sie denken. - Ich hab aber auch nicht Trübsal geblasen. Ich hätte nicht gedacht, dass sich so viele für mich interessieren."

„Du solltest öfter in den Spiegel gucken. - Warum ist der Angebetete nicht mitgefahren?"

„Weil er was ganz Wichtiges zu tun hat."

Ein Blick genügt, um Vanessas gespielte Gleichgültigkeit zu durchschauen. „Dann schieß ihn in den Wind."

Sie treten vom Trampelpfad auf den Hauptweg. Vanessa sieht durchs Grün die mondäne Anlegestelle mit dem Fährhäuschen. Vorsichtig tritt sie näher. „*Waldhaus*? - Was ist das?"

„Die Anlegestelle für die Fähre. Hab ich dir nicht davon erzählt?"

„So eine riesige Anlegestelle für die kleine Fähre? Und wieso *Waldhaus*?"

„*Mühlenhof* hat einen schlechteren Klang."

Vanessa nickt verständig. „Obwohl Sie das Märchen so blöd finden?"

„Man kann es neu erzählen." Biber schaut auf den See hinaus. „Da war mal ein alter Kerl, den es hierher verschlug. Er fragte nach einem Glas Wasser und bekam dazu gleich noch ein neues Leben."

Vanessa schießt die Röte ins Gesicht.

„Nein. Das neue Leben hat nichts mit dir zu tun. Ich hab kapiert, dass das mit der Heirat nichts wird."

„Das hier sieht alles so aus, als wenn es schon ewig da wäre."

„Das macht der Regen. - Komm."

Sie gehen das Stück bis zum Hof.

„Mein Gott, wann habt ihr denn das alles gemacht? Die Dächer sind wundervoll." Sie bleibt noch lange vorm neuen Tor stehen und bestaunt auch hier die über die Mauerkrone ragenden grünen Dachziegel.

Biber kennt diese Faszination nur zu gut. Bei kleineren Häusern ist das Dach der größte Schmuck.

Schüchtern öffnet Vanessa die kleine Tür. „Oh Gott." Sie schlägt die Hände vor den Mund und weint haltlos.

„Das Taschentuch hast du vorhin eingesteckt."

„Bist du verrickt?", empört sich Bogdan, der mit den anderen beiden im Biergarten sitzt. Augenblicklich springen sie auf, um den beiden das Gepäck abzunehmen und Vanessa zu herzen. „Benimmst disch wie Ganove. So isch bin von dir nisch geweehnt."

„Passt", grinst Withold von oben.

„Bleibt geschmeidisch. Olaf is ieberfordert mit die Situation. Seht ihr doch." Er küsst Vanessa die Hand. „Wunderscheenes Fräulein, haben wir alles zu achtzehnten Geburtstag fier disch gebaut. Olaf das meiste. Wir bissel was. Ein, zwei, drei, und fertisch." Er zaubert hinterm Rücken einen Gartenblumenstrauß hervor, dessen Ursprung unschwer zu erraten ist. „Isch behalte fier disch."

Sie hat eh beide Hände voll.

Auch Biber verschwimmt etwas der Blick.

Um den Rucksack erleichtert, geht Vanessa vorsichtig auf den Brunnen mit der Bronzegruppe zu. Sie weint zügellos, das geballte Taschentuch vor der Nase.

Die drei Alten halten sich zurück.

„Ein paar Tränen solltest du noch aufzusparen", rät Biber besorgt. „So kannst du ja gar nichts sehen."

Sie hascht den Tieren das Wasser vor Maul und Schnäbeln weg und wäscht sich damit die Tränen aus dem Gesicht. „Die sind allerliebst. Hoffentlich wird unser Hahn nicht neidisch." Verzückt schaut sie durch das dicke Glas in den beleuchteten Brunnenschacht.

„Pass auf, Kuh spritzt", warnt Bogdan zu spät.

Vanessa juchst auf. Der Strahl hat ihr das T-Shirt da benässt, wo die optische Durchlässigkeit die größte Wirkung zeigt.

Kamil kommt rasch mit einem Handtuch.

Vanessa wehrt ihn ab. „Das mach ich schon. Danke."

„Nischt zu danken. Wäre mir gewäsen ein angenähmer ritterlischer Dienst." Wenigstes wird er mit einem sehr erfrischenden Einblick belohnt.

Vanessa dreht sich wieder und wieder im Kreis, mal die blühenden Blumenrabatten, mal das rote Gemäuer, mal das dunkle Fachwerk im gelben Putz, mal die grünen Dächer mit den eingesetzten Giebelgauben und den verspielten Reitern bestaunend und die schlohweißen Tauben, die sie lebhaft umflattern.

Biber führt sie zum Backhaus und zeigt ihr das bis zur Decke gefüllte Trocken- und Getränkelager, die vielen Kühlschränke und -truhen und im hinteren Raum den modernen Ofen und all die glänzenden Gerätschaften, die zum Backen vonnöten sind.

„Wieso sieht das alles so aus, als wenn es schon ganz alt wäre?"

„Altertiemlischkeit is unsere Eigentiemlichkeit", erklärt Withold stolz mit festlich polierter Glatze.

„Du meinst Spezialgebiet", verbessert Bogdan.

„Passt", grummelt er.

Zu fünft wandern sie am langen Schuppen vorbei zum Stall, dem nunmehr rustikalen Frühstücksraum. Als Biber die mittlere der drei Türen öffnet, schauen sie direkt auf das bestrickende Modell der Mühle, die etwa da steht, wo der Baum einst Dach und Mauer zerschlagen hat.

„Miele haben wir nisch gebaut", erklärt Kamil. „War schon da. Olaf will nisch verraten, wer Schepfer is."

Biber lässt es sich nicht nehmen, das Modell vorzuführen. Wie bei der ersten Begegnung ist er fasziniert vom meisterlichen Spielzeug, Vanessa nicht minder.

„Ist das die Mühle, die auf dem Berg gestanden hat?"

„Passt."

Vanessa betrachtet nun eigehender den Raum. Sie kennt den Stall. Ursprünglich waren es zwölf in vier Reihen gemauerte Koben. Die beiden äußeren Reihen an den Giebeln kann sie noch erkennen. Die Eckkoben sind Toiletten gewichen; in den vier erhalten gebliebenen stehen Tisch und sechs Stühle. Außer diesen zählt Vanessa fünf weitere Garnituren im offenen Raum. Das kulinarisch gedeckte Buffet ist im

Halbkreis um die Mühle drapiert. Ihr gegenüber, zu beiden Seiten der Mitteltür, wurden zwei Koben in rustikale Tresen verwandelt, hinter denen zwei Köche in makellosem Weiß auf den Einfall der Gäste warten.

Biber erhascht einen Blick des Mädchens. „Das ist vielleicht nicht so was ganz Besonderes, aber auch nicht alltäglich."

Vanessa streicht mit der Hand über die weißen Tischtücher und die weinroten Läufer.

„Wenn wunderscheenes Fräulein vielleischt eine Kleinischkeit essen oder trinken meschte." Kamil zeigt großzügig auf das Buffet und die beiden Köche im Eingangsbereich. „Is alles fier disch."

Vanessa angelt sich ein Lachssandwich, lässt sich ein Glas Erdbeerbowle einschenken und balanciert beides hinaus ins Freie.

Biber stellt das wehrlose Mädchen dicht vors hintere Tor, damit sie keinen Blick auf den Mühlenberg hat. Die drei Alten postieren sich ungezwungen an den gewaltigen grünen Flügeln. Biber nickt. Das Tor öffnet sich geräuschlos und gibt den Blick auf den Mühlenberg frei. Die silbernen Jalousieflügel drehen sich glitzernd in der Mittagssonne.

„Verrückt", ist das einzige, das Vanessa vorzubringen imstande ist.

„Scheenste Aussischtsturm von ganze Welt", lacht Bogdan.

Vanessa bestaunt die breite, umlaufende, meisterlich gearbeitete Galerie zwischen Steinsockel und dem hölzernen Teil der Mühle.

„War ganz leischt", blödelt Kamil. „Haben wir nur kleine Miele genomm, bissel aufgeblasen und fertisch. Is alles aus Eische, auch Dachschindeln."

„Funktioniert sie auch richtig wie die kleine?"

„Hoffentlich", seufzt Biber.

Vanessa stehen schon wieder die Tränen in den Augen. Sie wendet sich zur Giebeltür der Scheune, die sich bei Annäherung öffnet. „Darf ich jetzt?"

Biber nickt. Sie betreten den geräumigen Fahrstuhl. Der Aufstieg ist kaum spürbar. Wie verzaubert steht Vanessa im langen Flur. Verspielte Wandlampen tauchen alles in ein dezentes Licht. Sie besichtigen eins der Zimmer und die praktische Wäschekammer, in der auch das Reinigungsgerät untergebracht ist. In der Mitte des Ganges geht links ein kleiner Flur zur Außentreppe und Terrasse. Vanessa steht das erste Mal hier oben und genießt den wundervollen Blick auf den Hof mit dem Brunnen und den gediegenen Biergartengarnituren. Wenn sie sich rechts über die Mauer beugt, kann sie unterm glänzenden Glasdach das Schwimmbecken sehen. Sie will schon die Treppe hinuntersteigen, als Biber sie zurück ins Haus und zum Fahrstuhl geleitet.

„Wir hätten doch auch laufen können."

Biber sagt nichts.

Nach kurzer Fahrt stehen sie wieder am Anfang oder Ende eines Ganges, über sich den gewaltigen Firstbalken, die Sparren und dazwischen die hölzernen Dielen. Der Flur hat eine ganz und gar andere Atmosphäre als der Hotelzimmergang.

„Was ist das?", fragt Vanessa aufgeregt.

Biber zeigt ihr ein Gemeinschaftsbad mit gediegenen Waschtischen, Duschen und Toiletten und hernach drei gleichmöblierte Zimmer mit zwei Doppelstockbetten und einem Einzelbett unter der Dachschräge. Vanessa schaut aus einer der großen Giebelgauben auf den Mühlenberg, ein atemberaubender Ausblick.

Als sie wieder im Flur stehen, zeigt Withold zum anderen Ende. „Hinten is noch mal das gleiche für Mädschen."

Kamil reißt zwei Türen neben Vanessa auf, den Blick in kleine Zimmer freigebend. „Und hier, als hoffentlisch wirksame Trennung, sind Unterkinfte fier nisch beneidenswerte Keuschheitswächter."

„Und hier", zieht Bogdan an der gegenüberliegenden Tür ihren Blick auf sich, „is große Gemeinschaftsraum mit die Kische."

„Eine Art Jugendherberge?", rät Vanessa.

„Gefällt sie dir?"

„Bist du verrickt? Natierlisch gefällt ihr. Hätten wir sonst so gebaut?"

„Und warum haben die Jungen vom Fahrstuhl einen kürzeren Weg?"

„Muss isch erklärn", drängelt sich Kamil vor. „Is vor allen, damit Mädschen sind besser geschitzt. Aber nur zu Schein. Keuschheitswächter denken, wenn sie gucken nach links, is alles perfekt. Aber - jetzt kommt's. An andern Ende hinter die Tier is lange Treppe. Steht nisch in Lageplan. Hier kenn Jungs nachts von hinten einbräschen und zu wunderscheene Mädschen vordringen, Tier auf und zu und fertisch."

Während Kamil blödelt, erreichen sie die Tür am Ende des Flurs. Tatsächlich führt hinter ihr eine meisterhaft gearbeitete Holztreppe - am Außengiebel anliegend - zu einem Weg, der an Rosenrabatten entlang zum hinteren Tor führt.

„Der Fahrstuhl ist eigentlich nur für die Hotelgäste und die Versorgung hier oben gedacht", erklärt Biber. „Die *Jungs* haben also den weiteren Weg."

„Passt", bestätigt Withold.

„Dann ist es perfekt", kommt Vanessa Kamil zuvor.

Unten angekommen, laufen sie quer über den Hof. Biber dreht sich noch einmal um. „Unten sind übrigens zwei Wohnungen. Links wohnen Bergschneiders, rechts Walter Ross, der alle Skulpturen, die du ringsum sehen kannst, geschaffen hat.

„Is liebenswirdischste Mensch, was gibt", versichert Kamil. „Außer Olaf natierlisch", hängt er schnell an, als er Bibers befremdeten Blick fängt.

Vorm Wohnhaus trennen sie sich. Kamil reicht Vanessa den entzückenden Blumenstrauß. Die drei Alten gehen - nicht mehr ganz festen Schrittes - zu ihrem Gartenstammtisch, Biber und Vanessa ins Haus. Vom Flur aus machen sie einem kleinen Abstecher in den Schankraum, in dem das Personal schon mächtig wuselt.

Vanessa fällt sofort der rustikale Steinfußboden ins Auge, dann auch schon die Hühnergruppe vorm Kamin. Biber hockt sich erstaunt zu ihr. Fasziniert betrachten sie das lustige Arrangement: Schön Hähnchen steht mit geschwollener Brust sehr nah am Feuer, während schön Hühnchen - sich scheu der Hitze entwindend - die Brust des Hahns mit vorgehaltenem Flügel schirmt. 'Wann hat Ross das gemacht?'

„Allerliebst." Vanessa schaut sich um, als suche sie nach der schönen bunten Kuh. Bis auf das Federvieh und den Fußboden hat sich im Schankraum kaum etwas verändert. Dennoch entgeht ihr nicht der klitzekleine, überaus bedeutsame Unterschied. Über allem liegt ein edler Glanz.

Sie gehen nach oben.

„Du solltest dich vorm großen Sturm noch ein bisschen hinlegen." Biber schiebt Vanessas in ihre Wohnung. „Mach dich frisch und schlaf dich aus, und zieh das Kleid an, das im Schrank hängt, damit es dir nachher auch Spaß macht, die vielen Gäste zu begrüßen."

Vanessa stellt die Blumen in die Vase der Bergschneiders. „Warum muss ich die Gäste begrüßen?"

„Weil du die Hausherrin bist, solange sich deine Mutter nicht sehen lässt."

„Aber ..."

„Du hast nicht gewollt, dass ich den Hof kaufe, also kneif jetzt nicht."

„Wie viele kommen denn?", fragt sie besorgt.

„Das sage ich dir, wenn du ausgeschlafen bist."

„Nein, warten Sie. - Was soll ich denn sagen?"

„Guten Tag. - Seien Sie herzlich willkommen. - Ich freue mich, dass Sie unserer Einladung gefolgt sind. - Fühlen Sie sich hier wie zu Hause. - Mir liegt viel daran, dass Sie sich wohlfühlen. Und all den Schmus."

„Warten Sie. Können Sie mir das aufschreiben? Ich hab doch keine Ahnung."

„Mach dir keine Sorgen. Bedank dich für alle Komplimente, die dir dankenswert erscheinen. Sei einfach, wie du bist, dann kannst du nichts falsch machen. Hab Spaß und freu dich, dass dich die Leute umgarnen; die Frauen, weil sie dich beneiden, die Männer, weil sie - hingerissen sind. Wenn du eine Frage nicht beantworten kannst oder magst, schick sie zu mir."

„Ich werde Ihnen nicht von der Pelle weichen."

„Dann wird es für mich am schönsten."

„Sie sehen gar nicht so glücklich aus." Vanessa entlässt Biber mit einem großen Fragezeichen im Gesicht.

Er ist mit den Gedanken unentwegt bei Erika.

Die ersten Wagen fahren auf den Wiesenparkplatz. Auch hier hält Biber Ausschau. Er begrüßt Frau Petersen, die mit Brandner und Goldhaus, Liechert und anderen Kollegen gekommen ist.

„Frau Petersen, Sie sehen bezaubernd aus. Ich freue mich, Sie zu sehen."

„Ich mich auch, Herr Biber."

„Sie haben mir sehr geholfen. Ohne Sie wäre das alles nicht möglich gewesen."

Der Glanz in ihren Augen nimmt zu. „Es war im beiderseitigen Interesse. Hier ist die Vollmacht, anbei die Honorarabrechnung."

„Das mache ich gleich fertig."

„Ist schon erledigt."

„Ich hätte gern aufgerundet."

„Auch das hab ich gemacht, wie Sie es wünschen."

„Frau Petersen, Sie sind ein wahrer Schatz!", sagt Biber laut genug, um auch seinen Teilhaber an der Erkenntnis teilhaben zu lassen, der eben aus dem Wagen steigt.

„Olaf, mein Lieber, ich hoffe, du überraschst mich gründlich. Hast mich doch tatsächlich an die Grenze des Erträglichen gebracht."

„Ich nehme an, du hast bei all dem einen guten Schnitt gemacht."

Brandner schaut zu Frau Petersen. „Haben Sie ihm nicht gesagt ...?"

Sie schüttelt den Kopf.

„Hältst du mich für einen solchen Lumpen, dass ich deine Situation ausnutze, um dich um deine Anteile zu erleichtern?"

„Wäre keine Lumperei gewesen."

„Doch, jedenfalls aus meiner Warte. Auch wenn du mir das vielleicht nicht zutraust, ich mag den Typen, der mich im Spiegel anguckt, und ich pass meistens auf, dass das so bleibt. - Sagen Sie's ihm."

„Wir haben die offenen Rechnungen über die Firma gehen lassen, als eine Art Darlehen. Wir tilgen es mit dem, was kommt."

„Danke", sagt Biber gerührt. „Tut mir leid, Harald. Wahrscheinlich kennen wir uns nicht gut genug. Ich hoffe, euch gefällt, was hier entstanden ist. Mir liegt viel daran, dass ihr euch wohlfühlt. - Herr Goldhaus, schön, dass auch Sie gekommen sind."

„Herr Biber, ich versichere Ihnen, dass ... Unser letztes Gespräch, das war nicht persönlich gemeint."

„Sondern?"

„Ich hatte mich nur gewundert ..."

„Schmeißt ihn genauso mit Arbeit zu wie mich dereinst, dann wird er nicht mal mehr Zeit haben, sich zu wundern. - Machen Sie sich keine Gedanken. Ohne Ihre Verwunderung hätte es mich nie im Leben hierher verschlagen."

Es kommen die Leute vom Schiff- und Mühlenbau, denen Biber schon gedankt hat, Jakobis Mannschaft, die Dachdecker, alle, die am Hof gearbeitet haben, aber auch die Dame vom Reisebüro, die Schneiderin, der Schildermacher, der Kunstschmied aus Welkow, Wilke aus der Ziegelei. Ross stellt ihm die Leute aus der Gießerei vor, ehe der Bürgermeister aus Mühlfurt mit der Mannschaft vom Amt aufschlägt.

Brettschneider ist voll des Lobs. „Herr Biber, mit dem neuen Aussichtsturm übertreffen Sie alle Erwartungen. Wie sind Sie auf die Mühle gekommen?"

„War naheliegend. Der Hügel nennt sich Mühlenberg. Außerdem haben Sie mir den Tipp gegeben. *Nicht höher als die Windmühle, die früher drauf stand* waren Ihre Worte. Ich wollte kein Risiko eingehen."

„Die Scheune hatte ich kleiner in Erinnerung."

„Möglich. Wir sind dem Fundament gefolgt."

„Alles gut. Ihr *Waldhaus* ist ein Kleinod. Herr Jakobi sprach von einer Überraschung die Fähre betreffend."

„Kommt später. Sie können sie nicht verpassen."

Stettin vom Ordnungsamt schlägt einen beinahe freundschaftlichen Ton an. „Man kann Ihnen nicht genug für all das danken."

„Sie sind zu freundlich."

„Nein. Sie tun mir unrecht, wenn Sie das für eine Floskel halten. Die wunderbare Park- und Hügelgestaltung, die kostspieligen Pflanzungen und die geschmackvolle Anlage der Wege, alles in allem sehr anziehend. Ich bin sicher, dass es Ihnen die Mühlfurter gebührend danken werden."

„Ich würde mich freuen, wenn sie es als eine Bereicherung betrachten."

„Das werden sie mit Sicherheit. - Allein der Brunnen ist sensationell. Wie ist es Ihnen gelungen, Ross die Skulpturen für den Park abzuschwatzen? Unser Esel hat bei der Mühle den bestmöglichen Platz."

„*Mein* Esel, Herr Stettin."

„Ja, freilich."

„Frau Pennlow, schön, dass Sie gekommen sind. Gefällt es Ihnen?"

„Herr Biber, ich habe noch gar nicht alles sehen können. Besonders hat es mir der Friedwald angetan, der herrliche Park und die Restaurierung der alten Gräber. Ich wünsche Ihnen, dass sich die unternehmerische Initiative insgesamt auszahlt."

„Danke." Er wendet sich einer aufregend charmanten Dame zu. „Frau Wilder, Sie sind mir besonders herzlich willkommen und jederzeit gern mein Gast."

„Oh, danke. Ich hoffe, das haben Sie wohlüberlegt. - Unglaublich, was Sie hier gestaltet haben. Ganz bezaubernd. Ich kann mich Frau Pennlow nur anschließen. Das wilde Grab ist beeindruckend."

„Ich hab mich noch gar nicht für die unbürokratische Klärung bedankt."

„Doch, über den Staatsanwalt."

„Hätte ja sein können, dass er vergisst ..."

„Wir sind verheiratet, Herr Biber."

„Ah, ja." Biber entfernt sich mit Frau Wilder aus dem allgemeinen Gedränge. „Er wollte auch kommen."

328

„Später. - Gibt es noch was für ihn zu tun? - Sie müssen deshalb keine Angst haben."

„Angst? - Warum sollte ich?"

„Könnte ja sein, dass Sie noch eine Leiche im - Keller haben."

Biber nickt schüchtern.

Frau Wilder ist im Schnittpunkt der Gräber stehengeblieben. „Das Ackermann-Grab ist imposant."

„Ach das. Ja ..."

„Soviel ich weiß, gibt es noch gar keine bestätigte, erst recht keine begutachtete Leiche."

„Das ist doch längst verjährt."

„Mord verjährt nicht."

„Wenn es Mord war. Aber auch dann sind ja alle, die als Täter in Frage kommen, längst tot."

„Die Staatsanwaltschaft würde sich trotzdem über einen Hinweis freuen, mit dem sich die Akte schließen ließe."

„Das mach ich", verspricht Biber unsicher.

„Die Ziegelsteine auf dem Grab sehen merkwürdig aus. Ich kann mich nicht erinnern, sie auf dem Foto gesehen zu haben."

„Darf ich Sie ganz privat zu einer Sache fragen?"

„Wie privat?"

„So, dass Sie unter Umständen vergessen, was ich frage?"

„Unter welchen Umständen soll ich - vergessen?"

„In die Sache ist eine Frau verstrickt, eine alte Frau, die wohl hinreichend dafür gelitten hat. Ich hab versprochen, es für mich zu behalten, aber ..."

„... dann würde Vanessa nicht erfahren, dass und vor allem, wie ihr Vater gestorben ist? - Für diesen Mord würde sich die Polizei noch interessieren."

„Kein Mord! Die Sache ist hinreichend dokumentiert."

„Was hinreichend ist, entscheidet der Staatsanwalt. - Ich nehme an, das, was Sie gefunden haben, liegt unter den drei Steinen?"

Biber weist auf einen Flecken zu ihren Füßen. „Es war nicht so, wie Sie denken."

„Herr Biber, Sie überraschen mich ein zweites Mal."

„Sie mich auch."

„Agnes Lippmann hat sich vorgestern Nachmittag der Polizei gestellt."

„Oh Gott." Biber rechnet nach. 'Dann muss sie direkt danach auf den Hof gekommen sein.'

„Ihre Rücksicht gegen die alte Dame ist rührend. Ich denke, der Staatsanwalt wird in diesem Fall ähnlich feinfühlig sein."

„Danke."

„Wenn Sie Frau Lippmann helfen wollen, dann schreiben Sie die Geschichte auf und bringen sie sie unter die Leute. So lässt sich das dumme Gerede am besten im Zaum halten. Lassen Sie sich mit Ihrer *hinreichenden* Dokumentation im Amt sehen. Da ist einiges zu tun. Und bringen Sie das Mädchen mit. Sie muss so schnell wie möglich die Waisenrente beantragen."

Sie gehen zurück zum Hof.

Dr. Hasselmann klopft Biber auf die Schulter. „Ich habe mich selten getäuscht, aber mit diesem Objekt werde ich wohl doch nicht so schnell wieder zu tun haben."

Arnold Gebauer, der Bürgermeister, spricht Biber auf den Esel an. „Wir sind ja Leidensgenossen ein und derselben Eselei, nur mit anderen Vorzeichen. Mir hat er Schmach und Spott, Ihnen einen atmosphärischen Skulpturenpark beschert."

„Kunst ist nicht immer angenehm, aber wohl gerade dann am wertvollsten. Es ist am klügsten, sich nicht mit ihr anzulegen, zumindest, solange nicht entschieden ist, wer der Klügere ist."

„Passen Sie auf ihre Ausstellung auf. Es scheint Leute in der Gegend zu geben, die wissen, dass die Arbeiten von Ross zumindest wertstabil sind."

Die Musketiere sitzen schon am Tisch. Die Schankstube füllt sich. Das Essen wird serviert.

Vanessa erscheint in einem hinreißenden Kleid und klettet sich sofort an Biber. „Wer sind all die Leute?"

„Die meisten haben zum großen Ganzen beigetragen. Einige sind vom Amt. Sogar der Bürgermeister gibt uns die Ehre. Ich stell sie dir nachher vor."

„Die Frauen sind alle so elegant."

„Ich muss dir wohl nicht sagen, dass du die Schönste bist. - Darf ich dich noch um einen letzten Weg bitten?"

Sie erschrickt. Die drei Alten stehen auf.

„Keine Angst. Es wird kein Antrag."

Es ist ein milder Abend. Die Sonne steht schon hinterm Wald. Sie gehen Richtung Grab. Vanessa zittert an seiner Seite. Am Grab brennt in einer kostbaren Lampe ein Licht, das den kleinen, grob behauenen Stein mit dem Namenszug der Mutter beflackert.

Biber bleibt in gehörigem Abstand stehen. „Ich hoffe, sie findet hier ihren Frieden. Wenigstens konnten wir dafür sorgen, dass sie nun auf einem richtigen Friedhof liegt. Das Amt weiß Bescheid. Sie waren sehr freundlich. Ein bisschen was unterschreiben musst du aber noch." Er tritt zu ihr.

Anders, als befürchtet, hat Vanessa keine Tränen mehr, sondern nur ein schüchternes „Danke. - Was bedeuten die drei Ziegel?"

Biber zögert. „Das sind die Steine, die deinem Vater zum Verhängnis geworden sind. Er stürzte bei einer Handgreiflichkeit und war wohl sofort tot."

„Liegt er hier?"

Biber nickt.

Nun weint sie stumm.

Er reicht ihr das Taschentuch aus dem Jackett und nimmt sie in den Arm.

„Ich hatte gehofft, *Sie* sind mein Vater."

Biber ist erschüttert. Withold macht ihm Zeichen. Er versteht nicht.

Kamil schreibt mit einem Stock *Adoption* in den frischgeharkten Kies.

Er schüttelt den Kopf. „Nein, ich bin nicht dein Vater. - Aber ich wäre es gern."

Vanessa schnieft ins Taschentuch und lacht. „Dann ist es ja doch ein Antrag." Sie löst sich und geht zum Ziegelgrab. „Manchmal ist es schade, dass die Toten ihre Gräber nicht sehen können. Woher wisst ihr, dass er tot ist?"

„Weil wir ihn gefunden haben. - Warst du wirklich schon so lang nicht mehr hier?"

Vanessa wendet sich zum Grab der Eltern. „Ich konnte es nicht mehr sehen. - Ist es Zufall, dass man es aus der Wohnung sehen kann?"

Biber lächelt verschämt.

Sie gehen zurück. Er stellt ihr die Gäste vor und erfreut sich an den vielen Komplimenten und mehr noch an Vanessas Unsicherheit, sie entgegenzunehmen. Nebenher sucht er unablässig ein Gesicht.

Mit schwerem Herzen und dem Wunsch, dass ein Wunder geschieht, hält er die Rede. „Meine sehr verehrten Damen und Herren, seien Sie mir noch einmal herzlich willkommen im Waldhaus, einer Ferienanlage der besonderen Art, über die ich nichts weiter sagen möchte. Sie sind eingeladen, den Reiz des Areals mit eigenen Sinnen zu erschließen. Ich möchte die Gelegenheit allein nutzen, um allen Danke zu sagen, die am Gelingen des Vorhabens mitgewirkt oder es befördert, wenigstens aber, es nicht behindert haben. - Erlassen Sie es mir bitte, Leistungen oder Akteure im Einzelnen zu benennen. Ich möchte aber unbedingt in meinen Dank all jene einschließen, die lange vor meiner Entdeckung diesen Hof angelegt, gestaltet und nach besten Kräften erhalten haben: die Windmüllerfamilie, Johann, Ottilie, Pauline und Gesine Müller, die auf diesem Boden einen ersten Hof gebaut hat und im Feuer der Mühle umgekommen ist; Willibald Ackermann, der diesen Hof ins Werk gesetzt, aber seine Vollendung nicht mehr hat erleben können, weil er einem Verbrechen zum Opfer fiel; August Fiedler und Godelinde Schacht, die ein Leben daran gesetzt haben, den Hof wieder herzustellen, und von Blitz und Sturm und einem Missgeschick aller Träume beraubt wurden. Keiner dieser Wegbereiter hat den Hof in seiner Vollendung gesehen. Ich kann Ihnen aber versichern, dass ich alles so zu richten versuchte, dass das Ergebnis vor dem Urteil der Genannten bestehen kann. Einen gibt es immerhin, der von den Vorkämpfern noch am Leben ist, vielmehr eine, diese charmante, junge Frau an meiner Seite, Vanessa Schacht, Tochter der letzten Bewohner des Hofes, die tapfer in den alten Mauern ausharrte bis zum Augenblick, da hier ein Kerl auftauchte, der verrückt genug war, das Totgeglaubte wieder zu beleben. Ihrem Urteil fieberte ich besonders aufgeregt entgegen. - Lassen Sie uns das Glas erheben auf die Zukunft des Waldhauses, der Mühle, des Friedwalds und der neuen Fähre." Er stößt mit Vanessa an. Sie küsst ihn in einer leicht missverständlichen Herzlichkeit.

Man lacht. Man klatscht. Man trinkt.

„Es ist mir ein Vergnügen, Ihnen den bezaubernden Brunnen im Zentrum des Hofes vorzustellen, eine weitere meisterliche Arbeit des in Mühlfurt geschätzten Künstlers Walter Ross."

Man lacht, einige vielleicht etwas zu laut. Man klatscht. Man trinkt.

„Wenn Sie mir bitte folgen wollen."

Alle stehen dicht gedrängt um den Brunnen, der in der Dämmerung dezent aus dem Dach beleuchtet wird. Biber schaltet ein. Das stimmungsvolle, pointierte Wasserspiel wird lautstark beklatscht und bejubelt. Auch der beleuchtete Brunnenschachts hinter Glas ist bestrickend. Im unbeschädigt erhaltenen Brunnen ist nur ein Edelstahlrohr zu sehen, das sowohl das Wasser fördert, als auch das mystisch wirkende Licht spendet.

Das Wasserspiel funktioniert zuverlässig. Aus dem Eimer, der auch die Pumpe und das elektronische und hydraulische Steuerwerk enthält, schießen kurze Wasserstrahlen, die sich wie zufällig mal ins offene Maul der liegenden Kuh, mal in den Schnabel des auf dem Rand des Eimers sitzenden Hahns, mal in den der am Euter stehenden Henne ergießen.

Biber zieht Frau Petersen und Frau Wilder mit sich aus der Gefahrenzone. Sie wehren sich vergebens.

Der Euterspaß ist gewaltig, auch was die Zahl der Gefoppten betrifft. Besonders die abseits stehenden Musketiere und Ross haben einen Mordsspaß. Kaum dass sich die Geschädigten aus den Zielbereichen der Strahlen gerettet haben, folgt - noch überraschender - der Schnabelspaß. Die Heiterkeit braust auf. Nun weicht auch noch der letzte zurück, und alle haben das Vergnügen, den Brunnen aus gebührendem Abstand in uneingeschränkter Pracht bewundern zu können.

Biber bekommt ein Zeichen. „Meine sehr verehrten Damen und Herren, darf ich Sie nun zur Anlegestelle bitten, um mit mir die neue Fähre zu begrüßen." Er geht augenblicklich voraus, Vanessa mit sich ziehend.

„Warum läufst du so schnell?"

„Weil du die erste sein sollst, die sie sieht."

Langsam und majestätisch nähert sich - dezent beleuchtet - das Ungetüm einer längst vergangenen Zeit, begleitet von einem schwermütigen Blues, der zum Ufer herüberweht. Die Buglaterne beleuchtet das Vorschiff mit dem bedrohlichen Fallreep am Kranausleger, das wie ein langer Finger in den Himmel zeigt. Ihm folgen die eleganten Treppen, mit roten Teppichen belegt. Langsam gleiten - nur unterbrochen von den schrägen Stützen des zweiten Decks - die hohen Bogenfenster des Ballsaals vorbei. Schatten bewegen sich geisterhaft im schummrigen Licht.

Vanessa schaut Biber ungläubig an, als sie den Namen auf der Wand des Maschinenraums entziffert.

Biber sieht sie nicht an. „Ich kann mir für ein Schiff keinen passenderen Namen denken."

Die *Godelinde* kommt längs bei. Im Schein der Hecklaterne gleißt die von den gewaltigen Schaufelrädern aufgewirbelte Gischt. Von ganz oben aus dem Ruderhaus winkt Jakobi. Männer springen an Land, um den Dampfer festzumachen.

„Das ist doch alles nicht wahr", flüstert Vanessa.

„Vielleicht bleibst du ja doch", sagt Biber, noch immer, ohne sie anzusehen.

Die Musik verstummt. Von Deck gehen - sehr aufgekratzt - drei Abiturklassen. Vanessa schaut sehnsüchtig in die Gesichter der Entgegenkommenden. Biber errät ihren Kummer. Einige geben ihr die Hand. Als der letzte von Bord gegangen ist, will sie den anderen nach.

Biber hält sie zurück. „Du bist die Gastgeberin."

„Ich mag dir nicht die Stimmung verderben."

„Wenn du auch noch weggehst, kann es nicht mehr übler werden."

Sie schaut ihn erschrocken an. „Was ist denn mit dir?"

Biber zögert. „Erika und ich, wir haben uns ... *gestritten* ist nicht das richtige Wort."

„Warum denn?"

„Sie hält es für möglich, dass das alles ein großer Betrug ist - an dir."

„Wieso? - Ich wollte doch das ganze gar nicht haben. Ich wollte doch immer nur weg von hier."

Biber vergräbt die Hände in den Hosentaschen und starrt aufs Vordeck. „Immer noch?"

„Ist denn noch Platz für mich?"

„Du weißt, dass dir - wenn du willst - der ganze Hof gehört. Ein Wort genügt."

„Ihr seid beide dumm!", schreit sie unbeherrscht. „Du musst sie holen. Einer wird dich ja wohl mit seinem Wagen fahren."

„Ich kann doch jetzt nicht weg, verdammt. Erst muss ich noch schnell ein paar Worte sagen."

Mit lauten Ausrufen der Begeisterung trudeln die Gäste aus dem Waldhaus ein. Biber hört die Stimmen Brettschneiders und Gebauers heraus.

Im Gedränge tritt - rauchend - der alte Pianist auf ihn zu. „Ich glaube, es gibt Schwierigkeiten", flüstert er besorgt.

Biber nimmt Vanessa beiseite. „Bitte, vertritt mich hier. Lade die Leute aufs Schiffs ein, aber geh nicht fort."

Die drei Alten umringen ihn angetütert. „Die Miele is Traum. Läuft wie geschmiert." Bogdan reicht Biber eine Fernbedienung. „Hier is Lischt, hier Betrieb und hier Bremse. Kannst du nachher machen ganz großes Kino, wie wir sind von dir geweehnt."

Biber steckt das ziemlich große Teil in die Jacketttasche und besteigt mit den Alten den Dampfer.

Im Ballsaal laufen die Vorbereitungen für den zweiten Ansturm der Gäste. Die Band sitzt in einer schon eingedeckten Ecke und döst.

„Wo ist Malte, verdammt?"

„Oben."

„Wo oben?"

„In einem der Zimmer. Er ist vor seinem Alten getürmt. So, wie er aussieht, spielt er heute keinen Ton mehr."

Biber läuft zum Vordeck, hastet die Treppe hinauf und findet den Jungen in der dritten Kajüte. Er kommt nicht zum Reden.

„Das war nicht abgemacht", zischt Malte aufgebracht. Er sitzt mit dem Rücken zur Tür auf dem Bett und stiert in die dunkle Zimmerecke.

„Was - bitte - *war* abgemacht?"

„Ein Konzertsaal im Bau."

„Das ist ein Konzertsaal. Und er *war* im Bau!"

„Aber nicht, dass mein Vater Kapitän dieses Saales ist."

„Das hat nichts mit dem Vertrag zu tun. Außerdem hast du behauptet, dass der Typ von der Werft dein Onkel ist."

„Solange er drin sitzt, kann ich nicht spielen."

„Junge, nimm doch deinen Alten nicht so ernst. Hast du mal daran gedacht, dass er möglicherweise nur so streng ist, um dir ein ähnliches Schicksal zu ersparen?"

„Sie haben ja keine Ahnung. Wenn er mich hört und nur eine blöde Bemerkung macht ..."

Biber ist ratlos. Er setzt sich auf einen der beiden Stühle. „Eltern werden von keinem mehr verkannt, als von den eigenen Kindern. Wenn du partout deinem Vater nicht über den Weg laufen willst, dann geh, und vergnüg dich mit den andern im Mühlenhof."

Malte reagiert panisch. „Was hat der damit zu tun?"

„Der Steg, an dem wir liegen, gehört zum Mühlenhof, den ich mit Hilfe deines Vaters wieder in Ordnung gebracht hab."

Malte dreht sich um. „Und sie? Was ist mit Vanessa?"

„Vanessa?" Biber fällt es wie Schuppen von den Augen. 'Da liegt der Hund begraben.' „Die - ist mir gut. - Mädchen, die ohne Vater groß werden, haben eine besondere Affinität oder Zuneigung zu - erfahrenen Männern."

Malte atmet schwer und starrt wieder in die Nacht. „Sie sind nicht nur der Auftraggeber des Konzertes. Sie sind auch Besitzer des Dampfers, des Mühlenhofs und meines Modells. Richtig?"

Biber nickt.

„Wo ist die Mühle?"

„Die steht - viel bestaunt - im Frühstücksraum, dem ehemaligen Stall, in dem Kinder künftig lernen können, wie kostbar unser täglich Brot ist."

„Und hoffentlich auch, dass es Leute gibt, die sich einen Haufen davon leisten können, und solche, die nicht genug haben, es zu bezahlen."

„Wenn mich nicht alles täuscht, gehörst auch du zu ersteren."

„Wenn Sie auf das Geld für mein Modell anspielen, das war Lohn für vier Jahre harte Arbeit."

„Ich will die Arbeit nicht geringschätzen, junger Mann, aber *hart* ist etwas anderes. Sie war spielerisch und kreativ, leidenschaftlich und erfolgsverwöhnt."

„Sie unterschätzen die Fehlschläge."

„Ohne die wären Erfolge halb so angenehm."

„Das Ding war mit Geld nicht zu bezahlen."

„Den Preis hast du bestimmt."

„Schon über den hat mein Alter gelacht. Sie hätten doch jede Summe gezahlt. Sie sind gewöhnt, das, was Sie wollen, zu kriegen. Leute, wie Sie, reißen alles an sich, was gut und teuer ist."

„Nicht alles, Malte." Bibers Ton wird weicher. Der Junge tut ihm leid. „Das lernen wir schon früh - aus Märchen. - Bisher hab ich erst mal viel Geld und Kraft und Nerven in die Ruine gesteckt. Aber nicht genug damit, wahrscheinlich bin ich derjenige, der diesen Abend am trübsinnigsten und trostlosesten verlebt."

„Ach was", erwidert Malte zynisch.

„Lassen wir das."

„Das hätte mich schon interessiert."

„Ich hätte diesen Abend gern an der Seite einer Frau verbracht, die mir viel bedeutet."

„Ist Vanessa nicht hier?"

„Vanessa." Biber schüttelt nachdenklich den Kopf. „Ich rede von Erika."

„Die Wirtin?" Maltes Gesicht entspannt sich.

„Eigentlich sollte ich jetzt auf dem Weg zu ihr sein."

„Und warum sind Sie nicht?"

„Weil du mich zwingst, mich um ..." Biber hält inne. „Weil ich Schiss hab, dass dadurch alles noch schlimmer wird."

Malte grinst. „So was passiert eben, wenn man nicht dran bleibt."

Biber ist erschüttert und verletzt von Maltes Kaltschnäuzigkeit. „Wenn man nicht dran bleibt? Bist du - Malte Jakobi - drangeblieben?"

Malte dreht sich erschrocken zu Biber. „Wo denn drangeblieben?"

„Frag noch so dumm. Hast du dich auch nur einmal hier sehen lassen, um zu schauen, wie es ihr geht? Ob sie sich an einen Alten ranschmeißt oder einen Heini aus dem Urlaub mitbringt."

Malte ist zutiefst verletzt. Er steht auf. „Warum wohl hab ich fast ein Jahr geprobt, um ein wenigstens anständiges Ergebnis zustande zu bringen? Ich kann nicht schludern, nicht, wenn es um diese Musik geht."

„Klar, häng mir das auch noch an. Nimm mich auch noch dafür in die Schuld, dass zwei Liebende nicht haben zusammenfinden können."

Malte zieht sich in die dunkle Ecke zurück. „Ich hab mir schon sowas gedacht. Dass sie die Ferien mit einem andern ..."

„Wie lange soll sie denn noch warten?"

„Es lag nicht nur an der fehlenden Zeit."

Biber versucht, runterzukommen. „Ach, sieh an."

Malte tritt aus der Zimmerecke, setzt sich unweit Bibers aufs Fußende des Bettes und starrt gequält aus dem Fenster in die Nacht. „Ich bin ihr eh nicht gewachsen."

Biber lacht. „Woher willst du das wissen, wo ihr doch kaum ein Wort miteinander gewechselt habt?"

„Manchmal schon."

„Und wo warst du ihr nicht gewachsen?"

„Nicht so. Es ist nur ein Gefühl, aber ein ziemlich sicheres."

„Red nicht von sicheren Gefühlen."

„Wir sollten mal einen Aufsatz schreiben über ein Märchen. Ich hatte überhaupt keinen Plan. Sie hat nicht nur eine exzellente Analyse hingelegt, sondern eine noch brillantere Kritik. Das war so krass abgefahren. Die Klasse hat getobt. Das war noch nie passiert. Bisher dachten die meisten, sie hat nicht alle beisammen, weil sie doch in der Ruine wohnt und sich auch sonst immer abkapselt. Gerade deshalb war es der Hammer."

Biber schüttelt den Kopf. „Märchen." Er überlegt, ob er Malte über das Missverständnis aufklären soll, verwirft es aber. „Märchen sind in Worte gegossene Träume. Je härter die Wirklichkeit, umso unwirklicher, märchenhafter sind sie. Meistens sind sie von lächerlicher Naivität. Trotzdem lassen wir uns auf sie ein. Je älter ich werde, umso mehr rühren sie mich an. Früher hab ich mit den Helden gefiebert, heute ergreift mich zunehmend jeder Hauch von Menschlichkeit, gerade weil sie uns im Alltag so selten anweht. - Wie hieß das Märchen?"

„Das Waldhaus. - Eigentlich eine doofe Geschichte."

„Waldhaus? Merkwürdig. Genau wie unsere Station."

Malte geht an Biber vorbei aus der Kabine und stützt sich aufs Geländer. Er entdeckt den leuchtenden Schriftzug im rostbraunen Schild. „Krass."

Biber ist ihm gefolgt. „Willst du deine Mühle sehen?"

„Später vielleicht."

Biber zeigt mit der Hand auf den dunklen Hügel. Malte starrt ungläubig auf das blasse Gebilde, aus dem sich - nur zart beleuchtet - eine Mühle schält, deren Jalousieflügel - silbern glänzend - sich auf ein Schnipsen Bibers langsam in Bewegung setzen. „Sie sucht noch einen Müller."

„Gigantisch. - Mahlt die auch?"

„Wenn uns die Holländer kein Hokuspokus vorgeführt haben. Die wurde nach deinem Modell gebaut."

„Das mit dem Müller meinen Sie nicht ernst, oder?"

„Warum sonst sollte ich es sagen?"

„Wenn neben dem Studium noch Zeit bleibt ..."

„Kannst ja eine Hilfskraft anlernen. Hat auch eine Wohnung."

„Das meinen Sie nicht ernst."

Biber schnipst. Die Mühle bleibt stehen und versinkt wieder im Dunkeln.

„Verdammt, wie machen Sie das?"

„Mit Daumen und Mittelfinger." Er drängt Malte in die Kajüte zurück. „Ich hätte noch ein märchenhaftes, im Grunde sogar zauberhaftes Angebot."

„Sie verarschen mich."

„Was hältst du davon, wenn ich dir ein verliebtes und - wie ich meine - augenfällig hübsches Mädchen ins Zimmer hole?"

Malte ist verdutzt.

„Das geht im Märchen natürlich nicht ohne Bedingungen ab."

Malte versteht noch immer nicht.

Biber spreizt nacheinander Daumen, Zeige- und Mittelfinger aus der Faust. „Ein *inniger* Kuss von mindestens drei Minuten; eine unmissverständliche Liebeserklärung aus mindestens drei Wörtern und das Erscheinen als Frontmann der Band in spätestens drei...ßig Minuten. - Ich nehme dein Schweigen als Zustimmung." Er geht, ohne Malte Gelegenheit zu geben, sich zu widersetzen.

Biber steigt die Treppe runter und schaut vom Vorschiff durch die hohen Bogenfenster auf die fröhlich an den Tischen versammelte Gesellschaft. Getränke werden aufgetragen. Man plaudert. Er sucht ein Gesicht. Seine Hoffnung bleibt unerfüllt. Er springt an Land.

Vanessa sitzt fröstelnd im Warteraum des Fährhauses. „Erika ist auch nicht im Schiff?"

Biber schüttelt den Kopf.

„Warum sollte ich eigentlich hier warten?"

Biber setzt sich neben sie auf die Bank. Im Augenwinkel sieht er ganz am Ende des Landungsplatzes zwei Hühner: eine Henne, die einen leblosen, nassen Hahn mit dem Schnabel aus dem Wasser zieht, sparsam beleuchtet von einem Licht unsichtbaren Ursprungs. 'Wann hat Ross das gemacht?' Die Szene ist so naturnah gestaltet, dass sie anrührt und doch irgendwie heiter stimmt, weil man ganz selbstverständlich davon ausgeht, dass der Hahn lebt.

„Er kann nichts dafür", beginnt Biber unvermittelt.

„Wer?"

„Malte."

„Woher kennst du seinen Namen?"

„Eine gute Fee hat ihn mir anvertraut."

„Hör auf!"

„Ich hab ihn fürs Konzert angestellt. Drum hatte er keine Zeit für dich und die Abschlussfahrt."

„Ist er im Saal?"

„Nein. - Aber die gute Fee hat versprochen, dich zu ihm zu bringen."

„Hat er von mir gesprochen?"

„Die gute Fee hat ihm drei Bedingungen gestellt, wenn sie dich hintragen soll."

„Red doch nicht so dumm!"

„Gut. Schweig ich eben."

„Was denn für Bedingungen?"

„Einen Kuss von drei Minuten; ein Liebesgeständnis aus drei Wörtern und ..."

Sie läuft über den breiten Steg.

„Die Treppe links, Kabine drei!" Biber atmet durch. Was sucht er hier? Warum läuft er nicht zu Fuß nach Mühlfurt? Vielleicht wartet sie ja nur darauf. Und wenn nicht? Schön Hühnchen ist immer noch dabei, schön Hähnchen zu retten. Der Kampf ist unentschieden. Noch hängt der halbe Körper des Hahns über der Kante des Stegs. Biber verspürt den Drang, dem Hühnchen zu Hilfe zu eilen.

Er tritt aus dem Häuschen auf die gebürsteten Bohlen der Anlegestelle und weiter durch das Tor, um Ausschau zu halten Richtung Mühlfurt und nach Welkow zu. Gerade als sich der Gedanke durchsetzt, nach Mühlfurt zu fahren, entdeckt er in Höhe des Friedwalds eine Frau. Er läuft ihr nach und sieht enttäuscht, dass es Frau Jakobi ist. „Ach Sie", entfährt es ihm unhöflich.

„Es ist albern, dass ich hier rumschleiche, ich weiß."

„Weniger albern, als merkwürdig. - Sollten Sie nicht auf dem Dampfer bei Ihrem Mann sein?"

„Wer sind Sie?"

„Wir kennen uns."

„Ich weiß, aber Sie hatten sich damals nicht vorgestellt."

„Ich dachte, Sie wissen, wer ich bin."

Sie musterte ihn unsicher. „Woher? Ich meine, warum muss ich wissen ..."

„Ah, ja." Biber wird klar, dass sie keine Ahnung haben kann, wenn Jakobi wie verabredet geschwiegen hat. Offensichtlich hat er das.

Sie spielt nervös mit den Händen. „Ich weiß nicht, was ich machen soll."

„Welche Möglichkeiten haben Sie denn?"

„Ich könnte gehen oder bleiben."

„Dann bleiben Sie."

„Ich habe den Verdacht, dass mein Mann ... dass Steffen nicht mehr wirklich bei mir ist; dass er bereits ein anderes Leben begonnen hat."

„Das haben Sie schon damals befürchtet. Warum denken Sie das?"

„Er ist immer seltener zu Hause. Und wenn, dann gibt es Streit, meist wegen Malte."

„Er hatte viel mit dem Dampfer zu tun."

„Mit *zu Hause* meine ich auch die Werft. Die meiste Zeit ist er noch woanders."

„Wo?"

„Das weiß ich nicht. Er spricht nicht darüber. Und wenn ich frage, sagt er nur, dass ich es schon sehen werde. Und dann gibt es wieder Streit."

Biber lächelt sie an.

„Warum lachen Sie?"

„Ich lache nicht. Ich freue mich."

„Worüber?"

„Dass Sie meine Worte berücksichtigt haben."

„Was meinen Sie?"

„Sie sehen verführerisch aus."

„Danke." Die zur Ängstlichkeit neigende Unsicherheit macht sie unwiderstehlich. „Warum sagen Sie mir nicht, wer Sie sind?"

„Gehen wir ein Stück?"

Unsicher fasst sie seinen dargebotenen Arm. Schweigend begleitet sie ihn mit angepassten Schritten. „Er hat mir noch nicht einmal verraten, dass er auf dem Dampfer angeheuert ist."

„Ist er das?"

„Nicht? Er hat ihn doch hierhergebracht."

„Ja, aber richtig zugesagt hat er noch nicht."

„Weil er die Fähre am Bein hat, die sie ihm aufgeschwatzt haben."

„Ich hab ihm nichts aufgeschwatzt!"

Sie schaut Biber verwundert an. „Ich meine das Amt."

„Der Dampfer soll doch die Fähre sein."

„Weiß er das?"

'Klar weiß er das', will Biber sagen. Aber er besinnt sich. 'Denkt Jakobi immer noch, dass ich einen andern suche? So kann man doch nicht aneinander vorbeireden!'

Sie nähern sich dem Hof. Alma Jakobi ist begeistert, vom Grün der Dächer, den alten Bäumen und der Ordnung ringsum. Sie hören den Lärm aus der Gaststube und dem Stall. Im Hof angekommen, dreht Alma sich wieder und wieder im Kreis. Wie ein Kind steht sie vorm Brunnen und staunt über die drei Tiere und die originelle Art, sie zu tränken; über das Lichtspiel der Dachreiter, die selbst nur schwach bläulich leuchten, aber von der Spitze des Brunnendaches aus mit schmalen Spots aus dem Dunkel gehoben werden. Die zehn Lichtfinger überm Hof sehen aus wie gewaltige Spinnenbeine, die sich auf alle Dächer stützen. „Als ich das letzte Mal hier war, war das nicht mehr als eine zugewachsene Ruine, ein Abenteuerspielplatz für die besonders Verwegenen. Es galt schon als mutig, die Außenmauer mit der Hand zu berühren."

Biber fasst sie forsch bei den Oberarmen und drängt sie zur Seite.

Sie schaut ihn ängstlich an, bis das Wasser aus dem Euter an ihr vorbeispritzt. Sie verkneift sich das Lachen.

Biber trocknet sich unbeholfen mit dem Taschentuch aus der anderen Gesäßtasche. „Ich muss Ihnen gestehen, dass ich Schuld an der Liebschaft ihres Mannes bin."

Alma betrachtet ihn mit leeren Augen.

„Am Anfang war er nicht weniger skeptisch als die andern. Aber er hat getan, was er kann, damit der Hof und die Mühle und der Dampfer fertig werden. Was Sie sehen, ist zum größten Teil sein Werk. Sie müssen zugeben, dass nebenbei schwerlich Zeit war für noch abwegigere Liebschaften. Die Heimlichtuerei war Bedingung des Vertrages. Ich muss gestehen, nicht weit genug gedacht zu haben. Bitte verzeihen Sie mir." Biber sieht, wie sich die Worte balsamgleich langsam auf Almas geschundene Seele legen. „Wenn Sie mir auf den Dampfer folgen, werden Sie einige unvergessliche Augenblicke erleben. - Wollen Sie?"

Leichten Herzens die eine, schweren Herzens der andere, trotten sie zum Schiff und an den exklusiven Tisch mit sechs Gedecken. Nur Jakobi sitzt hier mit dem Rücken zum Saal.

Biber tippt dem Leidgebeugten auf die Schulter. „Steffen, wenn ich vorstellen darf, das ist Alma. Alma, das ist Steffen. Möglicherweise kennt ihr euch. Es soll Leute geben, die behaupten, dass ihr verheiratet seid."

Jakobi lächelt schüchtern. Alma setzt sich zu ihm. Für die Hinzugekommenen werden Menüs aufgetragen, für die anderen schon das Dessert. Hübsche Kellnerinnen gießen reichlich Sekt, Wein und Bier nach.

Biber dreht sich vom Tisch dem Saal zu und wartet geduldig auf die Stille. „Meine sehr verehrten Damen und Herren", beginnt er verhalten. „Ich habe vorhin darum gebeten, mir zu erlassen, bei meinem Dank Namen zu nennen. Gestatten Sie mir nun, einen einzigen hervorzuheben, ohne dessen Umsicht und Einfallsreichtum das alles gar nicht denkbar wäre. Es ist mir eine Freude, Ihnen den Kapitän des Fährschiffes *Godelinde* vorzustellen. Ich bitte um Ihren Beifall für Steffen Jakobi." Biber trifft den Genannten auf dem falschen Bein. Er sieht die Tränen und zieht ihn an der Hand zu sich, um die feuchten Augen an seiner Brust zu verbergen, während der Beifall aufbraust. „Die charmante Dame an seiner Seite ist Alma Jakobi, die ihren Mann in den zurückliegenden Monaten zu oft hat entbehren müssen." Wieder rauscht Beifall auf.

„Ja, es gibt viele, die still und unerkannt etwas tun, was hernach Baustein einer großen Sache ist. Und leider gibt es immer wieder jene, die das Ergebnis nicht mehr erleben können. Alvin Weller, bis vor ein paar Jahren Wirt vom Kronenkrug, recherchierte über die Vorgänge am Mühlenberg. Dank seiner unschätzbaren Daten- und Urkundensammlung sind wir heute in der Lage, eine nahezu lückenlose Geschichte des Mühlenhofs zu schreiben, die ich Ihnen gern mit auf den Weg geben möchte." Auf sein Zeichen hin verteilen die leichtfüßigen Kellnerinnen taschenbuchgroße Broschüren. „Ich hoffe, sie besteht vor Ihrer Kritik, vor allem vor Ihrer, Frau Wilder." Der Beifall brandet auf und hält sich. Biber schaut ins Rund des prachtvollen Ballsaals mit den weißen, zum Teil vergoldeten Stuckelementen auf taubenblauem Grund, den schweren, weinrot bezogenen Lehnstühlen und den bronzenen Säulen mit den mattgoldenen korinthischen Kapitellen. Er macht keine Anstalten, den Beifall zu stören. Er hofft, dass er nie enden mag. Aller Hoffnung zum Trotz wird es still. Biber wartet dennoch ein paar Augenblicke, ehe er sich dem Schicksal fügt. „Gern hätte ich Ihnen auch Erika Weller, die Wirtin des Kronenkrugs, vorgestellt. Ohne sie wäre das Projekt nicht zustande gekommen. Ohne sie ist es für mich auch ganz ohne Belang." In einem Anflug von Panik greift sich Biber an die feuchte Gesäßtasche. Aber da hat er sich schon wieder in der Gewalt.

Die Gesellschaft schweigt betreten. Frau Petersen, die mit den Gästen der BiBra am Nebentisch sitzt, befreit ihren ehemaligen Chef mit beherztem Beifall aus der beklemmenden Situation.

Die Musiker nehmen Platz und beginnen unverzüglich mit dem *St. James Infirmary Blues*. Die *Riverboat Ramblers* in ihren schmucken Smokings, beige-zartgrün

348

gestreiften Hemden und den weinroten Fliegen und Kummerbünden spielen beeindruckend gut.

Vanessa kommt - sich das bezaubernde Kleid zurechtzupfend - aus dem Küchengang und setzt sich strahlend zu Biber: „Der Dampfer ist wunderschön."

Gleich darauf erscheint Malte und zaubert auf seinem Instrument. Seine Alten sehen sich ungläubig an. Nach dem Titel stellt Biber die Band und ihren Chef vor. Die Gäste lachen und applaudieren. Die Band applaudiert. Malte verbeugt sich wieder und wieder im wogenden Applaus und kündigt endlich - auf Biber deutend - den nächsten Titel an: „*A Song for you*."

Die Band setzt sich. Aus dem E-Flügel ertönt das Metallophon. Der Gitarrist schlägt das Drum.

Malte kommt an den Tisch.

Jakobi steht auf. „Wo hast du das gelernt, Junge?"

„Nebenher in der Schule."

„Kann man damit nicht auch Geld verdienen?"

„Wenn man es richtig kann, schon."

„Du spielst doch fabelhaft."

Malte lacht. „Spielen ist nicht alles, gehört noch eine Menge mehr dazu."

Der Vater nickt beschämt.

„Ich würde das gern studieren", sagt Malte fest.

„Kann man das?"

„Wenn man gut ist."

„Bist du nicht gut?"

„Ich glaub schon."

„Warum studierst du's dann nicht?"

Biber schaut Malte ins verdutzte Gesicht und hebt die Schultern. „Was guckst du mich an? Ich frag mich dasselbe."

Beifall braust auf. Biber dreht sich zur Band und erstarrt. Eine bezaubernde Frau im roten Flitterkleid verbeugt sich für den Beifall und singt hingebungsvoll.

'Erika!' Sie steht im Lichtkegel, als hätte sie ihr Lebtag nie etwas anderes getan. Vanessa schaut Biber noch immer beglückt an. Jetzt versteht er. Auch Malte lacht verschwörerisch. Biber begreift, warum er vorhin gegrinst hat. Erika singt wundervoll, eine Mischung aus Mama Thorton und Etta James. Sie wirkt kein bisschen aufgeregt. Auf ihrer Stirn glänzen winzige Tröpfchen. Alle Augen und Ohren sind bei ihr. Der Beifall ist grandios und wogt lange, ehe es still wird.

Mit beiden Händen hebt Erika das Mikrophon an den Mund. „Meine lieben Gäste, wahrscheinlich sehen Sie, wie aufgeregt ich bin, weil es - anders als im eben verklungenen Lied - das erste Mal ist, dass ich vor so vielen Leuten singe."

Wieder brandet Beifall auf, von Rufen der Bewunderung übertönt.

Erika bedankt sich charmant. „Schon als kleines Mädchen träumte ich diesen Traum, der bis auf den heutigen Tag mein größter Traum geblieben ist. Ich glaube und hoffe, dass sich im Umfeld dieses Dampfers noch viele Träume erfüllen. Lassen Sie mich daher jenem Mann Danke sagen, der all das gegen viele Zweifler, Warner und Spötter durchgekämpft hat; dem wundervollsten Mann mit dem zärtlichsten Herzen. Ich singe mit dem Wunsch, dass er mir vergeben mag, *I've been loving you too long*. Ich hab dich ein bissel zu lange geliebt" - sie macht eine Pause - „um jetzt damit aufzuhören."

Das Pianovorspiel ist gefühlvoll. Die Stimme setzt ein. Malte dirigiert mit großem Ernst die perkussiven Bläserakkorde. Erika gestaltet das Lied souverän und so überzeugend, dass Biber ganz und gar hingerissen ist. Je länger sich das leidenschaftliche Finale hinzieht, je mehr Gäste erheben sich von den Plätzen. Im rasenden Beifall geht Erika zu Biber, der sie weinend unter den Blicken aller empfängt. Offensichtlich haben seine Tränen etwas Ansteckendes.

Er blinzelt sich den Blick frei und schaut ringsum in viele Augen, erstaunt, bei wem alles sie feucht geworden sind.

Draußen, auf dem Anlegesteg, entdeckt er die alte Agnes, die ihm - schüchtern lächelnd - zunickt wie eine einsam Wartende an einer Station, die nicht mehr angefahren wird.

ENDE

Guckt nicht so dumm. Ich weiß ja, was ihr denkt:
'Na klar, am Ende finden sich die idealen Pärchen.
Was für ein Kitsch! Das gibt es nicht.' - Geschenkt!
Schaut euch den Titel an. Da steht, es ist ein *Märchen*.

Der Autor

Jost Bonner wurde 1958 als drittes von sechs Kindern geboren. Aufgewachsen ist er in Dresden. Hier lernte er Koch, studierte er Musik; hier traf er seine erste Liebe, von der er Vater dreier Kinder wurde. Seit dem Bruch der Ehe lebt er mit der neuen Liebe, einer Tochter und einem Sohn in Dresden.

In der Jugend näherte er sich mit lyrischen Versuchen und aphoristischen Texten schüchtern der Literatur, die sprachliche, philosophische, pädagogische, kulturtheoretische und ästhetische Ambitionen vereinte und sich schon bald zur Leidenschaft auswuchs. Mittlerweile entstanden Arbeiten in beinahe allen Genres.